나인

나인

천선란 장편소설

창비

차
례

그곳은 원래 죽은 땅이었다.

1963년에 세워진 사료 공장이 있던 자리였는데, 그 공장은 꽤 오랫동안 운영되다가 공장 폐기물을 땅에 불법으로 파묻은 게 들켜서 막대한 벌금을 물고 그해 말에 문을 닫았다고 했다. 도시 개발에 포함된 지역이었다면 묻힌 폐기물을 바로 수거하고 공장도 철거했겠지만 그 지역은 미묘한 차이로 개발 영역 안에 들지 못했다. 아파트 단지가 만들어지고 고등학교가 세워지는 동안 문 닫은 사료 공장은 빗물과 바람에 페인트칠이 죄다 벗겨져 무엇을 만드는 공장인지도 모르게 되었다. 흉물로 변한 공장은 한동안 깡패들이 사람을 묻는 장소라고도 했고 귀신이 들어 무당이 굿을 했다는 말도 돌았지만 그 어느 소문도 사실로 확인된 건 없었다. 그저 그곳에 오래된 신사처럼 있을 뿐이었다. 그렇다고 공장이 계속 그곳에 머문 것은 아니다.

선연산 남쪽 43번 국도가 지나가는 자리에 우두커니 서 있던 사료 공장은 거리가 조금 떨어져 있더라도 신도시로 들어가는 길목에 있기에는 너무 흉측했다. 문을 닫은 지 햇수로 사 년이 되던 해, 신도시의 전체적인 조경과 도시 이미지를 망친다는 이유로 아무도 거들떠보지 않던 사료 공장은 그렇게 철거되었다.

철거가 되었다고 해서 달라진 것은 없었다. 공장 주변은 건물 하나 없는 허허벌판이었고 그 땅에는 여전히 폐기물이 묻혀 풀 한 포기 자라지 않았다. 까맣고 버석버석한, 새벽마다 신도시 주민들이 몰래 쓰레기를 버리고 가는 그런 땅이 되었을 뿐이다.

그러니 그곳에 화원을 짓겠다고 한 여자가 나타나 땅을 헐값에 샀을 때, 정신 나간 사람 보듯 수군거렸다던 사람들의 반응을 나인은 충분히 이해할 수 있었다. 내쫓지 않고 수군거린 선에서 그친 게 얼마나 다행인가. 그 당시 나인은 유아차에서 하루를 보내야 할 만큼 어렸기에 기억할 수 있는 것은 유아차에 누워 바라보던 하늘뿐이었지만, 경악했을 사람들의 표정은 쉽게 상상할 수 있었다. 풀 한 포기 자라지 않는 땅에서 식물을 키워 팔겠다니. 아무리 땅값이 싸도 안 되는 건 안 되는 거라며 아무렇지 않게 다가와 일침을 놓아 대는 사람들의 조언을 꿋꿋이 무시하면서 그 여자는 매일같이 땅을 갈았다. 어디선가 포클레인 기사를 불러와 땅속에 묻혀 있던 폐기물을 끄집어내고, 끄집어내고, 또 끄집어냈다. 나중에는 시청 직원까지 출동해 그 여자를 뜯어말렸는데, 여자는 땅을 갈아 주면 좋은 것 아니냐고 고까운 표정으로 시청 직원에게 말했다. 더욱이 내 땅 내 마음대로 하겠다는데 무슨 문제가 있느냐며 따지고 들자, 시청 직원도 할 말이 없어 결국 두 손을 뗐다. 얼마나 많은 양의 폐기물이 그 땅에서 나왔는지 정확하게 아는 사람은 아무도 없지만 어쨌거나 그 여자는 꼬박 한 달 넘게 땅을 파헤쳤다. 사람들의 관심은 여자가 땅을 파헤치는 시간보다 짧게 끝났고, 어느 순간부터는 43번 국도를 지나가지 않는 한 그곳을 쳐다보지도 않았다.

아무도 그 땅이 살아날 거라 믿지 않았다. 언젠가는 살아나겠지만 그게 두 달 안에 일어날 일이라고는 생각하지 않았다.

그날, 신도시에서 세탁소를 운영 중이던 박문형 씨는 다음 날 있을 아들 면접을 위해 정성스럽게 다린 정장을 자동차 뒷좌석 손잡이에 걸고 퇴근하던 중이었다. 피곤함에 하품을 몇 차례씩 하며 43번 국도를 달리던 중 허허벌판 가운데 홀로 반짝이는 빛을 보고 깜짝 놀라 갓길에 차를 세웠다. 바닥에 파란빛 진주를 뿌려 놓은 것처럼 반짝반짝 빛나는 땅을 보며 이번에는 몇 차례씩 눈을 비볐다. 파란빛 흙이 반짝이는 땅에는 생전 처음 보는 식물들이 심겨 있었다. 박문형 씨는 믿을 수 없었다. 왜냐하면 그곳은 사료 공장이 있었던 자리였기 때문이다. 박문형 씨는 집으로 가자마자 아내에게 자신이 본 것을 말했지만 아내는 피곤하면 씻고 잠이나 자라는 말로 박문형 씨의 말을 묵살했다. 박문형 씨는 다음 날 확인시켜 주겠다고 아내를 끌고 그 자리에 갔다. 하지만 땅은 예전과 다름없었다. 까맣고 버석버석한. 박문형 씨가 그날 밤 보았던 반짝이는 파란빛 흙의 진실은 여전히 미궁 속에 있으나 박문형 씨의 진술이 전부 거짓이었던 건 아니다. 파란빛 흙은 없었지만 난생처음 보는 낯선 식물들이 그 땅에서 자라고 있었으니까. 그렇게 여자는 자신이 말했던 것처럼 그 자리에 '브로멜리아드' 화원을 개업했다. 한때 풀 한

포기 자랄 수 없었던 땅을 죽어 가던 식물도 다시 살릴 수 있는 기
적의 땅으로 바꾸면서.

1부
___

속삭이는 잎

1

도로를 따라 자전거 페달을 밟으며, 이 소리와 손가락에서 자란 새싹에는 분명 어떤 연관성이 있고 그렇다면 알아들을 수 없는 이 소리는 명백한 언어이며 어떤 것들의 대화임을 나인은 확신했다. 나인은 엿듣고 있다. 도대체 어떤 존재가 하는 대화인지는 모르겠지만. 그 소리는 모두가 잠든 새벽에 더 또렷하게 들려왔고 도시 중심부로 갈수록 흐려졌다. 특히 고가 도로 밑을 지날 때는 완전히 사라졌다. 분명 어떤 조건이 있을 것이다. 소리가 나는, 혹은 소리가 그때에만 들리는 조건이. 건널목에서 자전거를 멈춰 세웠을 땐 손가락을 확인했다. 싹은 또 자라지 않았다. 은행나무 아래 서 있는 소년을 발견한 건 그때였다.

등교하는 아이들 틈에서 홀로 다른 교복을 입은 소년은 나인과 눈이 마주치자 손을 흔들었다. 나인은 인사를 받는 대신 손등으로 눈을 문질렀다. 나인은 소년의 얼굴을 안다. 소년을 만난 적 있다. 길에서. 불을 켜 놓은 것처럼, 어두운 밤 홀로 밝게 빛나던 풀 위에서. 찰나여서 정말 빛이 났는지는 모르겠지만. 자전거를 멈추고 뒤돌아봤을 때는 어둠뿐이었던 그 길에서. 소년의 행색은 꼭 귀신 같았지만 그렇게 무섭지 않았고, 현실성이 없어 신기하기만 했다.

한참 동안 눈을 감았다 떴을 때 소년은 사라지고 없었다. 아니, 사라진 게 아니라 처음부터 저 자리에 없었을지도 모른다.

"큰일 났다."

이 일들은 몇 달 전부터 방구석에서 피어오르는 곰팡이처럼 스물스물 나타나기 시작했고, 며칠 사이 급속도로 번지다가 바로 어제, 피날레라도 되는 듯 불꽃을 팡 터뜨렸다. 신호가 바뀌자 건널목을 건너는 아이들 틈에 우두커니 서서 나인은 어젯밤 지모가 건넸던 말을 떠올렸다. 요즘 어떤 소리가 환청처럼 들려도 걱정하지 말라고, 그냥 때가 온 거라던. 그럼 도대체 자꾸 환영처럼 보이는 저 소년은 뭐고, 오늘 아침에 봤던 건 뭘까. 열 손가락 손톱 사이에 자라난 새싹은.

역시, 미치는 중인 걸까.

학교 정문은 평소보다 소란스러웠다. 몇몇 선생이 반죽처럼 뒤엉켜 있었다. 자전거를 보관대에 묶어 두고 고개를 돌리고서야 나인은 선생들이 한 아저씨에게 들러붙어 있다는 걸 알았다. 아저씨는 사람들의 손을 떼어 내기 위해 몸부림치며 누군가를 가리켰는데, 그 손가락 끝에 닿은 남학생 셋은 눈길조차 주지 않았다. 재미난 구경이라도 생긴 듯 정문에 몰려 수군거리는 학생들에게 선생들이 들어가라 소리쳤다. 학생들은 그제야 느린 걸음을 뗐다. 그 인파에 섞여 정문을 통과하던 나인의 어깨에 누군가 마른 장미 냄새를 가득 묻힌 팔을 둘렀고, 나인은 그 팔의 주인이 미래라는 것을 단번에 알아차렸다.

"구경꾼 보듯이 쳐다보는 거 실례다."

미래가 손으로 나인의 턱을 쥐고 고개를 돌리며 말했다.

"선생님들이 저렇게 필사적으로 막고 있는 거 처음 봐서."

"싫을 수도 있겠네."

미래가 중얼거렸다. 이 상황을 잘 알고 있다는 말투였다.

"실종된 선배."

미래는 정확한 정보만 전달한다. 여기서의 정확함이란, 출처가 선연시 경찰인 경우.

"그 선배 아빠."

한때 모두가 공공연하게 알고 있었지만 누군가가 부단히 애를 써 수면 아래로 가라앉은 사건.

"그렇지만 경찰은 단순 가출로 정리한 사건."

미래는 누군가가 억지로 묻은 사건을 모른 척할 마음이 없어 보였다. 이 학교를 다녔던 학생 한 명이 사라졌고 이 년이 지난 지금까지 돌아오지 않지만 경찰은 가출로 단정 지었다. 아저씨는 아들이 사라지기 전 마지막으로 만난 아들의 친구들을 찾아온 것이었다. 세 남학생은 실종된 아이와 안 친하다고, 그런 애랑은 말도 한번 섞지 않았다고 경찰한테 진술했다가 결국 그중 한 명이 사실 자신과 친한 사이였다고 시인했지만, 그건 가출을 실종으로 바꾸지 못했다. 이상했던 건 친했다고 인정한 그 학생이 실종된 학생과 학교에서 붙어 다니는 걸 학교 학생들 중 누구도 보지 못했다는 점이다. 그뿐이다. 이상은 했지만, 엄청나게 대단하지는 않은.

나인은 운동장을 가로지르는 남학생 세 명을 주시했다. 후문 방향으로 가는 걸 이상하게 보고 있으니 미래가 중지와 검지를 입술에 가져가 숨을 훅 빨아들이며 담배 피우는 시늉을 했다.

"예전에 쓰레기 버리러 갔다가 봤어."

중앙 계단을 오르며, 나인은 자신이 신경 쓸 문제가 아니라는 걸 알면서도 말을 번복한 그 선배들을, 그 안에 감춰진 진실을 고민했다. 괴롭혔던 걸까. 친한 게 아니라. 그렇지만 괴롭히는 관계였다면 오히려 아이들이 있는 곳에서 대놓고 폭력을 휘두르거나 은밀하지만 따돌림을 당하고 있다는 걸 누구든지 눈치챌 수 있도록 행동했을 것이다. 피해자 주변에서 친구들을 쫓아내 혼자가 되도록. 학교에서 힘들고 외로워지도록 만들었겠지. 그러니 미래의 말처럼 이상한 점투성이였다.

그리고 이상한 일이라면 본인도 겪고 있다고, 나인은 문득 걸음을 멈추며 입을 열었다.

"나 몸에서 싹이 자라고 자꾸 어떤 남자애 환영이 보여."

정신 차리라고 말해 주면 정신이 좀 차려질까 싶어서.

"아프냐?"

하지만 대답한 건 미래가 아니고 현재다. 현재가 두 사람 옆에 섰다. 곱슬곱슬한 머리에 눈이 동그란 현재는 지난 겨울방학 내내 아프다고 코빼기도 보이지 않더니 입학식 날 대뜸 키가 불쑥 자라 등장했다. 미래는 현재를 보고 그때 놀라 빠진 턱이 아직도 종종 아프다고 말할 정도였다. 나인보다는 반 뼘, 미래보다는 한 뼘 정도 작았던 현재가 미래보다 반 뼘이나 커져 등장했으니 턱이 빠질 만도 했다.

미래는 한동안 현재에게 비아냥대며 방학 동안 꽁꽁 숨어 살더니 무슨 짓을 했느냐고 물었고, 현재는 정말 억울하다는 듯 아파서 누워만 있었다고 했다. 미래는 누워만 있었는데 어떻게 이렇게 컸느냐며 네가 무슨 물만 주면 자라는 풀이냐고 버럭 화를 냈었다. 귀여운 것에 사족을 못 쓰는 미래였으니, 동그랗고 작았던 현재가 불쑥 커 버린 것에 낯섦과 배신감이 꽤 큰 모양이었다.

그렇다고 해도 몇 년을 치고받고 싸우며 쌓은 시간이 고작 키 좀 컸다고 배신감에 무너질 리가 없을 텐데, 미래는 현재가 말을 걸자마자 아무것도 아니라며 얼버무리고는 계단을 올랐다. 현재가 그런 미래의 등을 향해 물었다.

"우리 주말에 영화 보는 거지?"

미래는 뒤도 돌아보지 않고 그렇다고 대답했다. 이 묘한 틀어짐을 나인마저도 눈치챘으니, 자신이 등장할 때마다 말을 멈추거나 급하게 자리를 피하는 미래를 누나들 밑에서 눈칫밥 먹고 자란 현재가 모를 리 없었다. 그것도 계절이 지나갈 동안. 현재는 미래가 올라간 계단을 바라보다 자리를 떴다.

세 사람의 인연은 나인과 현재가 있던 5반으로 미래가 전학을 온 열세 살 6월에 시작되었다. 담임은 '신미래'라는 이름을 칠판에 적으며 우리 반에 현재도 있는데 이러다 과거까지 오는 거 아니냐는 우스갯소리로 반 아이들의 웃음을 터뜨렸다. 미래는 그때도 외꺼풀 특유의 냉랭한 표정으로 아무런 반응도 하지 않았고, 나인의 옆

분단이었던 현재는 홧홧해진 얼굴을 숨기기에 바빴다. 그리고 하필 현재의 옆자리가 비어 있던 터라 미래는 현재 옆에 앉아야 했다. 아이들은 익살스러운 표정으로 미래와 현재를 번갈아 쳐다보았다. 미래는 가방을 내려놓다 그때까지 고개를 숙이고 있던 현재를 보더니, 대뜸 현재의 곱슬곱슬한 머리카락을 밀어 올리며 우냐? 하고 물었다. 현재는 코와 눈이 빨개져서는 울먹였다. 둘을 지켜보던 나인이 현재가 원래 잘 운다고 알려 주었고, 미래는 그래? 하고 머리카락을 밀어 올렸던 손을 치웠다.

미래는 새로 생긴 주상 복합 오피스텔로 이사를 왔다. 현재는 그 반대편에 위치한 아파트에 살았고 나인은 도시를 빠져나가 43번 국도를 타고 달려야 나오는 주택에 살았다. 그러니 세 사람은 학교를 중심으로 동, 서, 남의 한 꼭지씩 맡고 있는 셈이었다. 같은 반이라고 한들 같은 아파트에 살거나 같은 학원에 다니지 않으면 친해질 기회가 적었던지라, 세 사람은 서로가 친해지겠다고 마음먹지 않는 이상 학년이 끝나면 졸업 앨범에 이름만 같이 올리는 사이가 됐을 거였다. 미래가 전학 왔던 그날에도 세 사람은 우는 현재를 두고 몇 마디 말을 섞은 뒤 네 번째 줄에 나란히 앉아 학교가 끝날 때까지 더는 말을 나누지 않았다. 그런데 그날 5교시부터 비가 내리기 시작하더니 학교가 끝날 때에는 장대비가 쏟아졌고, 우산을 가져오지 않은 사람은 반에서 딱 그 세 명뿐이었다.

데리러 올 사람이 여의치 않았던 세 사람은 학교 건물 앞에 나란히 앉아 비가 그치기를 기다렸고, 쏟아지는 비를 하염없이 바라보던 미래가 먼저 현재에게 왜 울었느냐고 물었다. 현재는 우물쭈물하다 놀림받는 게 싫었다고 대답했고 미래는 앞으로 누가 이름으로 놀리면 말하라고 했다. 때려 줄 테니까. 미래는 집으로 두 사람을 초대했다. 엄마의 애인이 레스토랑 주방장인데, 친구가 놀러 오면 특별히 요리 솜씨를 발휘해 주겠다고 했다는 것이다. 셋은 쪼그려 앉아 곧장 약속 날짜를 정했다. 며칠 뒤 찾아온 약속 날, 미래는 두 사람과 오피스텔 승강기를 타고 올라가며 엄마의 애인은 여자라고 툭 내뱉었다. 그러자 나인이 자신은 이모랑 살고 엄마 아빠 얼굴도 모른다고 말했고, 현재는 가끔 무서워서 누나랑 같이 잔다고 말했다. 미래는 승강기가 멈춰 설 때쯤 자신의 고백은 고백도 아니었다고 말하며 웃었다.

현재가 다리에 깁스를 했던 열네 살 2월에는 현재네 집에서 같이 귤을 까먹으며 놀았고, 나인이 태권도 시합에 나갔을 때에는 미래가 상대 선수 욕을 하다가 경기장 밖으로 끌려 나갔으며, 미래가 아빠를 만나고 돌아오다 대뜸 전화해 펑펑 울었을 때에는 새벽에 셋이서 몰래 브로멜리아드 화원에 모여 술을 마셨다. 그날, 비밀이 없도록 하되 비밀이 생기거든 비밀이 있다는 걸 절대 들키지 말자고 약속했으면서 지금 두 사람은 비밀을 숨기고 있다. 그것도 꽉꽉 티를 내면서. 나인이 두 사람을 번갈아 훑겼다. 두 사람 사이에 흐르는 저 어색한 기류의 정체를 언젠가는 알게 될 테니 적어도 이 순간은 모르는 체하고 싶었다. 두 사람도 딱히 알려 주고 싶어 하는 기색이 아니었으므로. 지금은 아니더라도 언젠가 알려 줄 것이다. 반드시. 그것이 셋의 암묵적인 규칙이었다.

잰걸음으로 교실을 빠져나가던 담임이 주번을 불렀다. 옆자리

아이가 나인의 어깨를 쳤다.

"어?"

"주번 부른다."

나인은 그제야 손을 들었다.

"저 책걸상 오늘은 꼭 창고에 내려다 줘. 저번 주부터 말했는데 오늘까지 있네."

아침 자습이 시작해 조용해진 복도로 나오자 열린 창문으로 바람과 함께 재잘거리는 소리가 들려왔다. 나인은 책걸상을 들고 엉거주춤 창문으로 다가갔다. 미적지근한 바람에 얼굴이 간지러웠다. 운동장에는 사람 한 명 보이지 않았지만 재잘거리는 소리는 여전히, 아주 가까운 곳에서 들리는 것 같기도 했고 아주 먼 곳에서 바람을 타고 흘러온 것처럼 들리기도 했다. 나인이 책걸상을 조용히 내려놓았다.

"누구야."

소리가 한순간에 사라졌다. 정체를 들켜 놀란 듯이.

퀴퀴한 지하실 냄새를 맡으며 무질서하게 놓여 있는 책걸상 사이에 나인은 가지고 온 책걸상을 놓았다. 각기 다른 이유로 버려진 책걸상 중에서, 나인은 사라진 선배의 이름을 알지 못함에도 책상과 서랍에 가득 붙은 메모지를 보고 그 선배의 책상을 단번에 알아보았다. 외롭게 책상이 놓여 있는 그곳은 누구도 손댈 수 없는 구역 같았다. 땅을 잘못 밟으면 묻혀 있던 슬픔의 지뢰가 터질 것만 같은. 나인은 책상에 다가갔다. 책상에 붙은 메모지에는 전부 책상 주인이 돌아오기를 바라는 말이 쓰여 있었다. 접착력이 떨어진 부분을 손가락으로 꾹꾹 누르며, 나인은 그렇게 한참 동안 책상에 붙은 메모지를 어루만지다가 자리를 떴다. 이름을 쓴 글자만 툭 튀어나온 것처럼 느껴졌다. 다른 글자들과 다르게 이름은 쓰인 게 아니고 태어난 것 같았다.

박원우. 사라진 선배의 이름이었다.

지모에게 오늘 들어오지 않는다는 연락을 받은 것은 도장 청소를 마치고 석구와 떡볶이를 먹을 때였다. 소란스러운 곳에 있는지 잡음이 섞여 들렸다.

"오늘 새벽에 비 온다고 하니까 가서 온도 좀 높여 줘."

"걱정하지 말고 재미있게 놀아."

"놀기는 무슨."

나인이 협회의 정체를 알게 된 건 일 년 전쯤이었다. 지모가 언젠가부터 한 달에 세 번씩, 짧게는 2주에 세 번씩 화원 문을 닫고 누군가를 만나러 가기 시작했던 시점이다. 산림 협회는 화원을 운영하는 소수의 사람이 모여 살아갈 궁리를 하는 모임이라 했지만, 그 설명을 듣고도 나인은 협회의 정체를 이해하지 못해 그냥 그런 게 있나 보다 싶었다. 어쨌거나 지모가 브로멜리아드가 아닌 다른 곳에 간다면 열에 아홉이 그 모임이었다. 모임이 잦은 건 아니지만 자신이 모르는 사람들과 섞여 있는 지모를 상상하는 게 쉽지 않았다. 언젠가 이런 고민을 미래와 현재에게 털어놓은 적이 있었는데 미래는 엄마에게 새 애인이 생겼을 때 자신이 딱 그런 기분이었다고, 그런데 그 기분은 슬프지만 어쩔 수 없이 우리가 갈고닦아야 하는 거라고 했다. 그게 지모를 존중하는 방법이니까.

"너 배불러? 아니면 뭐 심각한 일 있어?"

만두 하나를 통째로 입에 넣고 뜨거운지 연신 훅훅, 바람을 내뿜으며 석구가 물었다. 평소였으면 석구와 엇비슷한 속도로 게 눈 감추듯 먹었어야 할 나인이 젓가락을 들고 모래알 세는 것처럼 깨작거리고 있으니 이상했을 터였다. 석구에게 무엇을 털어놓을 수 있을까. 지모에 대한 감정은 좀 부끄럽고, 뭐가 들리거나 보인다고 털어놓기에 석구는 적절한 대상이 아니었다.

"사부 우리 학교 나왔다고 했지?"

사라진 학생과 그 친구들보다 석구는 두 살 더 많은 선배였다. 서로 알았는지는 모르겠지만 학교를 같이 다녔다는 것은 분명했다. 석구는 만두를 입에 넣으며 고개를 끄덕였다.

"그럼 우리 학교 학생 사라진 것도 알겠네?"

나인은 별 의미 없이 던진 질문이었다. 정말 아무 목적 없이 던진 질문이었는데, 석구가 입에 넣었던 만두를 앞 접시에 도로 뱉음으로써 대수롭지 않게 던진 질문이 대수로운 질문으로 바뀌었다.

브로멜리아드로 향하며 나인은 석구가 지었던 표정을 떠올렸다. 석구는 알고 있는 거다. 얼마만큼 아는지는 모르겠지만 적어도 학교를 다닐 당시에 사라진 학생이 있었다는 것은. 혹은 그 이상의 무언가를 더 알고 있거나. 그렇다고 해도 딱히 상관있는 건 아니지만.

자전거를 출입문에 세우고 브로멜리아드로 들어갔다. 불을 켜지 않아도 화분이 빽빽하게 모여 있는 이곳에서 미로처럼 나 있는 길을 찾는 건 대낮에 인도를 걷는 일만큼이나 쉬웠다. 태어날 때부터 함께했던 66제곱미터의 이 공간은 나인이 처음으로 정복한 세계였으니까.

이 세계는 각국에 퍼져 있는 156종의 희소 식물을 판매하는 곳이다. 그중 절반에는 곤충의 등껍질 같은 희한한 무늬가 있고 나머지 절반은 흙이 필요 없는 에어 플랜트 식물이다. 그러니 널따란 잎사귀와 향기로운 꽃을 기대하고 화원에 들어온 사람들이 괴상한 모양으로 자라거나 천장에 주렁주렁 매달린 식물에 소스라치게 놀라 황급히 자리를 뜨는 일 정도는 비일비재하다. 이곳에서 파는 식물을 아름답게 보는 사람은 진정 지모뿐이다. 방문자 중 98퍼센트는 흥미로운 식물을 보기 위한 구경꾼이고 나머지 2퍼센트만이 실구매자인데, 그렇게 꾸준히 식물을 구매하는 손님은 대개가 특이한 인테리어로 가게를 운영 중이거나 구매한 식물에 이것저것 말을 붙여 더 비싸게 파는 사람이거나 이곳의 식물만큼이나 희귀한 안목을 지닌 지모와 취향이 맞는 아주 극소수의 사람뿐이다. 도대체 어디서 이런 식물만 공수해 오는지 알지 못하지만, 원산지에서조차 희소한 식물을 이 화원에서 죽이지 않고 키워 내는 지모의 실력이 감탄스러울 뿐이다. 타고나는 능력이란 것이 이런 건가 싶을 정도로 지모는 식물을 잘 다룬다. 죽은 식물도 살려내고, 영원히 죽지 않는 식물을 탄생시킬 정도로.

나인이 도장 친구들과 힘겨루기를 하다 화분을 깼을 때도 지모는 관장에게 화분 값 대신 화원 상호와 같은 '브로멜리아드 식물'을 선물했다. 관장은 선뜻 식물을 받지 못했다. 추측건대 나인이 깬 화분 속 산세비에리아 잎사귀가 이미 죄다 말라붙어 죽어 있었고,

화분 역시 곳곳에 금이 가고 이가 나가 있던 것으로 미루어보아 관장에게 그 화분은 길거리에 내다 버려야 했던, 혹은 내다 버리는 것마저 까먹고 방치한 골칫거리였을 확률이 높다. 그러니 화분 값을 받기에도, 다시 식물을 받기에도 난처한 상황이었다. 달리 보자면 지모는 관장이 뗀 혹을 도로 붙여 준 셈이었다. 하지만 지모는 관장이 머뭇거리는 걸 보고도 아랑곳하지 않고 직사광선이 들지 않는 곳에 화분을 놓았다. 그리고 이렇게 말했다.

절대 죽지 않아요, 걱정하지 마세요.

지모가 키운 식물은 누구에게 가더라도 죽지 않는다. 도장에 선물한 브로멜리아드가 팔 년이 지나도록 죽지 않는 것이 그 증거이다.

이렇듯 잎이나 줄기가 망가진 식물도 지모가 며칠만 돌보면 예전처럼 파릇파릇한 잎으로 주인에게 돌아갔다. 손님들은 지모가 비책이나 특별한 양분을 가지고 있다고 믿었고, 영업 비밀이라 숨기는 것이라고 생각했지만 그런 비책은 없었다. 나인이 보는 지모는 그저 매일같이 잎사귀를 닦고, 매만지고, 이야기 나눌 뿐이었다. 어쩌면 혼잣말하듯 중얼거리며 식물에게 말을 거는 게 비밀이라면 비밀일 수도 있겠다. 하지만 식물을 사랑하는 사람이라면 누구나 식물에게 말을 걸었으므로 그것 역시 특별한 비밀은 될 수 없었다.

비는 냉난방기와 제습기를 조절하던 도중에 내리기 시작했다. 옅게 떨어지던 빗방울이 한순간 장대비로 변했다. 빗줄기로 뿌옇게 변한 유리 천장을 올려다보았다. 집이 멀지 않으니 맞고 가서 바로 씻어도 되겠지만 소나기처럼 시원하게 떨어지는 소리가 꽉 막혀 있던 머리를 시원하게 훑고 내려가는 듯해 듣기 좋았고, 조금만 지나면 빗줄기도 약해질 것 같았다. 나인은 화원 출입문이 잠겨 있는 것을 확인하고 서랍장에서 담요를 챙겨 의자에 앉았다. 그리고 그대로 책상에 엎드렸다.

행복은 살아가는 도중에 느끼는 잠깐의 맛 같은 것일지도 모른다는 말을 한 사람은 미래다. 단맛, 쓴맛, 떫은맛, 매운맛, 신맛, 짠맛을 느끼는 것처럼 행복도 무엇을 먹었느냐와 비슷하게 선택에 따라 감정을 느끼는 것뿐일지도 모른다고. 미래는 태어난다는 것은 세상과 합치된 이유가 있어서일 거라고 말했다. 그러니 만일 이유가 없다면 지금 당장 도로에 뛰어들어 차에 치어 죽어도 상관없지 않느냐는 말을 열세 살 때 했다. 미래가 그런 식의 말을 할 때마다 현재는 그런 소리 하지 말라며 울었고, 나인은 말없이 미래가 차도에 뛰어들지 않도록 팔을 붙잡았다. 미래가 하는 말은 전부 어렵고 고민할 이유가 없는 문제들이라고 생각했지만, 그렇다고 미래가 그런 고민을 하지 못하도록 막을 수는 없었으며 누군가에게는 그런 고민이 아주 중요하다는 것을 알고 있었다.

나인은 그런 미래에게 자신이 알고 있는 세상의 비밀 하나를 알려 줬다. 너는 세상의 비밀을 한 꺼풀씩 벗겨 먹으며 언젠가 네가 궁금해하는 것을 알게 될 것이라고. 미래는 팔짱을 낀 채 나인의 말을 가만히 들었다.

나이를 먹는다는 건 세상의 비밀을 한 꺼풀씩 벗겨 내는 것이라고 했다. 그렇게 벗겨 낸 세상의 비밀을 한 겹씩 먹으면, 어떤 비밀은 소화되고 흡수되어 양분이 되고, 어떤 비밀은 몸 구석구석에 염증을 만든다. 비밀의 한 꺼풀을 먹지 않을 수 있으면 좋으련만 세상의 시스템은 그걸 먹어야만 다음 단계로 넘어갈 수 있도록 설정되었다. 그러니 언젠가는 반드시 먹어야만 하는 것이다. 시기가 너무 이르면 소화하지 못해 탈이 나거나 목이 막혀 죽기도 하고, 너무 늦으면 비밀을 흡수하지 못하고 그대로 배출시켜 그렇게 아무것도 모르는 텅 빈 몸이 된다. 지모가 한 말이었다. 나인은 그 말이 자신을 낳아 준 사람은 어디로 갔느냐는 질문에 대한 적절한 대답인지 판단할 수 없었지만, 알겠다고 고개를 끄덕였다. 때가 아니라는 소리 같았다. 자신이 아직 어려 비밀에 목이 막혀 죽을까 봐 돌려 말하는 것이라고 받아들였다. 자신이 벗겨 내 먹어야 할 비밀과 그 속에 감춰진 진실이 어마어마할 거라고 판단한 이후로, 나인은 지모에게 던진 질문을 다시는 꺼내지 않았다. 언젠가 때가 되면 질문을 던지지 않아도 자연스럽게 비밀을 먹게 될 거라고, 그렇게 미래에게 말해 주었다.

미래가 아니라거나 기다리고 싶지 않다는 부정적인 반응을 보이지 않았음에 나인은 안도감을 느꼈다. 태어난 이유가 없다고 생각해서 사는 것에 미련이 없던 미래는 그때부터 한 꺼풀씩 세상의 비밀을 벗겨 먹으며 묵묵히 기다렸다. 그러다 주워 삼킨 세상의 비밀 중 어마어마한 것이 있다면 꼭 서로 털어놓자고 약속했다. 그 자리에 함께 있던 현재도 약속에 동참했다. 믿기지 않을 진실이라도 일단은 서로 믿어 주기로.

믿기지 않을. 가령 자신이 마법을 부릴 줄 안다거나 디지털 세상으로 모험을 떠났다가 왔다거나 외계인이라거나…….

엎드려 자고 있던 나인을 깨운 건 천장에 부딪히는 빗방울 소리에 스리슬쩍 섞여 든 어떤 것들의 대화였다. 처음 들었을 때 느꼈던 당혹스러움이나 두려움은 없었다. 이제는 소리의 근원을 찾고 싶다는 마음뿐이었다. 나인이 단번에 고개를 쳐들었다. 어떤 존재들이 정체를 숨길 틈을 주지 않기 위해서였다. 괴물이든 요정이든 뭐든 좋으니 들키기만 하라고.

하지만 그 새벽, 나인이 본 것은 파랗게 빛나는 흙이었다. 땅과 화분 곳곳, 그러니까 화원의 흙이 파란 보석을 뿌려 놓은 것처럼 반짝이고 있었다. 나인은 자리에서 일어나 천천히 화원을 가로질렀다. 불투명 유리 너머로 바깥에서 똑같이 빛나는 파란빛이 보였다. 빗줄기는 어느새 약해졌고, 바깥의 흙도 파랗게 반짝이고 있었으며, 그 소년이 있었다. 나인은 무슨 일이 있어도 저 소년을 놓쳐서는 안 된다고 생각했고, 달렸다. 소년의 팔을 붙잡았다. 소년은 이유를 알고 있을 것 같았다. 그냥 막연하게 그럴 거라는 생각이 들었다.

나인이 숨을 몰아쉬었다.

"너 뭐야."

"이거 내가 한 거 아니야."

소년이 입을 열었다. 나인이 무엇을 궁금해하는지 이미 다 알고 있다는 듯이.

"이거 네가 한 거야."

여기서 소년이 말하는 '이거'는 파랗게 빛나는 땅을 말하는 것일까.

"해승택이야, 승택. 내 이름. 이름 말해 주려고 왔어."

"내가 네 이름 알아서……."

"그래야 부르기 편하잖아. 너 나를 헛것이라고 생각하고 있지?"

"……."

"너 정말 아무것도 모르는구나. 네가 듣고 있는 이상한 소리, 그거 식물이 대화하는 소리야. 그게 들리는 건 너도 식물이라서야. 좀 많이 진화하긴 했지만."

미친 새끼.

2

지모는 언제나 어디로든 떠날 사람처럼 굴었다. 발이 땅에 붙어 있지 않고 마음이 정처 없이 떠돌고 있는 사람처럼 말이다. 실제로 지모는 이곳에 화원을 개업하기 전까지 곳곳을 떠돌았다고 말했다. 나인이 들은 곳만 해도 지리산 동남쪽에 위치한 삼신봉 터널 근처, 한라산 동쪽 1131번 도로가 지나가는 길목, 설악산 북쪽 미시령 휴게소 부근 등등이었는데 지모는 말하다가 도중에 까먹을 정도로 자주 거처를 옮겼다. 몇 개월씩 살았다고 했는데 가장 길게 머물렀다고 해도 고작 삼 년밖에 되지 않았다. 나인은 왜 그렇게 자주 이사를 다녔느냐고 물었지만 지모는 그냥 그러고 싶었다고 대답했다. 그러니까 십칠 년 동안 이동 없이 이 선연시에 붙어 있는 것은 기적에 가까운 일인데, 나인이 왜 이번에는 이사를 가지 않느냐고 묻자 지모는 너를 위해서,라고 대답했다.

너희 이모는 사람이 참 특이한 구석이 있어. 그치?

화원의 단골손님인 홍주 사장도 자주 그렇게 말했다. 홍주는 화원과 멀지 않은 곳에서 꽤 큰 카페를 운영 중이었다. 마당과 루프 톱이 있어 주말마다 차를 끌고 오는 손님들로 북적이는 카페였다. 홍주는 넓은 마당과 루프 톱을 두고도 식물을 키우는 재주가 없어 카페에 화분 하나 들여놓지 않았다고 했다. 예쁜 식물을 두면 보기야 좋겠지만 잘 키우지 못해 죽고, 그럼 또 새 식물을 사야 하는 반복이 영 내키지 않는다고 했다. 그것도 살아 있는 건데 장식으로 두는 게 좀 그렇잖아, 하는 홍주에게 지모가 식물을 선물했다. '세이델리아나'라는 식물로 잎사귀는 부추처럼 길고 분홍빛 꽃 하나가 아름답게 핀 식물이었다. 홍주는 오래 키우지 못할까 봐 걱정했지만 지모가 선물한 세이델리아나는 죽지 않았다. 홍주는 그날 이후로 직접 만든 쿠키와 더치 커피를 들고 화원으로 놀러 왔다. 이 근방에서 나인 다음으로 지모를 잘 아는 사람일 것이다.

하지만 지모를 특이하게 여기는 사람은 홍주만이 아니었다. 지모와 잠시라도 시간을 보낸다면 특유의 분위기를 누구나 느꼈다. 그걸 콕 집어 설명할 수 있는 사람은 아무도 없었다. 나인도 마찬가지였다. 지모는 좀 특이하지. 별나기도 하고. 합쳐서 특별하기도 하고. 하지만 그 특별함은 조카를 홀로 키우는 여자라는 문장으로 모두 무마되었다. 몇몇은 정신이 똑바로 박힌 사람이라면 자기가 낳지 않은 애를 키울 리 없다고 단정 지었다. 그들의 눈에 지모는 제정신이 아니었고, 이따금 깨우쳐 주고 싶은지 대놓고 지모에게 그러고 살다가 나중에 인생 아까워서 후회한다며 훈수를 두기도 했다.

그런 사람들을 대처하는 지모의 방식은 역시나 특이하고, 별나고, 특별했는데 상대방의 말이 끝날 때까지 가만히 듣고만 있다가 말을 마치면 갑자기 웃음을 터뜨리거나 소리를 지르거나 울어 버리는 식이었다. 그럼 상대방은 대개 깜짝 놀랐다가 경멸스러워하고는 곧 알 수 없는 공포감에 질려 허겁지겁 도망쳤다. 지모가 제정신이 아니라는 소문에는 그런 식의 대처가 한몫했으리라.

왜 그렇게 반응해? 그냥 그런 말 하지 말라고 하면 되잖아.

언젠가 나인이 그렇게 물으니 지모는 뭘 모른다는 식으로 혀를 끌끌 찼다.

그렇게 말해서 알아들을 사람들이면 애초에 그런 말 하지도 않았어. 그리고 좋게 말하면 자기 말이 통하는 줄 알고 계속 찾아와서 설파해.

그럼 지모 미쳤다고 소문 계속 나잖아.

그건 어쩔 수 없어. 맞는 말이니까.

뭐?

나인, 이모는 제정신 아니다. 정신이 나가도 보통 나가 있는 게 아니야. 내가 진짜로 입 열면 여기 사람들 뒤집어져서 경찰 오고 방송국에서 취재 오고 난리 나.

그렇게 말한 뒤 지모는 저 혼자 낄낄 웃었다. 그런 지모를 그저 특이하다 생각하며 넘기는 게 아니었는데. 뭐가 어떻게 제정신이 아닌지 구체적으로 말해 보라고 했어야 했는데.

나인은 학교에서 시간이 어떻게 가는지도 모르고, 하교하자마자 자전거를 타고 화원으로 달려갔다. 승택이 그랬다. 살면서 너는 좀 이상하다는 걸 느끼지 못했느냐고. 왜 부모가 없는지, 왜 아파도 병원을 가지 않는지, 네 이모인지 고모인지가 만능 해결사처럼 집에서 다 하는 게 이상하지 않았느냐고. 네가 생각하기에도 그분이 좀 특이하지 않느냐고. 언제 봤다고 '이모인가 고모인가' 하고 '그분' 이라고 지껄이는 거야. 열 받게. 지모한테. 이모가 지모라고 불리게 된 건 성이 '유'이고 이름이 '지' 외자인 탓인데, 어릴 때는 '유지 이모'라고 꼬박꼬박 성까지 붙여 불렀다가 어느 날 '지 이모'로 줄 였다가 그렇게 '지모'가 되었다. 한번 고정된 애칭은 쉽게 바뀌지 않았다. 지모도 어느 정도 만족하는 눈치였다. 이모는 많아도 지모 는 세상에 한 명뿐이니까. 어쨌거나 승택의 말은 공교롭게도 전부 맞았다. 지모가 특이한 사람이라는 것도 알아내다니. 사람 뒷조사 를 아주 치밀하고 계획적으로 한 게 분명했다.

화원에서 분갈이를 하던 지모는 도장에 가지 않고 화원으로 온 나인을 신기하다는 듯이 바라봤다.

"오늘 도장 문 닫는 날이야?"

"그건 아니고 지모한테 물어볼 게 있어서."

막상 물어보려니 부끄럽고 껄끄러웠다. 자신이 식물이냐고 물 어보면 열다섯 살에 반나절 가출했다 돌아왔을 때처럼 온 힘을 다 해 웃을 것 같았다. 그래서 나인은 최대한 말을 빙빙 돌려, 어제 갑 자기 누가 찾아와서 자신에게 네가 식물이라는 헛소리를 지껄여서 웃겼다고 말을 했을 뿐인데.

"그거 어떤 새끼가 말해 준 거야?"

지모는 어째서 저렇게 납빛이 된 얼굴로 되묻는 걸까.

지모는 생각이 많을 때마다 화원에 있는 식물을 손질하며 말을 걸었다. 마치 대화라도 나누는 것처럼 적당한 호응이 섞인 혼잣말이었다. 사람들은 종종 그런 지모를 보며 외로워서 그런 거라고 안쓰러워했다. 짝이 있어야 이런저런 이야기를 나눌 텐데 너 때문에 저 나이가 되도록 짝도 못 만나서 식물한테 혼잣말이나 하고 있다고 나인을 꾸짖는 사람도 있었다. 화원에 놓인 큰 원탁에서 평화롭게 학교 숙제를 하던 초등학생 나인은 영문도 모르고 그런 식으로 혼나야 했다. 속상하지는 않았다. 지모가 조기 교육으로, 어른들이 하는 말 열에 아홉은 흘려보내라고 가르쳤기 때문이다. 그렇지만 지모가 정말 짝이 없어서 식물에게 매일 아침 인사를 건네는 것인지는 정말 궁금했다. 그 말을 꼭 식물이나 짝이 아닌 자기에게 하면 안 되는 것인지. 새벽 내내 눈이 와 세상이 하얗게 뒤덮였던 어느 날 아침, 날씨가 추워져서 땅이 얼었다고 식물에게 말을 거는 지모의 뒷모습을 지켜보다 나인이 말했다.

지모, 이상해 보여.

그렇게 말하려던 건 아니었는데, 나인은 도저히 지모에게 외로워서 그러느냐고 말할 수 없었다. 그 단어들은 당시 나인이 내뱉기에는 너무 심오하고 어려웠다. 지모는 나인의 말에 한술 더 떠서 식물에게, 들었어? 쟤가 우리 이상하대,라고 말하며 낄낄 웃었다. 그러다 대뜸 나인을 노려보며 정말 이모가 이상해 보이느냐고 물었다. 나인은 고민하는 척하다가 고개를 저었다. 실은 하나도 이상해 보이지 않았다. 사람들이 아무리 이상하다고 말해도 나인은 식물에게 말을 거는 지모가 좋았다. 그 말을 옆에서 엿듣고 있으면 마음이 편안해지고 몸이 노곤해져 잠이 쏟아지기도 했다. 지모는 나인에게 가까이 오라고 손짓했다. 나인이 지모의 옆에 앉았다. 지모는 그때 비밀을 하나 털어놓았다.

애네 다 듣고 대답도 하거든. 다른 사람들은 몰라. 근데 나는 알아. 네 귀가 아직 여물지 않아서 들리지 않는 것뿐이야. 언젠가 들릴 거야. 그런 의미로 오늘 귀 파 줘야겠다.

나인은 지모가 자신에게 했던 말을 까마득히 잊고 있었다는 걸 깨달았다. 지모는 꽁꽁 감춰 두었던 것이 아니다. 나인이 자전거를 타다 다쳐서 온 날에도 지모는 방문턱에 서서 나인에게 말했다. 요즘 뭐가 들리느냐고. 걱정하지 말라고, 그냥 때가 온 거라고. 그러니까 지모는 그 예전에도, 며칠 전에도 나인에게 꾸준히 말해 주고 있었다. 이것은 나인이 먹어야 할 비밀의 껍질 중 하나인 셈이다.

진실은 무섭다. 뒤늦게 깨달은 진실은 더더욱 무섭다.

미래가 가장 무서워했던 진실은 부모님이 서로 사랑하지 않는다는 것이었다. 어렴풋이 느끼고 있었지만 확인받고 싶지 않아서 외면하려 했던 것, 미래에게 들키고 싶지 않아서 부모님이 꽁꽁 숨겨두었던 것. 자신에게 보여 준 두 사람의 사랑이 전부 거짓이라는 걸 알았을 때가 가장 무서웠다고 했다. 성벽처럼 쌓여 있던 화목이 모형이었음을 받아들이는 건 제 손으로 벽을 부수는 고통이었다. 미래는 그 말을 하며 허공에 획획, 주먹질을 하다가 그래도 덕분에 웬만한 건 주먹으로 다 부술 수 있게 되었다고 말했다.

현재는 원래 태어나지 말았어야 할 아이였다. 하지만 어떤 이유로 지워지지 않고 태어났다. 현재는 그걸 여덟 살 차이 나는 둘째 누나에게 들었다. 둘째 누나와 장난감을 집어 던지고 서로 할퀴며 싸웠을 때였다. 엉엉 울며 엄마를 찾는 현재에게 누나가 아득바득

소리쳤다. 엄마가 너 지우려고 했던 거 알아? 그러니까 엄마 찾지 마, 엄마 너 안 좋아해. 둘째 누나가 스스로 그런 말을 내뱉었다는 걸 기억하는지는 확실하지 않다. 그 뒤에 그게 사실이냐고 누나에게 물어본 적 없었으니까. 어쩌면 싸워서 홧김에 거짓말한 것일지도 모르지만 어쨌거나 현재는 그날 이후로 누나들과 싸우지 않았다. 자칫 잘못해 부모님이 자신을 버릴까 봐 두려웠기 때문이다. 현재는 그 사실을 아직까지 누구에게도 확인받지 않았다. 그럴 계획도 없고. 그건 현재가 알고 싶지 않은 진실이다. 그렇게 미래와 현재가 자신의 두려움을 밝혔을 때 나인은 딱히 해 줄 이야기가 없어 입을 다물었다. 부모가 없다는 걸 아주 오래전부터 당연하게 여기고 있었으므로, 그것은 알고 싶지 않은 두려운 진실이 아니었다. 그런데 이제 생겼다. 과연 꺼낼 수 있는 진실인지는 모르겠지만.

지모가 분무기를 테이블에 올려놓고 나인의 손을 잡아끌었다. 화원 가장 안쪽, 팔기 위해서가 아니라 지모가 키우기 위해 꾸린 작은 화단으로 데리고 갔다. 거기에는 나인이 이름조차 제대로 알지 못하는, 원산지도 불분명한 식물들이 심겨 있었다. 지모는 그 화단 앞에 웅크려 앉았다가 멀뚱히 서 있기만 하는 나인의 손을 잡아당겨 옆에 앉혔다.

바다에 사는 산호초를 닮은 녀석도 있었고, 선인장 같은 가시를 달고 있는 키 낮은 나무도 있었으며, 줄기 하나에 여덟 가지 모양의 꽃잎을 매단 식물도 있었다. 지모가 그중 어느 한 식물을 손으로 가리켰다. 키가 1미터는 되는 듯한 긴 줄기에 은방울꽃 같은 흰 꽃봉오리 하나가 덩그러니 피어 있었다. 숨결에도 꺾일 듯이 가느다란 줄기였지만, 큰 꽃봉오리를 달고도 단단하게 버티고 있었다. 나인은 그 식물을 멀거니 바라보다 고개를 돌려 지모를 쳐다봤다. 이게 뭐 어쨌다는 것일까. 나인은 자신이 던진 질문에 대답이나 하라는 듯 인상을 찌푸렸다.

"이거, 너야."

지모가 나인의 손을 붙잡았다. 그러고는 나인의 손가락 끝 하나하나를 매만지며 말했다.

"네 손끝에서 같이 자랐어, 얘는. 그러니까 이거는 너야. 네가 땅속에 웅크려 있는 동안 이 꽃이 자라는 걸 보면서 네가 잘 자라고 있다는 걸 알았어."

"진지하게 말하지 마. 진짜 같아."

나인은 어설프게 웃으며 말했다. 지모는 농담도 진지하게 하는 사람이라 자칫하면 깜빡 속고 만다. 그러니 곧이곧대로 믿는 건 위험했다. 하지만 지모는 그런 나인의 반응에도 아랑곳하지 않고 손바닥을 내밀었다.

"보여 줘 봐. 궁금했어."

"뭐를?"

"네 손가락에서 자란 싹."

나인이 반사적으로 몸을 일으켰다. 헛소리하는 조카의 말에 장단을 맞춰 주려는 것인지 진짜인지 구분이 가지 않았다. 그러니 문제였다. 누가 들어도 헛소리인 이 이야기를 지모가 진지하게 받아 주고 있다는 것과 나인이 말하지 않은 사실까지 지모가 알고 있다는 것. 그리고 그런 지모의 태도를 보고 진짜일지도 모른다고 생각하는 스스로가 나인은 혼란스러웠다. 지모는 여전히 손바닥을 내민 채 나인을 올려다봤다.

"진작 말 안 해 줘서 미안해."

지모는 장난을 무를 생각이 없어 보였다.

화원 창고에 있던 앨범 속에는 몸에 흙이 덕지덕지 묻은 갓난아기를 안은 지모 사진이 있었다. 아기는 꼭 땅에서 막 뽑은 커다란 고구마나 무 같았다. 지모가 풍년을 맞은 농부의 표정을 짓고 있어서 더 그래 보였다. 지모는 그 고구마가 나인이라 말했다. 나인은 눈이 몰릴 정도로 사진을 들여다보았다. 물로 빡빡 씻으면 좀 사람같아 보이려나. 나인은 애꿎은 사진만 소매로 문질렀다. 지모는 언젠가 보여 주려 했었다고, 영원히 비밀로 하려던 것이 아니었음을 강조하고 또 강조했다. 나인은 지모의 말을 듣는 둥 마는 둥 하며 앨범을 계속 넘겼다. 사진의 순서는 뒤죽박죽이었다. 태어난 순간의 사진이 제일 첫 장에 있더니 그다음 장부터는 식물과 함께 찍은 사진뿐이었다. 나인은 그 식물이 아까 지모가 보여 주었던 흰색 꽃을 피운 식물임을 알아차렸다.

식물은 손가락 크기였다가 점점 커져 나중에는 지모의 키만큼 자랐다. 그러다 나인이 태어나기 열흘 전부터 아주 작은 꽃봉오리가 생겼고, 날이 갈수록 부피를 키워 가다가 나인이 태어난 당일에 활짝 피었다. 지모는 그 꽃이 나인의 신체 일부라고 말했다. 나인은 어영부영 고개를 끄덕였다. 몇 십 년 동안 철석같이 언젠가 존재했을 엄마의 배 속에서 자랐다고 믿었던 자신이 실은 땅에서 뿌리를 뻗으며 자랐다는 사실을 받아들이기란 쉽지 않았다. 점점 구겨지는 나인의 표정을 발견한 지모가 창고에서 책 한 권을 꺼내 펼쳤다.

　새싹을 땅에 심는다. 새싹은 열흘 동안 땅에 길고 단단한 뿌리를 내린다. 사방으로 뻗은 뿌리 중 일부 끝이 뭉툭하게 변한다. 점점 커지고 끝내 여러 개의 뿌리가 서로 맞닿아 울퉁불퉁한 덩어리를 만든다. 땅에 심은 지 삼십 일이 지났을 즈음이다. 그것이 종자다. 생명의 종자. 다른 말로는 생명의 씨앗, 혹은 탄생의 핵. 뿌리가 열심히 땅에 있는 양분을 빨아들이면 울퉁불퉁한 고구마 같았던 덩어리는 그 양분을 먹으며 조금씩 모양을 갖춰 가기 시작한다. 머리가 생기고, 팔다리가 생긴다. 종자가 커질수록 땅 위에 자라나는 식물 줄기도 점점 커진다. 그렇게 반년이 지나면, 고구마 같았던 덩어리는 아기의 형태가 되고 뿌리는 열 손가락 끝과 연결되어 줄기와 이어진다. 아기는 겨울잠을 자는 다람쥐처럼 몸을 웅크린 채 손가락 끝을 통해 전달 받는 양분을 섭취한다. 커지고 커지다 지상의 식물이 꽃을 피우면 아이를 뽑을 때가 된 것이다. 그렇게 탄생한 아이는 손끝에 종자를 품고 태어나는데 때가 되면 손가락 끝에서 새싹으로 피어난다. 새싹은 그대로 뽑아 보관해 두었다가 새로운 생명을 탄생시키고자 할 때 땅에 심으면 된다. 열 개의 새싹이 전부 종자로 자랄 수 있는 것은 아니다. 이 역시 개인마다 다른데 땅에 심기도 전에 죽어 버리는 새싹도 있고, 땅에 심었지만 종자를 만들 수 없는 새싹도 있다. 그래서 평균적으로 열 개의 새싹 중 세 개 미만의 새싹만이 종자를 키워 낸다.

　나인은 두 페이지에 걸쳐 설명된 탄생의 순간을 눈으로 꼼꼼히 훑다, 자신의 손가락 끝을 바라보았다. 그냥 손가락이었다. 새싹이 자란 흉터도 남지 않은.

지모가 그런 나인의 손을 감싸 잡으며 말했다.

"소리가 들린다니까 머지않았구나, 짐작은 했었거든. 그래도 나기 전에는 말해 줘야 네가 덜 놀랄 거라 생각했는데 누가 선수를 쳤네. 어쨌든 탄생이 다를 뿐이지 사회의 일원으로 함께 살아가고 있는 사람이야. 너도 피와 살로 이루어져 있어. 절대로 다르지 않아. 그러니까 괜히 쫄지 마."

다르지 않다. 나인은 그 말이 무척 낯설게 느껴졌다.

"너무 오래 부정하지도 말고."

지모가 나인을 끌어안았다. 커다랗고 투박한 손이 나인의 뒷머리를 어루만졌다. 목각 인형처럼 딱딱하게 굳어 이야기를 듣던 나인은 따뜻한 지모의 체온을 느끼자마자 그제야 몸이 풀렸다. 두 팔로 지모를 꼭 끌어안았다. 지모의 어깨에 얼굴을 묻은 채 입을 열었다. 웅얼거리는 소리였지만 지모는 충분히 알아들을 것 같았다. 며칠 전부터 소리가 들렸고, 손가락에서 새싹이 자랐고, 그래서 너무 혼란스럽고 힘들었다는 말이었다. 자신이 이상해진 것 같아서 지모에게 말하고 싶었는데 문득 두려워져 쉽게 털어놓을 수 없었다고 말이다. 지모는 나인이 겪은 혼란을 다 이해한다는 듯이 고개를 끄덕였다. 그리고 그건 언어가 달라 알아들을 수 없는, 식물들의 대화 소리라고 했다.

침대와 함께 몸이 밑으로 가라앉는 기분이었다. 손가락 하나만 움직이면 악몽에서 깨어나듯 이 무력한 감각에서 벗어날 수 있을 것 같았지만 일부러 그러지 않았다. 조금만 더 떠돌고 싶었다. 그래

봤자 이 방 안이 전부겠지만. 숨을 길게 내뱉으며 몸에서 힘을 더 풀었다. 팔다리가 저릿저릿하다가 만다. 덩달아 멀어지는 듯한 천장을 바라보며, 나인은 달라지는 게 있는지를 다시금 생각했다. 천지개벽이 일어날 정도의 충격이라 생각했는데 막상 침대에 누워 곱씹어 보니 그 정도까지는 아닌 것 같았다. 그러니까 그건 약간 드라마 주인공처럼 오버해서 받아들이는 거지. 엄밀히 따지고 보면 출생의 비밀인 셈인데 그런 비밀은 의외로 흔하다. 주변만 살펴봐도. 현재도 태어날 때부터 산전수전을 다 겪은 애가 아니던가. 혼자만의 시간을 가져야겠다는 소리나 지껄이고 저녁 식사도 걸렀는데 아무리 생각해도 별로 심각한 일이 아닌 것 같았다. 적어도 나인이 느끼기에는 그랬다. 배가 고파지는 걸 보니 고민에서 점점 멀어지는 중인 듯했다.

하지만. 그래도. 생각의 마무리는 지어야지. 나인은 멀어졌던 문장을 다시 끌고 왔다. 달라지는 게 있는가. 물론 있다. 아니, 이미 달라진 게 있다. 소리가 들린다는 것. 지모 말을 빌리자면 식물이 떠드는 소리가 들리기 시작했다는 것이다. 그러니까 창 너머로 보이는 선연산의 나무들과 길가의 가로수, 화단의 이름 모를 잡초와 학교 정문에 심긴 꽃까지. 살아 있기에 소리를 내는 다른 생명체들처럼 식물도 그렇게 소리를 낸다. 지구인은 들을 수 없고, 나인도 알아들을 수 없는 언어지만 어쨌든 살아 있기에, 각자의 방식으로 숨쉬고 있기에 소리를 낸다. 이건 아주 중요한 지점이지만 동시에 그다지 중요하지 않기도 했다. 언젠가부터 들려오는 소리에 혼란스러웠던 것은 사실이었으나 이제 이유를 알았으니 됐다. 환청이 아니니 다행이었다. 더군다나 나인에게 거는 말도 아니고 자기들끼리 떠드는 대화를 엿듣는 셈이니 지모의 말처럼 익숙해지면 다른 소음과 마찬가지로 당연해져 신경 쓰이지 않게 될 터이다. 고로, 이 것은 달라진 점이지만 시간이 지나면 결국 달라진 게 없는 것과 마찬가지였다.

이에 따라 한 가지 알게 된 사실이 있다면 정체불명의 그 소리가 장소에 따라 다르게 들리는 이유였다. 나무와 풀이 많은 곳에서는 더 크게 들리고 그 개체 수가 상대적으로 적은 도시에서는 덜 들리는 것이었다. 이것이 그 어느 진실보다 속을 시원하게 했다. 그러니 지금 나인의 방 창 너머로 바람을 타고 흘러오는 이 수많은 재잘거림은 당연한 것이다. 나인이 상체를 일으켜 창문을 활짝 열었다. 4차선 도로 건너편, 화원 너머로 선연산이 보인다. 어둑어둑한 밤이었지만 하얗게 뜬 달 덕분에 산에 드문드문 세워진 송전탑과 유달리 높게 자란 나무의 우듬지까지 선명했다. 나인이 창틀에 팔을 올려 턱을 괴었다. 식물처럼 땅에서 자라는 종족을 부르는, 그 이전 행성에서 자신들을 지칭했던 단어. 초거성 리겔 근처에 있던 지구만 한 행성. 그곳에서 살았던 종족 누브. 수명이 다한 행성에서 막지 못하고 맞이한 멸망. 그렇게 찾아 헤매다 발견한 지구. 이주를 거부한 절반은 행성과 함께 죽고, 수송선 두 대 중 한 대가 소행성과 충돌해 반의 반의반도 안 되는 일부만 지구에 도착했다. 오래전에, 아주 오래전에.

그 말들은 구전 동화 같았다. 실제로 일어났는지, 누군가가 지어냈는지 구별할 수 없어 입으로만 전해져 내려오는.

또 달라지는 게 있을까. 인간이 아니라 누브인 것 외에. 그냥 남들에게 말하지 못할 비밀 하나를 더 품고 사는 것뿐이지 않을까. 그런 비밀은 누구에게나 있으니까. 어쩌면 모든 비밀을 털어놓았다고 믿고 있는 미래나 현재도 사실 끝끝내 말하지 못한 비밀이 있을지도 모른다. 그러니 유별나지 않다. 지모의 말처럼 사회에 섞여 구성원으로 살아가는 사람임은 변하지 않으므로.

서랍에 넣어 두었던 휴지를 꺼냈다. 숨을 한번 고르며 휴지를 손에 꼭 쥐었다. 그 안에는 손가락 끝에서 자란 새싹이 있었다. 그러니까 이게 난자와 정자라는 말인가. 밖으로 빠져나온. 비유가 좀 이상하기는 해도 나인이 정의하기로는 그랬다. 씨앗이나 수술에 비유하는 게 맞겠지만. 어쨌든 이걸 땅에 심으면 생명이 태어난다는 말이잖아. 나인이 휴지를 펼쳤다. 열 개의 새싹 중 세 개가 검게 말라비틀어져 있었다. 그 책에서 평균적으로 세 개 미만의 새싹만이 종자를 키워 낸다고 했던가. 생명이 죽은 것만 같아 마음이 엉겼지만, 한편으로는 책에 나온 새싹들과 다를 바 없다는 사실에 안도감을 느꼈다. 나인이 죽은 새싹 세 개를 따로 빼 두었다.

서랍에서 오래된 틴 케이스를 꺼냈다. 초등학생 때 현재가 문방구에서 사 준 사탕 케이스였다. 어디에서나 먹을 수 있는 흔한 딸기 맛, 레몬 맛, 포도 맛 사탕이었는데 케이스가 예뻐 눈을 떼지 못하자 옆에서 지켜보던 현재가 사 줬던 거였다. 나인은 그 속에 담긴 머리끈을 서랍에 아무렇게 털어 버리고는 새싹이 든 휴지를 곱게 넣었다. 나중에 생명이 된다고 하더라도 아직 그저 새싹일 뿐이지만 소중히 보관해 둔다고 해서 나쁠 건 없어 보였다. 지금 당장은 말라 죽은 새싹을 보고도 눈물이 나지 않지만, 때가 되면 소중해질 수도 있으니까. 세상의 비밀을 벗겨 먹는 것에 때가 있듯이 언젠가 새싹이 소중하게 느껴지는 순간도 자연스럽게 오리라. 안 오면 어쩔 수 없고.

나인은 조용히 밖으로 나가 집주인의 작은 텃밭에 검게 말라비틀어진 새싹 세 개를 묻었다. 만약 죽은 게 아니면 어쩌지. 땅이 단단해지도록 삽으로 내리치며 잠시 걱정했다. 벌써 생명을 책임지고 싶지는 않았다. 하지만 그럴 리는 없을 것이다. 다른 새싹들에 비해 물기도 없이 바짝 말라 있었으므로, 설령 아직 살아 있다고 한들 땅에서 버티지 못하고 죽을 거였다. 자연스러운 도태는 어찌할 길이 없다. 나인은 삽을 내려놓고 두 손바닥을 맞잡았다. 도통 뭐라 불러야 할지 모르겠는 새싹들에게 처음이자 마지막 인사를 건넸다. 어쩐지 좀 부끄러워, 소리를 내지는 않았다.

만나서 반가웠다.

3

나인은 보관대에 자전거를 세우고 구겨진 실종 전단지를 주웠
다. 전단지는 어디에 붙어 있다가 떨어졌는지 모서리에 테이프가
붙어 있었다. 밟힌 자국이 많지 않은 걸 보니 떨어진 지 오래되지
않은 모양이었다. 나인은 전단지가 어디서 떨어졌을까 주위를 살
폈고, 어렵지 않게 나인이 자전거를 대는 보관대 기둥이라는 걸 알
수 있었다. 위아래로 붙은 두 장의 전단지 사이가 비어 있다. 딱 한
장 크기로. 언제부터 붙어 있었을까. 본 기억이 없는데. 어젯밤이나
오늘 아침에 붙여 놓은 것이라고 생각하고 싶었지만 전단지는 몇
번 비에 젖었다 마른 흔적이 선명했다. 낙엽처럼 버석거렸다. 그러
니까 오래도록 여기에 붙어 있었지만 나인이 이제야 발견한 것이
다. 수차례 드나든 곳임에도 관심이 없어 보지 못했다. 버젓이 붙
어 있었음에도. 나인은 기둥에 붙은 전단지를 천천히 훑었다. ㄲ
트머리에는 연락처가 있었다. 당시 목격한 사람에겐, 어떤 내용이
든 좋으니 본 것을 알려만 준다면 사례금을 드리겠다는 문구도 적

혀 있었다. 나인이 전단지를 원래 자리에 붙였다. 테이프가 떨어지지 않도록 꾹꾹 누르며 박원우의 사진과 함께 사라진 일시, 인상착의, 그리고 마지막 동선을 눈으로 훑었다. 박원우는 2020년 7월 9일 22시 07분경 경인고속도로 고가 밑 선연 사거리에서 선연산 부근 방향으로 간 모습을 마지막으로 집에 돌아오지 않았다.

미래가 나인의 책상을 두드린 때는 점심시간이었다. 그 전까지 나인은 멍하니 허공을 바라보다 책상에 엎드리기를 반나절 동안 반복했다. 생각이 많다는 걸 알아차렸는지 미래는 2교시가 끝난 쉬는 시간에 등을 한번 어루만져 준 뒤로 나인에게 말을 걸지 않았다. 다행이었다. 미래가 꼬치꼬치 캐묻는 성격이었다면 나인은 설명할 길이 없어 한번쯤 애꿎게 짜증을 냈을 테니까. 나인이 고개를 들어 올렸다. 무릎 꿇고 앉아 책상에 팔을 올린 미래가 보였다.

"너 아파?"

나인이 고개를 저었다.

"너 오늘 내내 엎어져 있어. 알아?"

나인이 고개를 끄덕였다.

"그런데 아픈 게 아니라고?"

나인이 다시 고개를 끄덕였다. 미래는 영 믿지 못하겠다는 표정이었다. 나인이 새벽의 일을 떠올리며 지그시 입술을 깨물자 미래가 그런 나인의 아랫입술을 잡아당겼다. 입술을 잡힌 나인이 뭉개진 발음으로 므래야, 하고 불렀다. 미래는 대답 대신 잡고 있던 입술을 놓았다.

"만약에 내가 인간이 아니고 식물이라면 어때? 그니까 인간이기는 한데 식물인 거야."

물론 믿으라고 한 이야기는 아니었다. 이게 얼마나 허무맹랑한 소리인지 타인의 반응을 통해 확인받고 싶어 던진 말이었다. 미래는 세상을 건조하게 바라보는 애였다. 감정에 가라앉는 건 아무것도 바꿀 수가 없고, 무언가에 슬픔을 느꼈다면 그 슬픔을 다시 느끼지 않도록 원인을 분석하고 문제를 해결해야 한다고 믿었다. 이를테면 현재가 울 때마다 미래는 현재를 울게 만든 원인을 찾아 없애는 식이었다. 놀리는 애가 있으면 찾아내 혼내거나 어른에게 도움을 요청했으며, 시험을 망쳤을 때는 울어 봤자 성적은 바뀌지 않으니 그 시간에 차라리 영어 단어나 외우고 수학 문제 하나라도 더 풀라고 말했다. 몇몇 친구는 그런 미래의 화법을 불쾌하게 여기거나 마음에 들어 하지 않았지만 나인과 현재는 그런 미래를 좋아했다.

그러니 차라리 미래가 박장대소하거나 뭐라는 거냐며 비웃어주기를 바랐는데.

"나무? 꽃? 아니면 꽃 피는 나무? 선인장?"

미래는 가끔 이상하게 친절하다.

"아니다. 내가 방금 한 말 잊어 주라."

부끄러움은 뒤늦게 얼굴을 홧홧하게 만들며 찾아왔고 붉어진 나인의 귓바퀴를 미래는 애써 못 본 척해 주었다.

그 선배를 다시 발견한 건 학교 정문의 자전거 보관대 앞이었다. 나인은 자신도 모르게 발소리를 줄였다. 선배는 기둥에 붙은 실종 전단지를 쳐다보고 있었다.

"권도현 뭐 해! 빨리 오라고, 새끼야."

멀리서 다른 학생들이 그를 불렀다. 그는 서둘러 자리를 떴다. 그 선배의 이름은 권도현이었다.

참 핏자국 같다. 도장 한구석에 누워 나인이 천장에 묻은 얼룩을 보며 곱씹었다. 효정과 석구가 싸우다 터뜨린 콜라 자국이었다. 그때 지각하는 게 아니었는데. 하필 그날 늦잠을 자는 바람에 두 사람의 살벌했던 격투를 놓쳤다. 효정은 눈에, 석구는 갈비뼈에 멍이 들 정도로 싸웠으면서 두 사람은 왜 싸웠는지 끝끝내 말해 주지 않았다. 그게 벌써 반년 전이다. 천장에 묻은 얼룩을 보고 있던 시야로 효정의 얼굴이 불쑥 나타났다.

"그렇게 멍하니 있을 거면 나랑 애들 간식 사러 나갈래?"

나인을 끌고 효정이 밖으로 나갔다. 효정은 아시아 주니어 태권도 선수권 대회에 출전해 은메달을 딴 선수였다. 관장이 학부모에게 설명하는 걸 엿듣다가 알았다. 그 전까지 나인은 효정이 대회에 나갔다는 사실을 전혀 모르고 있었다. 효정이 한 번도 그런 이야기를 내뱉은 적이 없었기 때문이다. 대학교를 다니지 않는다는 것도 석구를 통해 들었다. ㄱ대학교 체육교육과에 합격했는데 진학을 포기했단다. 석구가 그 이상 말해 주지 않았으므로 나인이 아는 건 그게 다였다.

과자와 아이스크림이 잔뜩 든 바구니를 계산대에 올렸다. 관장에게 받은 카드를 꺼내던 효정이 결심한 듯 나인을 불렀다.

"맥주 하나만 가지고 와라."

효정은 나인이 가져온 맥주를 과자 틈바구니에 슬쩍 밀어 넣었다. 관장의 카드를 직원에게 내밀며 나인에게는 비밀로 해 달라는 눈짓을 보냈다.

캔 맥주 따는 소리가 길거리에 퍼지자, 행인 몇몇이 효정을 힐끗 쳐다봤으나 효정은 개의치 않고 걸으며 맥주를 들이켰다.

"그래서, 무슨 일인데?"

나인이 물었다.

"아무 일도 없는데?"

"아무 일도 없기는."

"그럼 너는 무슨 일인데?"

"일 없는데?"

"없기는."

두 사람은 동시에 입을 다물었다. 말할 수만 있다면 누군가에게 시원하게 다 털어놓고 싶은데, 대체 뭐라고 말을 할 수 있을까. 나인이 봉투 손잡이를 매만지며 말을 골라 보려 했지만 도통 적당한 문장이 떠오르지 않았다. 더군다나 이걸 문제라고 할 수 있을까. 문제에는 반드시 해결이 따라야 하는데, 나인을 심란하게 만드는 이 일에는 해결이랄 게 없다.

말없이 걷던 효정이 어느덧 비운 맥주 캔을 쓰레기통에 버리며 물었다.

"태권도 그만둔다는 사람치고 도장 오래 나오네?"

태권도를 포기했지만 계속하는 이유를 말하려면 태권도를 포기한 이유를 생각해야 했고, 태권도를 포기한 이유를 생각하려면 시작한 이유로 거슬러 올라가야 했다. 태권도를 시작한 이유는 간단했다. 도복이 멋있어 보였다. 어느 날 길을 걷다가 태권도 도복을 입은 학생 둘을 봤다. 그게 멋있어 보였다. 도복을 입고, 띠를 두르고 무술을 한다는 것이. 어떻게 멋있지 않을 수가 있나. 그때부터 언젠가 태권도를 배우고 말겠다는 목표를 세웠다.

막상 해 보니 생각보다 더 즐거웠다. 지루하면 그만두려고 했는데 지루하지 않아서 계속 다녔다. 계속 다니다 보니 품새가 올라갔고, 자연스레 대회에 나갔다. 운이 좋으면 우승을 했고 운이 나쁘면 졌다. 그런 걸 반복하다 보니 어느새 태권도는 '돌려차기'를 위해 배웠던 놀이에서 슬슬 진로와 직업이라는 딱딱하고 버거운 단어로 옮겨 가기 시작했다. 지모는 나인의 선택에 모든 걸 맡겼다. 하라고 강요하지 않았고 하지 말라고 말리지도 않았다. 나인은 누워서 곰곰이 자신이 정말 태권도를 계속해도 되는지를 고민했다. 그러다 며칠 뒤 관장에게 태권도를 직업으로 삼고 싶지는 않다고 말했다. 관장은 아쉬운 기색을 내비치며 그 이유를 물었다. 나인은 덤덤하게 대답했다. 저도 눈물이 안 나요.

"꼭 질 때 눈물이 나야만 한다고 생각해?"

효정이 물었다. 나인은 잠시 고민하다 고개를 끄덕였다.

"그냥 이거 말고 다른 게 있는 거 같아. 막 눈물이 나고 그런 일. 안 되면 열 받고, 분하고, 내가 너무 싫고. 그렇지만 결국 하게 되는 그런 일."

사람들은 그걸 간절하지가 않은 것이라고 표현했다. 나인과 대결했던 어떤 선수들은 지면 나인이 억지로 메달을 빼앗은 것처럼, 그렇게 무언가를 뺏긴 것처럼 투구 사이로 흐른 땀만큼이나 굵은 눈물을 뚝뚝 흘렸는데 나인은 어째서인지 눈물이 나지 않았고, 그러다 언젠가 그 간절한 눈물에 지고 말 것이라는 걸 깨달았다.

효정은 포기하지 말라거나 아니면 일찍 포기하기를 잘했다는 말을 해 주지 않았다. 말없이 한참 동안 걷다가 도장 건물 앞에 다다라서야 입을 열었다.

"나도 다음 달에 그만둬. 관장님이랑 말 다 끝내 놨어. 너한테는 미리 말해야 보복을 안 당할 것 같아서."

"왜 그만둬?"

대학교 진학을 포기하고 국가 대표 선발전에 나가지 않았다는 소식을 들었으면서도 나인은 막연히 효정이 언제까지나 태권도를 하리라 믿어 의심치 않았다.

"언니는…… 언니는 울잖아."

효정은 울었다. 오심으로 졌을 때도 경기장 구석에 웅크려 앉아 엉엉 울었다. 나인은 효정이 흘리는 눈물의 온도를 안다. 나인이 태권도를 포기하게 만든 눈물이었으니까.

"그냥 여기가 내가 있을 곳이 아닌 것 같아서. 나는 아무리 해도 안 될 것 같은 뭐 그런 거."

효정은 말을 마치며 웃었는데 더는 묻지 말라는 암묵적인 부탁 같았다. 효정은 평소처럼 아이들을 봐주고 하원을 위해 관장과 함께 도장을 빠져나갈 때까지 자신이 한 말을 잊은 사람처럼 아무렇지 않게 굴었다.

청소기를 돌린 뒤 창문을 닫으며 석구도 이 사실을 알고 있을까, 생각했다. 모르고 있다면 알게 되었을 때의 반응이 궁금했다. 하지만 석구에게 묻지는 못하리라. 모르고 있다면, 효정의 입장도 입장이지만 석구가 상처받을 것 같았다.

마음이란 알 수 없는 것이다. 오전까지 아무렇지 않았는데 다음 달부터 효정이 나오지 않는다는 사실을 알게 되니 나인은 도장이 낯설어졌다. 효정이 없었던 시절에도 이 도장을 다녔음에도 불구하고. 언젠가는 결국 떠날 곳인 줄 알고 있었음에도 불구하고.

그러니까 마음이란 참 이상하다. 몇 백 광년 떨어진 곳에서 온 존재라는 말을 듣기 전까지 이곳의 일들은 너무 당연했는데, 그 말을 들은 다음부터 이 행성이 묘하게 자신과 맞지 않는다는 생각이 들었다. 이곳에서 말을 하고, 숨을 쉬고, 먹는 일 자체가. 세상이 뒤바뀐 것도 아니고 단지 모르고 있던 비밀을 알게 된 것뿐인데 그때부터 모든 것이 낯설고 어색하게 느껴졌다. 딱 도장처럼.

나인이 화단에 몰래 새싹을 심고 왔던 그 새벽, 지모 역시 잠이 오지 않았는지 나인의 방에 찾아와 나란히 침대에 누워 그런 말을 해 주었다. 너는 땅에서 태어났지만 다른 누군가는 알에서 태어나고, 또 다른 누군가는 물속에서 태어나 치어로 살다가 뭍으로 나오며, 또 어떤 이는 자신의 살을 떼어 도자기처럼 굽는다고. 듣다 보니 생명을 십 개월이나 몸속에 품고 있는 것이 불필요할 정도로 길다는 생각도 들었다. 나인은 다른 외계인들도 전부 지구로 옮겨 와 살고 있느냐고 물었다. 지모는 아니라고 했다. 행성이 사라져 완전히 이주한 종족은 우리밖에 없고 다른 종족들은 이사를 가듯 행성을 옮기거나 여행을 다닐 뿐이란다.

그럼 인간들도 그 사실을 알아?

모를걸?

왜?

다들 정체를 들키고 싶지 않아서 꽁꽁 숨기고 있으니까.

그럼 지모는 외계인이 있다는 걸 어떻게 알아?

우리는 그냥 딱 보면 알아. 아, 쟤도 바깥에서 왔구나. 신호등이 깜빡일 때 걷지 않는 사람들 있잖아. 버스를 탈 때 노인이나 아이를 위해 한발 양보하거나 지하철에서 사람이 다 내려야만 타는 사람. 이상하리만치 느긋하게 질서를 지키는 사람들. 그 사람들이 외계 인이야.

왜?

인간들이 정해 둔 규칙을 지키는 거지. 외부인이니까.

그날 지모의 말을 들으며 나인은 다짐했다. 세상에 외계인은 많다. 그러니까 괜히 심각해지지 말자.

나인은 외곽 도로의 버스 정류장 앞에서 걸음을 멈췄다. 내리는 사람도, 타는 사람도 없어 이따금 버스가 그냥 지나치는 정류장이 었다. 폭설을 대비한 모래함뿐인 그곳에 한 아저씨가 전단지를 붙이고 있었다. 며칠 전 학교 정문에 찾아왔던 아저씨였다. 그냥 지나갈까. 어차피 아는 사이도 아니고, 그 사건을 알게 된 지도 얼마 안됐는데.

페달에 다시 발을 올렸다. 하지만 나인은 이내 인상을 찌푸리며 발을 내리고 자전거를 끌었다. 오지랖이 문제다. 애초에 몰랐어야 했는데.

"저기요."

"……."

"저기요, 아저씨."

청색 테이프로 실종자 전단지를 붙이던 아저씨가 고개를 돌렸다. 나인을 보고는 허겁지겁 바닥에 놓인 전단지를 들었다. 양이 제법 많아 보였다.

"으응, 내 낼이나 모레쯤 붙인 거 싹 다 뜯어 갈라니깨 걱정 마쇼. 파출소서 제때 띠믄 며칠은 붙여두 된다고 했고만."

아저씨가 멋쩍게 웃으며 횡설수설 말을 이었다. 혹여나 나인이 전단지를 떼라고 할까 싶어 내뱉은 다급한 변명이었다.

"그게 아니라, 여기 어차피 아무도 안 타고 안 내려요. 여기다가 붙여 봤자 아무도 안 봐요."

아저씨는 그제야 가게 하나 없고 사람 한 명 다니지 않는 길을 둘러봤다.

"……그려? 그려두 여짝에 하나라도 붙여야 내 마음이 좀 나으니깨."

"저기, 저 화원 보이세요?"

나인이 화원을 가리켰다. 아저씨가 고개를 돌려 화원을 보고는 도로 나인을 쳐다봤다.

"저기 우리 이모가 하는 곳이거든요. 구경 오는 손님도 제법 있어요. 남은 전단지 주시면 찾아오는 손님들 하나씩 드리거나 식물 포장할 때 쓸게요. 포장할 때 쓰면 좀 그러실 수도 있지만 손님들이 각지에서 찾아오거든요. 실종자 전단지는 멀리까지 가야 더 좋지 않을까요?"

아저씨는 머뭇거리다가 이내 전단지를 넘겼다.

"고맙네, 참 고맙네……."

맨손으로 전단지를 붙인 탓에 손가락이 죄다 터 있었다.

승택은 나인이 두 손 무겁게 들고 온 전단지를 테이블에 놓았을 때 예고도 없이 찾아왔다. 나인은 승택의 손을 붙잡아 끌어당긴 뒤 문을 닫았다. 도망가지 못하도록.

승택은 강원도 양양 어디쯤에서 태어났다. 강한 바닷바람을 이겨 내고 자란 싹이었지만 약하게 태어난 탓에 밖에 나가지 못하고 수액을 맞으며 버텼다. 그렇게 해도 차도가 없었다. 결국 승택은 그 다음 해에 누브 의사인 밀러에게 치료받기 위해 캐나다 앨버타주로 떠났다. 에메랄드 빛 루이즈 호수와 로키산맥, 그리고 빽빽한 침엽수가 있는 곳이었다. 승택이 지냈던 치료실은 울타리 대신 침엽수가 벽처럼 촘촘하게 자란 2층짜리 오두막집이었다. TV나 컴퓨터, 휴대 전화 같은 전자 기기 하나 없는 곳에서 승택은 공을 가지고 놀거나 그림을 그리거나 책을 읽었다. 그게 다였다. 그런 승택에게 아버지, 그러니까 나인에게 지모가 있듯 승택은 자신을 길러 준 사람을 아버지라고 불렀는데, 그 아버지가 그해에 승택과 같이 태어난 나인에 대해 이야기해 주었다.

"너는 태권도도 하고, 자전거도 타고, 휴대 전화도 가지고 있다는 거야. 나는 전파가 독이라 피해야 했거든. 아무튼 잘 버티면 나도 너처럼 다 할 수 있을 거라고, 그런 얘기를 계속 들었어."

바닷바람을 맞고 자란 승택의 꿈은 요트 선수였다고 했다. 도중에 포기했지만. 그렇지만 언젠가 몸이 완전히 회복된다면, 그래서 나인처럼 태권도를 할 만큼 건강해진다면 꼭 도전해 보고 싶다고 말했다. 그때까지 지구에 있을 수 있다면 말이다.

"그래서 네가 되게 궁금했어."

"……."

"네가 내 유일한 친구였거든. 단 한 번도 만난 적 없었지만 나한테는 그랬어. 그래서 네가 나를 알 거라고 생각했어. 나는 네 이야기를 듣고 자랐으니까 너도 당연히 그럴 줄 알았거든. 그해에 피어난 아이들은 우리 둘뿐이니까."

나인은 '피어났다'는 말을 곱씹다, 그것이 '태어났다'와 같은 뜻임을 깨달았다.

"어쨌거나 봤으니까 됐어. 살아 있어서 다행이야."

처음 들어 보는 종류의 안부였다. 적당한 반응이 떠오르지 않았다. 어떤 기분인지 설명하기도 어려웠다. 나인은 그런 어정쩡한 표정으로 승택을 바라봤다.

"목표 달성 성공했네, 그럼. 축하해."

승택은 헛숨을 뱉듯이 웃었다. 그리고 찾아온 적막. 나인은 뒤늦게야 머쓱함이 밀려왔다. 만나고 싶었다는 말을 얼굴색 하나 변하지 않고 말하다니. 도망가던 도둑 체포하듯이 붙잡은 게 그제야 미안해졌다.

"그해에 우리 두 명만 태어났다는 거지?"

나인이 확인차 되물었다. 승택이 고개를 끄덕였다.

"한국에서?"

"아니. 지구에서."

승택의 말은 기습적으로 옆구리를 파고든 발차기처럼 사람을 당황시켰다. 마땅한 대꾸가 생각나지 않았다.

"누브족은 지금 지구에만 있어. 그다음 해, 그리고 그다음 해, 그렇게 올해까지 아무도 피어나지 않았고 우리 직전에 누브가 피어난 건 십이 년 전이야."

"열 개의 싹 중에 평균 두 명에서 세 명 정도는 태어난다며."

"지금은 열 개를 심으면 열 개 다 죽어."

"왜?"

"땅이 달라지고 비도 달라지고 공기도 달라졌으니까."

정말 아무것도 모른다. 나인은 그 문장을 이제야 실감했다.

"그래서 다 죽는대. 나도 들었어. 다른 행성을 찾는 것도 그래서고. 아마 네가 싹을 피우면 그 싹도 이 지구에서 심게 하지 않을 거야. 이주해서 심어야 하니까. 어쨌거나 우리는 멸종 중이야. 우리는 살아 있지만 이렇게 있다가는 곧 사라질 테니까."

나인은 멸종이라는 말이 어쩐지 자신과 어울리지 않는 느낌이었다. 너무 오래도록 인간이라 믿고 살아서일까.

"다른 행성을 찾는다니?"

"말 그대로. 떠나야 해. 여기 있다가는 정말 다 사라질 거니까. 다음 해에도, 그다음 해에도 싹이나 꽃을 피우지 못하면 언젠가 반드시 사라지겠지. 너희 이모가 가는 산림 협회 알지? 거기가 누브 책임자 모임이야. 협회에 모여서 떠날 행성을 물색 중일 거야."

지모는 왜 이것까지는 알려 주지 않았을까? 알 필요가 없다고 생각했을까? 나인은 속이 답답해졌다. 멸종이라는 단어에는 현실성이 없다. 슬퍼해야 할까? 하지만 슬픔을 느끼기에 그 절망은 나인의 삶과 직접적으로 닿아 있지 않은 것처럼 느껴졌다. 이곳을 떠날지도 모른다. 머지않아 다른 곳으로 가리라. 어떻게, 무엇을 타고 우주를 이동하는지는 모르겠으나 이미 한번 이곳에 왔으니 다른 곳으로 또 떠나는 건 문제도 아닐 터였다. 모두가 다 가는 것일까? 그렇진 않을 것이다. 지모가 분명 지구에 올 때도 이주를 원치 않는 자들은 그곳에 남아 행성과 함께 죽었다고 했다. 강압이 없다면 원하는 사람만 떠나리라. 거기까지 생각을 정리하자, 세차게 뛰던 심장이 빠르게 진정되었다. 나인은 떠나고 싶지 않았다. 닿았던 인연을 두고 가는 건 상상이 되지 않았다. 하지만 지모도 나인처럼 이곳에 남고 싶어 할까. 나인은 확신할 수 없었다.

언젠가 사람들이 지모를 보고 수군댔던 것처럼 나인의 눈에도 지모는 종종 외로워 보였다. 동의하고 싶지 않지만 그래 보였다. 나인이 외면한다고 해서 감춰지는 일이 아니었다. 지모가 언제 행복해했더라. 물론 지모는 언제나 행복하다고, 즐겁다고, 화원에 있으면 평화롭다고 말하지만 거울 앞에 오래도록 머물고, 신발을 고민하며 즐겁게 외출하는 일은 그리 흔치 않았다. 외롭지 않다는 지모의 말은 실은 외로움이 무엇인지 몰라서일 수도 있다. 지모 말마따나 사람들은 대부분 아는 척을 할 뿐 실은 아는 게 거의 없으니 지모 역시 외로움이 무엇인지 모를 가능성이 컸다. 그 말은 곧 자신도 외로움을 모른다는 뜻이 되겠지만, 어쨌거나 나인은 부디 지모도 자신만큼이나 이곳을 사랑하기를 바랐다. 그렇지 않으면 지모와 친구들 중 하나를 선택해야 하는 최악의 상황이 올 테니까.

"어쨌든 우리는 태어났잖아."

승택이 위로처럼 웃으며 말을 건넸다. 그것을 위로로 받아들여도 되는지 알 수 없어 나인은 어설프게 따라 웃었다. 두 사람은 떠난다는 것과는 상관없는 식물의 소리 따위에 대해 오래도록 대화를 나눴고, 시간은 어느새 자정에 가까워졌다. 늦었다며 자리에서 일어나던 나인은 자신을 따라 의자를 정리하는 승택에게 물었다.

"그래서 생겼어?"

"뭐?"

"휴대 전화."

승택이 고개를 끄덕였다. 두 사람은 그 자리에서 번호를 교환했다. 나인은 나가는 길에 테이블에 있던 전단지 하나를 승택에게 건넸다. 승택은 이게 뭐냐고 묻더니 전단지를 훑은 뒤 반듯하게 접어 주머니에 넣었다. 나인은 멀어지는 승택의 뒷모습을 지긋이 바라보았다. 지난번처럼 눈 깜빡할 새에 사라지는 건 아닌가 하고. 하지만 승택은 느긋하게 걸어갈 뿐이었다.

브로멜리아드 문을 닫고 나인은 잠시 망설였다. 왼쪽은 집으로 가는 방향이고 오른쪽은 선연산으로 가는 방향이었다. 자정이 넘었으니 산에 오르는 건 위험하다는 걸 알면서도 나인은 결국 오른쪽을 택했다.

굳이 캐나다까지 간 이유가 있느냐고 나인은 승택에게 물었다. 밀러가 그곳에 있어서이기도 하지만 무엇보다 빛을 감추기 위해서는 사람의 발길이 닿지 않고 인근에 마을이 없는 곳이 안전하기 때문이라고 승택은 대답했다. 그러니까 그 빛. 나인이 지난 새벽, 브로멜리아드 주변의 땅을 파랗게 빛나게 했던 그 힘을 승택은 '상생'이라 했다. 땅과 식물이 우리를 키우고, 우리는 그들이 준 에너지를 몸속에 가두어 자라다가 일정 나이가 지나 싹을 틔울 때가 오면 스스로 그 에너지를 만들어 땅과 식물에게 돌려줄 수 있노라고. 나인이 한 번에 이해하지 못하자 승택은 조금 더 간단하게 말했다. 서로가 같은 에너지를 쓰는 거라고. 필요에 따라 교환할 수 있는. 해가 지면 숲으로 가라 했다. 아무런 방해도 없는 곳에 편안히 누워 있으면 어느 순간 땅이 파랗게 빛나기 시작할 거라고. 땅이 네 안에 있는 에너지를 흡수할 텐데, 무섭겠지만 걱정은 하지 않아도 된다고. 편안할 거라고. 가져간다고 소멸되거나 하지 않으니까. 그냥 조금 지칠 뿐이지. 그래서 밤이어야 한다. 식물들이 잘 때. 식물들이 활동할 때는 너무 많은 에너지를 뺏기니까. 그렇지만 땅과 식물은 절대로 너를 해치지 않을 것이고, 네가 편안할 수 있도록 포근한 안식처가 되어 준다는 걸 기억하라고. 그곳이 네가 피어나기 전에 있던 집이니까.

마을 사람들이 산나물을 캐기 위해 몰래 드나들다 생겼다는 산길은 험난했다. 길이라고 부를 수 없을 정도였다. 그저 발길이 닿아 조금 평평해졌을 뿐이다. 나인은 나무를 손잡이 삼아 산을 올랐다. 그사이 끊임없이 재잘거리는 소리가 들렸다.

나인이 어느 나무의 허리를 잡았을 때, 자고 있던 나무가 나뭇잎을 부르르 떨며 무어라 속삭였고, 그러자 곧 주변에 있던 식물들도 서로 대화를 나누듯 수군거리기 시작했다. 정체를 묻는 것 같기도 했고 이름을 묻는 것 같기도 했다. 어쨌거나 적대적인 반응은 아니었다. 지모의 말처럼 언어는 통하지 않았지만 느껴졌다. 자신을 반기고 있다는 걸.

여름밤은 해가 져도 여전히 더웠다. 몸을 움직이자 금세 열이 올랐다. 나인이 이마에서 흐르는 땀을 손등으로 훔치며 걸음을 멈췄다.

중학교 졸업식이 끝나고 친구들과 함께 겨울 산을 올라 별을 감상했던 장소였다. 지모와 함께 밤을 주우러 왔다가 발견한 은신처이기도 한 산속의 작은 공터에 나인은 엉덩이를 붙였다.

누워 바라본 하늘에는 별들이 촘촘히 박혀 있었다. 선명하게 빛나는 여름 대삼각형과 그 한 꼭짓점을 기점으로 독수리자리도 보였다. 나인이 숨을 크게 내쉬었다. 그러자 주변에서 계속 수군거리던 나무들이 일순간 조용해졌다. 그 틈으로 풀벌레 소리와 멀리서 들리는 매미 울음소리, 부엉이 소리가 파고들었다. 나인은 흙냄새와 풀 냄새, 여름밤의 눅눅한 공기 냄새를 맡으며 눈을 감았다.

승택과 지모에게 말하지는 못했지만, 실은 전부 믿을 수는 없었다. 어떤 말은 거짓말 같고, 어떤 말은 그럭저럭 믿을 만하게 느껴졌다. 자신이 지구인이 아니라 누브라는, 우주 저 멀리에서 온 종족이라는 증거는 손톱에서 자란 새싹을 통해 증명한 셈이지만, 지구의 식물과 에너지를 교환할 수 있다거나 우리가 멸종 중이라는 말은 아무리 생각해도 흡수가 되지 않았다.

풀밭 위에 드러누운 몸이 점점 편안해졌다. 나인은 목욕하고 나서 보송보송한 이불 속에 파묻힌 것 같은, 혹은 볕이 잘 드는 창가 소파에서 낮잠을 자는 것 같은 나른함을 느꼈다. 이곳이 산 중턱이라는 사실도 잊었다. 그대로 잠들고 싶었다. 한동안 조용해졌던 식물들의 재잘거림이 다시 시작됐을 즈음, 나인은 감았던 눈을 천천히 떴다.

파란 불씨. 그러니까 타닥타닥 타들어 가는 모닥불이 보였고, 그 모닥불에서 터지는 불씨 같은 것이 허공에 떠다녔다. 파란빛을 내뿜으면서. 언뜻 보면 반딧불이 같기도 했다.

나인은 상체를 일으켰다. 심장이 세차게 뛰었다. 혈관 같기도 하고 물줄기 같기도 한 파란빛이 땅과 나무에 뒤엉켰다. 나뭇가지에 붙은 턱잎에서 잎자루가 뻗더니 크고 단단한 잎몸이 자라고, 오므리고 있던 꽃들도 낮처럼 활짝 꽃잎을 편 채 몸을 흔들었다. 나인은 파랗게 빛나는 땅과 나무, 잎과 꽃을 천천히 둘러봤다. 선명히 들린다. 저들의 웃음소리가. 행복해하는 소리가.

그리고 나인을 부르는 어떤 목소리도.

4

집에 들어오자마자 문자 한 통이 도착했다.

엄마 오늘 새벽에 감.

밥 챙겨 먹어.

새벽에 온다고 했지만 아닐 것이다. 빨라야 새벽이고 늦으면 다음 날 아침, 더 늦으면 다음 날 저녁이 되어서야 돌아올 거였다. 답장 없이 화면을 껐으나 신발을 다 벗기도 전에 문자 한 통이 더 도착했다. 내용은 짧았다.

시식.

망설임 없이 도로 집을 나섰다. 학원을 마치고 온 터라 몹시 배고픈 상태였다.

미래는 어느 순간 엄마보다 엄마 애인, 그러니까 요한이 더 편했다. 요한은 자신이 미래의 엄마, 그러니까 자신의 애인보다 어려서 미래와 더 잘 통하는 거라고 했지만 그래 봤자 엄마와는 고작 네 살 차이였고 미래와는 열여덟 살 차이가 났다. 그래도 여러모로 요한은 이모보다 언니 같은 느낌이었다. 요한을 요한의 나이로 보는 사람은 거의 없었다. 아주 어리게 보면 20대 후반으로 보았고 많게 봐도 30대 초반이었다.

요한이 젊게 보이는 이유로 남들은 동안의 조건을 갖춘 외모를 손꼽지만, 미래는 그것보다 입고 다니는 옷과 취향의 영향이 더 크다고 판단했다. 요한은 편안함과 자연스러움을 추구했다. 가벼운 차림을 좋아했고, 그런 옷맵시가 잘 맞는 사람이었다. 그래서 그럴 것이다. 특정 나이에 입어야 하는, 혹은 그 나이가 되어야만 입을 수 있는 옷에 얽매이지 않기에 사람들은 요한의 나이를 쉽게 짐작할 수 없었다. 더욱이 생각이나 말투에서도 누군가를 가르치는 듯한 뉘앙스가 조금도 섞여 있지 않아서 같이 이야기하다 보면 미래는 그저 친구나 나이 차이가 적게 나는 언니 같은 느낌을 받았다. 그러니 갈수록 엄마보다 요한과 대화를 나누는 일이 많아지는 것은 어쩔 수 없었다.

미래는 닫힌 레스토랑 정문을 확인하고 건물 뒤편으로 걸음을 옮겼다. 주차장에는 직원들 차가 몇 대 세워져 있었고 후문 바로 옆에는 그날 나온 각종 쓰레기가 큰 종량제 봉투에 담겨 차곡차곡 쌓여 있었다. 후문에서 희미하게 빛이 새어 나왔다. 잠금장치에 지문이 등록되지 않은 미래가 바로 들어올 수 있도록 문을 열어 둔 것이었다. 미래는 손잡이를 잡고 문을 당겼다. 요한의 목소리가 들렸다.

한산한 주방에는 요한과 부주방장 둘뿐이었다. 부주방장은 공손하게 모은 두 손에 앞치마를 쥔 채 요한이 말할 때마다 고개를 끄덕였다. 고성이 오가지는 않아도 분위기로 보아 영락없이 혼나는 중이었다. 요한은 늘 조곤조곤한 말투로 사람을 때렸다. 그 말에 맞으면 티는 나지 않아도 내상이 크다는 걸 미래는 누구보다 잘 알았다.

미래가 큰 소리로 목을 가다듬었다. 미래를 본 요한이 부주방장의 어깨를 두드리며 들어가 보라고 말했다. 미래는 눈이 마주친 부주방장에게 옅은 고갯짓으로 인사한 뒤, 그가 주방을 빠져나가고서야 입을 열었다.

"그러다 아무도 안 남아나겠다."

미래가 비아냥거려도 요한은 웃으며 콧잔등을 찌푸릴 뿐이었다. 미래는 구석에 놓인 다리 긴 의자를 스테인리스 조리대로 끌고 와 앉았다. 요한이 건네는 따뜻한 손수건으로 손을 닦고 머리카락이 흘러내리지 않도록 손목에 걸려 있던 끈을 당겨 묶었다.

요한이 시식을 부탁하기 시작한 건 친해지려는 의도였음을 미래도 알고 있었다. 엄마의 소개로 두 사람이 처음 만났던 날, 멀뚱거리는 표정으로 쳐다보기만 하는 미래에게 요한은 새로 만든 요리를 첫 번째로 먹어 봐 줄 수 있느냐고 물었다. 미래가 아무런 반응도 하지 않자 요한은 자신이 만든 요리를 장황하게 설명하기 시작했다. 새벽마다 도착하는 싱싱한 연어를 불에 살짝 구워 특제 소스를 발라 먹는 요리라고 말이다. 음식이 정말 먹고 싶었다기보다 요리를 설명하는 요한의 표정이 싱그러워서 마음이 동했다. 요한은 미래에게 엄마 몰래 와야 와인도 조금 줄 수 있다고 속삭였다. 그날 이후 요한은 새로운 요리를 만들 때마다 미래에게 시식을 요청했다.

요한이 만든 이번 메뉴는 크림소스를 얹은 미트볼이었다. 주먹만 한 미트볼 두 덩이에 구운 양파, 매시드 포테이토를 곁들였다.

요한이 운영하는 레스토랑의 메뉴는 양식 위주였다. 스테이크와 파스타가 주를 이뤘다. 햄버그스테이크가 있긴 했지만 어린 손님들을 위한 서비스일 뿐이지 내세우는 메뉴는 아니었다. 다진 고기 요리는 주 메뉴로 내놓지 않는다는 걸 알고 있기에 미래는 의아한 표정으로 요한을 볼 수밖에 없었다. 요한이 조리대에 두 팔을 걸쳤다. 묻지도 따지지도 말고 일단 먹어 보라는 듯 눈짓으로 요리를 가리켰다.

미트볼은 칼로 썰어야 할 만큼 단단했다. 미래는 양손을 써서 한입 크기로 잘라 입에 넣었다. 언제나 그랬듯 요한의 음식은 맛있었다. 미래의 얼굴을 본 요한이 웃었다.

"그거 콩으로 만든 고기야. 말 안 해 주면 모르겠지?"

미래가 고개를 끄덕였다. 썰어 놓은 미트볼을 하나 더 입에 넣었다. 미래가 먹는 동안 요한은 가스레인지에 남은 기름때를 닦았다. 요한은 언제나 무언가를 닦는다. 오늘은 가스레인지지만 지난번에는 식기였고, 지지난번에는 주방 바닥을 닦았다. 자신의 소유라는 건 저토록 닳아 없어질 때까지 닦아대는 것이구나. 남들한테 뺏기느니 차라리 자신이 닦아 없애겠다는 마음으로. 요한의 목표는 자신의 이름을 건 레스토랑을 갖는 것이었다. 요한이 20대를 어떻게 보냈는지는 물어본 적이 없어 알 수 없다. 다만 파편적으로 들은 그 시절은 프랑스와 이탈리아 등의 유럽 그리고 한국의 레스토랑이 전부였다. 아마 아침마다 갈아 마시는 건강 주스처럼 요한은 자신의 20대도 그곳에 갈아 넣었을 것이다. 요한이 처음 미래에게 인사를 건네며 악수를 청했을 때 미래는 요한의 손가락과 손등에 난 상처를 보았다. 나중에야 들었는데 몇 개는 칼에 베인 것이고, 몇 개는 아예 살점이 썰린 것이며, 몇 개는 화상 자국이고, 몇 개는 감자칼에 베인 거였다.

미래는 빈 그릇을 들고 개수대로 향했다.

"그냥 담가만 둬."

하지 말라고 할 거면 가스레인지를 그만 닦든가. 요한의 말을 무시하고 미래는 물을 틀었다. 구석에 낀 기름때까지 박박 닦아 내던 요한이 물소리에 고개를 돌렸다.

"진짜 언니랑 하나도 안 닮았네."

"엄마가 좀 게으르지."

"그런 편이지. 너는 사람 눈치 보이게 할 정도로 부지런하고."

"칭찬을 참 욕같이 해."

"욕을 칭찬처럼도 해. 그게 주방장에게 필요한 자질이거든. 기분 안 나쁘게 사실만 콕콕 쑤셔 주는."

"그게 더 내상 심한 건 알지?"

"……내가 꼭 알아야 할까? 그냥 이렇게 모르는 척하고 혼내고 싶은데. 걔네는 혼내는 내 마음이 더 아프다는 걸 모르잖아."

말은 저렇게 해도 요한도 알고 있으리라. 그것이 오래도록 상처로 남는다는 사실을. 그래서 지적을 최대한 칭찬으로 포장하는 연습을 했을 테니까. 한참 동안 말없이 그릇을 닦던 미래가 나지막이 입을 열었다.

"나는 아빠 닮아서 그래. 결벽증 있어서 더러운 꼴을 못 봤거든."

"그래?"

"응. 근데 이혼하고 나서 힘든지 좀 더러워졌더라."

요한이 웃었다.

"못된 건 언니랑 똑 닮았네."

"우리 엄마 좋아한다는 사람이 우리 엄마 나쁜 점만 잘 아네."

"못된 모습도 사랑해서."

"하긴. 아빠랑 엄마는 서로의 못된 점을 너무 싫어했지."

요한은 그제야 몸을 일으켰다. 목과 어깨의 뭉친 근육을 풀며 더러워진 행주를 세제가 담긴 통에 넣었다. 때마침 설거지를 끝낸 미래가 수도꼭지를 잠그자 주방에 잠시 침묵이 깔렸다.

못된 말인 줄 알면서도 꼭 내뱉는 걸 보면 요한의 말처럼 영락없이 엄마를 닮은 모양이라고 미래는 생각했다. 엄마와 아빠도 그런 부분에서 많이 다퉜다. 엄마는 상대방이 상처받을 걸 알면서도 내뱉는 성격이었고, 아빠는 해야 할 말조차 하지 않고 입을 다물어 버리는 성격이었다. 두 사람의 대화를 듣고 있으면 서로 언어가 다른 종족이 대화하는 느낌이었다. 한마디로 대화가 아니었다는 말이다. 집에는 그렇게 버려진 말이 많았다. 먼지처럼 뭉쳐 있다가 어느 순간 정말 먼지가 되어 버렸다. 닦아 내면 사라지고 마는. 한때 미래는 그 말을 닦는 데에 하루를 썼다. 걸레로 집 구석구석을 닦다 바닥에 엎드려 울었다. 말을 주워 담아 서로에게 전해 줄 수 있으면 좋으련만 미래에게는 버려진 말을 잡을 수 있는 능력이 없었다. 그래서 울며 바닥을 닦았다. 그게 미래가 할 수 있는 전부였다. 시키지도 않은 집 청소를 하고, 좋은 성적을 받아 오고, 말썽 피우지 않으면 자신을 봐서라도 두 사람이 서로를 놓지 않을 줄 알았다. 자신의 능력으로 될 일이 아님을 진작 알았더라면 그렇게 하지 않았을 것이다.

미래가 가방을 메자, 요한이 아직 밖으로 내놓지 않은 쓰레기봉투를 묶으며 말했다.

"조금만 기다려. 뒷정리 곧 끝나니까 같이 가자. 태워다 줄게."

"걸어가도 금방이잖아. 차는 돌아가서 더 걸려. 그냥 갈래, 지금."

"이 시간에 너 혼자 보내면 나 언니한테 죽는다."

"그 언니 지금 야근하느라 연락도 없거든요."

"가끔 나한테 좀 져 줘."

"져도 안 쪽팔리는 상대여야 져 주지."

요한은 앞치마에 손을 닦으며 문 앞으로 배웅을 나왔다.

"너, 내가 쪽팔려?"

"이겨서 자랑할 만한 상대는 아니지."

에어컨 꺼진 주방이 덥긴 더웠는지 바깥으로 나오고서야 미래는 등허리에 난 땀이 느껴졌다. 집에 가서 얼른 씻고 싶다는 생각뿐이었다.

"데려다줘야 내 마음이 편한데."

"본인 마음 편해지자고 저 이용하지 마시고요."

"진짜 조심히 가야 된다."

"가짜로 조심히 가는 법도 있나."

"한마디를 안 지네."

"이왕 이기려 드는 거 한마디도 안 져야지."

다음에 또 보자며 인사를 건네던 요한은 할 말이 생각났는지 미래를 다시 불렀다. 몇 걸음 가지 못하고 미래가 돌아봤다.

"언니한테 말하기 힘들면 나한테 말해. 나 고민 상담 진짜 잘해."

갑자기 웬 고민. 미래가 이해 못 하겠다는 표정을 지었다.

"얼굴에 되게 잘 보이게 쓰여 있어. 고민 있다고. 물로 빡빡 지워야 할 수준인데 몰랐구나? 특히 연애 상담은⋯⋯."

"오늘 잘 먹었어. 나 진짜 간다."

말허리를 자르며 미래가 손을 흔들었다. 귀신이다, 정말.

아빠와는 다시 친구로 돌아가기로 했어. 칠 년 전에 들은 말이 방금 들은 말처럼 생생하다. 그 말을 하기 전에 미래의 이름을 불렀는지, 그 말을 하고 나서 사과는 했는지 따위는 기억나지 않는다. 오로지 그 말만 귓가에 달라붙어 생생하게 재생됐다. 엄마는 차분하고 다정하게 말했다. 그래서 미래는 싫다는 말 한마디 하지 못하고 고개를 끄덕였다. 그래야만 했다. 그러지 않으면 그 말마저도 버려져 먼지가 될 테니까. 두 사람은 엄마의 말투만큼이나 차분하고 다정하게 헤어졌다. 그리고 엄마에게 요한이 나타났다.

레스토랑 정문을 지나던 미래가 문득 걸음을 멈춰 간판을 쳐다봤다. *아르세날(Arsenal)*. 크로아티아 성요한 요새 근처 레스토랑 이름을 그대로 가져왔다고 했다. 자기 이름을 따서 짓고 싶었는데 종교적인 이미지가 너무 강해서 어쩔 수 없었단다. 요한의 이름은 친할아버지가 지었다. 기독교 집안에서 태어난 요한은, 첫째가 아들이 아닐 리 없다는 친할아버지의 이상한 확신으로 태어나기 전부터 '요한'이라는 이름을 가지게 됐는데, 요한이 태어나기 직전에 친할아버지가 돌아가시는 바람에 딸 이름을 얻을 수 없었다. 이름을 새로 짓자는 부모의 말을 무시하고 친할머니는 악착같이 친할아버지가 지어 주고 간 이름을 호적에 올렸다. 그렇게 요한은 요한이 됐다.

학교 다닐 때까지만 해도 놀리는 애도 많았고, 왜 여자애한테 요한이라는 이름을 붙였느냐고 물어보는 선생도 있었는데 커서는 오히려 이름 덕을 봤다고 했다. 특히나 이름으로 남자인 줄 알고 덜컥 뽑은 주방장들에게 고마움을 전했다. 엄마와 만나게 된 것도 이름 덕분이라고 했다. 바로 저 아르세날 레스토랑에서 엄마를 만났기 때문이다. 아빠와 이혼하고 얼마 지나지 않아 엄마는 홀로 여행을 떠났고 그곳에서 요한을 만났다. 한국도 아닌 크로아티아에서. 그 많은 관광지 중 성요한 요새 근처에서. 하필 동양인 여자가 그 둘뿐이었던 레스토랑에서. 엄마는 요한을 만나기 위해 아빠를 거친 것 같았다. 반드시 만나야 할 사람을 만나기 위한 절차였다고 생각하면 마음이 좀 편했다. 유별나고 대수로운 게 아니라 거쳐야 할 단계의 한 과정이라 생각하면.

미래는 이 과정이 두려웠다. 아무리 노력해도 모든 게 다 정해져 있다면 자신이 거부해도 결국 신의 뜻대로 흘러가게 되는 것이 아닌가.

얼마 가지 않아 미래는 다시 레스토랑 후문으로 향했다. 쓰레기 봉투를 바깥에 내놓고 계단에 앉아 담배를 피우는 요한에게 다짜고짜 물었다.

"엄마를 좋아한다는 건 어떻게 확신했어? 그러니까 좋아한다고 느낀 순간이 있을 거 아니야."

요한은 어벙한 표정으로 입을 열었다.

"어, 나는 그냥 뭐든 다 괜찮았어. 처음에 이혼했다는 걸 숨겼을 때도 괜찮았고, 나중에 그 사실을 털어놨을 때도 괜찮았고, 딸이 있다는 걸 알았을 때도 괜찮았어. 그런 건 아무 상관 없었어."

눈 한번 깜빡이지 않고 요한의 말을 들은 미래는 다급하게 고맙다 말하고 자리를 떴다. 그런 질문을 했다는 게 괜히 부끄러워 걸음이 빨라졌다.

학원이 있는 사거리까지 쉬지 않고 걸어온 미래는 횡단보도 반대편에 서 있는 현재를 보고는 멈췄다. 학원을 이제 마친 모양이었다. 현재는 휴대 전화만 내려다보느라 미래를 보지 못했다. 집으로 가려면 길을 건너야 했으나, 미래는 신호등이 파란불로 바뀌자마자 걸음을 돌려 건물 뒤편으로 숨었다. 미래는 그곳에서 현재가 지나갈 때까지 서 있었다.

5

이번에는 진짜 미친 것일지도 모른다.

나인은 줄곧 참고 있던 가쁜 숨을 잇새로 조용히 내뱉으며 주저
앉았다. 뭍으로 올라온 물고기처럼 심장이 펄떡거렸다. 몸이 으슬
으슬 떨리기까지 했는데 숨이 차서 그런 건지 공포심이 이제야 밀
려온 것인지 구분되지 않았다. 마찬가지로 등허리를 잔뜩 적신 땀
도 더워서인지 무서워서인지 구분되지 않았다. 나인은 집까지 죽
기 살기로 달렸다. 집에 도착할 때까지 단 한 번도 뒤돌아보지 않고
서 말이다. 나인은 숨이 어느 정도 진정됐을 즈음 자리에서 일어났
다. 외시경을 통해 밖을 살폈다. 아무것도 자신을 따라오지 않았음
을 두 눈으로 확인한 뒤에야 신발을 벗을 수 있었다. 환청일 수도
있지 않을까. 아니면 바람 소리를 잘못 들었거나. 그것도 아니면 새
벽이라 산 아래로 지나가는 사람의 대화가 유독 크게 들렸다거나.
나인은 갖은 가능성을 떠올렸지만 그 선명했던 목소리를 대체할
수 있는 건 아무것도 없었다. 그 목소리는 정확하게 나인에게 말을

걸었다. 너, 내 말을 들을 수 있느냐고.

이불을 머리끝까지 뒤집어쓰고는 배꼽 위에 두 손을 올렸다. 숨을 깊게 마시고 내뱉을 때마다 얇은 여름 이불이 따라 움직였다. 익숙한 감촉과 냄새에서 느껴지는 안도감. 안전하다는 느낌. 내내 세차게 뛰던 심장은 조금씩 진정되기 시작했다. 나인은 그제야 자신이 겪은 일을 차분하게 곱씹었다.

승택의 말을 확인하기 위해 자정이 가까운 시간에 산을 올랐고 그곳에서 제 몸에서 뿜어져 나오는, 정체를 알 수 없는 에너지를 확인했다. 파랗게 빛나는 땅과 달빛 아래에서도 활짝 펼쳐 있던 잎사귀와 꽃잎. 새의 지저귐보다 높고 숨결에도 흩어질 듯한 소리들은 바로 옆에서, 그리고 아득히 먼 곳에서도 들려왔다. 식물이 내는 소리라는 걸 알면서도 나인은 저 컴컴한 수풀 너머 어딘가에 소리를 내는 어떤 정체가 있을 것만 같았고, 그래서 하염없이 걸었다. 파란 빛은 나인이 걷는 방향을 향해 불씨가 번지듯 퍼져 갔다. 길게 자란 풀들이 종아리를 쓰다듬으며 인사를 건넸다. 나인은 그런 풀들을 보며 착각일지도 모른다고 생각했다. 하지만 착각일지언정 꿈은 아니었다. 그것들은 꿈이 될 수 없었다. 나인은 그토록 생경한 꿈을 꿔 본 적 없었으며, 그런 장면은 상상으로라도 그릴 수 없었다. 그러니 그 모든 건 현실이었다. 살면서 한 번도 겪어 본 적 없는 기분이었다. 달을 처음 밟은 인간이 딱 이랬을 거야. 신대륙을 발견한 인간이나 중력을 알아차린 인간이 이랬겠지. 벅차다는 말이 사소하게 느껴졌고 황홀하다는 말은 추상적이게 느껴질 만큼. 아침이 오지 않았으면 했다. 낮보다 밝은 새벽이 끝나지 않기를 간절히 바라며 잠시 쉬기 위해 나무에 기대어 앉았다. 그때 들었다.

나인은 이불을 허리까지 내렸다. 너무 놀라 곧바로 산에서 뛰어 내려왔지만 정신없는 와중에도 자신에게 건네진 말은 잊지 않았다. 자야 하는데 잠들지 못하겠지. 나인은 유독 달빛이 밝은 밤하늘을 올려다보았다.

주말은 멀리서도 손님이 오는 날이었다. 일찍 나가 봐야 하는 지모는 더 지체할 시간이 없다는 듯 문지방에 서서 머뭇거리는 나인에게 로션을 마저 바르며 무슨 일이냐고 물었다. 나인은 문기둥에 몸을 붙였다. 입술에 립 밤을 바르고 뚜껑을 닫는 손짓에서 할 말 있으면 빨리 하라는 무언의 압박이 느껴졌다. 나인은 떠밀리듯 말을 이었다.

"식물이 사람 말 같은 것도 하나?"

그게 무슨 소리냐는 듯 눈을 동그랗게 뜨며 미간을 구긴 지모는 정작 물음에는 대답도 해 주지 않은 채, 아침 먹고 시간 있으면 가게 나 오라고 하고는 홀랑 집을 빠져나갔다. 그러니까 대답할 가치조차 없는 헛소리였던 것이다. 아니라면 아니라고 말이라도 해 주지.

혹시나 다급하게 문을 열며 마치 대답을 까먹은 사람처럼 들어와 가끔 그럴 때도 있다고 대답해 주지 않을까 하는 실낱같은 희망으로, 나인은 문지방에 서서 닫힌 현관문을 물끄러미 지켜보았지만 지모는 돌아오지 않았다.

아저씨는 검은 비닐봉지를 든 채 브로멜리아드 입구에서 서성였다. 나인이 다가가 인사를 건네자 어색하게 웃으며 들고 있던 비닐봉지를 건넸다. 제법 묵직한 봉지에는 요구르트와 요플레가 가득

들어 있었다.

"사 오신 거예요?"

"아녀, 그냥 지나가다가……."

이 근방은 차 없이 지나갈 만한 곳이 아니었다. 고마움을 지나치지 못하는 것이다. 나인이 지내는 다세대 주택 집주인 부부도 그랬다. 거실 형광등을 갈아 주거나 자전거 바퀴에 바람을 넣어 주면 고맙다는 말을 수차례 하고도 부족하다 느꼈는지 다음 날 삶은 고구마나 옥수수 같은 걸 한 바구니 주고 갔다. 지모는 노인들의 커뮤니티라고 했다. 메시지를 주고받듯이 신세를 갚는 것이다.

나인은 들어와 구경이라도 하라 했지만 아저씨는 한사코 거절했다. 가게를 비우고 나와서 빨리 돌아가 봐야 한다며, 조금 전 지나가다 들렀다는 말과 상반되는 이야기를 했다. 나인이 인사도 듣지 않고 다급하게 자리를 뜨는 아저씨를 불렀다. 아저씨가 엉거주춤한 자세로 뒤돌았다.

"다음에 구경 오세요. 신기한 식물 많거든요. 그리고 잘 마실게요."

"으응, 고맙구먼."

아저씨는 어설프게 웃으며 고개를 끄덕였다. 입술이 얇아지며 광대가 봉긋하게 솟았지만 눈은 전혀 웃지 않는, 꼭 고무찰흙을 밀어 억지로 웃게 만든 찰흙 인형 같은 모양새였다. 아저씨는 다시 엉거주춤한 자세로 몸을 돌렸다. 아들 책상에 쪽지가 많이 붙어 있다는 사실을 아저씨는 알까. 모를 것 같았다. 알았다면 쪽지를 그렇게 두지 않았을 테니까. 책상이 창고에 있다는 사실도 모르겠지. 더 이상 아이들이 쓰지 않고 주인을 잃은 채 보관되어 있다는 것을. 나인은 아저씨가 신호등을 건널 즈음 눈길을 돌렸다. 어쩐지 그 책상이 창고에 있다는 소식을 아저씨가 알면 슬퍼할 것 같았다.

아저씨를 보내고 화원으로 출근했지만 일은 영 되지 않았다. 화분을 옮기다 떨어뜨려 흙을 엎지르고, 손님이 부르는 소리를 듣지 못하기를 몇 차례 반복하다 기어코 지모에게 붙잡혀 뒷문으로 끌려 나갔다.

"애초에 없으면 부르지 않을 텐데 직원이 있어서 불렀는데도 대답이 없으니 손님들이 짜증을 낸다. 어떻게 생각하니."

도움은 주지 못할망정 일만 벌였다. 마음이 콩밭에 가 있어서 어쩔 수 없었다.

"미안. 나 오늘은 집에 가는 게 낫겠다."

"무슨 일인지는 집에 가서 물어볼게, 미안."

한 번씩 사과를 주고받은 후 지모는 화원으로 들어갔고 나인은 집이 아닌 선연산으로 향했다. 밤사이 두려움은 호기심으로, '설마'는 '어쩌면'으로 바뀌었다. 생각은 어렵지 않게 방향을 틀었다. 세상의 비밀을 벗겨 내기 시작한 지금은 그 안에서 무엇이 나오든 이상할 게 없었다. 인간이 아니라는데 그 일이 불가능할 이유는 또 무엇인가. 그러니 나인은 확인해야 했다. 식물이 정말 자신을 부른 건지. 오늘 찾지 못한다면 내일 다시 찾으면 되고, 내일도 찾지 못한다면 몇 번 더 도전해 보고, 그러다 끝끝내 발견하지 못한다면 잘못 들은 셈 치려 했다. 딱 이 정도의 마음가짐으로 나인은 어제보다 느린 걸음으로 산을 올랐다.

나인의 발길이 닿았던 숲은 마치 열대 우림처럼 변해 있었다. 잎사귀나 꽃잎의 크기가 주변 식물보다 훨씬 컸고 무엇보다 나뭇가지가 길게 뻗어 있었다. 빛조차 비집고 들어오지 못할 만큼 촘촘하게 얽힌 가지와 사람 허리 높이까지 자란 풀잎에 잠시 넋을 잃었다. 무성히 자란 풀들이 나인이 지나간 길을 알려 주고 있었으므로 덕분에 나무 찾기는 어렵지 않았다. 길을 따라 걷다가 나인은 자신이 찾던 나무를 알아보았다. 잠시 기댔을 때 어깻죽지에 뭉툭하게 닿았던 나뭇가지와 화들짝 놀라 뒤돈 순간 보았던 나뭇가지에 묶인 오래된 리본을 찾은 것이다. 나인은 나무 앞에 섰다.

"아, 안녕."

어색하게 말을 건넸다.

"어제, 너지?"

바람에 잎사귀와 풀잎이 서로 부대끼는 소리가 들렸다. 식물들은 조금 전보다 더 시끄럽게 재잘거렸다. 나무에게 말을 거는 나인을 구경이라도 하는 양. 아무 말도 하지 않는 건 오로지 앞에 있는 이 나무뿐이었다.

"……어제 나한테 말 걸었던 거."

"……"

"너 맞지?"

주변이 순식간에 조용해졌다. 모든 식물이 나무의 대답을 기다리는 듯했다. 나인은 바람 소리에 뒤섞인 목소리를 들었다. 나무의 목소리였다.

나인은 그 나무가 자신에게 말을 걸 수 있는, 다른 식물들과 다른 이유를 어렴풋이 알 것 같았다. 나무는 아주 오래전에 죽은 인간이었다. 금옥이라는 이름을 가진 사람. 선연산에 선연산이라는 이름이 붙기도 전에. 산을 휘감은 경인고속도로가 생기기도 전에. 이 근방에 사람이 살지 않았던 시절에. 그래서 금옥이 일본군을 피해 가족과 함께 야밤에 산을 넘던 때에. 금옥은 열두 살이던 해에 이 산을 넘다 일본군이 쏜 총에 맞아 쓰러졌는데, 그때 한두 해밖에 자라지 않은 이 어린 나무가 금옥의 상처를 관통했다. 숨이 꺼져 가던 그 순간에 금옥은 자신의 살결에 들러붙는 나무를 느꼈다고 했다.

숨이 붙어 있을 때 식물이 몸을 관통했고, 그렇게 피와 숨이 식물에게 스며들어 가 뿌리가 되고, 가지가 되고, 잎사귀가 됐다. 그래서 영혼이 밖으로 나가지 못하고 나무에 얽매인 것 아닐까. 그럼 너무 아플 것 같다고 나인은 생각했다.

6

"전화도 안 받는데?"

현재의 말에도 미래는 대꾸 없이 에스컬레이터로 줄지어 올라오는 사람들을 응시했다. 그 속에 나인은 없었다. 영화 시작이 고작 십 분밖에 남지 않았는데 아직까지 연락도 없이 오지 않는 걸 보면 다급하게 뛰어오는 중이 아니라 약속을 잊은 게 분명했다. 셋이 함께 열광했던 영화 시리즈의 마지막 편 관람 약속을 잊다니. 도무지 믿기지 않았다.

시리즈의 마지막 편이 개봉한 첫 주 주말은 사람들로 인산인해였다. 매표소나 매점을 비롯해 영화관 로비에 있는 카페와 오락실도 발 디딜 틈 없이 사람들로 꽉 차 있었다. 부산하게 움직이는 사람들 중에 조형물처럼 제자리에 몇 십 분 동안 우뚝 서 있는 건 미래와 현재뿐이었다. 현재의 표정이 급속도로 지쳐 갔다. 나인에게 연락하느라 꼭 쥐고 있던 휴대 전화도 재킷 주머니에 넣고는 반대편 손으로 영화표를 꺼냈다.

"환불하고 나갈까?"

현재가 물었다. 셋이서 함께 보자고 약속했으니 아쉬워도 다음에 다시 오는 게 맞을 것 같았다. 미래도 당연히 그렇게 생각하리라 믿었다. 그렇지만 미래는 에스컬레이터에 매여 있던 시선을 거두며 고개를 저었다.

"이왕 온 김에 보고 가자. 아깝잖아."

"둘이?"

"응. 걔랑 또 보러 오면 되지. 어차피 한 번만 볼 거 아니잖아. 팝콘 먹을 거지?"

미래가 매점 줄에 섰다. 어쩐지 화가 단단히 난 듯한 미래의 뒷모습에 현재는 나인에게 한 번 더 전화를 걸었다. 나인은 이번에도 받지 않았다.

현재가 느끼기에 근래 나인은 어딘가 정신을 빼놓고 사는 듯했다. 무슨 일이 있는 건 분명해 보이는데 말을 해 주지 않으니, 현재는 때가 되면 나인이 먼저 털어놓겠거니 기다리고 있었다. 그건 미래도 마찬가지일 터였다. 현재보다 눈치 빠른 미래가 모를 리 없었다. 그래서 걱정이었다. 나인의 침묵을 꾹꾹 참으며 기다리고 있는 미래가 조만간 터질 것 같았다. 물론 상대방에게 무언가를 숨기고 있는 건 이쪽도 피차 마찬가지였지만.

나인의 넋이 나가 있다는 걸 알아차린 사람은 그 둘뿐이 아니었다.

휴대 전화 진동이 울렸다. 벌써 네 번째였다. 나인은 한 통도 받지 않고 전화가 울렸다 끊기는 것을 지켜볼 뿐이었다. 손님은 한차례 빠져나갔지만 지모는 뒷정리로 여전히 바빴다. 전화가 온다고 알려 주는 것도 처음 두 번뿐이었다. 정말 전화가 오는 줄 모르는 건 아닐 테고 다 이유가 있어서 안 받겠지, 싶었다.

낮 동안 자리를 비우고 혼자 어디를 다녀왔는지 옷과 신발에 흙 먼지를 가득 묻혀 왔다. 얼핏 보면 꼭 흙바닥에 몸이라도 굴린 듯한 꼴이었다. 네 번째 전화도 받지 않는 나인을 보며 지모는 조용히 화원을 빠져나갔다. 넋을 놓고 있는 표정에도 종류가 다양한 법이다. 얼굴에 그늘이 졌다. 당장은 혼자 내버려 둬야 할 것 같았다.

지모는 나인이 타인의 입을 통해 진실을 알게 하고 싶지 않았다. 아니, 할 수만 있다면 나인이 죽을 때까지 자신을 인간이라 생각하게 하고 싶었다. 불가능했다. 애초에 숨길 수 있는 진실이 아니었다. 그들로부터 나인을 숨기는 것도 불가능했고. 지모가 일찍이 느꼈으므로 그들도 머지않아 느낄 터였다. 의절하지 않는 이상 완벽히 숨기기란 불가능하다는 걸 지모도 알고 있었다. 그렇다면 되도록 늦게, 언젠가 알게 될 사실이라고 하더라도 나인이 지구에서 방황하지 않을 만큼 무게가 늘고 단단해졌을 때 알려 줄 생각이었다.

나인이 건강한 것은 지모에게도 축복이었다. 같은 해에 피어난 다른 녀석은 금방이라도 꺾일 듯하여 캐나다까지 보내야 했다는데 나인은 하루에 운동장을 몇 바퀴씩 뛰어도 체력이 남아돌았다. 태권도 도복이 멋있어 보인다는 나인의 말에 가타부타 더는 묻지도 않고 등록시켰다. 건강하게만 자라 달라는 말을 신조로 삼았다. 모임에 한 번이라도 참석하지 않으면 그들이 찾아올 기세였기에 지모는 매번 빠짐없이 나인이 건강하게 잘 자라고 있음을 보고했다.

그들을 이해 못 하는 바는 아니다. 그들이 느끼는 두려움과 불안을 지모가 느끼지 못할 리 없었다.

고향을 떠난 생명체는 자신들의 존재가 지워질까 늘 불안해했다. 발붙여 산다 해도 그 행성은 자신의 땅이 될 수 없었다. 발밑이 아주 희미하게 떠 있다. 겉으로 보면 모르지만 당사자만은 느낄 수 있는 그 이질감, 낯섦, 생경함, 피곤함. 이곳에서 난데없이 추방될지도 모른다는 상상. 혹은 납치되어 생명의 위협을 받아도 누구에게 도움을 요청할 수 없을 것 같은 두려움. 이방인은 그곳의 토착민이 될 수 없었다. 불안은 넝쿨처럼 서로를 옭아맸다. 서로의 목숨을 반절씩 나누어 가진 양 굴었다.

그렇게 누브가 참견하지 못하도록 갖은 노력을 하며 나인에게 진실을 알려 줄 때를 노리고 있었는데 누군가가 뜬금없이 나타나 나인에게 그 사실을 불어 버린 것이다. 일이 이렇게 되자, 자신이 나인에게 무슨 일이 있느냐고 물을 처지가 못 되는 듯했다. 어쩐지 염치없는 질문 같았다. 괜한 원망을 살까, 지모는 기다리기로 했다. 나인이 먼저 말해 줄 때까지.

낮 동안 내놓은 화분을 들여놓기 위해 흙먼지를 닦아 내고 있을 때, 테이블에 말라비틀어진 꽃잎처럼 붙어 있던 나인이 바깥으로 나왔다. 할 말 있는 사람처럼 한참 동안 망설이더니 친구들 좀 만나고 오겠다는 시시한 말을 내뱉었다.

"너무 늦지 않게 와."

나인은 고개를 끄덕이고는 황급히 걸음을 옮겼다. 그 뒷모습이 딱 보아도 친구를 만나러 가는 폼은 아니었다.

지모의 추측대로 나인이 향한 곳은 친구들이 있는 영화관이 아니었다. 나인은 맨살이 드러난 팔뚝을 어루만지며 시내까지 쉬지 않고 걸었다. 걷기에는 먼 거리였으나 버스를 타거나 자전거를 탈 마음은 들지 않았다. 생각을 정리할 시간이 필요했다. 그렇지만 목적지에 도착할 때까지 정리되기는커녕 더욱 엉키기만 해 무엇을 어떻게 말해야 할지 모르겠는 상태가 되었다.

나인은 경찰서 정문에 우두커니 서서 되뇌었다.

역시 지모한테 다 털어놓고 함께 왔어야 했다고.

그렇지만 지모에게도 어떻게 설명해야 할지 모르겠는 건 마찬가지였고, 다시 생각해 보면 지모에게는 말하지 않는 편이 현명했다. 지모는 모르는 척하라고 했을 것이다. 다른 사람의 일에 참견하지 말라고 입버릇처럼 말하지 않았던가.

여태껏 경찰서 문턱을 밟아 본 적 없던 나인이 혼자 경찰서를 찾아가기란 쉬운 일이 아니었다. 미래가 엄마에게 전해 줄 게 있다며 나인을 데리고 왔을 때에도 나인은 경찰서 앞 카페에서 기다리지 않았던가. 늘 오며 가며 마주치던 경찰서였는데 오늘따라 더 크고 높아 보인다. 저 안에 사람도 득시글득시글하겠지.

"아 참, 또 오셨네. 심 형사님 외근 나가셨어요. 지금 여기 안 계십니다."

"그러믄 여것만 좀 자리에 놓고 올라니께 일 보쇼."

익숙한 목소리에 나인은 고개를 돌렸다. 아저씨였다. 입구에서 전경이 아저씨를 저지했다. 아저씨 손에는 박카스 한 상자가 들려 있었다.

"그럼 그거 저 주세요. 제가 잘 전해 드릴게요."

아저씨는 탐탁지 않은 표정으로 상자를 만지작거렸다.

"주기는 주는 거여?"

"지난번에도 드렸어요. 아주 감사하다고 전해 달라고 하셨어요."

"근디 뭐 그렇게 얼굴 뵈기가 힘들어 쌓대."

"일이 많으시니까 그렇죠."

아저씨는 그새 먼지라도 묻었을까 상자를 손바닥으로 훔치고는 전경에게 내밀었다. 전경은 두 손으로 받으며 꼭 전달해 주겠다고 덧붙였다. 아저씨는 뒷짐을 진 채 왔던 길로 되돌아가면서도 몇 번이나 뒤돌았다. 두고 가는 물건이라도 있는 듯 표정에 미련과 아쉬움이 잔뜩 묻어 있었다. 그것은 숨기려고 해도 숨겨지지 않는 고름처럼 비집고 새어 나왔다. 아저씨는 자신이 그런 표정을 짓고 있는 줄도 모를 것이다.

"하, 씨……."

왜 하필 이때 아저씨를 봐서. 고민도 못 하게.

나인은 박카스 상자를 들고 동료와 수다를 떨고 있는 전경을 지나 빠르게 건물 안으로 들어갔다.

경찰서 내부는 외관보다 훨씬 남루했다. 묘하게 풍기는 배수관 냄새에 인상을 찌푸리며 층별 안내도 앞에 선 나인은 각 부서명을 차례로 훑었다. 경무과와 생활안전과, 수사과, 형사과 그리고 실종 수사 팀. 나인은 실종 수사 팀이 있는 별관 1층으로 향했다.

철문을 두 번 두드렸다. 안에서는 아무런 반응도 들리지 않았다. 너무 작게 두드려 못 들은 모양이었다. 이번에는 조금 더 강하게 두드렸다. 그러자 안에서 낮고 굵은 목소리가 답을 해 왔다. 들어오라는 건지 아니면 그냥 안에 있다고 알려 주기만 한 건지 헷갈렸다. 대답이 너무 두루뭉술했다. 나인이 문 앞에서 망설이는 사이, 안에 있던 형사가 문을 열었다. 얼굴에는 불러 놓고 왜 안 들어오느냐고 쓰여 있었다. 경찰은 문기둥에 기대어 섰다. 나인에게 시간을 많이 할애하지 않겠다는 다짐처럼 보였다.

"어떤 일로?"

어떤 확신. 급한 사건이 아닐 거라는 그런 확신이 깃든 말투와 눈빛이었다. 그 눈을 똑바로 마주할 수가 없었다. 나인은 경찰을 힐끔힐끔 쳐다보며 말을 이었다. 손이 주머니에 머물렀다.

"사, 사건…… 예전에 실종이…….""

"……."

"산에…….""

"……."

"그니까 산에 있는…….""

"얘야."

"예?"

"어떤 일로 왔느냐고."

형사가 따분한 표정으로 다시 물었다. 어깨 너머로 정수기 옆 테이블에 놓인 텅 빈 박카스 상자가 보였다. 저 자리에 조금 전 전경이 대신 받은 새 박카스 상자가 놓이게 되는 걸까. 왜 전경은 형사가 없다고 거짓말을 한 것일까. 추리를 하려다 금방 포기했다. 답을 알 것 같아서였다. 나인은 그 상자를 응시하다 눈을 내리깔았다. 형사의 얼굴을 쳐다볼 용기가 나지 않았다. 애초에 잘못 짚었다. 이깟 걸로는 이 형사를 설득할 수 없을 터였다. 형사는 웅대도 자신의 일 중 하나라는 듯이 나인을 모질게 쫓아내지 않고 기다렸다. 이렇게 있으면 얼마 지나지 않아 상대방이 먼저 지쳐 자리를 뜨리라는 것도, 자신의 일이기에 잘 알고 있었다.

"나인이니?"

나인이 고개를 돌렸다.

"어, 진짜네."

계단에서 내려온 사람은 미래의 엄마인 경혜였다. 나인이 계단에 붙은 안내판을 확인했다. 별관 2층에 사이버 팀 사무실이 있었다.

"경혜 너, 애 알아?"

형사가 나인을 가리키며 물었다. 경혜가 두 사람에게 다가왔다.

"응, 딸 친구. 여기는 어쩐 일이야?"

경혜는 나인에게 물으면서도 시선은 형사에게 향했다. 이유를 알고 있으면 대신 대답해 주기를 바라는 눈치였다.

"저, 저, 다음에 올게요."

나인은 꾸벅 인사하고 걸음을 옮기다가 다시 뒤돌았다.

"안녕하세요. 안녕히 계세요."

나인은 경혜의 눈을 피해 고개 숙여 인사하고는 뒤도 돌아보지 않고 별관을 빠져나갔다. 신고하러 왔다가 도망치는 꼴이 된 자신이 우스웠다.

경찰서를 빠져나온 뒤 사거리를 지나 외곽 도로까지 단 한 번도 쉬지 않고 뛰어간 나인은 오래된 버스 정류장에 도착해서야 걸음을 멈췄다. 그러곤 무릎을 붙잡고 토하듯이 숨을 내뱉었다. 이마에 맺힌 땀이 턱 밑으로 흐르는 걸 내버려 두며 정류장에 붙은 실종 전단지를 응시하다 나인은 그대로 주저앉아 무릎에 이마를 박았다. 스스로가 한심해 기어코 눈물이 났다. 비죽비죽 새어 나오는 지질한 눈물이었다. 맛을 본다면 바닷물처럼 짜디짤 것이다. 전단지를 똑바로 볼 수 없었다. 정확히 말하자면 전단지 속 사진을 볼 용기가 나지 않았다. 욕이 새어 나왔다. 아무 말도 하지 못하고 온 자신을 향한 욕이었다.

"하아, 등신. 등신같이 진짜……."

내내 주머니에 넣어 두었던, 증거를 가지고 오라고 하면 보여 주려고 했던 단추를 꺼내 두 손으로 감싸 쥐었다. 이깟 단추가 뭔 증거라고. 거들떠보지도 않을 텐데. 그러니까 증거라면, 이 단추가 그 학생의 단추라고 말하는 것이 아니라 이 단추가 그 학생의 단추임을 증명해 주어야 했다. 그래서 그 땅을 파헤칠 수 있게끔.

이름은 금옥이다. 서금옥. 어머니 성함은 심순의이고, 아버지 성함은 서윤수이다. 두 살 터울의 오빠는 서재수. 그리고 일곱 살 어렸던 여동생은 서목희. 재수가 무언가를 읽고 썼다는 이유로 잡혀가고, 이곳에 있다가는 머지않아 집안 식구 전부 끌려갈 거라 예견한 아버지 윤수가 아내와 두 딸을 데리고 야밤에 산을 넘었다. 재수가 살아서 집으로 돌아왔을 적에 자신들을 찾을 수 있도록 탁자 밑 마룻바닥에 고모 집으로 오라는 쪽지를 숨겨 두고 떠났다. 하지만 산에서 오줌을 누던 일본 순사에게 걸렸다. 바로 짐을 내려놓고 손을 들었다면 그렇게 짐승처럼 산에서 죽지는 않았을 거라고 금옥이 말했다. 끌려가 끔찍한 짓을 당하더라도 목숨은 구할 수 있었을지도 모른다고, 금옥은 몇 번이나 아쉬운 기색을 내비쳤다. 아버지의 생각은 금옥과 달랐던 모양이다. 어두워 얼굴도 제대로 못 봤으니 죽기 살기로 뛰어 도망가면 자신들을 찾지 못하리라 판단했다. 움직이지 말라고 소리 지르는 일본 순사의 목소리를 듣고도 아버지는 뛰라고 했다. 뛰라, 뛰어, 이 가스나들아 뒤도 돌아보지 말고 뛰어. 그래서 금옥은 뛰었다. 이렇게 도망가다 잡히면 뼈도 못 추리고 꼴까닥 죽을 것 같았는데도 일단 아버지가 뛰라니까 뛰었다.

총알이 가슴을 뚫고 지나간 순간은 기억나지 않는다고 했다. 고통도 없었다. 가슴이 타들어 가는 듯한 뜨거움을 느낀 게 첫 번째였다. 어머니가 지지난해에 손수 만들어 준 옅은 옥색 저고리가 검게 물드는 것을 보다, 그제야 손바닥으로 가슴을 눌러 보았는데 아무리 막아도 뿜어져 나오는 피를 막을 수 없었다. 피가 너무 많이 나와서 무섭기만 했단다. 아픈 것은 모르겠고, 그저 뜨겁고 무섭기만 했다고. 자리에 주저앉은 자신에게 달려오려는 어머니를 말리며, 아버지는 어머니에게 어서 목희를 데리고 가라고 했다. 자신이 금옥을 업고 갈 테니까 빨리 먼저 내려가라고. 눈앞이 새하얘지고 까매지기를 반복하다가 정신이 들었을 때는 아버지 등에 업혀 있었다. 금옥아, 금옥아, 하고 부르는 아버지의 목소리를 들었는데 예, 라고 대답하고 싶어도 목소리가 나오지 않아 하염없이 눈물만 쏟아 냈다. 그때 귀가 찢어질 듯한 천둥소리를 들었는데, 다시 생각해 보니 그 소리가 아버지에게 쏜 총소리였던 것 같단다. 그 소리가 나자마자 달리던 아버지가 포대처럼 엎어지고 금옥의 몸은 앞으로 나뒹굴었다. 그러면서 뾰족뾰족한 무언가가 총구멍이 난 가슴을 관통했는데 아픔을 느껴도 소리가 나오지 않았다.

일어나지도 못해 두 손으로 땅을 짚고 오는 아버지에게 버리고 가라고, 그냥 날 두고 가시라고 말하고 싶었는데 뚫린 가슴으로 바람이라도 빠져나가는지 숨 쉬기조차 힘들어 입 한번 뻥끗할 수 없었단다. 눈이라도 감을 수 있으면 좋으련만 두 눈 똑바로 뜬 채 아버지가 죽는 것을 보았고, 이제 자신의 차례구나 싶었는데 순사 두 명이 다가와 금옥을 발로 툭툭 쳐 보고는 내버려 둬도 알아서 죽을 것 같았는지 그냥 갔다. 금옥은 쏘고 가지, 쌍놈들, 하고 욕했다. 그 긴긴밤을, 그 서러운 밤을, 춥고 두려운 밤을, 당장 끊길 듯한 얇은 숨으로 오랫동안 지새웠다. 그러다 햇볕이 따뜻해져 눈을 떴다. 포근하고 따뜻한 것에 감싸여, 바람결을 한 올 한 올 느끼며.

어머니가 오기를 기다렸지만 아무리 기다려도 오지 않아 어느 순간부터 그저 돌아가셨겠구나, 하고 짐작할 뿐이었다. 금옥은 나인에게 지금이 언제냐고 물었다. 그때로부터 며칠이 지났느냐고 물었다. 나인의 대답을 들은 금옥은 돌아가신 게 맞구나, 하고 슬퍼했다.

너는 어찌 내 말을 듣니?

금옥이 물었다. 인간에게는 원래 그런 능력이 있는데 자신이 너무 짧게 살아 그것을 미처 깨닫지 못한 것이냐고 묻기도 했다. 나인은 그런 게 아니라고 운을 뗐지만 어떻게 설명해야 할지 몰라 머뭇거렸다.

그런 게 아이면 뭐니? 뭔데 그렇게 꾸물거리니?

금옥이 다그치듯 물었다. 외계인이라는 단어는 도저히 내뱉어지지 않았다. 나인은 그저 인간이 아니라고 했다.

두억시니 뭐 그런 거니?

아뇨, 그런 건 아닌데.

그럼 돗가비 뭐 그런?

그것도 아닌데…….

참맬루 복잡스럽기도 하다. 그거이 아니면 다 똑같지 뭐이 또 있니?

그냥 멀리서 와서 그래요.

멀리? 바다 건너 왔니?

아뇨. 그냥, 음 하늘에서요.

너무 바보같이 얼버무렸다. 누가 들어도 놀리는 듯한, 알 필요 없다는 듯이 선 긋는 대답이었다. 이럴 거면 처음부터 외계인이라고 말하는 게 나았을 텐데. 말이 끊길세라 쉬지 않고 대화를 이어 가던 금옥의 말이 멈췄다. 하늘에서 왔다는 터무니없는 소리에 기분이 상했으리라.

눈도 코도 입도 다 있니?

뜬금없는 질문에 나인은 더듬거리며 그렇다고 대답했다.

귀도 있고 팔도 다리도 두 짝 다 있고?

나인은 이번에도 그렇다고 대답했다. 질문의 요지를 전혀 파악하지 못했다.

그럼 됐다. 말도 이리 잘 통하고 있을 거 다 있는데 하늘서 왔든, 바다서 왔든 뭔 상관이니. 사람이야 구분 지으라면 머리통 개수로 구분 지을 수 있는 거 아이니. 그러니 복잡스럽게 생각할 필요 뭐 있간네.

금옥은 머리 아픈 말 그만하자며 대화의 주제를 마무리 지었다. 그러다 재미있는 이야기가 생각났다는 듯이 입을 열었다.

내가 이걸 기억하고 있기를 잘했다. 누구한테 말할 수 있을 줄이나 알구 그래도 까먹지 않고 계속 기억하고 있었는데……. 네 여기 사람이 묻혀 있는 거 아니?

나인은 영혼이 깃든 나무인 금옥을 찾아갔다가, 이 숲에 사람이 묻혔다는 이야기를 들었다. 그게 언제인지 시기가 분명하지는 않다고 했다. 금옥은 날을 헤아리지 못했다. 그래서 말을 하는 내내 어제 같기도 하고 십 년 전 같기도 하다며 몇 번씩 번복했다. 그러니 금옥의 말은 증언으로 채택될 수 없었다. 하지만 금옥은 지금이 언제인지도 모르고 광복을 어제 일처럼 생각하는 특수한 상황임을 감안해야 한다. 나인은 일단 시기를 제쳐 두었다. 그다음으로 주목해야 할 건 금옥의 진술이 목격이 아닌 도청이라는 점이다. 엄밀히 따지면 몰래 들은 것은 아니지만. 어쨌거나, 그날의 일을 어제처럼 느낄 만큼 금옥은 생생하게 기억하고 있었다. 인적이 드문 숲이다. 더군다나 등산로도 아니다. 그러니 금옥에게 그 대화는 잊으려야 잊을 수 없는 소리였다.

금옥이 하는 말은 구체적이었고 그만큼 생생했다. 네 명의 목소리. 낮지만 옅은 미성이 섞인 걸로 보아 아직 성인이 되기 전인 남자일 가능성이 높다고 했다. "친구잖아."라거나 "친구끼리"라는 말로 보아 넷은 동갑인 듯했고, 세 명이 한 명을 몰아붙였다. 다정하지만 날이 선 말투로. 부탁으로 포장했지만 협박에 가깝게. 옷에 묻은 먼지를 털어 주다가 손바닥으로 몸을 툭툭 내리치는 소리, 발바닥이 부서진 낙엽에 미끄러지는 소리, 겁에 질린 목소리. 바위가 유독 많은 산, 다급하게 부르던 이름……. 금옥이 했던 말을 되짚으며 그날의 일을 그려 보던 나인이 또 한번 자신의 이마를 내리쳤다. 전부 심심했던 금옥의 상상이길 바랐다. 금옥이 그 이름들을 말하기 전까지 그렇게 생각하기도 했다. 착각일 거라고. 설마 사람이 묻혔는데 아직까지 찾지 못하는 게 말이 되느냐고. 요즘 시대에.

금옥은 자신이 들었던 이름을 나인에게 털어놓았다.

차라리 듣지 않았더라면. 잊을 수 있다면 무슨 방법이든 쓰고 싶었다. 하지만 없다. 모르는 척하며 살 수야 있을 것이다. 하지만 죽을 때까지 마음에 무언가가 얹혀 있겠지. 그것 때문에 물만 마셔도 체하고 악몽도 자주 꾸고 죄를 숨긴 사람처럼 남들에게 말하지 못해 언제나 전전긍긍하며 살겠지. 그러니 모르는 체할 게 아니라면 상황을 차분하게 정리할 필요가 있었다. 대책 없이 경찰서에 달려갔다가 그 꼴이 나지 않았는가.

봤다고 했다. 아니, 정확히 말하자면 본 것은 아니다. 보지 못하니까. 들었다. 금옥은 그 자리에서 똑똑히 들었다고 했다. 이름과 이름을. 욕과 오해를. 실수와 후회를. 두려움과 잔인함을. 이름을 부르는 목소리가 점층적으로 변해 가는 것을. 조롱에서 분노로, 분노에서 절망으로, 절망에서 슬픔으로, 슬픔에서 부정으로. 삽으로 땅을 내리치고, 다시 흙으로 덮는 소리를 생생하게 들었다. 죽지 않았는데. 아직 숨이 붙어 있었는데, 공포에 질린 다른 인간들은 숨이 도로 터지던 순간을 듣지 못했다. 금옥이 그랬다. 이 숲에 사람이 묻혀 있다고. 땅을 파헤치면 유골이 있을 거라고. 얼굴은 모르지만 들었다. 그곳에 있던 이들이 계속 불렀으므로.

박원우.

박원우와 권도현.

그중 묻힌 사람은 박원우일 것이라고. 왜냐면 그 이름 주인만 끝끝내 아무런 대답도 하지 못했으니까.

정말 금옥의 말대로 이 년 전에 실종된 박원우가 거기에 묻혀 있다면 왜 신고까지 했음에도 찾지 못하는 것일까. 미래가 했던 이야기처럼 아저씨가 아들이 권도현을 만나러 갔다고 경찰에게 말했다면 더 쉽게 찾을 수 있었을지 모른다. 멀리 떨어진 곳도 아니고 고작 선연산이었다. 학교에서 불과 6킬로미터밖에 떨어지지 않은.

생각을 할수록 속이 갑갑해졌다. 나인은 직접 유골을 찾아보겠다는 마음으로 자리에서 벌떡 일어났다가 몇 초도 지나지 않아 도로 주저앉기를 반복했다. 단추보다 더 확실한 증거가 있으면 좋으련만. 증거. 그래, 유골에 증거가 있지 않을까? 남아 있는 흔적을 감식하면 DNA가 나올지도 모르잖아. 드라마나 영화에서처럼. 손톱이든, 머리카락이든, 뭐든 하나는 나오지 않겠어?라고 생각도 해 봤지만 생각을 하면 할수록 전부 허무맹랑하게 느껴졌다.

직접 파 보지 않고 그곳에 박원우가 있다는 사실을 확인할 방법은 없을까. 일단 시체가 그곳에 있다는 걸 알 수만 있다면 어떻게든 방법을 강구할 수 있으리라. 나인이 두 손으로 머리통을 감싸 잡았다. 이럴 줄 알았으면 평소에 머리를 좀 써 둘 걸 그랬다. 빡빡해서

영 돌아가지를 않았다. 금옥이 해 준 이야기를 되뇌고 또 되뇌던 나인은 어느 순간, 생각하는 모든 것이 괴롭고 못 견디게 슬펐다. 아무도 죽었는지 모르게 죽은 사람이. 그 사람이 아직도 살아 있다고 믿는 사람이.

끝끝내 사실이 아니었으면 좋겠다고 생각했다. 간절하게.

7

유독 잊히지 않는 날이 있다. 그날이 그랬다.

그날은 전화마저 다급하게 느껴졌다. 벌써 세 번째였다. 받지 않으면 메시지를 남겨 놓거나 나중에 다시 전화하는 게 맞는 처사였다. 하지만 그날은 오래도록 진동이 울리다 전화가 끊기면 몇 초 지나지 않아 다시 울렸다. 다그치듯, 화가 난 듯. 원숭은 결국 쥐고 있던 리모컨을 소파에 내려놓고 자리에서 일어나 식탁으로 향했다. 주방 바로 옆 화장실에서 물줄기 소리가 들렸다. 원숭이 원우의 휴대 전화를 들었다. 액정에 '권도현'이라 쓰여 있었다. 원숭이 화장실을 향해 아들, 하고 불렀지만 듣지 못했는지 화장실에서는 물줄기 소리만 새어 나왔다. 본인이라도 받아 씻는 중이라고 말을 해 줘야 하나 고민하던 찰나에 진동이 멈췄다. 동시에 물줄기 소리도 그쳤다. 원숭은 혹여나 자신이 휴대 전화를 함부로 봤다고 원우가 오해할까 싶어 허겁지겁 식탁에 내려 두고 자리로 돌아갔다.

원우는 등과 머리카락에 물기 가득한 상태로 속옷만 걸친 채 나왔다. 발수건을 밟고 서서 제 몸을 마저 닦고 있는 원우에게 전화가 왔다고 넌지시 말했다. 약속된 전화는 아니었는지 원우는 전화? 하고 되물으며 의아한 표정을 지었다. 그러곤 수건으로 머리카락을 털어 내며 식탁으로 향했다. 때마침 휴대 전화가 다시 울렸다. 원숭은 그제야 식탁에서 눈을 돌려 뉴스를 시청했다. 곧 원우가 전화를 받을 터였으므로 자신이 신경 쓸 이유가 없었다. 하지만 오래 지나지 않아 원숭의 시선은 그곳, 원우가 서 있는 식탁으로 도로 향했다. 전화를 받은 원우가 침묵으로 일관하며 상대방의 말을 듣고만 있었기 때문이다. 여보세요라는 그 흔한 인사말도 없이.

머리카락에서 뚝뚝 떨어지던 물, 꾹 다문 입술, 식탁 의자를 잡고 있던 손, 느리게 깜박이던 눈, 조용히 쉬던 숨, 그러다 아주 나지막이 내뱉던 대답. 응, 거기로 갈게.

원우는 짧은 통화를 마치고 방으로 들어갔다. 원숭이 화장실에서 일을 보고 나왔을 때 원우는 도로 교복으로 갈아입고 자신의 방이 아닌 원숭의 방에서 나왔다. 원숭과 마주치자마자 양말을 찾으러 들어갔다며 묻지도 않은 변명을 했다. 어디를 가느냐고 물었다. 원우는 이 앞에 잠깐 친구를 만나러 간다고 대답했다. 원숭은 시계를 슬쩍 쳐다보며 시간이 늦었는데 꼭 지금 나가야겠느냐고 탐탁지 않은 목소리로 물었다.

밖이 깜깜헌디.

빨리 갔다 올게.

으응, 그려. 멀리 가지 말고. 갸 만나는 겨?

응. 권도현 만나러 가는 거야.

원우는 한 시간 안에 돌아온다 하고 나갔다. 그래, 원우는 갔다가 온다고 했다. '갈게.'가 아니라 '올게.'였다. 온다고 한 애가 오지 않았으니 이건 문제였다. 심각한 일이었다. 원승은 몇 번이나 말했다. 하지만 그 누구도 오겠다고 했다는 말을 중요하게 생각하지 않았다. 한 시간 안에 돌아오겠다고 했던 애가 하루가 넘도록, 한 달이 넘도록, 일 년이 지나도록 오지 않고 있는데.

원승은 그날을 선명하게 기억한다. 그날 함께 먹은 저녁 식사 메뉴, 식탁에 놓여 있던 영양제와 뻥튀기, 반찬 통, 다음 날 원승이 가져가려 싸 둔 도시락, 원우가 썼던 수건의 색깔, 전화가 울렸던 시간, 원우와 대화를 할 때 TV에서 나오던 뉴스의 내용, 타이머를 맞춰 두었던 선풍기가 꺼진 순간, 수도꼭지에서 떨어지던 물소리, 화장실에서 풍겨 오던 보디 워시 향, 위층에 사는 아이들이 쿵쿵 뛰던 소음, 신발장에 놓여 있던 신발, 현관문 안쪽에 붙은 전단지, 풀려 있던 신발 끈, 덜 마른 머리카락, 문을 여는 순간 들렸던 엘리베이터 소리, 아래층 사람이 계단에서 피우던 담배 냄새, 닫히는 문 사이로 보이던 원우의 마지막 뒷모습까지. 누군가가 묻는다면 토하듯 쏟아 낼 수 있었다. 그날의 기억 전부를.

하지만 그 기억들은 원우를 찾는 데 아무런 도움이 되지 못했다. 누구도 그것을 궁금해하지 않았다. 원우가 그날 어떤 표정으로 집을 나갔는지, 원우가 집을 나갈 때 주변이 어땠는지.

원우는 원승의 체크 카드를 가지고 집을 나갔다. 원우는 그 카드로 인출을 시도했지만 어째서인지 끝내 돈을 빼지 않았다. 원우는 그저 ATM 기기 앞에서 한참을 망설이다 돌아섰다. 그런 원우의 모습이 편의점 CCTV에 담겼다. 형사는 열일곱 살이나 먹은 남자애가 부모 카드를 들고 집을 나간 거라면 백이면 백 가출일 확률이 높다고, 평소 문제를 일으키는 아이가 아니었다면 오래 버티지 못하고 돌아올 거라고 원승을 안심시켰다. 원승은 그런 형사를 붙잡고 물었다.

자식새끼가 뭔 표정을 짓는지 에미 애비면 다 알 거 아뇨. 그걸 왜 모르겠소? 내가 고놈 하나 키운다고 손톱이 다 빠지고 문드러졌는데, 우째 자식새끼 집 나가는 표정을 이 눈아리 가지고 못 알아보것소, 왜……

8

담배 냄새가 교직원 화장실 창문을 통해 들어오는데도 말리거나 혼내는 선생이 없었다. 손에 묻은 물기를 털며 나오는 남선생도 혀를 끌끌 찰 뿐, 자신이 맡고 보았던 것을 함묵하려는 듯 빠르게 교무실로 향했다. 화장실 바로 옆 계단에서 그런 남선생을 물끄러미 바라보던 나인은 복도가 한적해지자마자 창밖으로 시선을 돌렸다. 건물 후문과 쓰레기장이 있는 뒷골목. 미래의 말처럼 그곳은 그들의 흡연 구역이었다. 선생들도 교내 금연을 지키는 마당에 학생들 흡연 구역이 있다는 것이 기가 찰 노릇이었다. 더욱이 그걸 알고도 아무 말 하지 않는 선생들 역시도. 쓰레기봉투를 꽉 쥐고 계단을 마저 내려가던 나인은 한 걸음 내디딜 때마다 심장이 발걸음에 맞춰 쿵쿵 뛰었다.

총 네 명이 있었다고 했다. 그중 하나가 박원우고 또 하나가 권도현이라면 나머지 두 명은 필시 김민호와 송우준이리라. 나머지 둘의 이름을 알아내기란 어렵지 않았다. 아무 친구나 붙잡고 3학년에 담배 피우는 선배들 이름이 뭐냐고만 물어도 줄줄이 나왔다. 그 이름을 모르는 사람은 나인뿐이라는 듯이.

죽은 자를 살려내 진실을 물을 수 없다면 산 자를 찾아내 진실을 물으면 된다. 나인이 생각한 방법은 이거였다. 박원우를 산에 묻은 사람을 만나기. 박원우를 산에 묻었느냐고 대놓고 물으려는 계획은 아니다. 분명하게 자백을 유도할 수는 없지만 나인이 보고자 하는 건 찰나다. 찰나의 눈빛, 찰나의 입꼬리, 그 찰나의 표정. 권도현이 제 말을 들어주기나 할지 모르겠지만 그건 해 보지 않으면 알 수 없다. 쓰레기봉투를 들고 흡연 구역을 찾았다. 다행스럽게도 권도현뿐이었다. 나머지 둘과 같이 있었다면 나인이라도 다음을 기약했을 거였다. 전투의 기술이란 승산이 있는 때를 노리는 것이므로. 나인은 삼복더위에 들러붙은 교복을 짜증스럽게 잡아당기며 걸음을 옮겼다.

입안이 바싹바싹 말랐다. 목구멍이 까끌까끌해서 한마디도 제대로 내뱉지 못하고 기침만 하다 끝날 것 같았다. 그래도 준비한 말은 해야지. 비장한 표정으로 권도현에게 향했다. 주변 식물들이 어째 평소보다 더 시끄럽다. 재미있는 관전거리가 펼쳐질 줄 눈치라도 챈 듯이.

급식 조리실 계단에 앉아 휴대 전화를 들여다보는 권도현의 근처에는 꽁초가 흩어져 있었다. 권도현은 언뜻 보았을 때 느꼈던 것보다 훨씬 체구가 컸고 눈이 매서웠다. 나인은 권도현에게 말을 붙였다가 맞을 가능성을 생각해 보았다. 확률은 반반이었다. 맞지 않거나 맞거나. 나쁘지 않았다. 어쨌거나 맞지 않을 가능성이 반이라도 있는 게 어디인가.

"저……."

너무 멀리서 부른 탓에 듣지 못한 듯했다. 나인은 몇 걸음 더 다가가 다시 한번 입을 열었다. 권도현이 고개를 돌렸다. 누구냐거나 왜 불렀느냐는 질문도 없이 용건만 빨리 말하라는 눈빛으로 나인을 응시했다. 나인은 땀이 찬 손으로, 들고 있던 쓰레기봉투를 만지작거렸다.

"권도현 선배 맞죠?"

권도현은 아무런 대답도 하지 않았지만 나인은 그것이 긍정의 표시라는 걸 알 수 있었다. 나인이 마른침을 삼켰다.

"누가 좀 찾아서……."

권도현이 휴대 전화를 주머니에 넣었다. 표정은 여전히 단조로웠지만 그 속에 귀찮음과 짜증이 뒤섞여 있다는 걸 알 수 있었다. 나인은 손톱으로 쓰레기봉투를 툭툭 뜯으며 입을 열었다.

"박원우 선배요."

"……."

"선배 친구."

반반이었던 확률의 승자는 후자였다. 나인은 살면서 처음으로 멱살이 잡혔다. 도망갈 틈도, 막을 틈도 없었다. 한순간에 목이 조이고 숨이 막혔다. 쓰레기봉투가 바닥에 나뒹굴었다. 나인이 기침을 토해 내며 권도현의 손을 붙잡았다.

"컥, 자, 잠만……!"

"야."

눈물이 핑 돌았다. 당장 구역질이 날 것 같았고 목이 빠질 듯이 아팠다.

"그 새끼가 어떻게 연락을 해."

권도현이 이를 악물며 말을 삼켰다.

"사람 봐 가면서 장난 쳐라."

시야가 핑 돌면서 온몸에 힘이 빠지는 느낌이었다. 이러다 정말 죽을 것 같다는 생각이 들었을 때 권도현이 손을 놓았다. 방해꾼이 나타났기 때문이다. 나인은 자리에 주저앉아 목을 감싸 쥐고 토하듯 숨을 내뱉었다. 권도현이 떠난 자리로 현재가 달려와 주저앉은 나인의 어깨를 붙잡았다. 무슨 일이냐고 묻는데 어떤 이야기를, 어디에서부터 해야 할지 감이 잡히지 않아 나인은 그저 멀어지는 권도현의 뒷모습을 지켜봤다.

봤다. 박원우의 이름을 듣자마자 동요하던 그 찰나의 두려움을. 박원우는 실종되거나 단순히 가출한 게 아니다. 그랬다면 권도현의 표정이 이럴 리 없다.

숨길 수 없는 표정들이 있다. 찰나에 나오는. 통제의 영역에 들지 못한 표정들. 나인은 살면서 몇 번 마주쳤다. 아니, 무수히 마주쳤다. 이모와 함께 산다는 말을 듣는 순간 그들이 지었던 숱한 표정이 전부 통제권 밖에 있었다. 어찌할 수 없는, 본능적인, 막을 수 없는. 하여간 그런 의미였다. 찰나의 표정이란 감정을 가장 진솔하게 비추는 호수의 수면 같은 것이다. 조그만 충격에도 금방 흩어지고 만다. 바람조차 불지 않는 한때, 잠시 생겼다 사라지는 마법 같은 것이다. 그러니 원망할 수가 없다. 미워할 수도 없고. 어쩌겠는

가. 안쓰럽다는 걸, 불쌍하다는 걸, 가엾다는 걸, 애잔하다는 걸. 때때로 어떤 이들의 표정은 파도같이 잔잔하게 밀려오다 부서지고 흩어진다. 오래전, 나인을 데리고 시내에 있는 키즈 카페에 가던 지모의 표정이 딱 부서진 파도 같았다. 예고 없이 멈춰 선 걸음과 도로 반대편을 응시하는 시선. 눈 밑으로 진 그늘과 힘 들어간 입술. 나인은 그 순간 지모의 손을 꽉 붙잡았다. 그러지 않으면 지모가 이 손을 놓고 저 반대편으로, 나인은 갈 수 없는 건너편으로 달려갈 것 같았다. 무엇을 보았는지 그 이후로 한 번도 묻지 않았지만 지모의 표정은 나인의 기억에 오래도록 머물렀다. 그러다 차츰 그 표정의 의미를 알게 되었다. 파란불이 한 번 깜빡이던 그 짧은 순간에 지었던 지모의 부서진 표정. 아주 그리운 누군가를 봤던 거겠지. 지모가 두고 온, 어쩌면 버리고 온 어느 한 시절을.

아무리 감추려고 노력해도 찰나의 표정은 감출 수 없다. 권도현도 마찬가지였다. 겁. 당황. 두려움. 불안. 공포. 분노 뒤에 감춰진 감정은 그런 것들이었다. 그 감정들의 출처를 알아야 한다. 무엇으로부터, 어떻게 시작되었는지. 왜 그런 표정을 지었는지. 한 가지 확실한 건 그 표정에는 희망 같은 것이 섞이지 않았다. 자신에게 왜 그런 이야기를 하느냐는 의문조차도. 확신이 깃든 분노. 그 이름을 듣자마자 반사적으로 움직였던 손. 그런 것들은 계산해서 나올 수 없다.

"마셔."

현재가 생수 한 병을 건넸다. 운동장 스탠드에 앉히며 어디 가지 말고 꼼짝없이 기다리라더니 그 짧은 새에 매점에 다녀온 모양이었다. 생수병을 내미는 현재의 손이 숨과 함께 허덕이고 있었다. 권도현의 눈을 되새기며 생각에 빠져 있던 나인은 현재의 목소리를 듣고서야 현실로 돌아왔다. 나인은 쥐어뜯고 있던 머리카락을 놓고 생수병을 받았다.

"응."

"……."

"잘 마실게."

평소의 현재였다면 손을 덜덜 떨며 나인을 추궁했으리라. 울긋불긋한 목을 보고 보건실에 가야 한다며 야단도 떨었어야 했다. 하지만 현재는 아무것도 묻지 않았다. 나인의 목을 한번 살펴보더니 보건실에 갈 정도는 아닌 것 같다고 할 뿐이었다. 그 뒤로 별말 없이 옆에 앉아 하교하는 아이들만 응시했다. 갈 곳 잃은 시선을 애써 한곳에 붙잡아 두려는 듯이. 현재는 감정 이입을 잘하는 편이다. 한겨울에 길고양이를 보면 춥겠다고 제 체육복을 돌돌 말아 주는 애였다. 미래가 성적이 떨어져 울면 옆에서 따라 울고, 나인이 옆 반 친구와 싸워 다쳤을 때는 대신 울기도 했던 애가 지금은 입을 다물고 있다. 오히려 왜 그러느냐고 묻고 싶은 사람은 나인이었다. 하지만 그렇게 묻는다면 나인도 말해야 하리라. 왜 권도현에게 멱살을 잡혔는지.

바람이 뜨듯했다. 익숙해져 의식하지 않았던 식물의 대화가 그때 다시 들렸다. 나인은 생수병 뚜껑을 따 물을 들이켰다. 목이 탔다. 조금 전까지는 권도현 때문에 죽을 것 같았는데 지금은 현재 때문에 숨이 막혔다. 권도현의 손이 닿았던 살갗은 화상이라도 입은 듯이 여태 후끈후끈했다.

"있잖아, 현재야."

먼저 입을 뗀 쪽은 나인이었다.

"뭐랄까, 말을…… 해야 할 때가 있기는 하지만 가끔은 그냥 넘어가야 할 때도 있잖아. 알고 보면 되게 별거 아니라서 시시하고 그런 거."

지금 아무것도 말해 줄 수 없다는 사실을 돌려 이야기하려니 말이 자꾸 헛나왔다. 손동작도 부자연스럽게 커졌다. 현재는 그런 나인의 말을 묵묵히 듣기만 했다. 무슨 이야기가 하고 싶은 거냐고 물어보기라도 해 주지.

"그러니까 내 말은, 저, 뭐냐, 그 방금 본 거 있잖아. 그것도 그런 종류의 일이라는 생각이 든다, 야. 시시하고 그런……."

민망함에 나인은 허겁지겁 말을 끝냈다.

"아무튼 그렇다는 거야."

어설프게 웃으며 말을 마무리 짓는 동안에도, 현재는 표정 변화 없이 고개만 끄덕였다. 시시하게.

나인이 물을 반쯤 넘게 마실 때까지 곁에 함께 있어 주던 현재는 끝내 아무것도 묻지 않고 자리에서 일어났다. 그만 학원에 가야 한다고 말했다. 나인은 어쩐지 그렇게 가는 현재를 믿을 수 없어서 가만 서 있다 물었다.

"너, 가?"

"응. 나, 가."

정말 그렇게 그냥 간다고? 멱살 잡혀 있는 모습을 두 눈으로 봐

놓고? 그것도 무섭다는 그 선배한테? 고맙다고 해야 할지, 너무하다고 해야 할지. 마음이 오락가락했다. 나인은 그 자리에서 현재를 배웅했다. 멀어지는 뒷모습을 보며 못내 이상하다고 느꼈다. 그래, 이건 이상했다. 같이 가자고 말하지 않고 먼저 자리를 피하는 현재는 확실히 이상했다. 안 그래도 버거운데 현재 때문에 고민 하나가 또 똬리를 튼 것 같다.

고민과 골칫거리와 근심은 왜 서로 달라붙어 찾아올까. 하나 끝나면 하나 오고, 또 하나 끝나면 잠시 쉬었다가 다시 하나 오면 얼마나 좋아. 이렇게 생각해 봤자 그런 일은 순조롭게 차례로 오지 않는다는 걸 나인도 알고 있다. 언제나 모든 일은 한순간에, 동시다발적으로 일어난다. 사람의 인내심과 한계를 박박 긁으면서. 그러니 방법은 딱 하나다. 세상일이 신경을 전부 긁기 전에, 더 큰 일이 또 들러붙기 전에 발목에 채인 일부터 빨리 치우는 것이다. 애초에 알지 못했다면 더 좋았겠지만 어쩌겠는가. 이미 알아 버렸는걸. 그리고 도저히 모르는 체할 수 없는걸.

자전거 보관대 기둥에는 여전히 전단지가 붙어 있다. 단정한 머리, 굵은 눈썹, 쌍꺼풀 없이 긴 눈, 키 177센티미터에 몸무게 63킬로그램. 교복을 입고 흰색 나이키 운동화를 신었다. 집에서 나간 시각은 21시 40분. 그리고 22시 7분에 사거리에서 마지막으로 모습이 찍힌 뒤 실종되었다. 당시 나이는 열일곱 살. 고로 지금은 열아홉 살이다. 살아 있다면……, 살아 있다면 열아홉 살이 되었어야 했다. 그래서 다른 친구들처럼 학원에 다니고, 늦게까지 공부를 하고, 인생에 대해 한탄을 하다가 다시 책상 앞에 앉아 가고 싶은 대학을 책상에 붙였어야 했다.

그 자리에 오래도록 서서 전단지에 쓰인 인상착의를 외웠다. 눈 감고도 그릴 수 있도록. 누가 물어보면 눈앞에서 본 듯 생생하게 읊을 수 있도록.

금옥에게 등을 기대고 앉아 있으면 시선 끝에 풀이 자라지 않는 척박한 땅이 보였다. 서로 얽혀 자란 잡초와 들꽃 틈에서 누군가가 한번 땅을 헤집어 놓은 듯이. 나인은 그 자리를 응시하며 하던 말을 이었다.

아직 추측이야. 사라진 지 이 년이 됐으면 보통 죽었다고 생각하니까. 그런데 나는 그 표정을 봤을 때 그냥 몰랐으면 좋았을걸, 하고 생각했어. 왜 내가 알았지? 내가 할 수 있는 게 아무것도 없는데.

나인은 자신이 모질다고 생각했다.

우리 어마이가 본디 세상일이라는 것이 다 정해져 있다 했다. 벌어질 일이었으니 일어난 것 아이겠니?

아니다. 모진 것은 세상이다.

어마이는 그러니 뭐인 일이 일어나더라도 너무 슬퍼 말고 너무 죽상일 필요 없다 했다. 뭐인 일이 일어나더라도 무시할 수 있으면 무시해도 된다 했다. 그러니 니 못 본 척해도 아무도 니한테 뭐이라 못 한다. 내 니한테 강요하는 것도 아이고.

금옥의 말이 맞다. 모르는 척하면 그만이다. 어차피 나인이 하는 말은 아무도 믿지 않을 것이다. 나인이 저곳에 사람이 묻혀 있다는 사실과 그 사람을 죽인 범인이 누구인지 증명하기 위해서는 남들보다 더 많은 노력을 해야 하리라. 목이 터지도록 외쳐도 끝내 들어 주지 않을지도 모른다. 들쑤셔서 상처만 남긴 채 끝날 수도 있다. 실은 나인은 그게 가장 무섭다.

그래도 어찌 이런 우연이 있겠니. 내 여 속에 들어와 있고, 그 애가 하필 내 옆에서 죽고, 내 말을 들을 수 있는 니가 너무 늦지 않게 나타나고. 이러니 꼭 니를 기다리고 있었던 것 같다. 니는 그렇지 않니?

우연. 핑계로 쓰기는 좋지만 실상 아무것도 해결해 주지 않는 치사한 단어.

관장님 부탁으로 도장 사무실에서 아이들 생일을 정리하던 나인은 책상 밑에서 액자 하나를 발견했다. 엎어져 있는 액자는 오래도록 건드리지 않았는지 먼지가 쌓여 있었다. 사무실은 언제나 오래된 물건들로 가득했다. 관장님조차 그 존재를 잊어버린 물건들. 버리기는 좀 그렇지만 그렇다고 소중하게 관리하지도 않는 물건들. 도장 아이들이 준 선물, 학부모의 감사가 담긴 머그잔 따위가 먼지 속에 파묻혀 있었다. 그 액자도 시합에서 찍은 단체 사진 정도일 거라 생각했다. 그런데 자꾸 눈길이 간다. 이상하리만치 액자에 꽂힌 사진을 확인하고 싶은 마음이 솟는다.

나인은 액자 속에서 고등학생 석구를 봤다. 지금보다 더 앳된 얼굴의 석구는 목에 금메달을 걸고, 꽃다발을 들고 있는 두 사람과 함께 사진을 찍었다. 선연남자중학교 교복. 아직 키는 작지만 쌍꺼풀 없이 긴 눈을 가진 학생과 개구쟁이같이 두 팔을 번쩍 든 학생. 쌍꺼풀 없이 긴 눈을 가진 학생은 전단지 속 증명사진과 똑같이 생겼고, 두 팔을 번쩍 든 학생은 지금의 매서운 얼굴이 아니었다. 사진속 세 사람은 김석구와 박원우, 그리고 권도현이다.

그 사진을 본 순간 나인은 이런 생각을 했다. 박원우와 권도현이 남들은 알지 못하지만 정말 친한 사이였다면, 권도현은 박원우에게 연락이 왔다는 말을 듣고 일순 화가 났더라도 다시 물었어야 했다고. 하지만 권도현은 묻지 않았다. 나인의 말을 일말의 가능성조차 없는 헛소리로 여겼다. 친한 친구가 살아 있을지도 모른다는 가능성을 완전히 배제시키고.

우연은 기다렸다는 듯이 일어난다. 세상이 정말 정해 둔 것처럼. 쥐 죽은 듯이 기다리다가 해결사가 나타나면 그제야 소리친다. 꽁꽁 숨어 있다가. 평소에는 보이지도 않다가. 이렇게 갑자기.

정말 치사하게.

9

벽에 금이 가 있다. 언제부터 있었는지 모르겠다. 그냥 어느 날 보니 금이 가 있었다.

처음에는 분명 작았는데. 왜 점점 길어지지?

가끔 벽 틈으로 벌레가 쏟아져 나오는 상상을 한다. 좀벌레나 공벌레, 집거미 같은 것들이 잠든 사이에 소리도 없이 틈을 비집고 나와 눈, 콧구멍, 귓구멍, 입을 통해 몸으로 들어가는 끔찍한 상상. 그런 상상을 하다 잠이 들면 꼭 그런 꿈을 꿨다. 지네도 나온 적 있다. 꿈에서 눈에 들어가려는 지네를 잡아 뽑았다. 너무 길어서 팔을 끝까지 뻗어도 뽑히지 않는 지네였다. 꿈이 괴로워 잘 수 없었다. 그리고 정말 틈에서 벌레가 비집고 나올까 봐 눈을 뗄 수 없었다. 그렇게 뜬눈으로 벽을 응시하는 새벽이 거듭됐다. 작았는데 점점 길어지니까. 저 금이.

해가 떠야만 한두 시간 정도 짧게 눈을 붙였다가 등교했고, 부족한 잠은 학교에서 채웠다. 성적이 떨어지는 것은 당연했다. 교무실

110

에 불려 가거나 이사장실에 불려 가는 날이 잦아졌다. 꾸짖음이 아닌 위로와 격려가 대부분이었지만 듣기 싫기는 매한가지였다. 그런 말들을 한 움큼 듣고 나면 귀에 딱지가 졌다. 간지러워 긁다가 자주 피를 봤다.

성적이 계속 떨어져 학교에서 더는 자는 모습을 보일 수 없었다. 참아 주고 봐주고 지켜봐 주는 데에도 한계가 있으니까. 하는 수 없이 수업 시간에라도 깨어 있어야 했다. 쉬는 시간과 점심시간에 틈틈이 잤다. 그렇게 자서는 영 개운하지 않았지만 덕분에 성적이 돌아왔고, 잠을 쫓기 위해 담배가 늘었다. 어쨌거나 지금은 성적이 중요했다.

우준이나 민호는 그런 도현을 보며 시시해졌다느니 재수가 없다느니, 그렇게 공부한다고 사람이 될 것 같으냐고 대놓고 비꼬았지만 도현은 아랑곳하지 않았다. 그 둘과 도현은 달랐다. 도현에게는 가야 하는 대학이 정해져 있었고, 그만한 기대와 지원을 해 줄 양육자가 있었다. 이번에 실패한다면 꼼짝없이 일 년 더 이 고생을 해야 할 터였다. 생각만 해도 지긋지긋했다. 모든 걸 빨리 털어 버리고 이 지긋지긋한 학교와 도시를 떠나고 싶었다. 입시가 끝나면 멀리 여행이라도 가리라 마음먹었다.

성적은 제자리를 찾는 데에서 그치지 않고 전보다 훨씬 좋아졌다. 어느 때보다 많은 시간을 공부에 쏟고 있으니 당연한 결과였다. 하지만 좋아진 것은 성적뿐이었다. 금기를 어긴 것처럼 잠을 줄인 대가로 코피가 자주 쏟아졌다. 밥을 먹다가도, 공부를 하다가도 시뻘건 코피가 후드득 떨어졌다. 도현은 제 코에서 나온 피를 처음 봤던 날 경기를 일으켰다. 자리에서 벌떡 일어나 소리를 지르다가 몸을 파르르 떨며 쓰러졌다. 수업 도중에 일어난 일이었다. 도현은 다음 날 더 살벌한 표정으로 교실에 들어갔다. 아이들은 어제 벌어졌던 일에 대해 입도 뻥긋하지 않았다.

아버지는 흰밥 위에 코피를 쏟는 도현을 보면서도 성적이 오른 사실에만 집중했다. 드디어 사람이 됐다며 도현의 어깨와 목을 두툼한 손으로 문질렀다.

한창 공부할 때는 피도 쏟고 그래야 어디서 열심히 노력했다고 자랑을 하지. 잘하고 있다.

아버지는 그 코피를 자랑스럽게 여겼다. 몇 백 명 앞에 서서 아들놈이 공부를 하다 코피를 쏟았다고 말할 정도로.

피를 너무 많이 쏟아서인지 어느 순간부터 자꾸 헛것이 보이기 시작했다. 열여덟의 여름. 도현은 처음으로 제 방에 앉아 있는 원우를 봤다. 벽지에 간 금 아래. 재수 없게. 잠들면 여전히 갈라진 틈 사이로 벌레가 쏟아져 나왔고, 책상에 앉아 있으면 그 옆에 웅크려 앉아 있는 원우가 보였다. 도현은 참다 참다 화를 냈다. 물건을 던지며 소리를 질렀다. 꺼지라고 울면서 소리쳤다. 어머니가 들어와 도현을 말렸다. 그러다 코피가 쏟아졌고, 또 발작을 일으켰다.

눈을 뜨니 병원이었다. 어머니는 도현의 기가 허해졌다며 보약을 지어 먹였다. 어제 무엇을 봤는지, 왜 그렇게 소리 질렀는지에 대해서는 묻지 않았다. 마치 다 알고 있다는 듯이. 도현은 그 뒤에도 계속 새벽까지 공부를 했다. 며칠 지나고 나니 원우가 그곳에 앉아만 있을 뿐 자신에게 다가오지도, 말을 걸지도 않는 걸 깨달았기 때문이다. 집에서도 점점 담배 생각이 많이 났다. 처음에는 새벽마다 옥상에 올라가 담배를 피웠지만 나중에는 그냥 방에서 피웠다. 아무도 뭐라 하지 않았다. 어쩌면 아버지는 동네 주민들 눈에 띄지 않게 방에서 피우는 걸 오히려 더 마음에 들어 했을지도 모른다.

며칠에 한 번씩 기절하듯 잠이 들면 꿈을 꾸지 않았다. 원우가 보이는 곳도 다행히 집뿐이었다. 모든 것은 차츰 익숙해졌다. 익숙해지면 안 되는 것들이.

그런데 그 익숙함이 어제 깨졌다. 며칠 만에 몰아 잔 잠이었다. 꿈을 꿀 리가 없는데 꿈을 꿨다. 전과 마찬가지로 금에서 무언가가 나왔다. 그런데 이번에는 벌레가 아니었다. 틈을 비집고 나오는 저것은. 저게 뭘까. 손가락 하나 까딱할 수 없는 상태로 침대에 누워 도현은 벽을 응시했다. 거미의 발가락 같은 것. 앙상하고, 검고, 긴 것. 오래도록 주시한 뒤에야 그것이 나뭇가지임을 깨달았다. 나뭇잎 하나 없이, 마치 썩은 듯한 나뭇가지가 담쟁이넝쿨처럼 벽을 둘렀다.

자야 했던 날에 잠들지 못한 탓에 도현은 아침 자습 시간부터 내내 책상에 엎드려 잠을 청했다. 하지만 학교에서조차 꿈을 꿨고, 그 꿈은 전날과 똑같았다. 3교시가 끝나는 수업 종이 칠 때쯤 도현은 결국 담뱃갑을 들고 교실을 빠져나갔다.

모든 사람이 도현의 눈치를 봤다. 학교 설립자가 도현의 할아버지이고 지금의 이사장이 도현의 큰아버지라서 그럴 것이다. 큰아버지는 허울만 번지르르한 이사장이 아니었다. 큰아버지의 말 한마디에 학교는 매해 새 단장을 한다. 유구한 역사 따위에는 아무런 관심도 없는 듯, 세월이 스며든 모든 것을 바로 떼어 내고 새것을 달았다.

시에서 가장 큰 교회의 목사인 도현의 아버지도 마찬가지다. 도현의 아버지는 형편이 어려운 친구들에게 장학금을 주고, 학생들 아침으로 장애인 복지관에서 만든 빵을 무료로 배급했다. 한 학기에 한 번씩 학교에 찾아와 학생들을 위해 예배도 드렸다. 청소년 신도들의 진로 상담을 도와주는, 고민하고 실천하는 이 도시의 큰 어르신이었다. 더욱이 도현의 어머니까지 재단의 큰손이었으니 이 학교 아이들은 이 집안이 먹이고 키웠다고 해도 과언이 아니었다.

종합 학원을 운영 중인 도현의 어머니는 매해 학원 수험생 절반 이상을 명문대에 보냈다. 그 많은 수강생의 이름을 다 외우고 각자에게 맞는 공부 방법을 제시해 주는 유능한 입시 컨설턴트였다. 도현의 어머니는 한 학기에 한 번씩 도현의 학교에서 학부모를 대상으로 강연을 했다. 학년별로 중점적으로 해야 하는 공부와 내신 관리법, 필요한 대외 활동, 그해 입시 경향에 대해 돈 한 푼 받지 않고서 말이다. 그리고 꼭 자신의 아들들도 이곳 졸업생이자 재학생이라는 말로 강연을 마무리 지었다. 일종의 거래였다. 겉으로 드러나지 않는, 물밑에서 진행되는 거래. 아무도 입 밖으로 꺼내지 않지만 누구나 알고 있는 거래. 그래서 모두가 도현에게 친절했다. 도현이 학교에서 담배를 피우고, 아이들과 말썽을 피우는 건 아무 문제도 되지 않았다. 명문대에 진학한 도현의 형도, 학교 다닐 때 그 정도 자잘한 말썽은 피웠다면서. 도현이 학교생활을 만족해하고 행복해 해야 그 집안의 아들들이 모두 졸업을 해도 지원이 끊기지 않을 것이다. 이것 역시 누구 하나 입 밖으로 꺼내지 않았으나 모두가 알고 있는 사실이었다. 도현은 가끔 형에게 묻고 싶다. 모든 시선을 다 받아야 하는 게 버겁지 않았느냐고. 양육자들은 형은 힘들어하지 않았는데 너는 왜 힘들어하느냐는 말로 도현을 이상하다 깎아내렸지만 도현은 안다. 형이 정말 힘들어하지 않았다면 유학을 가지 않았을 것이고 석 달마다 한 번씩 짧게 연락하지도 않을 거다. 형은 도망쳤다. 완벽하게.

담배를 피우면 화장실로 연기가 새어 든다는 사실을, 서서 오줌을 누면 그 냄새를 맡게 된다는 사실을 도현도 전부 알았다. 그래서 그곳을 아지트로 정했다. 얼마큼 빌빌거리나 보고 싶었다. 언젠가부터 열려 있던 교사 화장실 창문이 내내 닫혀 있기만 할 뿐, 선생들은 무어라 단 한마디도 하지 않았다. 역시 인내심이 좋은 사람들이었다.

도현은 아지트에 놓인 이가 나간 의자에 앉아 삐걱삐걱 움직이는 소리를 들었다. 가만있어도 땀이 흐르는 날씨였다. 이마에서부터 흐른 땀이 턱 끝까지 내려오도록 내버려 둔 채 꽉 닫힌 창문을 보고 있었다. 재미없다. 예전에는 닫힌 창문만 보고도 낄낄 웃었는데. 도현이 고개를 돌렸다. 재미없는 것은 바라볼 필요가 없다. 재미있는 건 저기 있었다. 재미있기도 하고 짜증 나기도 하고 열 받기도 한.

헛소리 지껄였던 애 이름이 뭐더라. 기억나지 않는다. 그때 나타난 남자애가 그 애 이름을 부른 것 같은데. 찾으려면 쉽게 찾을 수야 있겠지만 찾고 싶지 않다. 마주치고 싶지 않다. 그 애는, 자신이 내뱉는 말이 헛소리인 줄 알고도 내뱉었다. 표정이 그랬다. 도현이 멱살을 잡았을 때, 그 애의 얼굴에 당혹스러움이나 두려움이 스치는 것이 아니라 덫에 걸린 쥐 새끼를 보는 듯한 표정이 나타났다. 혹은 무언가를 확인받은 듯한 확신이 어린 표정. 도현이 위협을 가할 때 그런 표정을 지은 애는 여태껏 단 한 명도 없었다.

농구공 하나가 굴러왔다. 공은 도현의 신발에 닿고서야 멈췄다. 굴러온 방향으로 시선을 옮기자 우준이 서 있었다.

"새끼, 불러도 대답을 안 해."

도현은 우준이 부르는 소리를 전혀 듣지 못했다.

"저 새끼 왜 또 얼이 빠져 있어."

우준이 웃으며 한마디 더 얹었다. 도현은 그제야 농구공을 주워 자리에서 일어났다.

"야."

농구공에 묻은 흙을 툭툭 털며 도현이 우준에게 말했다.

"근데 너 이거 나한테 왜 던지냐."

"뭐?"

"왜 던지냐고, 이걸. 짜증 나게."

"……."

"분위기 좀 잡았다고 쪼냐. 개웃기네."

분위기가 차갑게 얼어붙기 전에 도현이 먼저 웃음을 터뜨렸다. 우준은 그런 도현을 따라 어설프게 웃었다. 누군가를 겁주기란 너무 쉽다. 너무 쉬워서, 이제 재미가 없어졌다.

형은 시키지 않아도 알아서 잘하는 타입이었다. 태어날 때부터 이상하리만치 완성된 형태인 사람. 형의 성적을 단 한 번도 걱정해 본 적 없다는 게 양육자들이 입에 달고 사는 자랑이었다. 성격이 어찌나 순하고 성품이 얼마나 바른지. 말썽 한번 피우지 않았고 공부가 재능인 것처럼 책상 앞에 앉아 있기를 힘들어하지 않았다, 형은. 어느 대학에 가서 몇 살 때 유학을 가고 싶다고 중학생 때부터 계획을 줄줄 읊더니 정말로 전부 정해 놓고 태어난 듯이 조금의 비틀어짐도 없이 계획대로 살았다. 그런 형을 두었다는 건 정말 최악이었다. 아무리 생각해도 자신은 형과 같은 종이 아니었다. 그걸 도현도 알고 양육자들도 알았으나 서로 아는 체하지 않았다. 인정하는 순간 고통스러워지기 때문이다. 그래도 딱 하나 형과 닮은 점이 있다면 책상 앞에 오래 앉아 있어도 괴롭지 않다는 것이다. 비록 앉아 있는 시간 내내 공부를 한 것은 아니었지만.

그림에 소질이 있지는 않았지만, 어렸을 때 우연히 전시회에서 본 블랙 워크에 꽂혔다. 흰 마직물에 검은 실로 패턴을 놓는 자수인데, 한 벽면을 가득 채울 정도로 크기가 컸다. 그 큰 마직물에 빼곡하게 놓인 자수는 도현이 그전까지 마주해 본 적 없던 세상이었다. 단어를 더 많이 알았더라면 웅장함이나 경이로움, 위대함, 벅참 따위로 표현했을 테지만 감탄사 외에 내뱉을 수 있는 말이 없던 도현은 그렇게 오랫동안 그 작품 앞에 입만 벌리고 서 있었다. 잎사귀와 줄기가 일정한 패턴으로 놓여 있던 자수. 도현은 어느 순간부터 교과서 끄트머리에 그것을 따라 그리기 시작했다.

누가 오면 교과서를 덮고, 손으로 가리고, 책장을 넘기는 식으로 숨겨 왔는데 들켰다. 철저하게 숨긴다고 숨겼는데 떨어진 연필을 주우러 도현의 자리까지 온 뒷자리 녀석에게.

나무야? 되게 잘 그린다.

같은 반인데 그 애 이름을 그날 알았다. 한 학기가 다 지나갈 즈음에. 박원우. 경인고속도로 고가를 지나 한참을 걸어가야 나오는 오래된 주택에서 산다고 했다.

누군가가 등을 치는 바람에 들고 있던 농구공을 놓쳤다. 공이 계단으로 굴렀다. 등을 친 녀석은 도현의 얼굴을 보자마자 허겁지겁 미안하다고 사과했다. 공을 주워 오겠다는 녀석에게 도현은 됐다며 그의 어깨를 밀친 뒤 계단을 내려갔다. 주변에 있던 아이들이 수군거렸다. 권도현이 좀 이상해. 쟤가 저러는 게 더 무서워. 그래도 원래 때리지는 않았잖아……. 도현이 걸음을 멈추자, 아이들이 입을 닫고 재빠르게 흩어졌다.

지하실 창고 문 앞에 떨어진 농구공을 들었다. 지하실에는 창문이 없는데 언제나 문틈으로 냉랭한 바람이 느껴졌다. 창고에 사는 귀신이 소복을 입고 춤을 춰 일으키는 바람이라는 괴담이 전해져 내려왔다. 도현에게 이 괴담을 알려 준 사람은 원우다. 원우는 신기하리만치 떠도는 낭설을 좋아했다. 존재하지 않는, 확인되지 않은, 시간이 지나면 유치해지고 마는 이야기들을. 도현은 닫힌 지하실 창고 문을 바라보다 자리를 떴다.

금은 어제보다 길어졌다. 아주 미세해서 도현만 알아볼 수 있는 차이였다. 금 아래에는 원우가 있다. 책상은 창고에 있고, 책상 주인은 도현의 방에 있다. 도현은 노랫소리를 키우고 문제 풀이에 몰두했다. 축축한 흙냄새가 났다. 비가 쏟아지기 직전에 맡을 수 있는 냄새.

정말 만나지 않았느냐고 물었다. 우준과 민호의 시선이 일제히 도현에게 향했다. 형사의 시선도 둘을 따라 도현에게로 넘어왔다. 그날은 도현의 몸이 기억했다. 안과 밖의 습도 차이로 창문에 서리가 끼어 있었고 실내는 한여름임에도 닭살이 돋을 정도로 추웠다. 교복 바지에 배어 있던 물 자국의 눅눅함, 손등에 잠시 앉았다 날아갔던 날파리의 촉감. 고장 난 벽걸이 시계의 바늘이 2시 47분에서 반복하던 소리, 복도에서 들려오던 기침 소리, 몸을 움직일 때마다 갈라진 가죽 소파에서 나던 소리, 그리고 자신이 내뱉었던 숨소리까지도. 도현은 숨을 잠시 멈췄다가 길게 내뱉으며 고개를 끄덕였다. 마지막 단추가 떨어진 하복 셔츠 끝자락을 매만지며, 그날 근처 문 닫은 슈퍼 앞에서 술 마시고 놀았다고 대답했다. 슈퍼에서 소주병과 담배꽁초가 발견되면서 그 셋의 알리바이는 확인되었다.

도현이 그 애를 다시 만난 것은 다음 날 등굣길이었다. 그 애는 자전거를 보관대에 자물쇠로 묶어 둔 뒤 기둥을 바라보다 교문을 통과했다.

유나인. 자전거 파이프에 쓰인 이름.

박원우. 기둥에 붙은 전단지에 쓰인 이름.

민호가 다가와 도현을 부르지 않았다면 도현은 1교시가 시작할 때까지 그 자리에 서 있었으리라. 민호는 전단지를 보자마자 뜯었다.

"뭘 보고 있어, 기분 잡치게."

그리고 전단지 세 장을 한꺼번에 뭉쳐 구겨 길바닥에 던졌다.

"맨날 떼어 내도 계속 붙여. 노인네가 징글징글하다."

"너는 저거 보면 기분이 잡쳐?"

서늘한 도현의 목소리에 걸음을 떼던 민호가 뒤돌았다. 도현의 말을 이해하지 못하겠다는 표정이었다.

"기분 잡칠 일도 많다."

도현이 민호의 등을 가볍게 치고는 학교로 향했다.

도현은 더 이상 신경 쓰지 않기로 했다. 빨리 털어야 한다. 함몰되면 빠져나올 수 없다. 벗어나야 한다. 어서. 양육자들이 그랬던 것처럼. *어서 털어 내라.* 반년만 버티면 이 지긋지긋한 학교와 이별할 수 있으므로. 양육자들의 바람대로 고등학교만 무사히 졸업하리라. 반년만 버티면 된다. 딱 반년만.

도현은 방을 감싼 넝쿨에 목이 조이는 악몽을 꾸다 잠에서 깼다. 방구석에 앉아 있는 원우를 향해 손에 잡히는 대로 물건을 던지며 소리 질렀다. 코에서 피가 쏟아졌다. 피를 손으로 닦아 내며 도현은 반년을 버티지 못하고 병원으로 끌려갈지도 모른다고 생각했다. 원우의 피부가 울퉁불퉁했다. 도현은 그런 원우에게 소리쳤다. 그 소리를 들은 양육자가 방으로 뛰어 들어와 도현을 끌어안았다. 고슴도치도 자기 새끼는 예쁘다는데 나의 양육자도 그럴까. 왜 양육자의 가시는 배에 있을까. 끌어안아 줄 때마다 가시에 찔렸다. 이웃들 들으니 조용히 좀 하라며 매섭게 내리치는 손길이 오히려 덜 아팠다. 도현은 억울함에 계속 저 애 때문이라고 소리쳤지만 양육자들은 귀담아듣지 않았다. 정말 저 애 때문인데. 저기 음침하게 앉아서 지금도 뚫어지게 쳐다보고 있는데.

양육자들은 원우를 싫어했다. 그들은 구에서 오랫동안 교회와 학원을 운영해 왔기에 발이 넓었다. 어느 애가 못살고 잘사는지, 어느 애가 공부를 못하고 잘하는지를 전부 꿰고 있으면서도 대외적인 이미지 탓에 누구와 어울리지 말라는 말 한번 내뱉지 않고 도현이 친구라고 하는 애들에게 전부 잘해 주었다. 그런 양육자들이 유일하게 싫어하던 도현의 친구가 원우였다. 외계인을 봤다고 말하고 다니는 이상한 애라며 말이다.

2부

심장을 삼킨 나무

10

"인간이 가지고 있던 에너지와 양분을 식물이 전부 흡수하면 그 식물에 인간의 영혼이 깃든대. 수목장 같은 거야. 죽은 뒤에는 영혼이 이미 빠져나갔기 때문에 인간들이 하는 수목장으로는 그렇게 되지 않지만. 나도 예전에 그런 경우가 있었다고 듣기만 했어. 살아 있는 인간의 몸을 식물이 관통해야 하는데 그런 경우는 거의 없으니까…… 실제로 본 건 나도 오늘이 처음이라 좀 당황스럽네."

승택이 멀리 있는 금옥 나무를 힐끗 쳐다보며 말했다. 승택은 금옥의 목소리를 단번에 듣지 못했다. 나인은 그 사실을 계속 곱씹었다. 여타의 다른 식물들처럼 금옥의 말 또한 그들의 언어로 들린다고 했다. 우리는 알아들을 수 없는 그 형태의 언어로. 그래서 승택은 금옥의 기둥에 손을 얹었다. 한참 동안. 그러자 파랗게 빛나던 승택의 손가락. 신경이 이어지듯 승택의 손가락에서 뻗어나간 파란빛의 줄기가 금옥의 몸을 휘감았다. 뭔가 이상했고, 뭔가 달랐다. 그런 노력 끝에 승택은 금옥의 목소리를 들을 수 있었다.

"이게 정말 죽은 학생 단추야?"

금옥에게서 시선을 거둔 승택이 나인의 손바닥에 놓인 단추를 가리키며 물었다.

"이게 죽은 선배 건지 아니면 여기에 같이 있던 선배 건지 아직 몰라. 그래도 우리 학교 교복 셔츠 단추인 건 확실해."

승택은 그제야 시선을 올려 나인과 눈을 맞췄다. 여전히 믿을 수 없다는 눈빛이었다. 이 단추가 증거가 될 수 있다는 것도, 여기에 사람이 묻혀 있다는 것도, 영혼이 깃든 나무와 소통을 한다는 것도.

"그냥 내버려 둬. 누구한테 이 사실을 말하지도 말고, 또 그 가해자라는 사람 찾아가서 티 내지도 말고. 나는 그러는 게 좋을 거 같은데."

하지만 승택이 듣지 못한다고 해서 금옥의 목소리가 거짓인 건 아니었다. 그런데 고작 한다는 소리가 저딴 말이라니.

"나는 그런 말 들으려고 부른 게 아닌데."

"무슨 말이 듣고 싶었는데? 조언?"

"협조."

승택이 입을 다물었다. 생각이 퍽 많아 보이는 표정이었다. 아쉽기는 했지만, 나인은 반대하는 사람을 억지로 붙잡을 마음은 없었다.

"됐어. 너나 어디 가서 말하지 말아 줘."

괜히 여기까지 올라왔네, 그냥 밑에서 말할걸. 바지 끝에 묻은 흙을 괜스레 툭툭 털어 내고 나인은 걸음을 돌렸다. 승택이 그런 나인을 붙잡았다.

"너도 그러겠다고 해. 너도 어디 가서 말하지 않겠다고. 그냥 모르는 체해."

"왜?"

나인은 반사적으로 물었다. 그 순간 밀려든 억하심정에 휩쓸려. 승택이 그렇게 말하는 이유를 모르는 바 아닌데. 어떤 일을 보고도 못 본 척, 알아도 모르는 척하는 이유는 딱 한 가지밖에 없다.

"엮이면 피곤해져."

알면서도 왜 물어봤을까. 이 말을 듣는 게 더 피곤한데. 부정하고 싶지만 승택의 말이 맞다. 세상 모든 일은 엮이면 피곤해진다. 사람들은 승택 같은 사람을 현명하다고 표현한다. 신중하다거나 생각이 깊다고 할 수도 있고. 가만 내버려 두면 아무런 문제도 일어나지 않을 일을 굳이 들춰내 소란스럽고 골치 아프게 만드는 사람을 아무도 원하지 않는다. 그리고 어수선하게 들쑤시고 다닌 당사자를 원망스럽고 귀찮은 눈초리로 바라보겠지. '가만히 좀 있지.'라거나 '본인만 정의롭지.'라는 식의 말을 덧붙이면서.

그 말은 외곽 도로에 쓰레기를 몰래 버리고 가는 사람들을 지모가 전부 신고했을 때 신고당한 사람들이 내뱉은 말이었다. 남의 집 앞도 아니고 차만 다니는 길에 쓰레기 좀 버린다고 누가 피해 보는 것도 아닌데 가만히 좀 있지, 꼭 저렇게 본인만 정의롭다는 식으로 굴어야 속이 편한가. 지모의 등을 향해 눈을 부릅뜨고 중얼거리던 아저씨의 말을 나인은 십 년이 지나도록 똑똑히 기억하고 있다. 그때뿐이 아니다. 특수 학교 설립에 찬성했을 때도 대부분의 주민이 지모를 그런 눈초리로 흘겼다. 가만히 좀 있지. 애도 없는 아가씨가 뭘 안다고 자꾸 말을 얹어. 땅값 걱정할 일이 없으니까 그러지. 모르면 말을 말든가. 자기 배 아파 애를 안 낳아 봤으니까 모르지. 자기들 딴에는 속삭였다고 하지만 지모에게 들릴 정도의 크기로 그런 말이 오갔다. 지모는 별 반응을 보이지 않았다. 어차피 저런 사람들한테는 아무리 말해도 쇠귀에 경 읽기 수준으로밖에 전달되지 않는다는 이유였다. 지모는 대응하기보다 묵묵히 싸워 가는 쪽을 택했다. 모두가 동의해야 하는 안건에 굽히지 않고 표를 던져 매해 안건이 다시 올라오게 만드는 식으로. 그렇게 해야 결국 이긴다. 소수가 다수를 이기기 위한 가장 확실한 방법은 지겹고, 지긋지긋하고, 진절머리 나게 구는 것이라고. 그게 지모가 살아오며 깨달은 중요한 이치 중 하나였다. 지모도 피곤했을 것이다. 다수의 뜻만 따랐다면 몇몇 단골을 잃을 일도 없었을 터였다. 하지만 지모는 그냥 단골을 잃었다. 단골을 잃는 것쯤이야 아무렇지도 않다면서. 지모는 나인에게 가장 못 견디겠는 것 하나만 지키며 살라고 했다. 물론 조건은 있다. 나인이 위험해지지 않는 한에서.

나인이 못 견디는 것은 딱 하나다.

푹 꺼진 땅. 단추가 발견된 땅. 깊게 묻히지 못한 육체와 함께 썩어 버린 땅. 풀이 자라기까지 아주 오랜 시간이 걸리는 땅. 유일하게 빛나지 않던, 묘지라기에는 너무 형편없는 이 땅에 박원우가 묻혔을 것이다. 커다란 구멍 같은 이곳에. 정말 여기일까. 나인은 홀로 검게 죽어 버린 땅을 바라보다 금옥에게 몇 번씩이나 아닐 수도 있지 않을까, 하고 부질없는 질문을 던졌다. 그러니까 박원우가 묻힌 곳이 여기가 아닐 수도 있고, 여기에 묻힌 사람이 박원우가 아닐 수도 있고. 하지만 높은 확률로, 이곳에 묻힌 건 박원우가 맞으리

라. 나인이 그 주변에서 단추를 주웠으니까. 형사에게 증거로 보여 주기 위해 가져갔지만 보여 주지 못했던 그 단추는 나인의 하복 셔츠에 달린 것과 똑같았다.

"차라리 피곤하게 살래. 답답하게 사는 건 진짜 못 견디겠어."

답답하게 사는 게 가능했으면, 아니 애초에 답답함을 느끼지 않았다면 짓궂게 장난치는 반 친구들의 코를 때리지 않았을 테고, 그로 인해 숱하게 교무실에 불려 가지도 않았을 것이며, 때때로 부모 없이 자라서 저렇다는 말을 듣지도 않았을 거였다. 그렇지만 나인은 답답하면 못 참는 성질을 가지고 태어났다. 그러니 어쩔 수가 없다. 분하고 억울하면 답답해서 잠도 못 자고, 밥도 못 먹다 속병 나는 성질머리인 것을.

승택은 난감한 표정을 지었다. 일부러 이마에 주름이 잡힐 정도로 미간을 좁히나 싶을 만큼 아주 골치 아프다는 표정.

"네가 관여하지 않아도 언젠가 다 저절로 밝혀지게 되어 있어."

비가 내린다. 하늘이 우중충해지는 낌새도 못 느꼈는데 어느새 먹구름이 선연산 정상을 삼켰다. 굵은 빗줄기가 나뭇잎에 떨어지며 도시에서 들을 때보다 더 시끄럽게 주변을 메웠다. 눈을 제대로 뜨고 있기가 힘들어 나인의 이마에도 주름이 졌다.

"너도 모르는 체할 수 있던 일이 있었어."

빗소리에 파묻히지 않도록 나인이 목에 힘주어 말했다.

"내가 내 정체도 모르고 사는 바보 천치라는 거 알았어도 그냥 어련히 언젠가 알게 되겠지, 하고 모르는 체할 수 있었어. 근데 너도 안 그랬잖아. 너도 굳이 나한테 찾아와서 내가 외계인이라는 말도 안 되는 얘기를 했잖아. 우리가 멸종할지도 모른다고 하면서. 어떻게 그것만 멸종일 수 있니?"

나인의 목소리가 커졌다.

"저 선배는 세상에 딱 저 선배 하난데 사라졌잖아."

말을 할 때마다 비를 마시는 기분이 들었다. 하지만 이 비를 다 마시는 한이 있더라도 일단은 말해야 했다. 금옥의 말처럼, 나인을 기다리고 있었다. 박원우는.

"그 선배 아버지도 알아야 해. 그 선배가 여기 있다는 거. 그 선배 아버지야말로 알아야 할 걸 아무도 알려 주지 않고 있잖아. 도와주지도 않고. 전단지 그거 백날 붙여 봤자 아무도 들여다보지도 않아. 그때부터 지금까지 담당 형사 찾아가서 음료까지 사다가 바치는데 담당 형사는 만나 주지도 않아. 근데 내가 들었어. 저기 있다는 거 내가 알았는데 나야말로 그걸 어떻게 모르는 척해. 사람 한 명이 지구에서 멸종했는데."

이럴 때 비가 징그럽게 많이 와서 다행이라고, 나인은 생각했다. 말을 하던 도중에 왈칵 눈물이 터졌지만 얼굴이 비에 젖어 들키지 않았기 때문이다.

"나는 못 그만둬. 네가 나한테 알려 주려고 했듯이 나도 알려 줄 거야. 나도 그 선배가 저기 있다고 알려 줘야겠다고."

자신이 이렇게 정의로운 사람이었는지는 나중에 따지기로 했다. 일단은 원래도 잘 못 참는 성격이었으니 눈물도 단지 참지 못했을 뿐이라 생각하기로 했다.

어느새 둘 다 쫄딱 젖었다. 몸이 약해 오랫동안 앓았다는 승택의 말이 그제야 떠올랐다. 어쩐지 아까보다 새하얗게 질린 듯한 낯빛에, 나인은 장대비 속에 승택을 너무 오래 세워 두었다는 걸 깨달았다. 나인이 승택의 손을 잡아끌었다. 그만 하산하기 위해서였다.

"나는 그게 맞는 줄 알았어."

하지만 승택이 버티고 섰다.

"폐수 때문에 산이 죽어 가. 아주 소량으로 조금씩, 조금씩, 문제되지 않을 만큼 흘리는 거야. 인간들이 세운 기준에는 문제가 되지 않겠지만 아니야. 그건 너무나도 큰 문제였어. 산소 호흡기로 숨을 연장하듯이 버텼어. 내가 어렸을 때 살았던 그 산은. 마을 사람들은 모르는데 우리는 알았어. 누구보다 먼저. 폐수를 처음 방출했던 그날 바로. 그래서 내가 말해야 한다고 했더니 그러지 말래. 모르는체하래. 인간이라면 알 수 없는 일이니까. 다른 존재가 이 행성의 생태에 관여하면 안 된다고 했어. 우리는 바깥에서 온 존재들이니까. 그리고 곧 떠날 테니까. 나는 그래서 그게 맞는 줄 알았어. 관여하지 않는 거. 우리는 처음부터 이 행성의 법칙에 끼어 있지 않았으니까."

다그치듯 급하게 내렸던 소나기는 거짓말처럼 순식간에 잦아들었다. 주변이 한순간에 고요해졌다. 식물들도 둘의 다툼을 흥미롭게 관전하는 듯했다. 나인이 머뭇거리다가 입을 열었다.

"그럴 의도 아니었어. 나는 그냥 도와 달라고……."

승택의 상황을 고려하지 않고 너무 쉽게 이기적이라고 치부했다. 승택이 이 일에 관여하지 않겠다고 해도 나인은 붙잡지 못할 거였다.

"내가 뭘 도와주면 돼?"

승택이 나인의 말을 자르며 물었다. 승택의 말대로 엮이면 피곤해진다. 아무것도 하지 않는 게 가장 편하고 안전한 방법인 건 확실하다. 그러니 이렇게 불편하고 피곤한 일에 승택을 끌어들여도 될까. 승택은 나인의 생각이 다 읽힌다는 듯이 말했다.

"다른 사람들한테 말 못 해서 나한테만 말한 거잖아. 그럼 도와줄게. 나랑 해."

아니라고, 괜찮다고 하고 싶은데 체면 세울 상황이 아니었다.

"…… 고마워."

"……."

"그리고 미안해."

"뒷말은 안 해도 됐는데."

승택이 눈이 가늘어지도록 웃었다.

하산하며 승택은 어떤 방법으로 이 사건을 밝힐지 물었다. 승택도 땅을 먼저 파헤치는 것은 위험하다고 보는 입장이었고 자칫하면 첫 번째 용의자가 될 수도 있다는 제법 그럴듯한 근거도 댔다. 나인은 자신이 쥐고 있는 패가 판을 마무리 지을 수 있는 가장 확실한 패임과 동시에 이 패 하나로는 게임을 시작도 할 수 없다는 현실을 다시금 떠올렸다. 또한 선연 사거리에서 선연산 부근 방향으로 가는 모습이 CCTV에 찍혔다면 충분히 수색해 볼 수 있었고, 그랬다면 박원우를 찾을 수 있었을 텐데 경찰이 섣부르게 가출로 단정 짓고 아무런 조치도 취하지 않았다는 것에 의구심이 들었다. 이미 이 년이나 지난 일이다. 있던 단서는 퇴색됐을 것이고 가까스로 단서를 찾는다고 해도 사건과의 연관성이 너무 희미해진 상태가 아닐까. 그런 생각을 하다 보니 두 사람은 말도 없이 어느새 화원을 지나 횡단보도에 도착했고, 승택이 나인을 향해 몸을 돌렸다. 그러곤 단호한 투로 말했다. 이건 양보해 줄 수 없다는 듯이.

"이거 하나는 약속해 주라. 아무리 답답하고 화가 나도 네 능력을 발설하지 않겠다고. 절대."

"어렵지는 않은데……. 우리 종족이 위험해져서?"

"아니. 그 말 한마디로 인간들은 네가 뱉은 모든 말을 거짓말로 여길 테니까."

나인은 이런 말들을 뼈에서 나온 말이라 표현했다. 깊은 상처는 뼈에도 흔적을 남기는 법이니까.

"인간들은 그래. 믿을 수 없는 게 하나 생기면 모든 걸 다 가짜로 만들어 버려."

믿을 수 없는 것 한 가지. 박원우의 실종에도 그런 한 가지가 있었을까. 어쩌면 권도현과 친했다는 사실일지도 모르겠다. 박원우가 친하게 지냈던 권도현을 만나러 갔다는 사실 하나가 모든 것을 거짓으로 만들었을지도 모른다. 횡단보도를 건너며 나인이 입을 열었다. 승택은 쓸 만하고 믿음직한 조수이자 파트너 같았으므로 자신의 계획 정도는 말해 줘도 괜찮겠다 싶었다.

"사실 이것저것 다 해 보고 도저히 안 되겠다 싶으면 최후의 수단을 꺼내려고."

"뭔데?"

"자백하게 만드는 거. 그 선배가."

정말로 친했다면, 그래서 마음에 바늘구멍만큼의 후회라도 남아 있다면 그곳을 찔러 터뜨려야 한다. 나인은 그럴 생각이었다. 바늘 구멍을 찾는 게 쉽지는 않겠지만.

그렇지만 자백해야 할 사람은 그 선배뿐이 아니라는 걸, 학원에 있어야 할 미래가 자신의 집 대문 앞에 검은 우산을 든 채 서 있는 걸 보고 깨달았다. 자신도 무언가 자백을 해야 한다는 것을.

나인이 옆에 서자, 미래가 고개를 돌렸다.

"젖은 쥐 같다."

빨리 씻으라는 뜻 같았다. 그런 꼴로는 대화할 수 없으니까.

집에 있을 줄 알았던 지모는 외출 중이었다. 뒤늦게 휴대 전화를 보니 지모에게 온 부재 전화만 두 건이었다. 빗소리에 파묻혀 듣지 못한 듯했다. 나인은 욕실에서 뻑뻑한 옷을 벗으며 지모에게 전화를 걸었다. 급하게 모임이 있어 나왔다고 말하던 지모는 더는 숨길 이유가 없다는 사실을 깨달았는지 누브인들을 만나기 위해 나왔다고 정정했다. 귀가 시간을 듣지 못한 채 통화를 마쳤다. 그렇지만 먼저 자라고 이야기하는 걸로 봐서는 자정 지나 들어올 모양이었다. 휴대 전화를 선반에 놓아 두고 수도꼭지를 돌렸다. 마음이 밭다. 미래가 주스를 다 마시기 전에 샤워를 끝마쳐야겠다는 생각뿐이었다.

주스는 한 모금도 마시지 않았는지 그대로였다. 소파 밑에 앉아 있던 미래는 나인이 욕실에서 나오는 기척을 듣고도 휴대 전화만 들여다보고 있었다. 나인은 덜 마른 머리카락을 수건으로 똘똘 감싸고는 탁자 앞에 앉았다. 드라이를 하고 올까 망설였지만 더는 미래를 기다리게 하고 싶지 않았다. 나인도 눈치가 있으니 미래가 그 냥 놀러 온 것이 아니라는 것쯤은 알았다.

"학원은?"

"쌤이 급한 일 생겼대. 주말에 보충한다고."

그나마 다행이었다. 미래가 학원까지 때려치우고 올 만큼 급했 던 건 아니라서. 어쩌면 아무 일도 없이 뜬 시간을 채우기 위해 왔 을지도 모른다. 어차피 집에 가 봤자 미래 혼자였을 테니, 빈집에 혼자 있는 것보다야 친구 집에 있는 게 훨씬 나을 테니까. 그래, 괜 히 겁먹지 말자. 친구가 친구 집에 오는데 특별한 이유가 있어야 하 는 것도 아니고…….

"엄마가 너 봤대."

아. 이유가 있어서 찾아온 게 맞구나.

"아니, 그날 내가 뭘 좀 주워 가지고 습득 신고 좀 할까 해서 갔는 데."

"어딘지 바로 아는 거 보니까 맞네. 진짜. 경찰서."

미래의 눈은 퍽 형사 같았다. 진실을 관통하는 듯한 차갑고 날카 로운 눈. 이럴 때마다 미래는 자신의 어머니와 더더욱 닮았다.

"뭘 주웠는데?"

미래는 현재와 나인이 대포 통장 명의 제공 혐의를 받고 있다는 보이스 피싱을 듣고 있을 때 휴대 전화를 뺏어 전화를 끊어 준 애 였다.

"너는 습득 신고를 형사한테 하러 가?"

한마디로 이딴 변명에 속을 리 없다는 뜻이다.

"내가 길을 잃어서 그런 거야. 경찰서가 진짜 넓더라."

미래는 화를 잘 내는 편이 아닌데 한번 화가 나면 웬만한 어른보다 더 무섭다. 허투루 화를 내지 않으니까. 미래는 끓는점이 높다. 나인이 빠르게 끓어 오만 곳에 화를 내고 다닌다면 미래는 참을 때까지 참았다가 크게 터뜨렸다. 그리고 더 무서운 건 미래는 화가 날수록 차분해진다는 점이다. 나인은 화가 나면 피가 거꾸로 솟구치는 느낌이 드는데 미래는 피가 식는다고 표현한다. 피가 식는다니. 무서운 말이었다. 이성적인 논리와 사고로 상대방을 짓밟겠다는 저의가 가득 담긴 말 같았다.

"나, 네가 말해 주기 싫다면 꼬치꼬치 캐물을 생각 없어. 말하기 싫으면 안 해도 돼."

미래는 참는 게 습관이 돼서 그렇다고 했다. 안방 문을 부수고 들어가 싸우지 좀 말라고 소리 지르고 싶은 충동을 참고 참다 보면 어느 지점에서 피가 한 번에 식는 느낌을 받는다고. 그 느낌을 처음 받았던 날에는 밤새 몸이 떨려 잠을 잘 수가 없었다고 했다. 그래서 나인은 미래가 화를 내면 슬프다. 무섭다가 슬프다가. 미래가 화만 내면 나인의 마음이 계속 그렇게 오락가락했다.

"그런 어설픈 거짓말로 사람 바보 만들지 말고."

"내가 너를 왜 바보로 만들어."

나인이 볼멘소리를 했다. 화난 사람 앞에 두고 와중에 억울함을 느끼는 자신이 참 보잘것없다 느꼈다. 자신이 미래였어도 저렇게 화를 냈으리라. 열다섯 살 때 반 아이들에게 따돌림당하는 걸 숨기며 힘들어하던 현재를 보고 화냈듯이. 현재를 괴롭히던 주축 세력을 찾아가 코를 깨뜨렸던 자신을 생각하면 미래에게 사과를 해도 열두 번은 더 해야 했다.

그래, 사과가 먼저다. 일단 상대방이 걱정하고 있으므로. 조금의 표정 변화도 없이 눈을 마주치고 있는 미래를 바라보다가 나인이 입을 열었다. 친구를 속상하게 하는 건 싫다.

"정말 그러려던 건 아니었는데 미안합니다."

뒷수습의 느낌이 없지 않아 있었지만 더 늦는 것보다 나았다. 나인의 이마가 탁자에 닿았다. 정수리 위로 미래의 목소리가 들렸다.

"네가 심각해 보였대."

나인이 턱을 탁자에 괴었다.

"우물쭈물하다가 엄마한테 들키니까 도망간 것 같다는데. 실종 수사 팀 앞에 있었다며. 엄마가 너 학교에서 무슨 일 있느냐고 물어."

"내가 거기까지 생각 못 했다. 아주머니가 정말 그렇게 생각하셨겠네."

"때렸으면 때렸지 끙끙 앓을 새끼는 아닌 줄 아니까 걱정은 안 하는데, 그래도 엄마가 그렇게 말하니까 혹시나 싶어서."

"그렇지, 그렇지."

탁자에 턱이 밀리도록 나인이 고개를 끄덕였다. 그 탓에 머리를 감싸고 있던 수건이 바닥으로 떨어졌다.

"어쨌거나 그런 이유로 간 건 확실히 아니라는 거지?"

나인이 허리를 추켜세운 뒤 고개를 끄덕였다. 덜 마른 머리카락이 무겁게 흔들렸다.

"그럼 됐다."

"화 풀렸어?"

"화 안 났는데."

"풀렸구나."

차갑던 미래의 눈이 온순해졌다. 이 차이를 알아보는 사람은 나인과 현재뿐이다. 나인이 어색한 상황을 풀고자 앞 광대가 솟아오르도록 웃어 보였으나 미래는 애써 웃지 않으려는 것처럼 무덤덤한 표정으로 말을 이었다.

"굳이 왔는데 알아낸 거 하나도 없네. 이유 없이 경찰서에 갔을 것 같지는 않고, 진짜로 등신처럼 길을 잃을 애는 아닌데."

"심각하고 그런 건 아닌데."

이러니저러니 해도 지금은 말해 줄 수 없다는 뜻이었다.

"네가 약속도 까먹을 정도로 뭐에 정신이 팔렸나 궁금해서 왔는데 오늘 비 맞은 꼬락서니까지 보니까 모르는 척해 줘야 하나 싶기도 하고."

"약속?"

나인이 눈을 동그랗게 뜨며 물었다.

"응."

"무슨 약속?"

"아마 영화였을걸. 강현재랑 나랑."

미래가 검지로 나인을 가리켰다.

'그리고 너.'

나인은 정확히 3초 뒤 소리쳤다.

"아!"

눈과 콧구멍과 입이 동시에 커졌다. 새까맣게 잊고 있었다. 나인은 주말 아침 화원에서 계속 울리던 휴대 전화를 뒤집어 놨던 자신을 떠올렸다. 미래는 나인이 까맣게 잊었음을 짐작하고 있었다는 표정이었다. 그 표정을 그대로 글자로 옮긴다면,

이제 기억났냐, 등신아.

였을 것이다.

"너 이상해. 원래도 이상했지만 유독 더 이상해."

사과할 일이 한두 개가 아니다. 손가락에 싹이 튼 뒤로, 그동안 유지해 온 모든 것들이 조금씩 어긋나고 있다. 이렇게 된 이상 사과할 건 빨리 사과하고 해명할 건 빨리 해명하는 게 나을 듯했다.

"그래도 권도현한테 먹살 잡혔다는 거는 말해 주려고 했어. 현재도 신경 쓸 거 같고."

"먹살이라니?"

처음 듣는다는 표정이다. 미래는 모르고 있던 모양이다. 그 사실에 도리어 나인도 놀랐다.

"몰랐어?"

"먹살을 잡혔다고?"

"강현재가 말 안 해?"

"권도현이?"

"너희 요즘 왜 그래?"

미래가 돌연 입을 다물었다. 폭발을 막으려는 것처럼.

피가 극도로 식으면 어는점에서 굳는다. 끓는점의 폭발은 분노

와 모멸이고 어느점의 폭발은 상처와 서글픔 같다. 미래의 눈을 마주하고 있는데 그런 느낌이 들었다. 미래는 화난 게 아니다. 친구니까 그쯤은 알 수 있다. 그러니까 나인은 무언가를 감춤으로써 미래에게 상처를 준 것이다. 드러낸 게 아니라 감춰서. 말이 안 된다고 생각할 수도 있지만 상처는 닿아야만 낫는 게 아니다. 나인에게도 자상이 남았다. 미래 역시 무언가를 감추고 있다. 아니, 현재와 미래가.

미래는 결국 우산을 꼭 쥔 채 대문을 향해 걸었다. 데려다주지 않아도 된다는 말에 나인은 대문까지만이라도 가겠다고 말했고 다행히 미래도 허락했다. 더 대화를 나눴다가는 서로 감정만 상할 것 같았으므로 이 헤어짐은 합의된 휴전이었다. 미래는 문턱을 넘자마자 칼같이 뒤돌아 나인을 마주 봤다. 밖으로 나올 필요 없다는 뜻이었다. 미래가 숨을 깊이 들이마셨다가 훅 뱉으며 입을 열었다. 전처럼 담담한 목소리였다.

"너, 지금 나한테 네 비밀 말해 줄 수 있어?"

나인이 고민하다 고개를 저었다.

"나도 그래. 지금은 말 못 해 줘."

나인은 못 이기는 척 고개를 끄덕였다. 가로등을 등지고 선 탓에 미래의 표정이 보이지 않았다. 샤워를 하는 동안 미래에게 모든 걸 고백하는 상상을 하지 않은 것은 아니다. 말하고 싶어서 더 열심히 상상했고, 사물함의 케이스 속 새싹을 보여 줘야겠다고 마음까지 먹었다. 그런데 마음처럼 쉽지가 않았다. 웃으며 넘길 것 같았다. 믿지 않을 것이고, 장난 그만 치고 숨기고 있는 비밀이나 제대로 말하라고 할 터였다. 거기서 굽히지 않고 계속 진지하게 밀고 나간다면, 웬 새싹을 들고 와 이게 손가락 끝에서 자랐다고 말하면 미래는 지겹다는 표정을 지을지도 모른다. 내가 네 장난이나 받아 주려고 이 시간에 여기를 왔겠느냐고 한다면 뭐라 하지? 진실이 통하지 않아 끝끝내 농담이었다고 말할 수밖에 없는 상황이 온다면……. 지모의 말대로 나인은 다르게 태어났는데 그 다름을 설명해야 한다는 것이 생각만으로도 지쳤다. 믿지 않을 게 분명하다. 나인도 믿지 않았으니까. 그러니 아무것도 말해 줄 수가 없다. 자신의 존재를 밝히지 못하면 그 산에 박원우가 있다는 사실도 말할 수 없다.

집으로 돌아가는 미래의 등이 낯설다. 늘 보는 뒷모습인데도 오늘은 유독 더 낯설고, 이질적이고, 두렵고, 어둡게 느껴졌다. 비밀을 밝히지 않는다는 건 멀어진다는 걸까. 말하지 못하는 게 생길 때 관계에도 거리가 생기는 걸까. 그럼 끝끝내 말하지 못한다는 건, 그렇게 멀어지다 결국 남이 된다는 걸까. 하나를 감추려니 다른 것들이 서로 엉겨 붙어 모든 게 눈덩이처럼 불어나고 있다. 나인은 지금이라도 달려가 미래를 붙잡고 말하고 싶었다. 믿든 안 믿든 상관없으니 듣기만 하라고. 그렇지만 역시나 발이 떨어지지 않는다. 혹시나 미래가 뒤돌아볼까 싶어 오랫동안 그 자리에 서 있었지만 미래는 한 번도 뒤돌아보지 않고, 걸음 한번 멈추지 않은 채 그렇게 사라졌다.

지모가 했던 말이 무슨 뜻인지 이제야 어렴풋이 알 듯했다. 다는 아니고 아주 조금. 다르다는 생각에서 뻗어 나오는 반사적인 행동들. 오늘은 유난히 속이 답답한 날이다. 나인은 눅눅해진 식빵에 잼을 발라 두 쪽을 한 번에 먹어 치우고는 침대에 누웠다. 집에 도착했을 시간인데 미래에게서는 도착했다는 연락이 오지 않았다. 셋이 함께 있는 채팅 창은 이미 저 아래로 내려가 있었다. 마지막 대화가 무엇이었는지 확인하려다가 포기했다. 달라진 건 하나도 없는 듯한데 나인이 살고 있는 세상이 바뀌었다. 세상의 전부라고 믿었던 것들이 조금씩, 소리 없이 멀어지고 있다. 이게 정말 자신에게 생긴 비밀 때문일까. 아무리 생각해도 나인은 답을 내릴 수가 없었다.

새벽에 돌아온 지모는 신발을 현관에 거칠게 벗어 던지며 방으로 들어갔다. 걸음걸이에 잔뜩 화가 묻어 있었다. 뒤척이느라 그때까지 잠들지 못했던 나인은 조용히 지모의 방문을 두드렸다. 지모가 깜짝 놀라 방문을 열었다. 나인은 다짜고짜 지모를 끌어안았다. 지모는 왜 그러느냐고 묻다가, 얼굴 좀 보자고 하다가, 결국 두 팔로 나인의 어깨를 감쌌다.

지모는 한참 동안 나인을 끌어안고 있다가 나지막이 말했다.

"나도 그랬어."

지모는 참 신기하다. 말하지 않아도 다 들리는 것처럼 군다. 언제나. 어쩌면 승택의 말처럼 그 일을 모르는 척한다면 이 모든 문제가 쉽게 해결될지 모른다. 더 이상 그 문제를 골똘히 생각하느라 친구들과의 약속을 잊을 리 없고, 권도현에게 멱살을 잡힐 일도 없을 테니까. 승택의 말처럼 지구 생태계에 속한 사람은 알 수 없는 문제다. 나인이 진실을 밝히지 않는다고 해서 누구도 나인을 원망하지 않는다. 아는 인간이 아무도 없으니까. 그럼 모든 게 다 잘 풀릴 텐데.

그렇지만 아무리 봐도 그건 풀리는 게 아니다. 풀려야 하는 어떤 일을 영원히 풀지 못하도록 묻어 버리는 것이다.

그날은 지모와 한 침대에 누웠다. 나인은 동이 틀 때까지 창밖의 밤하늘을 가만히 응시했다. 그리고 긴 생각 끝에 결론을 내렸다. 이것도 풀고 저것도 풀자. 그냥 다 풀어 버리자. 이 세상에 비밀이 하나도 없게끔. 그게 자신과 가장 어울리는 방법이었다.

11

마당 텃밭을 손질하고 있던 주인 할머니가 토마토를 건넸다. 원래 이 집은 2층짜리 주택이었는데 자식들이 출가한 뒤 내부에 연결되어 있는 계단을 없애고 위아래를 분리했다. 2층이 독립적인 집으로 개조될 수 있었던 건 내부 면적을 1층보다 좁힌 대신 테라스라 부를 만한 공간을 만들었기 때문이다. 외부에 계단을 따로 만들고 테라스와 연결되는 미닫이문을 현관으로 개조했다. 지모가 처음 집을 구할 때, 이 집 마당 식물들은 죄다 메말라 있었다고 했다. 가지를 쳐 주지 않은 감나무 밑으로는 몇 해 전에 떨어져 그대로 눌어붙은 감의 흔적이 고스란히 남아 있었고, 담장 아래 화단에는 죽은 식물들이 화석처럼 박혀 있었단다. 당시만 해도 집주인 부부는 근처 공단에서 새벽까지 나무를 깎고 문지르며 가구 만드는 일을 했다. 그러니 감나무에 열린 감을 따서 말릴 생각도, 화단을 가꿀 생각도 하지 못했으리라. 집주인 할머니는 피곤한 기색으로 지모에게 집을 안내했다. 낮 동안에는 아래층에 아무도 없으니까 뭘 지랄을 떨어도 상관없고, 새벽에만 조용히 해 주면 된다고 했다. 그러고는 은근슬쩍 유아차에 있는 나인을 흘겨봤다. 지모는 애가 순해서 밤에 안 깬다는 말을 하고 계약을 했다. 그리고 화단을 가꿔도 되느냐고 물었는데, 할머니는 죽어 버린 자신의 화단을 둘러보며 성의 없게 고개를 끄덕였다.

집주인 부부는 위층에 새로운 사람이 이사를 오는 날에도 얼굴 비칠 시간도 없이 바빴다. 한동안 지모와 마주칠 일 없이 보냈다. 그러다 이사 온 지 딱 일주일이 되던 날, 늦은 시각까지 가구 공장에서 일하다가 자정에 가까워 도착한 부부는 대문을 열자마자 깜짝 놀랄 수밖에 없었다. 아침까지만 해도 버석하게 마른 풀만 가득했던 화단에 이름 모를 식물이 심겨 있었기 때문이다. 말을 잇지 못하던 집주인 부부는 돌연 웃음을 터뜨렸다. 아름답게 꾸며진 화단을 보자 웃음이 날 만큼 행복해졌기 때문이다. 다음 날 부부는 함께 2층을 찾아 반찬을 나누어 주며 화단을 언제 저렇게 꾸몄느냐고 묻고, 식물의 이름을 묻고, 키우는 법을 물었다. 그 뒤 아무리 일이 고되어도 집에 오면 꼭 화단에 있는 식물을 손질했다. 잠자는 시간은 줄어들었지만 부부의 낯빛에는 생기가 돌았다. 책임져야 할 게 생겨서 그런 거라고, 지모가 언젠가 말해 주었다.

지금 할머니가 건넨 토마토도 이 텃밭에서 자랐다. 할머니는 토마토 하나를 깨물어 먹으며 어젯밤 자신이 목격했던 장면을 은밀히 나인에게 속삭였다. 지모가 마당에 서서 한참 동안 한숨을 푹푹 내쉬었단다. 할머니는 오늘 저녁에 일찍 들어와 지모와 함께 저녁을 먹으며 무슨 일이 있느냐고 물어보라는 조언도 덧붙였다. 나인은 고개를 끄덕였지만 속으로는 지모에게 무슨 일이 있느냐고 묻지 않으리라 다짐했다. 지금은 알고 싶지 않았다. 고민을 추가하고 싶지 않았다. 더 넣었다간 역류하기 십상이었다.

학교 가는 길에 버스 정류장에 붙어 있는 전단지를 보았다. 여기에 붙여 봤자 아무도 안 본다고 했는데 아저씨는 기어코 붙였고, 나인은 그런 생각을 했다. 누군가를 잃는다는 것은 세상 바깥에라도 그 이름을 붙여 두고 싶은 것이라고. 파도에 휩쓸릴지라도 모래에 이름을 적어 두는 것이라고.

미래와는 인사뿐이었다. 인사라도 해서 다행이었다. 눈이 마주쳐서 어쩔 수 없이 손을 흔든 것 같지만. 대화하지 않는 쉬는 시간이 이상해 나인은 잠이 오지 않아도 책상에 엎드렸다. 정작 자신은 미래의 자리에 찾아갈 용기가 나지 않았음에도 미래가 찾아와 줬으면 하는 이기적인 생각도 했다. 그렇지만 미래는 점심시간이 되도록 단 한 번도 나인에게 찾아오지 않았고, 점심시간에는 보건실로 내려갔다. 일부러 피하는 건가 싶었다. 미래가 그럴 애가 아닌 줄 알면서도 이런 상황에서 생각이 얄팍해지는 것은 어쩔 수 없었다.

현재와의 식사도 이전 같지 않았다. 둘은 대화 없이 식사를 이어 나갔다. 모든 것이 밑도 끝도 없이 이상하다는 느낌은 기분 탓이리라. 괜한 일에 하나하나 의미를 부여하는 건 좋지 않다. 평소였으면 아무렇지 않게 할 말까지 고르게 되니까. 나인은 숟가락으로 먹지도 않을 멸치볶음을 뒤적거리며 입을 열었다.

"너, 왜 미래 어디 갔느냐고 안 물어봐?"

"보건실 간다던데."

"너한테 연락했어?"

순간적으로 서운함이 치솟았다.

"너희 반 가는 길에 마주쳐서."

소란스러운 급식실에서 현재는 굵고 낮은 목소리로 차분하게 말했다.

"너 멱살 잡힌 일 말 안 한 건 내가 전하는 것보다 네가 말해야 신미래 기분이 덜 상할 것 같아서였어."

"우리 싸운 얘기 들었어?"

"아니. 근데 너희 싸운 걸 내가 모르겠냐."

"아."

"싸운 거 맞는 거 보니 네가 말한 게 아니라 들킨 거네."

"혼난 것 같기도 해."

"그치. 신미래랑 싸웠다는 게 말이 안 되기는 하지."

미래에게 싸움은 관계를 갉아먹는 것, 그 이상도 그 이하도 아니었다. 그래서 참을 수 있을 때까지 참고, 자신의 감정을 계속 검열했다. 화를 내도 되는 상황인지, 자신의 분노에 비열함이 끼어 있지 않은지. 그렇게 오랫동안 감정을 식힌 뒤에도 화가 남아 있다면 그제야 입을 열었다. 목소리가 높아지지 않도록 목에 힘을 잔뜩 준 채로. 어제만 해도 미래는 차분하게 말하지 않았던가. 나인에게 당장 답하라고 보채지도 않았고. 나인이 자신에게 감추고 있던 또 다른 사건을 알기 전까지는. 잘잘못을 따지고 싶지 않지만 따지게 된다. 자신에게 그럴 만한 사정이 있었으니 화를 풀라고 보건실에 가서 따지고 싶다. 하지만 당장 그 사정을 말해 줄 수 없으므로 나인은 이도 저도 못 하는 신세다. 억울하기도 했다. 무언가를 숨기고 있는 건 미래나 현재도 마찬가지였다. 마음이 왜 이렇게 치사한지 모르겠다. 입장을 반대로 놓고 생각하면 자신이 미래였어도 화가 났을 것이다. 미래가 웬 선배한테 멱살을 잡히고도 숨겼다는 사실을 알면 섭섭함과 걱정과 분노가 범벅되어 미래보다 더 크게 화를 냈으리라. 늘 머리로만 아는 게 문제였다. 미래가 화날 일인 줄 알면서도 섭섭함을 감출 수 없었다. 나인도 말하고 싶었다. 권도현에게 왜 멱살이 잡혔는지, 왜 요즘 넋이 나가 있는지 숨김없이 낱낱이 꺼내놓고 싶었다. 하지만 그중 어느 쪽도 가볍게 말할 수 있는 것이 없었다. 하나는 너무 무거웠고, 하나는 너무 거대했다.

나인의 한숨이 깊어지자 현재가 덤덤하게 입을 열었다. 현재는 원래 나인보다도 답답한 걸 참지 못하는 성격이고 싸움을 누구보다 싫어해서 빨리 화해하라고 소리치던 애였는데.

"그냥 타이밍의 문제잖아. 아직은 아닌 것뿐이지, 영영 아닌 건 아니잖아. 그러니까 걔도 언젠가 말해 줄 거고, 너도 언젠가 말해 줄 거잖아."

친구가 문득문득 낯설게 느껴질 때가 있다. 그럴 때면 담 하나를 넘은 것 같다. 다시 넘을 수 없는 담을.

"나도 언젠가 말하게 될 거고."

현재가 은근슬쩍 흘린다. 자신도 타이밍을 찾고 있다고. 한 공간에서 꼭짓점처럼 떨어져 있는 건 익숙하지 않았다. 오래 지나지 않아 모두 원상태로 돌아오리라 믿지만 나인은 조금 두려웠다. 현재가 틀렸고, 셋 다 타이밍을 놓치는 중일까 봐.

석구는 두 손 놓고 자전거 타는 모습을 보여 주겠다고 깝죽거리다가 자빠진 뒤로 얌전히 자전거를 끌었다. 도시 외곽으로 빠지자 자전거 체인 감기는 소리가 커졌다. 시간이 더 흘러 남아 있는 것마저 녹슬어 사라지기 전에 수면 위로 건질 수 있는 건 빨리 건져 올려야 했다. 퇴근하는 석구를 붙잡아 집에 데려다 달라는 어색한 말을 뱉은 건 그런 이유에서였다. 석구는 잘못 들은 줄 알고 귓구멍을 손가락으로 후볐다가 곧 다른 의도가 숨어 있다는 걸 깨달았는지 순순히 나인을 따랐다. 석구가 헛기침을 내뱉은 뒤 나인을 불렀다. 마음의 준비가 되었다는 결연함 같은 게 느껴지는 말투였다.

　나인은 대답 대신 석구의 앞을 가로막고 섰다. 걸어가는 동안 끝낼 수 있는 대화가 아니었다. 석구는 놀란 표정으로 몇 걸음 뒤로 물러났다.

　"효정 언니 좋아하는 거 알아."

　석구는 저항도 없이 인정해 버린 얼굴을 했다. 말을 더듬으며 어떻게 알았느냐고 물었다. 나인은 기가 차서 하마터면 그걸 누가 모르겠느냐고 대답하고 싶었지만 참았다. 모두가 알고 있다는 사실을 발설하면 등가 교환이 성립하지 않았다.

　"나 원래 눈치 빠르잖아."

　"무슨 소리야, 너 눈치 되게 없어."

　"그래? 그러면 효정 언니도 다 알고 있겠네. 전화해서 물어보면……."

　"왜 왜 왜, 그래서 왜!"

주머니로 향하는 나인의 손을 허겁지겁 붙잡으며 석구가 물었다. 나인은 틈을 놓치지 않고 다른 손으로 석구의 팔목을 잡았다.

"나랑 정보 교환 좀 하지?"

석구는 나인의 손을 뿌리치지도 못하고 눈만 동그랗게 떴다. 예상하지 못한 전개인 모양이었다. 놀리거나 갈취하는 게 아니라 정보를 교환하자는 나인의 말을 더 들어 봐야겠다는 표정이었다. 나인은 자신의 팔을 붙잡고 있는 석구의 손을 떼어 놓고 주머니에서 사진을 꺼냈다.

"이거."

도장에 도착하자마자 사진부터 챙겼다. 그럴 수 없다는 걸 알면서도, 권도현이 자신의 계획을 눈치채 도장에 잠입하여 사진을 인멸할까 봐 마음이 조급했다. 진실에는 '취급 주의' 스티커가 필요했다. 아무도 건드리지 못하게 해골 스티커도 덕지덕지 붙여 놔야 한다. 그러지 않으면 너무 쉽게 타인의 손에 분실되고, 망가지고, 퇴색되니까. 단서의 모든 조각을 다 모을 때까지 아무도 접근할 수 없는 지하 방공호에 넣어 두고 싶었다. 그런 것 하나 준비되지 않은 세상에서 진실이란 위태롭기만 했다. 사진을 본 석구의 표정이 급속도로 차분해졌다. 얼굴에 철옹성 같은 단호함이 깃들어서 나인은 석구의 표정만으로도 피곤함을 느꼈다.

그래도 해야 할 말은 해야 하니까.

"나, 이거에 관해 물어봐야겠어."

사진에서 가까스로 눈을 뗀 석구가 나인을 보며 웃었다. 무슨 말인지 모르겠다는 뒤늦은 발뺌이었다.

"이 사진 어디서 났어? 와, 나 잃어버린 줄 알았는데."

사진을 낚아채려는 석구의 손을 피해 나인은 사진을 도로 주머니에 넣었다.

"친했지? 너랑 그 두 사람. 셋이."

"도장 같이 다녔으니까 그때는 다 친했지. 원래 같이 다니면 그 순간은 다 친하잖아."

석구는 까맣게 잊고 있던 기억이 되살아났다는 듯이, 자신이 대회에서 우승했을 때 찍은 사진이라며 추억을 꺼내 놓았다. 동시에 너무 오래돼서 기억이 가물가물하다고 했다. 떼어 놓으려고 그러는 거다. 과거로부터 현재를, 두 사람으로부터 자신을.

나인은 석구가 해 준 이야기들을 곱씹으며 그 두 사람이 적어도 얼굴만 아는 데면데면한 사이는 아니었다는 생각을 하고 있었을 뿐인데, 석구가 제 발이 저리는지 슬슬 눈치를 보기 시작했다.

"나 진짜 아무것도 몰라."

"내가 뭘 물어볼 줄 알고 모른다는 말부터 해?"

석구가 입을 다물었다. 말할수록 궁지에 몰리는 걸 느낀 모양이었다.

"늦었다. 간다. 너도 조심해서 가고."

석구는 미련도 없이 왔던 길을 되돌아갔다. 나인이 석구에게 소리쳤다.

"치사해. 그러면 속이 시원해?"

정말로 석구가 치사하고 비겁해 보였느냐고 묻는다면 그건 아니었다. 하필이면 가로등도 없는 거리여서 어둠에 뒤덮인 석구의 뒷모습은 처량하달까 서글프달까, 보고 있으면 마음이 복잡하고 미묘했다. 석구는 괜찮을까? 그걸 먼저 물었어야 했다. 석구도 친했던 동생을 하루아침에 잃은 것일 텐데.

"박원우한테 미안하지도 않아?"

석구가 걸음을 멈추고 뒤돌았다.

"뭘 안다고 자꾸 그래?"

목소리에 힘이 실렸다.

"내가 뭘 아는지 알려 주면, 말해 줄 수는 있어?"

"나 해 줄 말 없는데."

"아니, 있어."

"이 년이나 지났어."

"이 년밖에 안 지났어."

현재가 말한 타이밍이란 이런 거라고 나인은 생각했다. 말이 효력을 발휘할 수 있는 기간. 그 기간을 넘겨서는 안 된다.

"내버려 두면 이십 년이 지나겠지. 그럼 그때는 정말 아무것도 말할 수 없게 될 거고."

석구는 말이 없다. 어두워서 표정이 잘 보이지 않았다. 나인을 보고 있는 것 같기도 했고 다른 무언가를 응시하고 있는 것 같기도 했다.

한참 뒤 석구가 입을 열었다. 다소 화가 난 듯한 목소리였다.

"뭘 보고 듣고 와서 갑자기 이 일에 관심이 생겼는지 모르겠는데 어쭙잖게 생긴 관심으로 어설프게 형사 흉내 내지 마."

"그럼 내가 어설프지 않게 네가 도와주면 되잖아."

"내가 널 왜."

"친했다며. 셋이서."

"그러니까 네가 도대체 왜. 무슨 권리로 묻냐고, 나한테."

석구의 말에 날이 서 있다. 위협적이라기보다 지나치게 방어적이다. 석구가 쉽게 도와주리라 기대하진 않았지만 이렇게 경계 태세일 거라 예상하지도 않았다. 머리가 지끈거렸다. 질질 끌다가는 이도 저도 되지 않으리라. 석구가 완전히 돌아서기 전에, 아주 조그만 구멍이라도 있을 때 그 틈을 파고들어야 한다. 나인은 잠시 생각했다. 어떤 말을 던졌을 때 석구가 보일 반응을. 석구가 그 사건에 개입했을 가능성을. 자신이 던질 말의 무게를. 책임질 수 있는가를. 수습될 수 있는지를. 이 선택이 최선인지를.

"나 봤어."

나인이 석구를 똑바로 바라보며 입을 열었다.

"나 박원우 어디 있는 줄 알아."

모든 게 정해진 일이었다면 석구도 그 시간 선에 존재하고 있을 것이다. 석구가 선인지 악인지, 아군인지 적군인지는 아직 모른다. 그걸 알기 위해서 칼을 들이밀 뿐이다. 석구가 한 걸음 다가왔다. 가로등 불빛 안으로 들어온 석구를 보고 한 가지는 확실하게 알았다. 악이나 적군은 아니다. 석구는 그 아저씨와 같은 영역에 있다.

그리워하고 있었구나, 역시. 다행이다.

박원우는 특이한 애였다. 어렸을 때 외계인을 만난 적이 있다고 말하고 다니는. 한때는 상상력이 풍부하다는 말로 포장할 수 있었지만 커서는 그럴 수 없었다. 나이를 먹으면 하지 말아야 할 말이 있다. 그중 하나가 외계인이다. 열네 살부터 박원우를 둘러싸고 소문이 돌았다. 엄마를 잃은 충격으로 정신이 이상해졌다거나 장애를 앓고 있다는 식의 말들이었다. 아이들은 조금씩 박원우를 멀리했다. 석구가 말했다. 권도현과 박원우가 멀어지기 시작한 것도 아마 그때쯤이었다고.

12

미래의 엄마와 아빠는 대학교 중앙 동아리 중 록 밴드 '하울'에서 만났다. 미래는 카페에서 웬 록 밴드냐며 목소리를 높였다. 주변 사람들이 힐끔힐끔 미래가 앉은 테이블을 바라보았다. 아빠는 미래의 반응이 재밌는 건지 그때를 떠올리니 즐거운 건지 실실 웃기만 했다. 몇 달 만에 만난 아빠의 턱에는 비죽비죽한 수염이 자라 있었다. 면도할 시간도 없이 바쁜 줄 알았더니 수염을 길러 보는 중이라고 했다. 하지만 멋스럽고 풍성한 수염과는 거리가 멀었고 조선 시대 사람이었다면 연옹지치를 일삼는 관료가 잘 어울렸을 꼴이었다. 꼭 메기수염 같은. 기르지 말라는 말이 목 끝까지 차올랐으나 내뱉지는 못했다. 자신이 길러 보겠다는데 연옹지치처럼 보이는 게 무슨 상관인가 싶었다. 애초에 마흔여덟에 공부를 더 해야겠다고 독일까지 갔다 온 사람의 고집을 누가 꺾겠는가. 괜히 힘 빼지 말자. 중요한 건 록 밴드 동아리에서 엄마와 아빠가 만났다는 사실이다. 대학에서 만난 줄은 알았지만 록 밴드라니. 떠오를 때마다 헛웃음이 절로 터질 것 같은 반전이었다.

음악으로 세상을 바꾼다. 하울의 슬로건이었다. 홍보할 때는 어딘가 하나씩 망가져 도저히 연주할 수 없는 베이스나 기타, 드럼 따위를 들고 나왔다. 아빠는 그만큼 열정적으로 연주한다는 뜻인 줄 알았단다. 그게 마음에 들어 가입했다는 말을 듣고, 미래는 미대생이 왜 열정적인 연주에 감명을 받았느냐고 물었다. 아빠는 그저 '열정적'이란 단어와 '바꾸다'라는 단어를 좋아한다며 웃었다. 열정과 변화. 아빠와 잘 맞는 단어였다.

록 공연을 하는 줄 알았던 동아리는 알고 보니 투쟁을 외치는 운동권 학생들의 모임이었다. 공연을 할 때도 있고, 록 콘서트를 보러 갈 때도 있지만 그건 전체 활동의 10퍼센트도 되지 않는 아주 작은 부분이었고 동아리 유지를 위한 명목이었다. 학교 재단은 변화와 개혁, 투쟁을 싫어하는 보수 단체였다. 그 속에서 살아남으려면 대외적인 가면이 필요했고, 그중에서도 록 밴드를 택한 건 동아리 창시자이자 제1대 회장인 학생이 록을 좋아해서였다. 한마디로 특별한 이유는 없다는 말이다. 음악으로 세상을 바꾼다. 틀린 말이 아니었다. 단지 악기로 연주를 하는 것이 아니라 악기를 들고 시위에 나간다는 게 좀 달랐을 뿐이다.

동아리 오리엔테이션에서 그 이야기를 들은 신입생 대다수가 가입을 철회했다. 딱 두 명만이 철회하지 않았는데, 거기까지 들은 미래는 아빠의 말을 멈추고 그게 엄마와 아빠냐고 물었다. 아빠는 냅다 고개를 끄덕였다. 그렇게 동아리 두 번째 모임 날, 딱 두 명뿐인 신입생을 우두커니 동아리실에 앉혀 두고 축하한다는 여타의 말도 생략한 채 선배들은 4월에 있을 모 대기업 비정규직 반대 투쟁에 참가할 계획을 세웠다. 아빠는 그런 선배들의 모습이 텃세를 부리는 것 같아서 화가 났는데, 엄마는 조용히 휴대 전화를 만지작거리다 대뜸 선배들에게 다음 주에 있을 산업재해 피해자 추모 행사에 참가하자고 다른 제안을 했다. 추모 행사 주최 측은 무겁지 않은 분위기로 모든 인권이 존중받기를 바라는 마음을 담아 추모에 참여하는 모두가 각자 자신을 가장 잘 드러낼 수 있는 퍼포먼스를 하길 원했다. 엄마는 하울이 이 추모 행사와 딱 맞는다고 덧붙였다. 소리가 나지 않는다고 해서 악기가 아닌 것은 아니기에 저 고장 난 악기들을 들고 광장으로 나가자며.

그때 아빠는 두 가지를 알게 되었다. 하나는 동아리실에 있는 악기들이 열정적인 연주로 망가진 것이 아니라 시위와 데모에 들고 나가 휘두른 탓에 고장 난 것이라는 사실이고, 또 하나는 자신이 엄마를 사랑하게 되리라는 사실.

아빠는 오랫동안 엄마와 좋은 친구로 지냈다. 엄마에게 주량 맞는 술 상대가 되어 주지는 못해도 술 취한 엄마를 케어해 줄 수 있는 친구였고, 해장은 꼭 아이스크림으로 하는 파트너였다. 엄마가 경찰 공무원 시험을 준비한다며 밤늦도록 도서관에 있을 때 문학책을 읽거나 그림을 그리며 옆을 지키다 비타민 음료나 간식을 챙겨 주던 든든한 지원군이기도 했다. 아빠는 그렇게 친구로 지내도 좋다고 생각했다. 그렇지만 그 생각은 엄마에게 애인이 생기며 말끔히 사라졌다. 공부만 하는 줄 알았던 엄마는 어느 틈에 애인을 만들었고, 그 애인과 사 개월을 만났다. 그동안 아빠는 시름시름 앓았다. 비유가 아니라 실제로 앓았다. 엄마가 행복하게 지내는 사 개월 동안 아빠는 몸무게가 11킬로그램이나 빠졌다. 엄마를 향한 아빠의 사랑은 지고지순했다. 그러니 아빠에게 그 사 개월은 생지옥이나 마찬가지였다. 당시 엄마가 만났던 사람은 대학교 홍보 모델을 할 정도로 멋있었다. 엄마는 애인의 긴 생머리가 좋다고 했고 아빠는 그때 처음 머리를 어깨까지 길렀다. 아빠는 미래에게 당시 사진을 보여 주었다. 별로일 것 같았는데 생각보다 괜찮았다.

엄마가 애인과 뜨겁게 연애하고 시시하게 이별했을 때, 아빠는 시시하되 이별이 없는 연애를 하자고 엄마에게 시시하게 고백했다. 엄마와 아빠가 이혼하지 않았더라면 낯간지럽지만 썩 괜찮은 고백이었을지도 모른다. 하지만 아빠의 고백은 별 볼 일 없는 것이 되었다. 너무 시시해서 이별은 더 시시해진.

아빠는 왜 이제 와서 실패한 연애 이야기를 하는 걸까. 그렇게 궁금하지 않은데. 미래는 시큰둥한 표정으로 아빠를 보았다. 그리고 알았다. 아빠는 단지 이야기하고 싶었던 거구나. 듣는 사람이 누가 됐건. 칠 년이 다 되도록 다른 사람을 만나지도 못하고 혼자 구질구질하게 이별을 되새김질하고 있구나. 그런 아빠를 보며 미래는 다짐했다. 아빠 같은 사람은 되지 말아야지.

아빠를 만나는 날은 종일 기분이 좋지 않았다. 만나기 전에는 곧 만나야 한다는 생각에 기분이 좋지 않았고, 만나고 나서는 여운으로 기분이 좋지 않았다. 때로는 다음 날까지도 엉킨 감정이 풀리지 않을 때도 있었다. 아빠를 만나는 건 여러모로 곤욕이지만 그럼에도 만나는 이유는 딱 하나다. 그래도 아빠는 아빠니까. 아빠의 미련을 하나 더 추가하고 싶지 않으니까. 아빠는 여리다. 잘 울고, 외로움을 잘 탄다. 지나친 로맨티스트지만 그만큼 쉽게 회의에 빠진다. 아빠는 세상을 허망하게 바라본다. 산다는 건 부질없다고, 사람을 살게 하는 건 곁에서 함께 살아가는 사람뿐이라고 생각한다. 그러니 엄마와의 이혼 뒤에 계속해서 삶의 무력감을 쌓는 중이다. 어렸을 때는 몰랐는데 한 해, 한 해가 지나갈수록 미래의 눈에 그게 보였다. 아빠가 텅 비어 가고 있다는 것.

아빠가 엄마를 그토록 사랑하는데 두 사람이 왜 이혼하는지 한때는 이해할 수 없었다. 그렇다고 지금은 완벽하게 이해하느냐 하면 그건 또 아니지만. 그래도 예전보다는 안다. 사랑이 다 똑같지는 않다는 걸, 사랑이 모든 걸 다 해결해 주지 않는다는 걸, 사랑 가지고는 아무것도 할 수 없다는 걸, 사랑은 세상에서 가장 그럴듯한 낙관주의라는 걸. 낙관주의는 아무것도 바꾸지 못한다.

아빠는 멈춰 있는 것이 사랑이라 했지만, 엄마에게 사랑은 아마 흘러가는 강줄기 같은 것이었나 보다. 함께 흘러가는 물줄기였다면 같이 바다로 나아갔을 테지만 아빠는 그럴 수 없었다. 사랑했지만 방식과 형태가 달라 두 사람은 섞일 수 없었다. 온수인지 냉수인지, 급류인지 완류인지, 흐르는지 머무르는지, 바닷물인지 민물인지가 중요하다. 사랑을 지속하려면 사랑한다는 말 한마디로 충분하지 않고, 그 말에 담긴 온도와 흐름까지 같아야 한다. 고여 있는 아빠는 흐르는 엄마를 보며 항상 외로워했다. 아빠의 외로움은 엄마의 잘못이 아니었다. 아빠도 혼자 삭이고 참아 내야 한다는 걸 알았다. 그래서 미래는 아빠를 보는 게 늘 힘들었다.

엄마와 아빠가 헤어지지 않을 수 있는 방법은 하나였다. 계속 친구로 남는 것. 가까워진다는 건 있는 힘껏 밀쳤을 때 더 멀어진다는 뜻이기도 하니까. 하지만 두 사람은 한 가지 사실을 잊었다. 두 사람이 하나였을 때 세상에 등장한 미래. 미래는 완벽하게 하나였던 세상이 둘로 나뉘는 걸 지켜봐야 했다. 미래의 입장에서 그것은 정말 완벽한 하나였는데. 그러니 이제 영원한 관계 따위는 믿지 않는다. 관계를 망치는 건 사랑과 외로움. 그 두 가지다.

실컷 말하다 민망해졌는지 아빠는 헛기침을 뱉으며 학교생활은 괜찮은지, 용돈이 부족하지는 않은지를 챙겨 물었다. 미래는 얼음 하나를 입에 넣고 고개를 끄덕였다. 자기 이야기에 심취한 아빠는 익숙했다. 아빠는 섬세하다. 그런데 눈치가 없는 편이다. 그러니까 알아차려도 눈감고 넘어가 주면 될 일을 굳이 들추는 타입이다. 상대방이 말할 때까지 기다려 주지 않고. 마음 맞추는 일에 지쳤다는 엄마의 말을 조금 알 것도 같다.

아빠는 이번에도 미래가 입에 넣은 얼음을 다 녹이기도 전에 아닌 것 같다고 반박했다.

"휴대 전화 힐끔거리는 표정이 평소랑 다른데."

그랬나. 그건 몰랐네. 미래가 휴대 전화를 가방에 욱여넣었다.

"지루해서. 아빠 말 언제 끝나나 하고."

서둘러 내뱉느라 말투까지는 미처 신경 쓰지 못해 당황한 기색을 숨길 수 없었다. 아빠는 조용히 고개를 끄덕이며 빈 컵을 올려둔 트레이를 들고는 일어섰다. 지하철 개찰구 앞에서 아빠를 배웅했다. 아빠는 민망할 정도로 크게 두 손을 흔들더니 입을 열었다.

"화해 빨리빨리 해. 그게 제일 좋더라."

그걸 아는 사람이 저렇게 됐나 싶다. 아니, 소 잃고 외양간 고치다 얻은 깨달음인가. 미래는 얼른 가라며 손을 젓고 몸을 틀었다. 아빠처럼 소를 잃지 않기 위해 걸음을 옮겼다. 소 만나러.

물의 상성이 다르다면 수어지교를 맺으면 된다. 물과 물고기로.

둘 중에 누가 물이고 누가 물고기일까 생각하다 보니 어느새 도시 외곽이었다. 태권도가 끝났을 시간이기는 하지만, 이미 늦은 데다 혹시나 다른 길로 빠졌을지도 모르니 연락을 하고 가야겠다는 생각이 불현듯 들었다. 저녁을 걸렀거나 출출하면 치킨도 좀 시켜 놓으라고 하고, 너무 늦으면 자고 가도 되는지 물을 겸.

가방에 처박아 두었던 휴대 전화를 꺼내려고 뒤적거릴 때 나인의 목소리가 들렸다. 미래가 자리에 멈춰 서서 고개를 들었다. 듬성듬성 놓인 가로등 두 개 너머로 자전거 한 대와 두 사람의 형체가 보였다. 두 사람 중 한 사람이 나인이라는 건 실루엣만 보고도 바로 알았다. 다른 사람은 누구지. 어두워 이목구비가 보이지 않았다. 미간을 좁혔다. 키가 크고 도복을 입고 있다. 아, 그러면 나인과 같은 도장에 다니는 그 오빠겠구나. 이름이 뭐라고 했더라. 아무리 머리를 굴려도 이름까지는 기억나지 않았다.

진지한 대화를 하고 있는 것 같았다. 거리가 멀어서 제대로 들리지 않았다. 알은체를 하면 좋을 텐데, 하필 나인과 화해하러 가는 길인 게 문제였다. 그렇다면 다음을 기약하며 돌아가야 맞는데, 가로등이 드문드문 켜진 외곽 도로에 두 사람이 함께 있는 게 마음에 걸렸다. 그것도 꽤 살벌한 분위기로. 차 한 대가 옆을 빠르게 지나쳤다. 미래는 숨어 있다 들킨 사람처럼 놀라 숨을 들이켜며 버스 정류장에 몸을 숨겼다. 콘크리트로 지은 오래된 정류장이라 다행이었다. 두 사람의 대화를 듣기 위해 귀를 벽에 바짝 붙이면서도 미래는 자신이 왜 이런 짓을 하고 있는지 납득할 수 없었다. 속된 말로 쪽팔렸다. 그냥 갈까, 하다가 몸을 더 바짝 붙였다. 희미하지만 두 사람의 목소리가 들려왔기 때문이다. 꽤 화가 나 있다. 저러다 정말 싸우는 건 아닌가 싶을 정도로. 어디 가서 맞고 다니는 나인이 아닌 줄은 알지만 지금처럼 상대방도 유단자일 경우는 말이 달라진다. 싸움이 붙는다면 경찰에 신고를 하는 게 좋을지, 아니면 달려가 나인을 거드는 게 맞을지 고민했다. 메고 있던 가방끈을 꼭 쥐었다. 경찰에 신고했다가 괜히 일이 더 커질 수 있으므로 그냥 곧장 달려가 가방으로 후려쳐야겠다고 결심했다.

차 한 대가 또 지나가고 나자 그새 밤이 더 깊어졌는지 사방이 유독 적막하게 느껴졌다. 풀벌레 소리가 간간이 들리고, 도시의 불빛들은 우주의 별처럼 멀어 보였다. 상대방의 목소리가 더 선명히 들려왔다. 나인에게 묻는다. 네가 도대체 무슨 권리로 묻느냐고. 그 말을 듣자마자 두 가지 감정이 동시에 몰려왔다. 근래 이상했던 나인의 행동거지에 이유가 있었다는 안도감과, 나인이 어떤 일에 말려든 건 아닌가 싶은 걱정. 그리고 자신에게 아무 말도 해 주지 않았다는 섭섭함도 조금.

"나 봤어."

나인의 목소리는 상대방보다 더 선명하게 내리꽂혔다.

"나 박원우 어디 있는 줄 알아."

뭔가 이상하다. 나인은 며칠 전까지 박원우의 실종은커녕 박원우의 존재도 모르고 있었는데.

그 아저씨가 학교에 찾아왔을 때 미래가 나인에게 박원우에 대해 말해 줬고, 나인은 그때 그 사실을 처음 알았다. 분명 전혀 몰랐다는 표정이었다. 그런데 왜 나인이 상대방에게 박원우가 어디 있는지 안다고 말하고 있는 걸까. 달려가 나인에게 묻고 싶었다. 네가 어디 있는지 어떻게 아느냐고. 몰랐으면서. 여태껏 아무도 찾지 못했는데.

아무도 찾으려고 하지 않았는데.

미래의 발밑에 전단지가 밟혀 있다. 발을 치운 미래는 바닥에 떨어진 전단지에서 박원우의 얼굴을 본다. 이 버스 정류장이었다. 나인에게 전화해 아빠가 싫다며 펑펑 울다가 브로멜리아드로 오라는 말을 듣고 가던 길에 박원우를 마주친 곳이.

하도 울어 꼴이 추하기에 좀 쉬다 가려고 했다. 나인과 현재 앞에서는 울고 싶지 않아서 숨도 좀 고르고, 남아 있는 눈물도 좀 짜내기 위해 아무도 없는 이 버스 정류장에 앉아 쉬었다. 눈을 감은 채숨을 길게 내뱉고 있을 때 바닥을 직직 끌며 다가오는 발소리를 들었다. 고개를 돌리니 거기에 박원우가 서 있었다. 아는 사이는 아니었지만 같은 학원에 다닌 적이 있어 얼굴은 낯이 익었다. 학원을 그만둔 이유가 지병을 앓던 엄마가 죽어서라고 그랬던가. 박원우가 학원을 떠난 뒤 그 소문이 박원우 대신 한동안 머물렀다. 미래는 반대편으로 고개를 돌려 손등으로 눈을 벅벅 비볐다. 박원우는 잠시 멈췄다가 천천히 미래 앞을 지나쳤다. 몇 걸음 가지 않아 도로 오더니 주머니에 있던 손수건을 꺼내 미래에게 내밀었다. 미래는 머뭇거리다가 손수건을 받았다. 남의 손수건으로 눈에 비비는 게 어쩐지 부끄러워 손등에 묻은 눈물만 조심히 닦았다. 박원우는 미래가 일어설 때까지 함께 앉아 있어 주었다. 밤이 깊어 어두웠고 인적이 드물었다. 박원우는 몇 차례 울리는 휴대 전화 진동을 계속 무시했다. 둘은 한참 동안 말없이 있었고, 미래의 눈이 버석버석하게 말랐을 즈음 박원우가 다 울었느냐고 물었다. 미래는 머리칼이 얼굴을 가릴 정도로 고개를 숙인 채 끄덕였다.

그러자 박원우는 위로를 해 주려는 듯이 말을 이었다.

이 세계가 나를 위해 존재하지 않는다는 사실을 깨닫는 일은 괴로운 거 같아. 누군가가 내 세상을 떠나면 그 사람이 찢고 나간 틈으로 또 다른 세상이 보여.

미래가 이해할 수 없는 말들이었지만.

세상의 주인인 줄 알았는데 나는 점 하나에 불과하고, 심지어 그 점의 색깔과 모양마저 다른 점들과는 달라서 자꾸 이 세상에 있는 걸 이상하게 봐. 잘못 튀었어. 오점이야.

미래에게 하는 말이 아니라 스스로를 다독이려는 말인 것 같았지만. 박원우는 좀 남다른 사람이었다. 미래가 느끼기에 특이하고, 별나고, 누구보다 제 세계가 확실한 사람 같았다. 미래는 마땅히 대꾸할 말이 떠오르지 않아 슬그머니 손수건을 내밀었고, 박원우는 도리어 고맙다며 손수건을 받아 자리에서 일어났다. 그게 마지막일 줄 알았다면 어디에 가느냐고 물어볼 걸 그랬다. 어딘가로 가는 걸 봤다는 얘기만으로는 아무도 미래의 말을 귀담아듣지 않았으니까. 목적지를 정확하게 알아냈어야 했는데. 단순 가출일 수도 있다고 했다. 엄마와 함께 담당 형사인 종렬을 찾아가 박원우를 봤다고 말하니 그런 말이 돌아왔다. 안 그래도 선연산 사거리로 가는 모습이 마지막으로 찍혔다고. 아빠 카드까지 가져갔으니 보나 마나 가출일 거라고.

들고 보니 고뇌하는 박원우의 모습이 가출하려는 사람 같아 보이기도 했다. 그렇게 생각하고 말았다. 이상할 정도로 빠르고, 단순하게 정리되는 사건을 보며 정말 가출일 거라는 확신이 생겼다. 시간이 지날수록 조금 미심쩍은 부분이 생기기는 했지만 미래가 신경 쓴다고 풀릴 일이 아니었다. 어차피 박원우와 그렇게 친한 사이도 아니지 않았던가. 버스 정류장에서 고작 몇 마디 말만 섞었을 뿐이다. 그래서 가볍게 넘어갔다. 박원우는 잠깐 대화를 나눴을 때도 어딘가 이상했으니까. 며칠 동안 엄마에게 어떻게 됐느냐고 묻다가 어느 순간부터는 아예 잊었다. 고등학교에 진학해 박원우와 친했다는 선배를 다시 보기 전까지는 정말로 이름조차 잊고 살았다.

"봤다는 게, 언제 봤다는 거야?"

상대방이 물었다.

"그날."

그날은 미래가 브로멜리아드에서 나인과 현재와 함께 술을 마신 날이다. 새벽까지 소주 반병을 조금씩 나눠 마시다 입에 사탕 하나씩 물고 나인의 집에서 잠들었다.

"내가 목격했어."

나인은 거짓말을 하고 있다.

13

옆을 스쳤을 뿐인데 승택은 그 애가 나인이라는 걸 단번에 알았다. 드라마에서 보았던, 두 주인공이 서로를 곧바로 알아본다거나 체취로 알아차린다는 로맨틱한 연출의 입증은 아니었다. 나인을 스칠 때, 털을 곤두세우는 전기 에너지 같은 것이 느껴졌다. 구레나룻과 제비초리가 간지러울 정도로 말이다. 굳이 물어 확인받지 않아도 그 애는 승택과 같은 누브였다. 승택의 또래는 이 지구상에 딱 한 명뿐이라고 했으니 이름을 묻지 않아도 그 애의 이름이 나인이라는 것도 알았다. 원래 이렇게 느낄 수 있는 건가? 승택은 학생 틈바구니에 끼어 교문을 통과하는 나인을 물끄러미 바라보다 목덜미를 긁었다.

교문으로 향하는 아이들이 한번씩 자신을 훑어보고 간다는 건 나인에게 꽂혀 있던 시선을 돌렸을 때 알았다. 승택은 수백 개의 눈길을 다 받아칠 기세로 아이들을 마주 보다가 자신의 모습이 튄다는 사실을 깨달았다. 등굣길에 교복을 입지 않은 또래가 서 있으니

부러워서라도 쳐다볼 수밖에. 아버지는 교복이 입고 싶다는 승택의 말에 군말 없이 카드를 내밀었다. 그러다 요즘 무엇을 하고 다니느냐고 짤막하게 물었다. 승택은 이것저것 구경할 거리가 많다고 어영부영 대답했다. 아버지는 더 캐묻지 않았다. 정말 궁금해서 물은 것도 아닐 터였다.

교복 매장으로 들어서자 점원이 어느 학교냐고 물었다. 예상하지 못했던 질문에 승택은 머뭇거리다가 눈에 보이는 교복을 손가락으로 가리켰다. 나인의 학교 교복을 찾을 새가 없었다. 학교 이름도 모르는데 교복을 디자인으로 찾으면 점원이 이상하게 볼 것 같아서였다. 점원은 승택을 위아래로 훑더니 치수도 묻지 않고 교복 한 벌을 건넨 후 탈의실을 가리켰다.

점원은 승택을 말이 별로 없는 애쯤으로 생각하는 듯했다. 옷깃을 매만져 주며 전학을 왔느냐고 묻더니 숫기가 없어 고생 좀 하겠네, 하며 부탁하지도 않은 걱정과 함께 또래보다 키가 크다는 칭찬도 덧붙였다. 승택의 손에는 어느새 교복이 담긴 쇼핑백이 들려 있었다. 가게 밖으로 나온 승택은 공원 공중화장실에서 교복으로 갈아입었다. 거울에 비친 자신의 모습이 꽤 마음에 들었다.

하지만 교복은 의외로 걸림돌이었다. 낮에 교복을 입고 돌아다니기란 여간 불편한 일이 아니었다. 사람들은 그 시간에 교복을 입고 학교 밖에 있는 승택을 이상하게 봤다. 대놓고 말하는 사람은 아무도 없었지만, 모두가 그런 눈빛이었다. 그런 말을 품은 눈. 또래보다 키가 크다는 점원의 말도 칭찬이 아니었다는 것을 알게 됐다. 키가 크다는 건 힘이 세고 활동적인 학생처럼 보인다는 뜻이며, 그

건 나쁜 짓을 하기에 유리한 조건이라는 뜻이 되기도 했다. 한마디로 양아치처럼 생겼다는 말이었다.

승택은 아직도 그 말이 무슨 뜻인지 정확히 모르지만, 어쨌든 양아치처럼 생긴 애가 낮에 교복을 입고 학교가 아닌 거리에 있는 건 보기 좋지 않았다. 이 역시 대놓고 말하는 사람은 없었다. 그저 그런 말을 품은 눈빛으로 쳐다볼 뿐이었다. 승택은 결국 등하교 시간에 맞춰 나갈 땐 교복을 입고 그 외 시간에는 교복을 입지 않기로 정했다. 교복은 옷걸이에 걸려 있는 시간이 많아졌다.

며칠 지나지 않아 승택은 자신이 산 교복이 어느 학교 것인지 알게 되었다. 나인이 다니는 학교와 그다지 멀지 않은 곳에 있는 특성화 고등학교였다. 교복을 입고 동네를 한 바퀴 돌려고 버스에 탔다가 어느 정류장에서인가 기사가 승택에게 내려야 하지 않느냐고 외쳐서 알게 됐다. 어쩐지 베일에 둘러싸여 있던 비밀을 알게 된 기분이었다. 다니는 학교가 아닌데도 그곳은 마치 자신의 학교 같았고, 한국에 계속 있었다면 정말 이 학교에 다니지 않았을까 싶은 생각이 들기도 했다. 하지만 아닌 건 아닌 거다. 그런 감정이 들었다고 한들 승택은 그 학교 학생이 될 수 없었다. 그런데 학교 근처를 맴돌다 교문에 서 있던 선생에게 걸렸다. 몇 반이냐고 묻는 탓에 허겁지겁 도망쳤다. 다행히 선생은 쫓아오지 않았다.

전속력으로 달렸다. 입에 비릿한 맛이 맴돌았다. 쫓아오지 않는 걸 아는데도 그렇게 달렸다. 무섭고 두려웠다. 몸을 숨긴 상가 뒤편에는 작은 주차장과 분리수거장이 있었고, 그 주변에 담배꽁초가 떨어져 있었다. 승택은 뚫려 있는 배기관 아래에 미끄러지듯 주저

앉아 숨을 몰아쉬었다. 작은 화단에 나팔수선화가 피어 있었다. 자동차 매연과 배기관의 연기를 맡고 자랐을 나팔수선화를 바라보다 승택은 무릎을 끌어안고 고개를 숙였다. 친구들과 떠들며 등교하던 나인의 모습이 떠올랐다. 목적지가 있는 걸음은 분명하고 힘찼다. 세상에 딱 둘이라니까 같을 줄 알았다. 가소로운 짐작이었다. 승택이 그런 생각을 하는 줄 아무도 알지 못하는데도 부끄러워졌다. 몸이 잎사귀처럼 말려들었다.

성에 갇혀 살던 아이가 성 밖으로 나간다. 생각보다 어렵지 않다. 아주 조금의 용기만 있다면, 문을 열고 발을 내디디면 그만이니까. 어려운 건 섞여 들어가는 일이다. 아이가 성에 갇혀 있는 동안에도 멈추지 않고 돌아가던 세상의 쳇바퀴 속으로. 이방인을 맞이하는 조력자가 사라진 세상으로. 난도가 높지만 성공한다면 멋진 이야기가 되리라. 사람들이 좋아하겠지. 하지만 제일 좋은 건 애초에 성에 갇히지 않는 것이다. 승택은 해가 질 때까지 상가 뒤편에 앉아 있었다. 나팔수선화가 곧 죽을 것 같아서 에너지를 조금 나눠 주고 자리를 떴다.

승택은 줄곧 나인에 대해 생각했다. 나인이 승택과 달리 세상에 섞여 교복을 입고 있을 수 있었던 이유는 딱 하나다. 몰랐다는 것. 나인은 자신이 인간인 줄 알고 있었다. 섞여도 되는 줄 알고 눈치 없이 그렇게 있었던 것이다. 하지만 이것만으로는 설명이 부족하다. 모든 인간이 나인 같지는 않기 때문이다.

갑자기 내린 소나기로 앞도 제대로 보지 못했던 그날, 빗소리를 뚫고 그것만 멸종이냐며 나인이 소리쳤을 때.

저 선배는 세상에 딱 저 선배 하난데 사라졌잖아.

승택은 자신이 사는 세계의 크기와 나인이 사는 세계의 크기가 다르다는 걸 알았다. 모든 인간이 다 저만큼의 세계를 가졌는지는 다른 인간과 소통할 기회가 거의 없던 승택으로서는 알 수가 없다. 단지 자신과 나인의 세계가 다르다는 것만이 확실했다. 그래서 자꾸 나인이 하자는 대로 하게 됐다. 원래 큰 쪽에 작은 쪽이 흡수되기 마련이니까.

시간을 조금 더 앞으로 돌려, 승택은 나인의 이모가 자신의 집에 처음 방문한 날을 떠올렸다. 승택이 한국에 온 지 닷새가 흘렀을 때였다. 그녀는 일찍 알아 봤자 좋을 게 없는데 무엇 하러 혼란스럽게 이야기하느냐고 차분하게 따졌다.

"모른다고 해서 자라면서 종이 바뀌지도 않고, 안다고 뭐가 달라지지도 않는데 굳이 왜 알려 줘요?"

그때 승택은 머리가 아프다는 핑계를 대고 침대에 누워 책을 읽고 있었다. 관심 두지 않았던 대화에 귀를 기울인 건 그 말이 문틈을 파고들었을 때였다. 처음 듣는 목소리였지만 그 목소리의 주인이 나인의 이모라는 사실을 바로 알 수 있었다. 아버지는 언제나 그 둘이 특이하다고 했다. 직계 가족 호칭을 쓰지 않는 것부터 모임에 참여하지 않고 한곳에 정착해 사는 것까지.

누군가가 본인의 정체성은 알아야 한다고 말했다. 그녀는 질색하며 대답했다.

"아우 참. 내가 알아서 해요."

그러자 다른 이가 한번 데리고 오라고 말했다. 승택은 침대에서 내려와 살금살금 방문으로 다가갔다. 소리가 나지 않도록 손잡이를 천천히 돌려 문을 열었다. 익숙한 얼굴들 사이에 낯선 얼굴이 보였다. 스카프를 한 여자. 목소리는 사근사근하지만 날이 바짝 선 말투였다.

"걔를 여기 왜 데리고 와요? 죄다 나이 든 사람들밖에 없는 곳에 데리고 오라는 것도 본인들 이기심이에요. 애는 친구들이랑 지내게 해야지. 무슨 인사야, 인사는."

승택은 그녀의 말투와 내뱉는 이야기가 마음에 들었다. 고리타분한 저들에게 한 방 먹이는 듯 시원했다. 그녀의 첫인상 덕분에 나인을 만나고 싶다는 마음이 커지는 건 당연한 순서였다.

나인이 보고 싶었다. 자신은 오래전부터 그 애의 이야기를 양분 삼아 자랐지만, 자신의 존재를 모르는 그 애에게 인사를 건네고 싶었다. 하지만 가까이 다가갈수록 그 애는 반동처럼 멀어지는 듯했다. 마음의 문제였다.

안다는 것은 좋은 일일까. 자신은 알고 있었기에 열악한 환경에 졌고, 나인은 몰랐기에 이 환경에 적응한 것일까. 그 한 끗 차이가 파도를 이렇게나 크게 만들었을까. 묻는다고 답을 해 줄 사람이 있는 건 아니었지만 승택은 계속 물었다. 그렇지 않다면 조금 억울할 것 같았다. 나인이 크고, 넓고, 깊어지는 동안 자신은 살아남기 위해 웅덩이에 잠겨 있었다는 사실이. 딱 둘뿐인데.

나인이 자신의 정체를 알아차린 날은 아주 멀리에서도 그 에너지가 느껴졌다. 그래서 달려갈 수밖에 없었다. 인간이 보기 전에 멈춰야 했으니까. 브로멜리아드를 향해 달려가며 승택은 숨이 차지 않는다는 사실을 깨달았다. 숨이 차지 않았다. 이렇게 오래 달려도. 심지어 더 달릴 수 있을 것 같은 기분이었다. 산을 넘어 땅끝까지, 혹은 해가 지는 곳까지. 이 힘은 어디에서 왔을까 고민했다. 답은 어렵지 않게 찾을 수 있었다. 브로멜리아드에 가까워질수록 도로 변에 들꽃이 더욱더 활짝 피어 있는 모습이 보였다. 빛이 닿지 않는 땅인데도.

나인은 이상하다. 에너지가 유난히 강하고 선명하다.

죽은 인간을 위해서도 힘을 쓰려고 한다. 이해할 수 없다. 복잡하게 산다. 긁어 부스럼을 만든다. 굳이. 정말 굳이.

그런데도 싫지 않은 건 역시 그 에너지 때문인가. 아니면 그토록 바랐던 친구이기 때문일까. 승택은 나인이 어려웠다. 고민해도 답을 찾을 수 있는 문제가 아니었다. 그래서 자신이 약한 탓이라고 결론지었다. 약한 것은 강한 것에 끌리기 마련이니까. 나인은 지상에 있고, 자신은 물밑에 있으니까. 하지만 나인이 금옥을 소개했을 때, 그게 아닐지도 모른다는 생각이 들었다. 어쩌면 지상에 있는 것은 자신이고 나인은 더 높은 곳에 있을지도 모른다고 생각했다. 더 위에.

가끔 비현실적으로 힘이 센 누브가 있다고 들었다. 마치 실체를 지닌 신처럼. 어떻게 그런 누브가 탄생하는지는 아무도 모른다. 지구인의 언어로 표현하자면 영웅, 혹은 아인슈타인이나 레오나르도 다빈치처럼 인간의 지적 수준을 단시간에 증폭시키는 존재. 그런 존재가 몇 세대에 걸쳐 돌연변이처럼 피어나는데, 그 세대는 기근과 질병의 걱정에서 해방된다. 그 힘은 모든 것과 대화할 수 있다.

모든 식물의 소리를 들을 수 있다. 행성의 박동을 들을 수 있다. 신과 영웅, 그 사이의 존재이거나 그 둘을 합친 존재. 지구에 있는 누브 중에는 그런 힘을 가지고 피어난 아이가 없다고 했다. 고향 행성이 아니어서 그렇다고, 낯선 행성이니 앞으로도 그런 누브는 태어나지 않을 거라고들 말했다.

승택은 그 이야기를 아버지 서재에 꽂힌 책에서 읽었다. 아버지에게 그런 힘이 실제로 존재하느냐고 묻자 아버지는 동화일 뿐이라고 대답했고, 어느 순간 그 책은 흔적도 없이 사라졌다.

승택은 아버지의 대답을 믿지 않았다. 그건 기록이었다. 짧게는 오백 년, 길게는 이천 년에 한 번씩 피어나는 존재를 잊지 않기 위해 적어 둔 것이다. 아버지가 거짓말을 하는 걸까. 아니면 정말 부정하는 걸까. 어쩐지 거짓말일 거라는 생각이 들었다. 아버지는 존재했던 것을 거짓으로 만드는 작업을 그런 식으로 꾸준히 해 왔다.

살아간다는 건, 적응한다는 건, 익숙해진다는 건, 버텨야 한다는 건, 존속한다는 건, 그러니까 끈질기게 존재한다는 건, 세계라는 바다 위를 항해하는 배가 가라앉지 않도록 무게를 유지해야 한다는 것이다. 유지한다는 건 지킨다는 것이고 동시에 버린다는 것이다. 지켜야 하는 것은 존재하는 것이고, 버려야 하는 건 존재했던 모두다. 아버지는 이런 식으로 모호하게 말했다. 승택이 이해하기 어렵다고 하면 이해란 가변적이기에 완벽하게 쟁취할 수 없다며 또 모호하게 대답했다. 그것은 언뜻 금기 같았다. 열어서는 안 되는 판도라의 상자나 마주 봐서는 안 되는 메두사의 얼굴 같은. 하지만 상자의 모양과 크기로도 내용물을 추측할 수 있고, 그림자를 통해 메두

사의 윤곽을 확인할 수도 있는 법이다. 그리고 공교롭게도 앨버타 주에서 지내는 동안 승택에게는 시간이 많았다.

아버지의 모호한 말에 주석을 붙이자면 이렇다. '지켜야' 하는 건 지금 살아 있는 자들을 뜻하고, '버려야' 하는 건 그 이전의 행성이다. 지키기 위해 버리고 왔다. 어떤 종족이 존재했음을 증명하는 전부를 말이다. 행성을 떠나야겠다고 결정한 순간부터 이 종족은 과거를 버리겠다고 선언했으리라. 모든 걸 짊어지고 갈 수 없고, 완벽했던 과거에 대한 회상은 새로운 곳에 뿌리를 내리지 못하게 막는 방해물일 뿐이었다. 그렇게 많은 것이 잊히고 지워지고 버려졌다. 남은 것은 그저 다른 행성에서 왔다는 불멸의 진실 하나다.

그런데 그 책이 브로멜리아드에 있다. 나인을 만나러 온 승택은 잠겨 있지 않은 자물쇠를 보고 문을 열었다가 테이블 위에 놓인 책을 발견했다.

"어, 그 책……."

승택은 저도 모르게 입을 열었다. 컴컴한 브로멜리아드에는 그녀뿐이었다. 나인은 그녀를 '지모'라고 불렀다. 승택은 지모라는 단어를 작게 소리 내어 보았다. 그러곤 지모에게 정식으로 인사를 한 적이 없다는 사실을 깨달았다. 지모가 모임에 왔을 때도 승택은 언제나 방에 숨어 있지 않았던가. 승택은 뒤늦게 손님인 척 말을 붙이려 했지만 그럴 필요가 없어졌다.

"빌렸어. 빌려 간다고 말은 안 했지만."

그런 걸 훔쳤다고 말하지 않나.

"곧 돌려줄게. 아빠한테 이르지 말고."

지모는 이미 승택을 알고 있었다.

"그런데 돌려줘도 버릴 것 같은데. 그냥 내가 계속 가지고 있는 거 어떻게 생각해?"

지모의 갑작스러운 질문에 승택은 다급하게 입을 열었다.

"그게 나을 거 같아요."

지모 말이 맞았다. 도로 가져다 놓아도 머지않아 버려질 터였다.

승택이 멋쩍게 문 앞에 서 있는 동안 지모는 검은색 시가렛 홀더를 꺼내 담배를 끼웠다. 라이터 부싯돌을 굴리자 지모의 얼굴이 붉은빛으로 물들었다가 도로 어두워졌다.

"너, 이 책이 무슨 책인지 알아?"

승택은 고개를 끄덕였다. 지모의 긴 눈은 스라소니와 닮았다. 백과사전에서 보았던 스라소니도 딱 저런 눈빛으로 카메라를 응시했다. 담배에서는 향불내가 풍겼다. 이곳에 있는 식물과 조화롭게 어울리는 향이었다.

"어디나 똑같은 거 같아. 여기도 신을 십자가에 못 박아 죽인 전적이 있잖아. 그게 우주의 법칙인가 봐. 말했니? 네 아빠한테. 나인이 좀 다른 것 같다는 얘기."

승택이 고개를 저었다. 지모가 웃었다.

"좋아, 합격."

"합격이요?"

"비밀 친구 합격했다고."

"누구랑요?"

"나랑."

지모는 승택을 데려가 창고 문을 열었다. 책이 있었다. 버려지고 사라져야 할 것들이 그곳에 보관되어 있었다. 지모가 문에 기댔다. 담배의 향불내 때문인지 창고가 꼭 사찰 같았다.

"역사 좋아하니?"

"어, 네. 좋아해요."

"잘됐다. 나도 좋아해."

14

먹살을 두 번 잡히지는 않겠다는 마음으로 나인이 손을 올렸지만, 석구가 붙잡은 것은 나인의 어깨였다. 먹살 잡혔을 때보다 더 아팠다. 석구는 자신이 얼마만큼 세게 나인의 어깨를 쥐고 있는지 자각하지 못했다. 어디서 봤느냐고 물었다가 빨리 말해 달라며 다그치기를 반복했다. 그러다 문득 석구는 무언가를 깨달은 사람처럼 손에 힘을 살짝 풀었다. 석구가 물었다.

"언제 봤다는 거야?"

기대. 안쓰러운 희망이 잠시 머물렀다.

"그날."

실망. 그런 기색이 짧게 스쳤다.

나인은 석구가 정확한 날짜와 시간을 물어볼까 봐 조마조마했다. 반반인 확률에 승패를 걸어야 했다. 하나는 석구가 형사처럼 날짜와 시간을 묻는 것, 그리고 또 하나는 불가사의한 일로 소중한 사람을 잃은 사람들이 그렇듯 진실을 위해 맹목적으로 모든 걸 쏟아

내는 것.

"내가 목격했어."

하지만 둘 다 아니다. 석구는 입술을 옴짝대다가 고개를 숙였다. 나인의 눈동자에 얼비친 자신의 얼굴을 봤으리라. 그 얼굴에 뒤섞인 감정을 보았겠지. 절망 속의 희망도, 슬픔을 감싸 안은 위안도 아닌, 살이 엉키듯 두려움과 망설임이 끌어안은 장면을 마주했을 것이다. 석구가 자리에 주저앉아 손바닥으로 얼굴을 가렸다. 꼭 우는 애 같았다. 하지만 석구는 울음 대신 숨을 토해 냈다. 무엇이 문제인 걸까, 나인은 고민했다. 석구는 무엇을 알기에 저렇게 심란한 걸까. 타인이 알아서는 안 되는 어떤 진실을 나인이 목격했다고 생각해서 저렇게 고민하는 것일까.

석구가 고개를 들어 나인을 쳐다봤다. 눈이 그새 빨갛게 충혈됐다. 왜 그러지. 아, 눈물이 나는 걸 참아서 그렇구나.

"야 이, 씨."

끝끝내 참아 내지 못한 한 방울이 남았는지 석구는 소매로 눈을 벅벅 비볐다. 나인은 그때까지 그런 석구가 당황스러울 뿐 자신이 석구에게 어떤 확인을 받게 했는지 알지 못했다. 그저 이 년이나 시간이 흘렀는데 그 이름을 듣자마자 울어 버리는 석구를 보며 아저씨가 떠올랐을 뿐이다. 지금도 어딘가에서 울퉁불퉁한 벽면에 청테이프를 꾹꾹 눌러 전단지를 붙이고 있을 아저씨. 누군가가 떼어 낸 전단지를 주워 먼지를 털면서. 석구는 울었다는 사실을 들키지 않으려는 듯이 목을 가다듬고 입을 열었다.

"그렇게 말하니까 꼭, 꼭 무슨 안 좋은 걸 본 것 같잖냐. 괜히 놀라게 해."

부정한다. 무언가를, 강렬하게.

아. 나인은 그제야 작고 낮은 목소리로 탄식을 내뱉었다. 박원우가 죽었다는 사실을 석구가 모르고 있다는 걸 잊고 있었다. 석구는 죽음이 금기어라도 되는 듯이 에둘러 말했다. 미안하다고 해야 할지, 그게 아니라고 다시 거짓말을 해야 할지 감이 오지 않았다. 나인은 조금 전 석구처럼 입을 옴짝거리다 옆에 따라 앉았다. 주머니에 넣었던 셋의 사진을 석구에게 내밀었다. 석구는 사진 모서리를 만지작거렸다. 입술을 옴짝대는 것처럼. 각자의 몸에 말이 쌓이고 있다. 결국 나인이 바늘에 찔린 듯 희미하게 말을 내뱉었지만 석구는 그 말을 듣지 못했는지, 아니면 나인의 변명은 아무런 상관 없는 건지 말허리를 잘랐다.

"네 말대로 이 년밖에 안 지났는데 이십 년은 지난 것 같고. 가끔은 두 달밖에 안 지난 것 같기도 하고, 또 가끔은 이틀 전 같고."

적당한 대답을 찾지 못해 나인은 가만히 들었다.

"사람 하나가 감쪽같이 사라졌는데. CCTV 몇 개만 돌리면 서울에서 부산까지 차량도 추적 가능하다는데, 그냥 가출이라도 걔 아빠가 그렇게 찾는데 확인해 주면 안 되나."

석구가 머리카락을 헤집었다.

"그래 뭐, 가출할 수도 있어. 무슨 일이 있었나 보지. 우리한테는 말 못 할, 뭐 짜증 나는 사정이 있었다거나 그랬겠지."

한 보쯤 물러나 준다는 말투. 다 이해하니까 이제 그만 돌아오라는 뜻을 품고 있는 말. 사람의 속마음이 이다지도 잘 읽히는 거였던

가. 옆에 있는 석구는 나인이 아는 석구가 아닌 듯했다. 해 줄 말 없
다고 할 땐 언제고 봇물 터진 듯 묻지도 않은 이야기를 주절주절 내
뱉었다. 말할 수 있는 상대를, 그런 상황을, 그런 때를 기다리고 있
던 사람처럼.

"아니면 초록색 배낭 하나 메고 이상하게 생긴 탐지기 같은 거
들고 외계인 찾으러 떠돌고 있을지 누가 알아."

"그런 캐릭터야?"

"응. 그럴 애야."

외계인을 믿는 사람이었구나. 나인은 석구의 말을 들으며, 초록
색 배낭을 메고 외계인을 찾으러 다니는 박원우를 상상했다.

석구는 그런 형이었다. 군것질 잘 사 주고 PC방 비용을 내 주는
형. 형이 없는 박원우에게는 친형 같고 친형과 친하지 않은 도현에
게는 위안이 되는 형. 석구는 딱 그런 형이었다.

석구는 열네 살에 그 둘을 처음 만났다. 그해 봄, 며칠 동안 건물
앞을 서성이던 박원우가 결심한 듯 도장 안으로 들어선 게 벚꽃이
막 필 무렵이었고, 그런 박원우를 따라 도장에 등록하러 권도현이
찾아온 게 벚꽃이 질 무렵이었다. 한눈에 보아서는 친구가 아닌 것
같았다. 석구의 여물지 못한 생각과 눈으로는 그래 보였다. 둘은 한
곳에 있어도 섞이지 못할 것 같았고 떨어져 있으면 서로가 존재하
는지도 모르게 지나칠 것 같았다. 말 한번 섞어 보지 않은 반 친구.
졸업한 뒤에야 친구 입을 통해 그런 애가 있었는 줄 알게 되는 경
우. 두 사람을 놓고 보자면 박원우가 '그런 애'였다. 권도현은 친구
의 입을 통해 박원우가 같은 반이었다는 걸 알게 될 것 같은 애였

고. '박원우? 그런 애가 있었어? 아, 이름은 들어 본 것 같아. 와, 대박. 나 개랑 말 한마디도 안 섞었나 봐.' 따위의 대화를 시시껄렁하게 주고받다가 다시는 그 이름을 입에 올리지 않을 것 같았다. 석구가 보기에는 그랬다는 얘기다. 실제로는 박원우를 따라 권도현이 관심도 없던 태권도 학원을 등록할 정도로 친했다.

박원우는 늦게까지 도장에 머물렀다. 성인반이 올 때까지 있는 유일한 아이였는데, 다르게 말하자면 태권도를 끝마친 뒤 학원을 가지 않는 유일한 아이라는 말이기도 했다. 그래서 석구와 친해졌다. 석구도 크고 작은 대회에 나가며 선수의 꿈을 키우던 때라 박원우와 함께 늦게까지 도장에 머물렀기 때문이다.

석구가 기억하는 박원우는 숫기가 없어 말수가 적고 몸짓도 작았다. 우렁찬 기합과 함께 팔다리를 있는 힘껏 뻗어야 하는 태권도와 어울리지 않았다. 박원우의 기합은 유치원생들보다 작았고 미트에 퍽 소리도 나지 않을 만큼 유약한 발차기를 했다. 석구는 그런 박원우가 눈에 걸렸다. 챙겨 줘야 할 정도로 나이 차이가 나는 건 아니었지만, 건물 앞을 한참 서성이다 등록한 애가 도장에만 오면 구석에서 박혀 있는 게 신경이 쓰였다. 그래서 일부러 발차기 미트를 퍽퍽 무릎으로 치며 다가갔다. "이거 쳐 볼래?" "발차기 해 봤어? 해 볼래?" 하고 말을 걸었다. 숫기가 없어 말을 걸면 도망갈 줄 알았는데 박원우는 말없이 자리에서 일어나더니 차 보겠다고 고개를 끄덕였다.

좀 웃긴 애였다. 나서서 하지는 않지만, 하라고 하면 곧잘 하는. 또 곧잘 하겠다고 하면서도 막상 뭔가를 함께하려면 죄다 취향이 맞지 않아서 혼자 따로 노는. 이를테면, 떡볶이를 먹으러 가자는 말에 고개를 끄덕이며 따라나서지만 매운 걸 못 먹는다며 한 입 먹고 만다거나 PC방 가자는 말에 군말 없이 동행해 놓고 게임에 흥미가 없다며 자기 혼자 책을 읽거나 미스터리한 영상을 찾아보는 식이었다.

관장은 주문한 새 도복을 사이즈별로 정리하며 석구에게 박원우는 금방 그만둘 것 같다고 말했다. 석구도 그럴 것 같다고 대답했다. 박원우는 이곳과 어울리지 않았다. 그렇지만 두 사람이 틀렸다. 박원우는 사라지기 전날에도 도장에 나왔다.

"그럼 나랑도 같이 다녔다는 거야?"

나인이 석구의 말을 자르고 물었다. 석구가 고개를 끄덕였다.

"마주친 적은 없을 거야. 나오는 요일이 달랐어. 나와도 항상 눈에 띄지 않게 조용히 다녔고."

권도현이 등록하러 도장에 방문한 건 보름 뒤였다. 어른도 없이 저 혼자 등록비가 든 돈 봉투를 들고 온 권도현을 보고 관장은 싸움 박질하려고 배우러 왔으면 썩 가라고 했다. 권도현의 첫인상은 딱 그랬다. 주먹 쓰는 법을 가르쳐 주면 안 될 것 같은, 문제아처럼 보였다. 권도현은 그 말에 숨을 씩씩 내뱉으며 "싸움 안 하거든요?" 하고 큰 소리를 내지르더니 돌연 울음을 터뜨렸다. 얼마나 억울했으면. 관장은 그렇게 생각하며 권도현을 받았다. 하지만 얼마 뒤, 권도현은 원래 울음이 많은 아이라는 게 밝혀졌다. 권도현은 대결에서 지기만 하면 울었다. 그래도 울면 울었지 아이들을 괴롭히거나 때리지는 않았다. 권도현은 종합 학원에 시달리느라 태권도를 그만두어야 했던 열다섯 살까지 사고 한번 치지 않았다.

석구가 기억하기로는 그랬다. 권도현이 학교에서 어떤 아이였는지는 알 수 없지만, 그래도 어느 학교 누가 무섭다더라, 싸웠다더라 따위의 소문에서 이름을 들은 적은 없었으므로 권도현의 행세가 도장에서 보았던 모습과 다르지 않았으리라 석구는 추측했다.

박원우보다 몇 박자 늦게 도장에 입성한 권도현은 석구와 박원우 사이에 비집고 들어가려고 부단히 애를 썼다. 그 방법이 돈이었다. 걔는 돈이면 다 되는 줄 알아. 석구는 권도현을 그렇게 표현했다.

돈이면 다 되는 줄 아는 사람 곁에는 돈이면 다 좋은 사람이 붙는다. 권도현의 주변에는 그런 사람이 많았다. 함께 있으면 무조건 밥 사 주는 친구, PC방 비용 대 주는 친구, 돈 없다고 하면 대신 내 줄 테니까 같이 놀자고 하는 친구, 돈이 많으니까 천 원, 이천 원쯤은 아무렇지 않게 쓰는 친구, 빌려도 갚지 않아도 되는 친구. 권도현은 아이들에게 그런 친구였다. 권도현의 돈에 관심이 없는 친구는 박원우가 유일했다.

두 사람을 옆에서 조금만 지켜보면 누구라도 그 둘이 왜 친해졌는지 알 수 있었다. 박원우는 권도현의 돈에 별 관심이 없었다. 박원우의 관심을 끄는 건 사람들 속에 섞여 살고 있는 외계인뿐이었다. 박원우는 자신의 이야기를 들어 줄 친구가 필요했다. 권도현은 뭔가를 사 준다고 해도 거절하는 박원우가 좋았고, PC방이나 코인노래방이 아니라 자기 집에 가서 미스터리 영상을 보자는 박원우가 좋았을 것이다. 비싼 아파트에 사는 권도현을 집에 초대하기 싫다는 친구들과 다르게, 박원우는 세탁소 물건과 몇 해 전까지 엄마가 썼던 기저귀가 가득 쌓여 있는 집으로 권도현을 초대하는 데에 거리낌이 없었다. 밥을 사 주겠다는 권도현에게 라면을 끓여 주기도 했다.

권도현은 박원우가 끓여 주는 라면을 제일 좋아했다. 박원우가 들려주는 세상의 불가사의한 이야기들도 좋아했다.

"재미있었겠지. 밋밋하고 밍밍한 도현이한테 원우는 라면 수프 같은 친구였을 거야."

더 붙일 말도 없고 아름답게 꾸밀 필요도 없는 친구였다. 곧은 단단함과 한결같음이 어울리는 그런 사이.

석구가 더운지 옷 끝자락을 잡아끌며 흔들었다. 그 손짓이 일으키는 약한 바람에도 석구의 머리카락이 흔들렸다. 이마가 땀에 번들거렸다. 석구는 그쯤에서 말을 잠시 멈췄다. 정적을 틈타 귀뚜라미가 울었다. 나인은 석구의 살짝 좁아진 미간과 어둑어둑한 곳을 응시하는 눈을 보았다. 덤덤하게 털어놓았지만, 마치 비극적인 결말을 암시하는 복선은 어디에도 깔려 있지 않다는 듯이 굴었지만, 한마디로 박원우와 권도현의 사이를 묻는 나인에게 추억을 더럽히지 말라는 경고장을 읊듯 말했지만, 석구도 불안했던 것이다. 불현듯 단서를 발견하게 될까 봐 말 사이사이에 숨을 고른 것이리라.

"계속 친했어? 학교에서는 둘이 친한 줄 아무도 몰랐다는데."

"도현이 도장 그만두고 나서는 나도 간간이 봤어. 둘이 따로 만나는지 학교에서 노는지까지 내가 어떻게 아냐."

"싸우기라도 했나."

"원우가 누구랑 싸울 성격이 아니야. 싸웠다고 해도 도현이 혼자 열 내고 끝냈겠지. 아, 도현이가 학원 들어가면서부터 좀 멀어지긴 했을 거다. 걔 지금 같이 노는 애들, 학원에서 만났거든. 예전에 몇 번 마주쳤는데, 새끼들이 좀 껄렁껄렁해 보이더라고. 그래서 별로 안 좋아했어, 나도. 어쨌든 딱 봐도 원우랑 같이 놀 애들은 아니더라.”

송우준과 김민호. 그들이다. 금옥의 말처럼 그날 현장에 박원우를 포함해 네 명이 있었다면 나머지는 그 둘일 것이다. 하지만 여전히 이해하기 어렵다. 들으면 들을수록 박원우가 죽는 순간에 권도현이 있었다고 상상할 수 없다.

“도현이네 엄마가 원우 싫어했거든. 그래서 엄마 눈치 보느라 멀리했나 싶어. 아니면 머리 크면서 본인도 남들처럼 원우를 이상하게 생각하게 됐다든지.”

“그 아줌마가 박원우를 왜 싫어해? 아들 친구인데.”

“이상하잖아. 학원도 안 다니고, 잘사는 것도 아니고. 도현이가 같이 어울려야 할 공부 잘하고 잘사는 집 애들이 주변에 수두룩 빽빽한데 종일 원우랑 놀고 걔 따라서 태권도까지 등록했으니 싫었겠지. 사람 좋아 보이는 척은 다 하는데 원우한테만 쌀쌀맞게 굴더라. 그게 안 보일 거라고 생각했나? 아니면 다 보여도 상관없어서 그렇게 굴었나?”

권도현의 엄마가 운영한다는 시내의 가장 큰 종합 학원에는 현재도 다닌다. 미래도 다녔지만 기숙 학원처럼 굴리는 시스템이 마음에 들지 않는다고 작년에 학원을 바꿨다. 하루는 학원 앞에서 현재를 기다리다 나인은 퇴근하는 원장을 봤다. 도로에 주차한 검은 승용차로 향하는 원장에게 어딘가에 포진해 있던 학부모들이 달려왔다. 그들은 원장에게 홍삼이나 과일 박스 따위를 내밀며 살갑게 말을 붙였다. 어우, 질색. 그 광경을 보며 미래가 내뱉었던 말까지 전부 생생히 기억났다. 피곤한 기색이 역력해도 끝까지 웃음을 잃지 않는 모습과 다정한 말투에 질색하며 혀를 차는 미래와 달리 나인은 참 멋있다고 생각했는데. 박원우를 싫어했구나. 이상하다고, 옆에서 지켜보는 사람도 느낄 만큼 쌀쌀맞게 굴었구나. 그럼 당사자는 더 크게 느꼈을 텐데.

재작년, 저게 깡패지 애냐고 소리치며 나인을 바라보던 2반 반장의 엄마가 딱 그런 표정이었다. 쟤가 먼저 점심시간에 공으로 우리 반 친구를 때렸다고 따지려는 나인의 말을 자르며, 어디서 말대꾸냐며 손가락으로 머리를 툭툭 밀쳤다. 억울한 상황은 지모가 오며 종결됐지만 나인은 그 눈빛을 며칠 동안 떠올렸고, 떠올릴 때마다 윗배가 아리는 느낌을 받았다. 억울함과 상관없는 상처, 억울함과 상관없는 그 통증은 시시때때로 훅 느껴지고는 했다. 박원우도 마찬가지였으리라. 시선으로 받은 상처는 나을 방도가 없다.

"원우 그렇게 사라지고 도현이도 마음고생 많았어. 작년 초에는 갑자기 찾아와서 말없이 울고 가더라. 엄마가 그러니까 힘들어도 말을 못 했겠지."

귀뚜라미 울음소리도 어느덧 잦아들었다. 여름밤의 한기를 느꼈는지 석구가 팔을 문지르며 자리에서 일어났다. 휴대 전화로 시간을 확인하더니 자정이 넘었다며 소스라치게 놀랐다. 원래도 호들갑을 잘 떠는 편이지만 지금은 일부러 과장한 추임새다. 추억의 웅

덩이에 빠진 발을 급하게 빼려는 듯이. 집이 먼 석구를 더 붙잡아
둘 수 없었다. 자리에서 일어나자 다리가 저릿저릿했다. 나인은 두
손으로 다리를 주무르며, 들었던 이야기를 곱씹었다.

"박원우는 왜 그렇게 외계인 얘기를 하고 다녔대?"

정말로 궁금했던 건 아니지만 묻고 싶었다. 인연처럼 신기하게
느껴져서. 귀뚜라미 울음소리가 다시 들려왔다.

"만난 적이 있대. 땅이 파랗게 빛나는 걸 봤고, 죽은 나무를 살리
는 것도 봤대. 걔가 그런 말을 진짜 믿으면서 진지하게 하고 다니니
까 다들 이상한 애라고 생각했겠지."

15

거스러미를 잡아 뜯자 따끔거리는 통증과 함께 손톱과 살이 연결된 부위에 피가 맺혔다. 살을 잡아 뜯고 있다는 자각도 없었던 터라 미래는 이 상황이 당황스러웠지만 곧 익숙하다는 듯 티슈를 뽑아 손가락을 감쌌다. 거스러미를 잡아 뜯는 건 이 년 전에 가까스로 고친 버릇이다. 그때 당시, 전과 다를 바 없이 습관적으로 거스러미를 뜯었는데 하필이면 상처에 세균이 감염되는 바람에 피부과에서 부풀어 오른 살을 째고 소독하는 거사를 치르면서 고쳤다. 하지만 버릇이란 으레 단번에 고쳐지는 것이 아니기에 미래는 수술 뒤에도 무의식적으로 살점을 잡아 뜯다가 멈추기를 반복해 왔다. 그래도 지금껏 피 내지 않고 잘 버텼는데. 오래간만에 느낀 통증은 알싸했다. 피는 쉽게 멎었지만 얼얼함은 손톱에 머물렀다. 이래서는 아무것도 되지 않으리라. 두 시간 만에 결단을 내린 미래는 자리에서 일어나 거실로 나갔다.

좀도둑처럼 어둠을 공범 삼아 자리를 뜰 것이 아니라 가서 말을 걸었어야 했다. 너 왜 거짓말하고 있느냐고 그 자리에서 말했어야 했다. 그 오빠가 자리를 뜰 때까지 기다려서라도 물었어야 했다고 미래는 계속 자신을 질책했다. 도망치고 숨는 건 진짜 어울리지 않는데. 특히나 그 대상이 나인이라는 건 정말 있을 수 없는 일인데.

저녁쯤 퇴근해 집에 돌아온 미래의 엄마는 냉장고에 있던 샐러드를 꺼내 대충 끼니를 때운 뒤 여태껏 소파에 앉아 책을 읽는 중이었다. 검은색 줄이 달린 타원형의 금테 안경을 코끝에 걸쳐 두고 목을 빳빳하게 든 자세였다. 엄마는 자세가 흐트러지는 법이 없다. 거북 목이 심해 구부정한 미래의 아빠와는 전혀 다르다. 그래서 두 사람이 함께 찍은 사진은 어딘가 부자연스러웠다. 균형이 맞지 않는다고 해야 할지, 묘하게 합성 같은 느낌이 있었다. 다른 종족을 나란히 세워 둔 느낌이랄까. 미래의 자세가 좋은 건 그 묘한 차이 덕분이다. 아주 사소한 차이로 종족 자체가 달라 보일 수 있다는 걸 한때 거실에 걸려 있던 가족사진을 보고 배웠으므로.

엄마는 미래가 나오는 기척에도 반응하지 않고 책장을 넘겼다. 원래 그런 사람이다. 사사로운 다정함을 기대했다가는 상처받기 쉽다. 미래는 태어나자마자 만난 사람이 엄마여서인지, 혹은 원하든 원하지 않든 엄마를 닮아서인지, 두드려야 반응하는 엄마의 다정함이 서운하지 않았지만, 아빠는 아니었다. 근 이십 년을 다르게 살다가 만나서 그랬을까. 방에서 내뱉는 한숨에도 금세 다가와 무슨 일 있느냐고 묻던 아빠에게 엄마 방식의 다정은 차가웠다. 미래도 이제 안다. 두 사람의 이별에는 누구의 잘못도 없었다는 걸. 그저 일방적인 미련만 남았을 뿐이라는 걸.

미래가 소파 끝에 앉았다. 엄마가 읽고 있는 책은 미로를 탈출하는 시리즈의 마지막 편이었다. 엄마는 독서 편식을 하지 않았다. 동화책부터 시작해 읽을 수만 있다면 장르 불문 뭐든지 읽었다. 읽는 속도가 빠르고 양이 많아 종이 책은 도서관에서 빌려 보고 전자책만 구매했는데, 전자책도 물성을 지녔다면 이미 이 집에는 발 디딜 틈이 없었을 것이다. 미래가 엄마를 부르자 눈꺼풀만 치켜올려 미래와 눈을 맞추며 엄마가 물었다.

"이야기 길어질까?"

"그럴 수도."

"그럼 잠시만. 이 챕터만 읽고."

엄마는 그리 오래 지나지 않아 띠지를 책갈피 삼아 꽂아 두고 책을 덮었다. 다른 모녀라면 서로의 안부를 먼저 묻거나 말하지 않아도 될 것까지 늘어놓으며 사족을 길게 붙였을까. 미래는 엄마에게 운을 떼기가 매번 어려웠다. 살갑지 않은 성격이라 그렇다. 엄마가 애교 많은 딸을 원하지 않아서 다행이었다. 이번에도 미래는 인사치레를 생략하고 본론부터 꺼냈다. 엄마가 가장 좋아하는 방식이기도 했다. 에둘러 말하지 않고 그냥 단번에 털어놓는 것.

"박원우 어떻게 됐어?"

엄마의 미간이 일그러졌다. 눈썹 한쪽이 다른 쪽보다 미세하게 더 올라갔다.

"네가 그걸 왜 궁금해해?"

"그냥 궁금할 수도 있는 거 아닌가?"

그냥일 리가 없다는 눈빛. 그와 동시에 여유롭게 바뀌는 표정. 대화가 흥미진진해졌는지 엄마가 들고 있던 책을 테이블 위에 놓았다. 본격적으로 대화에 동참하겠다는 의지였다. 말을 괜히 꺼냈다는 후회가 잔잔하게 밀려왔다.

"정말 불현듯 궁금해진 건 아닌 것 같아서."

"그런가."

어설픈 대답을 내뱉었다. 엄마의 시선이 손가락에 닿았다. 피는 멎었지만 여전히 붉게 부푼 손가락을 반대편 손으로 감쌌다.

"나인이가 그거 때문에 왔었구나. 뭐 알아내기라도 했대?"

"알아내기는 뭘 알아내, 그게 몇 년 전 일인데."

나인은 거짓말을 했다. 어떤 이유로, 무엇을 위해 그랬는지는 모르겠으나 어쨌거나 거짓말한 건 사실이다. 그리고 어떤 경우든 거짓 증언이 밝혀지면 죄가 된다. 당시 박원우를 알지도 못했던 나인이 경찰서에 찾아가고, 누군가에게 그 사건을 알고 있다고 말한 것 자체가 이미 위증죄일지도 모른다. 그래서 미래는 최대한 숨기는 쪽을 택했다. 나인에게 직접 물어보지 못했으므로. 그럴 수밖에 없는 이유가 있을지도 모르니까. 엄마의 눈을 보며 뻔뻔하게 거짓말을 하는 자신도 이미 공범이라는 생각을 하며. 자신이 이렇게 고군분투하고 있는 줄도 모를 나인을 떠올리자 또다시 마음 한편에서 치사스러운 감정이 솟았다.

엄마는 한발 뒤로 물러나 준다는 듯이 소파에 기대며 미래의 말을 기다렸다. 집요하게 파고들지 않아서 다행이었다. 작정하고 덤벼들었다면 나인의 거짓말을 실토하거나 엄마에게 화냈을 터였다.

"그때 가출이라고 했잖아. 왜 가출이야, 실종이 아니고?"

"대한민국에서 열일곱 살 남학생은 실종으로 분류되기 힘들걸."

엄마가 말끝을 끌었다.

"왜? 아직도 소식 없잖아."

"그러니까 가출이지. 어디 납치돼서 협박 전화가 오지도 않았고, 시체가 발견되지도 않았고."

"뭐가 그렇게 매정해."

"법이 다정하겠니?"

허탈하게 웃는 엄마를 보며 미래는 입을 다물었다.

"근데 요즘 이상하네."

슬그머니 소파에서 일어나던 미래는 엄마의 말에 도로 고개를 돌렸다.

"오늘 퇴근하다가 그 학생 봤거든. 경찰서 앞에서."

"그 학생이 누군데?"

"실종 학생이랑 친했다던. 이름이 권도연인가, 현인가. 경찰서 앞에서 서성거리다가 가던데."

지나가던 길인 걸 엄마가 서성거렸다고 착각했을 수도 있고, 학원에서 별로 멀지 않은 거리기도 하고, 다른 일이 생겨 들렀을 수도 있지만, 미래는 '왜 하필'이라는 물음이 머릿속에서 떠나질 않았다. 왜 하필 권도현이, 왜 하필 오늘, 왜 하필 경찰서에, 왜 하필 나인이 그 사건에 관심을 두고 있을 때. 유나인. 박원우. 권도현. 경찰서. 그리고 멱살과 거짓말. 도저히 뭉쳐지지 않는 이름과 단어들이 떠올랐다. 이 조각들을 어떻게 조립해야 그럴듯한 윤곽이 잡힐지 감도 오지 않았다. 얼기설기 엮자면 '유나인이 박원우에 관해 알고 있다고 거짓말을 하고 다녀서 화가 난 권도현이 멱살을 잡았다.'인데, 이 가정의 문제점은 말이 안 된다는 거였다.

그럼 다른 방향으로 접근을 해 볼 필요가 있다. 문장 구조를 좀 바꾸는 것이다. 우선 확실한 것부터 뽑아낸다. '권도현이 멱살을 잡았다.' 정도가 확실하다. 나인이 박원우에 관해 정말 알고 있는지, 나인이 내뱉은 말이 거짓말인지는 좀 더 생각해 봐야 한다. 기억은 온전할 수 없으므로 미래는 그날 나인이 정말 내내 자신과 함께였는지, 아주 잠시도 자리를 비우지 않았는지 확신할 수 없었다. 머리가 어지러워 눈을 감았던 순간에, 화장실을 다녀온 틈에, 현재의 시답잖은 고민을 진지하게 들어 주던 사이에 나인이 자리를 비웠을지도 모른다. 미래의 기억이 한곳만 선명하게 그리고 있던 그모든 찰나에 말이다. 그러니 확실한 단 한 문장을 빼고 모든 문장을 카드 뒤섞듯 다시 섞을 필요가 있다. 그럴싸한, 있을 법한, 가능성을 띤 문장으로.

그럼 이런 게 나오려나.

유나인이 알고 있다. 권도현의 거짓말을. 그래서 권도현이 멱살을 잡았다.

16

들어갈 방법이 마땅히 없음을 현장에 도착한 뒤에야 알았으니 나인은 여러모로 믿음직스럽지 못한 탐정이었다. 무작정 찾아간 다고 별수 있겠느냐는 말에 별수 있을 거라고 큰소리치던 불과 몇 분 전 자신의 모습이 부끄럽게 기억을 스쳤다. 차라리 이럴 줄 알았다며 거드름이라도 부렸으면 상황이 덜 민망했을 텐데, 승택은 아직도 엉터리 탐정을 믿는 순진한 조수처럼 나인의 다음 행동을 기다렸다. 승택이 처음부터 나인의 계획에 순순히 가담한 것은 아니다. 권도현의 엄마가 종합 학원 원장이라니, 일단 원장부터 보고 오자는 계획에 아무 반기 없이 따랐다면 나인조차 승택을 조수로 임명하는 일을 한 번 더 고민했으리라. 나인이 생각해도 좀 터무니없는 계획이기는 했다. 하지만 만나 봤자 별 소용 없지 않느냐는 승택의 질문에 가로막혀 이도 저도 못 하던 나인은 뭘 어떻게 해야 할지 모르겠을 때는 그냥 일단 소리 지르며 달려들면 된다던 효정의 충고를 떠올렸다. 뭘 어떻게 해야 할지 모르겠을 때는 그냥 일단 뭐든

해 봐야 한다. 무작정 권도현을 찾아갔을 때처럼. 방에서 머리만 굴려 봤자 쳇바퀴를 굴리는 것에 불과하니까. 그러니 이왕 구른다면 밖에서 굴러야, 누구 발에 치여서라도 어디로든 갈 수 있지 않을까. 나인이 그렇게 이야기하자 승택은 괜찮은 생각인 것 같다고 그제야 고개를 끄덕였다. 덕분에 승택은 지금도 어디론가 굴러가겠거니 하는 표정이다. 이건 기다려서 될 일이 아닌 것 같은데.

학원에 들어가려면 출입증 바코드가 필요했다. 건물 입구에 들어설 때까지만 해도 기세등등했던 발걸음은 아이들이 저마다 휴대전화 화면에 띄운 바코드를 찍고 통과하는 두 번째 문을 보고 멈췄다. 수강생이 아니면 들어갈 수 없는 구조였다. 문 앞에서 머뭇거리는 나인과 승택에게 경비의 시선이 닿았을 때 나인은 우선 건물을 빠져나왔다. 그리고 몇 분째 인도에서 오도 가도 못 하고 고민 중인 것이다. 포기하기에는 옆에 승택까지 있어 내키지 않았다. 차라리 혼자 왔다면 다음을 기약하고 돌아갔을 텐데, 비장한 일을 치를 듯이 굴어 놓고서는 이렇게 쉽게 물러나는 건 체면이 허락하지 않았다. 그래도 이렇게 계속 서 있는다고 해서 좋은 수가 떠오르는 것도 아니므로, 나인은 승택을 데리고 건물 뒤편으로 향했다. 뭘 어떻게 해야 할지 모르겠으니 어디 숨어서 소리라도 질러 보자는 마음으로.

정말 일단 하면 뭐가 되기는 되는구나. 나인은 담벼락 틈으로 직원들이 드나드는 후문을 바라봤다. 별도의 잠금장치가 없는, 시종일관 열려 있는 철문. 풀숲 사이에 1평 남짓으로 조그맣게 시멘트 바닥이 있었고, 정문의 반의반도 되지 않을 만큼 작고 초라한 후문이 꼭 비밀의 문처럼 거기 있었다. 예상컨대 학원 선생들의 흡연을 아니꼽게 보는 학부모들을 피하기 위해, 혹은 선생님의 흡연 장면을 보고 따라 피울 학생들을 미연에 방지하기 위해 실외 흡연장을 저렇게 은밀하게 만들어 두었으리라. 건물과 건물 사이를 나누는 담벼락은 나인의 키보다도 훨씬 높았다. 승택도 까치발을 들어야 간신히 담 너머를 볼 수 있는 정도였다.

"저기로 들어가자."

그래도 어렵지 않다 생각했다.

"이거 넘어서."

이 정도 담벼락 넘는 것쯤이야 일도 아니니까. 승택에게는 큰일이었다는 것이 문제였지만.

승택은 걱정과 불신이 뒤섞인 목소리로 괜찮으냐고 반복해 물었다. 괜찮았다, 아직은. 승택이 한 번 더 묻는다면 그때부터는 안 괜찮아질 예정이었다. 승택의 걱정을 이해하지 못하는 건 아니다. 나인의 등을 밟고 올라서야 한다는 사실이 미안하겠지만 어쩌겠는가. 거듭 말하지만 먼저 부탁한 사람은 나인이었다. 나인이 한숨으로 대답을 대신하자, 승택은 그제야 신발을 벗어 품에 안았다.

"나 진짜 무겁다."

전장으로 향하는 전사 같은 비장한 목소리였다. 나인이 두 팔에 힘을 주었다. 승택이 등을 밟는 순간 앓는 소리가 새어 나올 뻔했지만 가까스로 참아 냈다. 빨리 올라가라는 말을 속으로 몇 번 되뇌지 않아 승택의 발이 등에서 완전히 떨어졌다. 생각했던 것보다 높았는지 승택은 조금 망설이다가 곧 뛰어내렸다. 떨어지는 소리 외에 이어지는 말이 없어 혹시나 큰일 난 건 아닐까 싶어 심장이 내려앉으려던 찰나, 승택이 빨리 넘어오라고 속삭였다. 나인은 도움닫기 후 가볍게 담장을 짚고 올라 풀쩍 뛰어넘었다.

후문 쪽에는 다행히 경비가 없었다. 화장실과 직원용이라 쓰여 있는 승강기가 보였고, 복도를 따라 걸어가자 정문이 나왔다. 수업 시간에 맞춰 정문으로 들어오는 아이들 틈바구니에 섞여 승강기에 탔다. 경비의 시선은 줄곧 정문만을 향해 있었다.

나인과 승택은 2층에서 몇몇 아이를 따라 내렸다. 아무리 무턱대고 들어왔다지만 더 높이 올라갔다가는 돌이킬 수 없는 사태가 벌어질 것만 같았고, 특히나 이렇게 보안이 철저한 건물의 경우 무단 출입을 들키기라도 했다가 경찰이 출동하지 않을까 뒤늦게 걱정되었기 때문이다. 2층에는 작은 매점이 있었고, 나머지는 강의실이었다. 학교를 마치고 온 아이들은 매점 앞 테이블에 앉아 배를 채웠다. 시간이 촉박한지 대부분 대화 없이 입에 음식을 밀어 넣기 바빴다.

"여기 8층까지 전부 강의실인가 봐."

승강기 옆에 붙은 층별 안내도를 보며 승택이 말했다. 승택의 말대로 8층까지는 강의실 호수만 적혀 있었다. 승택이 9층을 손가락으로 가리켰다.

"여기 있겠네, 그럼. 원장."

9층에는 아무것도 쓰여 있지 않았다. 아무것도 없다는 표시 같기도 했고 허락받지 않고는 들어올 수 없다는 뜻처럼 여겨지기도 했다. 승택의 추측이 맞는다면 후자일 것이다. 허락 없이 들어올 수 없다는. 2층 진입이 난이도 1이라면 9층은 난이도 10인 셈이다. 아주 대단한 버그나 치트 키가 없다면 힘들 스테이지. 승강기에 설치된 CCTV는 1층 경비가 실시간으로 보고 있을 확률이 높다. 이미 정문에서 시선을 한번 끌었기에 승강기를 타고 9층까지 올라간다면 둘을 수상하게 여긴 경비가 무슨 조처를 할지도 모른다. 그리고 만에 하나 원장실이 그곳에 없다면? 원장실이 아니라 단순히 창고나 빈 공간이라면? 나인의 머리가 빠르게 돌아갔고, 오늘은 이쯤에서 후퇴해야 한다는 결론이 나왔다.

나인의 등을 떠밀 듯 종이 쳤다. 테이블에서 끼니를 때우던 아이들이 황급히 자리에서 일어나 먹고 있던 음식을 입에 한 번에 욱여넣었다. 소란스러웠던 복도에 한순간 정적이 찾아오자 적진에 침투했다 정체를 들킨 병사처럼 나인은 당황했다. 그사이 승강기 문이 열리며 지각한 몇몇 아이가 뛰쳐나왔고, 그 안에 연보라색 정장을 입은 한 여자가 서 있었다.

여자는 승강기에 기대어 서서 문이 닫히기를 여유롭게 기다렸다. 승택이 그 여자를 지긋이 바라보았다. 직급이 쓰여 있지 않았지만 승택은 은은한 웃음을 띤 얼굴에 검붉은 색 립스틱을 진하게 바른 저 여자가 원장이라는 확신이 들었다. 바쁘게 강의실로 들어가는 학생들과 문제집을 챙겨 이동하는 선생들 사이에서 홀로 여유로운 사람. 이 학원에서 그게 가능한 사람은 원장뿐이리라. 나인을 부르기도 전에 승강기 문이 닫혔다. 승강기는 거침없이 위로 향했다.

"너희 수업 안 들어가고 뭐 하니?"

학원 선생은 나인과 승택의 얼굴을 뜯어보듯 살폈다. 학원에 다니는 몇 백 명의 학생에 속하는지 아닌지를 감별하려는 듯이.

"어떻게 들어왔니?"

"제가 데리고 왔어요."

익숙한 목소리에 고개를 돌리자 현재가 손에 가방을 든 채 걸어오고 있었다. 선생은 현재가 학원 수강생인 걸 단번에 알아봤는지 현재에게 왜 외부인을 들였느냐고 물었다.

"얘네가 학원 구경하고 싶다고 그래서요."

현재는 덤덤하게 말했다. 선생은 이유가 어찌 됐든 외부인을 출입시켰으므로 벌점을 받아야 한다고 현재의 반과 번호를 알아 갔다. 나인이 현재에게 고맙다고 말한 건 셋이 승강기에 탄 뒤였다. 현재는 고마울 게 뭐가 있느냐는 듯 고개를 저었는데 그 순간 현재의 모습이 얼마나 낯설게 느껴졌는지 현재는 모를 것이다. 왜 그렇게 느껴졌는지 나인도 이유를 찾지 못했으나 그 고민은 잠시 미뤄 두기로 했다. 지금은 1층까지 같이 내려온 현재를 상대하는 일이 먼저였다.

"어차피 나 수업 안 들어. 너희 따라서 내려온 거 아니야."

빨리 돌아가서 수업 들으라며 등을 떠밀던 나인의 손이 무안해졌다. 현재가 자신 때문에 수업을 빼먹지 않았다는 사실에 안도함과 동시에 조금 전 느꼈던 낯섦이 한 스푼 더 추가되었다.

"왜? 너 원래 평일 내내 학원에 있잖아."

나인이 최대한 태연한 척 물었다.

"그렇기는 한데……. 너야말로 학원에는 왜 무단 침입 했는데?"

무단 침입. 좀 위압적이지만 틀린 말은 아니었다. 현재가 나타나지 않았다면 여지없이 무단 침입으로 끌려갔을지도 모른다. 나인이 대답을 고민하는 사이 현재는 정작 궁금한 건 따로 있다는 듯 승택을 흘깃 바라보았다.

"아, 사촌."

급하게 나온 거짓말치고 그럴듯했다. 몇 안 남은 종족이면 다 가족이고 다 사촌이고 그런 셈이니. 오히려 승택을 친구라고 소개했다면 현재는 거짓말인 줄 바로 알아차렸을 것이다. 사람 인연이 언제 어디서 생길지 모른다고는 하지만 세 친구는 서로의 고만고만한 대인 관계를 전부 알고 있었다. 더욱이 어려서부터 셋이 똘똘 뭉쳐 친했다는 건 다르게 말하자면 셋 다 서로 외에 다른 친구를 만들겠다는 의지 따위가 없다는 말과 같았다. 한 사람이라도 매해 끊임없이 절친한 친구를 만드는 성격이었다면 세 사람의 우정이 오늘까지 오지 않았으리라. 고로 남의 학원에 무단 침입 할 정도로 부쩍 가까워진 친구가 갑작스럽게 생겼다는 걸 현재는 믿지 않을 터였다.

"사촌?"

"으응, 좀 먼 사촌. 외국에 살다가 이번에 들어왔어."

여전히 미심쩍은 눈치였지만 승택이 불쑥 인사를 해 왔기에 현재의 의심은 그쯤에서 멈췄다. 현재는 승택과 어색하게 인사를 나눈 뒤 다시 나인을 바라봤다. 뒤이어 말해 보라는 듯이. 그러니까 '저 친구가 네 사촌인 건 알겠고, 둘이서 학원에는 왜 들어왔는데?'라는 질문을 품고 있는 눈이었다. 이번에는 마땅한 거짓말이 떠오르지 않았다. 수업을 듣기 위해 들어갔다거나 그냥 학원 안이 어떻게 생겼는지 궁금해서 들어갔다거나 아니면 정말 어쩌다가 들어가졌다고 말하는 상상도 해 보았으나 그뿐이었다. 떠오른 말 중 내뱉을 수 있는 것은 아무것도 없었다. 그리고 현재라면 그런 어쭙잖은 거짓말을, 거짓말임이 뻔히 보이는 변명을 불쾌하게 여길 수도 있었다. 아니, 나인이라도 그런 거짓말을 들으면 기분이 상할 터였다.

"여기 원장 좀 만나려고 왔어."

"원장을 왜?"

솔직할 수 없다는 건 이래서 문제였다. 하나를 숨기기 위해 끊임없이 거짓을 만들어야 한다. 이번에도 마땅히 둘러댈 말이 생각나지 않았다. 권도현의 엄마라니까, 그 엄마가 박원우를 그렇게 싫어했다니까, 혹시나 자기 아들이 저지른 잘못을 알고 있을까 싶어서. 얼굴을 본다고 답이 나오는 문제도 아니었지만 그래도 가만있는 것보다는 움직여 보는 게 나을 것 같아서 찾아왔다는 말 대신 어떤 말로 다니지도 않는 학원의 원장을 보러 왔다고 둘러댈 수 있겠는가.

지금이라도 솔직히 터놓고 말해야 할까. 현재가 헤살 놓지 않을 애라는 건 누구보다 나인이 확신했다. 하지만 원장을 찾아온 이유가 박원우 사건 때문이며, 박원우의 실종에 권도현이 관련되어 있고, 그 사건은 실종이 아니며, 이 모든 건 나인이 금옥이라는 나무의 이야기를 듣고 알게 된 사실인데, 그걸 들을 수 있었던 이유는 자기가 인간이 아닌 외계에서 온 종족이어서라는 말을, 나인은 아직 내뱉을 자신이 없다.

나인이 대답을 머뭇거리자 현재가 입을 열었다.

"아니다. 말해 주기 싫으면 말 안 해도 돼."

현재도 느꼈을 것이다. 나인이 무언가를 감추기 위해 열심히 머리를 굴리고 있음을. 현재가 느끼지 못했을 리 없다. 나인이 이만큼 현재를 잘 아는 것처럼 현재도 나인을 잘 알고 있으므로. 어쩌면 벌써 현재는 며칠 전 권도현에게 멱살 잡혔던 나인을 떠올리며, 그때 나인이 무슨 일인지 말해 주지 않은 것처럼 이번 일도 말해 주지 않으리라 눈치챘을 수도 있다.

"그럼 이유는 됐고, 원장 만나서 뭘 하려고 했는데?"

"그냥 원장이 어떤 사람인지 궁금했어."

솔직한 답변이었다. 무작정 찾아가기가 목적이었으니까. 승택의 한숨 소리가 옆에서 들려왔다. 승택이 보기에 막무가내도 이런 막무가내가 없다 싶은 모양이다. 이런 애를 뭘 믿고 도와준다고 했는지 후회하고 있을지도 모른다고, 나인은 곁눈질로 승택의 안색을 살피며 생각했다. 다행히 승택은 한숨을 내뱉는 행위 외에 실망한 기색을 내비치지 않았다.

"그거면 돼? 우리 엄마 원장네 교회 다니는데."

"두 분이 친하셔?"

"친한지는 모르겠고 엄마가 원장 팬이야. 교회 가면 원장한테 말 붙이고 그러던데. 우리 엄마한테 물어볼래? 너 온다고 하면 엄마가 좋아할걸."

무작정 소리를 질렀더니 그 메아리를 듣고 누군가가 반응하긴 한다.

"그럼 지금 놀러 가도 돼?"

현재의 엄마는 직장을 따로 다니지 않되 집안일과 재테크, 양육을 모두 원숙하게 해내는 사람이었다. 미래와 나인이 놀러 갈 때면 짜장면과 탕수육을, 떡볶이와 튀김을, 피자와 햄버거를 직접 집에서 만들어 주기도 했다. 그 음식들은 어느 요리와도 견줄 수 없을 정도로 맛있었다. 그렇게 매일 먹을 현재가 부러울 만큼. 일주일에 한 번씩은 떡이나 음료수를 사 현재의 집에 놀러 갔으나 이 년 반 전부터는 완전히 끊겼다. 현재가 종합 학원으로 옮기면서 시간이 없어졌기 때문이다. 현재는 초저녁밖에 되지 않은 시간을 확인하고 전화를 걸었다. 몇 걸음 떨어져 통화를 하더니 나인과 승택을 슬쩍 보고는 둘이라고 대답했다. 짧은 통화를 마치고 현재가 돌아왔다.

"와서 국수 먹으래."

현재의 엄마가 해 주는 국수를 상상하자마자 허기가 돌았다. 저녁 먹을 시간이 다 된 줄도 모르고 있었다. 빈손으로 찾아갈 수는 없으니 케이크라도 사자고 말하는 나인에게 현재가 물었다.

"신미래는 안 불러도 돼?"

그 이름이 이렇게 무겁게 들린 적은 처음이었다. 나인 역시 미래를 부르고 싶은 마음은 굴뚝같았지만 지난번 헤어진 뒤 이렇다 할 말을 여태 주고받지 않았다. 미래라면 승택이 사촌이라는 말을, 그리고 원장을 만나기 위해 학원에 무단 침입 했다가 현재를 마주쳤다는 말을 어영부영 넘어가 주지 않을 것 같았다. 현재도 그렇게 생각한 모양인지 이 자리에 미래를 부르는 대신 다른 제안을 해 왔다.

"아니면 비밀로 하자. 지금 부르면 불편해질 것 같으니까. 그 대신 나중에 네가 말해 줘. 걔한테."

"오늘 우리 이렇게 만났다고?"

"뭐든."

그 '뭐든'에는 모든 것이 담겨 있었다. 아직 현재가 알지 못하는 것까지도. 현재는 승택에게 집이 멀지 않은 곳에 있다고 말을 붙이며 앞장섰다. 또 현재가 낯설다. 정말 키가 자라서 그런 걸까. 이제는 거리에서 현재의 뒷모습을 보고도 알아보지 못할 것만 같은 느낌이었다.

현재의 엄마는 나인과 승택을 살갑게 맞았다. 현재에게서 승택이 나인의 사촌이라는 이야기를 들었는지 승택에게 누구냐는 질문을 구태여 하지 않았다. 안부와 그간 쌓인 이야기는 배부터 채우고 나누자며 식탁으로 셋을 이끌었다. 채수를 끓여 만든 맑은 국물의 국수 세 그릇이 놓여 있었다. 시간에 맞춰 만들었는지 아직도 김이 모락모락 피어오르는 상태였다. 걸어오는 내내 원장의 이야기를 어떻게 꺼내야 할지, 또 어떤 거짓말로 둘러대야 할지를 고민하느라 답답했던 속이 국수 앞에서 씻은 듯이 내려갔다. 나인은 젓가락 한번 내려놓지 않고 단숨에 국수를 해치웠다. 속이 든든해지면 적당한 묘책도 떠오르리라 믿었다.

묘책을 꺼낸 건 현재였다. 포도 두 송이를 씻어 온 현재의 엄마가 탁자에 앉았다.

"홍 사모님?"

"응, 엄마 친하잖아. 교회 갈 때마다 맨날 인사하잖아."

"그렇기야 한데, 홍 사모님은 왜?"

"숙제야, 학교."

현재는 눈 한번 깜빡이지 않고 말했다. 거짓말이라도 할라치면 손부터 떨던 지난날의 현재가 아니었다. 나인은 덤덤하게 거짓말을 하는 현재의 얼굴을 주시했다. 얼굴도 좀 자란 것 같았다.

"학교 숙제가 홍 사모님이라고?"

"아니, 지역 주민 조사 뭐 그런 거야. 한 명 정해서 인터뷰도 하고. 근데 무작정 찾아가기 전에 엄마한테 어떤 분인지 들어 놓으면 좋을 거 같아서."

"어우 참, 요즘에는 별난 숙제를 낸다. 그런 거 있으면 이 엄마를 좀 조사해."

현재의 엄마가 포도를 먹으며 웃었다. 그러고는 포도에 손도 대지 않는 승택에게 어서 먹으라며 그릇을 앞쪽으로 밀었다.

"어디서 왔다고 했지? 캐나다였나?"

승택이 고개를 끄덕였다.

"거기는 어때? 좀 지낼 만해? 막 따돌리고 그러진 않니? 동양인 차별 심하다고 하던데."

숲에 박혀 살았던 승택이 캐나다의 인종 차별 실태를 알 리 없었기에 승택은 입을 꾹 다물고 눈만 깜빡이다 가까스로 말문을 뗐다.

"다 비슷비슷해요."

"그래, 사는 거 다 비슷비슷하지? 뉴스에 나오는 일은 괜히 난리 떠는 거지? 그런 일이 매일 일어날 리도 없고 어쩌다 한번, 응?"

"아, 엄마. 그런 거 나중에 물어보고 쫌."

현재의 미간이 미묘하게 일그러지자 아들의 짜증을 곧바로 알아차린 엄마가 고개를 끄덕이며 알겠다고 했다.

선연 교회는 구에서 가장 크며, 원장의 남편이 운영하는 곳이다. 고로 그 교회 목사가 권도현의 아빠라는 말이다. 현재의 엄마가 보는 원장은 독실하며 자신의 권위를 바른 곳에 쓸 줄 아는 현명한 사람이었다. 첫째 아들 대학 잘 보냈지, 둘째 아들도 훤칠하니 잘 키워서 좋은 대학에 갈 예정이며, 학부모를 위해 입시 설명회를 열어 주기도 했으니 가히 흠 잡을 구석이 없었다. 예상은 했다. 현재의 엄마가 타인의 나쁜 점을 말하지 않으리라는 것 정도는. 더욱이 현재가 학교 숙제라 했으니 과장되게 말했을 터였다. 그래도 이렇게까지 찬양할 줄이야. 눈이 마주치자 승택이 고개를 살포시 저었다. 아무래도 잘못 짚었다는 뜻이었다.

현재의 엄마가 포도를 입에 넣다 다급하게 손뼉을 쳤다.

"그걸 말 안 했네. 선연산 거기 위에 싹 밀고 산책로랑 공원 만든다는 계획 반대 중이시잖아. 환경 생각해서 그러면 안 된다고. 지금 당장 아무리 좋아 보여도 여기서 자라는 아이들한테 산을 물려줘야지 왜 인공 공원을 만드느냐고. 교회에서 그렇게 설득한 덕분에 주민들 대부분이 반대해서 거기 개발 사업이 지금 멈췄더라고."

나인은 그 이야기를 들으며 잠자코 생각했다.

"얼마나 멋진 말씀이야, 아이들에게 산을 물려줘야 한다는 게. 나도 처음에는 공원 생기면 좋겠다 싶었는데, 듣고 보니 생각이 짧았더라고. 애초에 여기가 선연시인데 선연산이 없어져서야 되겠어? 더 잘 보존해야지. 그리고 그분이 산을 보통 사랑하는 게 아니야. 가끔 혼자서 새벽 등산도 가고 그래. 같이 가자고 해도 혼자 조용하게 올라갔다가 오는 게 좋다면서."

포도에 이어 빵까지 후식으로 얻어먹은 후 집을 나왔을 땐 퇴근 시간이 한참 지나 거리에 사람이 거의 보이지 않았다. 따라 내려온 현재는 몇 걸음 같이 걷다가 멈춰 서서 손을 흔들었다. 현재는 왜 원장에 대해 알아내려 하는지 더 묻지 않았다. 나인이 먼저 말해 주기를 기다리는 것 같기도 했고 반대로 아예 관심이 없어 보이기도 했다.

"오늘 여러모로 고마워."

"친구끼리 뭘. 조심히 들어가."

현재는 승택에게도 만나서 반가웠다는 인사를 하고 건물 안으로 모습을 감추었다. 나인은 입구 센서 등이 꺼질 때쯤 걸음을 뗐다. 낯선 현재에 관해 누군가에게 투정 부리듯 털어놓고 싶었지만 승택에게 할 수 없는 이야기다. 오로지 나인 혼자서 감내해야 할 고민이었다.

두 사람은 버스를 포기하고 걷기로 했다. 꽤 먼 거리였지만 오늘 있었던 일과 방금 들었던 말을 정리하기에는 짧게 느껴졌다. 두 사람은 번화가를 벗어나 외곽의 요철이 심한 인도에 진입할 때까지 아무런 말도 나누지 않았다. 나인은 원장을 생각하려 할 때마다 미래와 현재가 불쑥불쑥 튀어나와서 집요하게 파고들기가 힘들었고, 승택은 승택만의 어떤 판단을 내리는 중인 듯했다.

"확실히 이상하기는 했어."

승택이 걸음 속도를 늦추며 말을 꺼냈다. 지나가는 차가 없어 적막했다. 승택의 작은 목소리가 저 멀리까지 퍼지는 느낌이었다. 누군가가 엿듣고 있을까 봐 나인은 괜히 주변을 둘러보았다.

"그러니까 우리만 느낄 수 있는 이상함이지. 그 원장이 산 개발을 막고, 새벽에 혼자 등산을 한다는 거. 거기에 묻혀 있는 박원우를 발견할까 봐 그러는 거 아닐까."

승택이 머뭇거리다가 말을 이었다.

"그런데 들으면서 그런 생각이 들었어. 그 원장, 저렇게 평판이 좋잖아. 그런 사람인데 우리가 말한다고 누가 믿어 주겠어?"

나인이 걸음을 멈췄다. 나인을 따라 걸음을 멈춘 승택이 몸을 틀어 나인의 얼굴을 마주 보았다. 승택의 말은 꼭 포기하라는 말처럼 들렸다. 더 정확히는, 모든 진실을 알았지만 덮어 두자는 말처럼. 그리고 그건 틀린 직감이 아니었다.

"네가 왜 모르는 척할 수 없는지 충분히 이해하지만 이길 수 없는 싸움 같아."

승택의 의견은 타당하다. 권도현만 건드려서 끝나는 일이 아니다. 나인에게 엄청난 작전이 있지도 않다. 기껏해야 자신이 목격했다는 증언뿐인데, 목격자라기에는 금옥이 말해 준 사건의 경위가 너무 허술했다. 이 년이 지났음을 참작하더라도 나인의 증언은 증거로 채택되지 않을 터였다. 믿지 않으리라. 모두가 원장 편에 설 것이다.

"내가 신경 쓰이는 게 있어."

하지만 나인은 지나칠 수 없는 말을 들었다. 그 말만 듣지 않았더라도 오늘 무작정 학원에 찾아가는 짓도 하지 않았을 것이다. 그 말만 듣지 않았더라도 신경은 쓰이되, 더는 어떻게 할 수 없는 일 정도로, 승택의 말처럼 이 일을 흘려보냈을 것이다. 정말 그 말만 듣지 않았더라도.

"박원우가 외계인을 본 적 있다고 말하고 다녔대. 아무도 그 말을 안 믿었지만 박원우가 그랬대. 그래서 왕따도 당하고 이상한 소문도 돌고. 권도현이랑 사이가 멀어진 것도, 원장이 박원우를 싫어하게 된 이유도 다 그 얘기 때문이래. 외계인을 믿어서. 봤다고 해서."

그 말을 들은 뒤부터 속이 갑갑했다. 몸속에 가득 물이 차 있는 기분이었다. 무겁고, 출렁거린다.

"나는 그게 우리 같아."

불행의 시작점이 자신의 종족일지도 모른다는 불안감이 나인을 계속해서 파도처럼 덮쳤다.

17

학교를 마치자마자 주변을 살펴보기 위해 약속한 시각보다 이르게 도착했는데, 그곳에는 벌써 승택이 와 있었다. 나인이 기척을 내기 전까지 승택은 상념에 빠진 표정으로 한곳만 응시하고 있었다. 나인은 지난밤 자신이 했던 이야기가 자신을 건드렸듯이 승택의 어떤 부분도 건드렸으리라고 확신했다. 제 입으로 그 말을 내뱉고 밤새워 뒤척였던 나인처럼 승택도 그러지 않았을까. 정말로 박원우가 어렸을 때 봤다고 했던, 땅을 파랗게 빛나게 한 외계인이 우리라면, 그리하여 단지 우리를 믿었다는 이유 하나만으로 사람들 속에서 점점 외롭게 고립되어 갔다면, 그런데도 존재하는 것을 없다고 할 수 없어 끝내 불행과 사고가 겹쳐 비극적인 결말을 맞이했다면, 그렇게 지금까지 가족에게 돌아가지 못한 채 습하고 차가운 땅속에 매장되어 있다가 자신을 비극으로 이끈 그 단초로부터 다시 발견되었다면……. 승택은 잠을 잘 수 없었을 것이다. 침대에서 몇 번을 뒤척이다 결국 자리에서 일어나 한숨을 쉬었을지도 모른다.

나인이 그랬으니까. 그 사건이 인연처럼 그곳에서 자신을 기다리고 있었다고 생각했는데, 시간을 거슬러 올라가면 그 사건의 시작에 선연산 부근을 파랗게 밝혔던 지모와 아주 어린 자신이 있으리라는 확신. 그 확신은 이제 '하다 안 되면 그만'이라는 무책임한 생각에서 '반드시', '기필코', '해내야만 하는'이라는 수식어가 가득한 현실로 나인을 이끌었다.

지난밤 승택의 표정을 보며, 나인은 석구에게 그 이야기를 들었을 때 자신의 표정이 딱 저랬으리라 추측했다. 석구가 얼굴이 왜 그러느냐고 물을 정도였으니, 승택처럼 나인의 낯빛도 순식간에 핏기가 사라졌으리라. 나인은 석구에게 그게 사실이냐고, 무능력한 형사가 내뱉을 법한 대사를 되풀이하며 물었다. 전해 들은 이야기라면 박원우를 타당하게 미워하기 위해 만들어진 억측이라 여길 수 있었겠으나, 석구는 자신도 박원우에게 그 이야기를 들은 적 있다고 했다. 판타지소설을 읽는 걸 본 적도 없고, 그런 영화를 좋아하는 것 같지도 않았는데 이따금 외계인 관련된 이상한 잡지를 사서 읽고, 우리 주변에 외계인이 있을지도 모른다는 말을 자주 했다고 말했다. 석구는 박원우가 해 주는 그런 이야기가 싫지는 않았지만 주변에서 들려오는 소문들이 걱정되어 언젠가 박원우를 붙잡고 이야기를 했단다.

너 그런 말 할 때마다 애들이 뒤에서 비웃는 거 몰라? 알잖아. 나이가 몇인데 아직도 그런 이야기를 해. 네가 자꾸 그러니까 괜히 너랑 친하지도 않은 새끼들이 네가 아프다고 하지를 않나 병이 있다고 하지를 않나 그러잖아. 그리고 너도 인마, 정신 좀 차리고. 너 이제 고등학생인데 언제까지 그런 거나 찾아보고 있을 거야. 그럴 시간에 공부해. 네 아버지도 너 이렇게 애처럼 그런 거나 찾아 다니는 거 속으로 속상해하실걸. 형 말 들어.

그 말을 듣고 있을 박원우의 표정을 상상해 봤다. 얼굴을 본 게 전단에 붙은 사진뿐이라서 쉬이 떠오르지 않았지만 석구의 이야기를 듣고 있는 자신과 비슷하지 않았을까, 나인은 짐작했다. 고로 박원우의 표정은 승택의 표정과 같았을 것이다. 딱 저렇게 들었겠지. 아닌데. 분명 있는데. 하지만 있다고 강하게 말할 수가 없어서 끝내 입을 다물었겠지. 존재하지만 존재한다고 말할 수 없는 것이 세상에 있다는 게 이상해졌다. 석구의 말을 듣고 밤을 지새웠던 그날, 나인은 새벽 내내 박원우의 표정과 그 존재에 대해 생각했다. 외계. 그러니까 바깥에서 온, 혹은 바깥에 있는 존재와 관련한 이야기는 속설처럼 지구에 퍼졌고, 사람들은 낭설처럼 입에 올렸다. 존재의 가능성은 있지만 인정하기엔 부끄럽고, 껄끄럽고, 유치하고, 비현실적인. 어느 나이까지만 믿음이 허용되는 존재.

나인은 식물의 소리를 처음 들었던 때와 손가락에서 새싹이 자라났던 순간을 떠올렸다. 지구에서 태어나 옆의 친구와 다를 것 없다 믿었던 스스로의 정체를 어느 날 갑자기 알게 된 자신과 그런 존재의 정체를 이미 알았고, 믿었고, 찾았던 박원우는 서로 바뀌었어야 했다. 박원우가 보았던 것을 나인이 봤어야 했고, 박원우가 기억하는 것을 나인이 기억해야 했으며, 박원우가 찾는 진실은 나인의 몫이어야 했다. 지모가 어떤 이유로든 나인에게 진실을 말하지 않는 동안, 나인이 알았어야 할 진실을 박원우가 알았다. 그래서 죽었다. 그렇게 생각했다. 세상의 비밀을 알고 있다는 이유가 그 죽음에 숨겨진 원인의 전부라 보는 것은 비약인 줄 알면서도, 나인은 죽음의 어느 한 부분을 그 진실이 차지하고 있다는 것만으로도 그렇게 느꼈다. 나인이 알았다면 죽지 않았을 텐데. 그렇게 생각하면 마치 박원우가 어떤 종족을 알았다는 사실만으로 죽은 것 같았다. 그 생각이 몹시 괴로운 새벽이었다. 안다는 이유로, 무언가를 좋아하는 이유로, 세상이 믿지 않는 걸 믿는다는 이유로, 허락되지 않은 걸 탐한다는 이유로…….

승택이 이끌고 온 곳은 금옥이 있는 자리와 멀지 않은 위치였다. 하지만 금옥을 만나러 온 건 아닌 듯했다. 승택은 평평한 자리를 찾아 멈췄다.

"여기 누워 봐."

승택이 땅을 가리키며 말했다.

"왜?"

"누워 보면 알아."

의중을 파악하지 못했으나 나인은 일단 풀 위에 누웠다. 하늘은 아직 푸르렀지만 몇 시간 뒤면 붉고 노란 빛이 깔리고 어둠이 내릴 것이다. 나인이 눈을 끔뻑이며 하늘을 바라보다 옆에 선 승택을 쳐다봤다. 그래서 뭐 어쩌라는 거냐는 마음이 눈빛에 새겨져 있었다.

"산에게 듣고 싶은 이야기를 계속 생각해 봐. 에너지 줬을 때처럼 집중해서."

"듣고 싶은 얘기?"

"응. 궁금한 거 있잖아."

승택은 나인의 속을 꿰뚫어 보듯 말했다. 나인이 시선을 내리깔았다. 산에게 듣고 싶은 얘기라. 그런 거라면 있다. 간절하게. 그날의 일. 금옥이 말해 준 이야기만으로는 정보 값이 턱없이 부족한 그날의 모든 것. 산 입구부터 그들이 함께 올라갔는지 아니면 따로 올라가 중간 지점에서 만났는지, 올라가는 동안 무슨 대화를 나누었는지, 분위기는 어땠는지, 그 현장에 도달하기 전에 어딘가 들르지는 않았는지, 박원우를 묻은 사람은 권도현이 맞는지, 원장은 홀로 등산하며 무엇을 하는지. 그런 모든 것들을 알고 싶었다. 나인이 숨을 느리게 내뱉으며 눈을 감았다. 손가락으로 흙을 헤집었다. 바람에 풀잎이 스치는 소리와 산속 어딘가에서 지저귀는 새의 울음소리, 그리고 식물들의 소리가 들려왔다. 승택은 숨소리조차 내지 않았다. 그래서 나인은 승택이 옆에 있다는 사실을 잠시 잊을 수 있었다. 몸에 점점 힘이 빠졌다. 아스라한 감각들이 몸에서부터 손가락으로 천천히 이동하는 느낌이 들었다. 여기까지는 그전과 다를 바없었다. 그래서 문제였다. 산에게 듣고 싶은 이야기를 생각하라는데 아무리 생각해도 달라지는 게 없다는 것이.

얼마나 시간이 흘렀을까. 손가락과 이마 위로 벌레가 기어가는 듯한 느낌이 들었고 자세도 불편해져 몸을 뒤척였다. 나인이 눈을 감은 채 물었다.

"저기, 나 계속 생각은 하고 있는데⋯⋯. 생각을 왜 하고 있어야 해?"

"조금만 더 해 봐. 나한테 말 걸지 말고, 집중해서."

그렇게 집중하면 도대체 어떻게 되느냐고 묻고 싶었지만 나인은 일단 승택의 말대로 조금 더 버텼다.

얼마나 지났는지 알 수 없는 시간이 또 흘렀다. 바람이 조금 쌀쌀하게 느껴졌다. 실눈을 떠 주변을 살폈다. 승택은 언제 앉았는지 나인의 옆에 웅크려 앉아 있었다. 실눈 사이로 승택과 눈이 마주쳤다. 나인이 결국 두 눈을 완전히 떴다. 손가락으로 흙을 매만지다가 결국 무료함을 이기지 못하고 입을 열었다.

"나 힘들다."

승택은 무표정한 얼굴로 나인의 말을 들었다.

"이러다 자겠다고."

"……."

"나 일어나도 되니?"

"……."

"일어난다?"

얘는 왜 대꾸를 안 해. 나무조차 바람 따라 잎사귀가 흔들리는데 승택은 바위처럼 미동이 없었다. 속았다는 찜찜함을 느끼며 손바닥으로 땅을 짚고 상체를 일으키려던 나인은 갑자기 어깨를 누르는 승택의 손길에 도로 엎어졌다. 손을 치우려고 했으나 팔꿈치를 꼿꼿하게 편 승택의 팔은 굵은 가지처럼 단단했다.

"뭐야, 이거 치워."

장난처럼 받아쳤다. 나인이 승택의 팔을 가볍게 툭툭 치면서 웃었으나 승택은 일관된 표정을 유지하며 나인의 어깨를 짓누르고 있는 손을 치우지 않았다. 힘이라면 누구에게도 밀리지 않는다고 나인은 자부했지만, 승택이 일직선이 되도록 뻗은 팔에 무게를 실어 내리누르고 있어 시멘트로 고정한 것과 다름없었다. 아무리 불러도 반응하지 않는 승택은 마치 무언가에 홀린 듯했다.

"아, 좀 치우라고!"

"빨리 물어봐."

나인은 발로 승택의 복부와 허벅지를 찼다. 승택은 아픈지 미간을 찌푸렸으나 그게 다였다. 아픔을 참으면서까지 승택은 나인을 놓지 않았다.

빨리 벗어나야 한다. 그 생각을 하자 심장이 크게 요동쳤고 호흡이 가빠졌다. 누구든 좋으니 제발 좀 도와줬으면 했다.

이 산에서 일어났던 일들을 말해 달라는 것인지, 아니면 무섭게 내리누르고 있는 승택에게서 벗어나게 해 달라는 것인지 주어를 정해 놓지 않고 제발 좀 도와달라고 눈을 질끈 감고 생각했다. 절벽에 매달린 듯 절박하게 자신을 궁지로 내몰던 나인은 문득 불이라도 만진 것처럼 손바닥이 화끈거리는 걸 느끼며 눈을 떴다. 창공에 새들이 떼를 지어 날아가는 모습이 보였으나 막이 내리듯 한순간 하늘이 까맣게 변했다. 나인은 자신이 정신을 놓아 시야가 깜깜하게 변했다고 생각했다. 하지만 암순응이 되자 시야가 깜깜해진 게 아니라 정말로 어떤 거대한 생명체가 하늘을 덮었다는 걸 깨달았다. 그건 식물이었다. 거인국의 나무처럼 길게 뻗은 가지와 그 가지에 촘촘히 박힌 나뭇잎, 그리고 나인의 몸 옆으로 나무만큼 길게 자란 들풀······. 몸에 있던 피가 단번에 싹 빠져나갔다가 새로 채워진 느낌을 받으며 나인이 가쁘게 숨을 몰아쉬었다. 무슨 일이 일어났는지 짐작되지 않았다. 그저 하늘을 가릴 정도로 자란 나뭇가지와 나인에게서 떨어진 승택, 그리고 원시림의 수풀처럼 자란 들풀이 보일 뿐이었다.

"나 이런 거 처음 봐."

이 울창한 풀숲 어딘가에 있을 승택을 향해 나인이 말했다.

"나도 이런 거 처음 봐."

수풀 어딘가에서 승택이 대답했다.

"이거 왜 이렇게 된 거냐."

나뭇잎 사이로 언뜻언뜻 비치는 노을빛을 바라보며 나인이 물었다.

"네가 한 거야."

"뭐를?"

"애네 이렇게 자라게 한 거."

"내가 언제?"

"방금."

나인이 상체를 일으켰다. 그래도 자라난 들풀의 키가 더 컸다. 풀이 흔들리더니 그 사이로 승택이 나타났다. 땀이 맺힌 이마에 머리카락이 가닥가닥 붙은 승택은 꼭 정글을 탐험하는 모험가 같았다. 승택이 나인에게 손을 내밀었다. 미안하다는 사과와 함께. 성에 차지 않는 사과였지만 들어야 할 말이 더 많았으므로 나인은 손을 잡고 자리에서 일어났다. 사과는 다시 받을 생각이었다.

평범하게 살던 주인공이 어느 날 자신의 힘을 깨닫고 모험을 떠나는 이야기나, 옆집의 친절한 이웃이 사실 영웅이었다는 이야기를 좋아했던 이유는 그것으로 삶에 일어나지 않을 판타지를 대리

만족 할 수 있어서였다. 나인도 한때 자신이 밤에는 세상을 구하지만 아침에 눈을 뜨면 지난 새벽의 일을 기억하지 못하는 영웅이라 믿었던 시절이 있었지만 그게 사실이 아니리라는 걸 깨달았다. 아주 자연스럽게. 누가 알려 주지 않아도 모두가 천천히, 자연스럽게, 은밀하게, 자신은 영웅이 아니라는 걸, 그렇게 특별하지도 않다는 걸, 아주 평범하거나 혹은 평범하기 위해 아등바등 헤엄치고 있다는 걸 알게 되듯이.

그러다 자신이 지구인이 아니라 외계에서 온 존재라는 사실을 알게 되면서 인생에서 예상치 못한 엄청난 전환점을 맞았으나, 영웅이 한 명이 아닌 여러 명이면 비밀이 될 수 없듯 누브족이 자신 혼자가 아니라 지모와 승택을 비롯해 지구 곳곳에 포진해 있기에 나인에게 그것은 더 이상 충격적인 진실이 아니게 되었다. 딱 거기까지. 어쩌면 너는 나와 조금 다를지도 모르겠다고, 너는 금옥뿐만 아니라 모든 식물과 직접 소통이 가능할지도 모르겠다는 승택의 말을 곱씹었다. 그러니까 '딱 거기까지'에서 한 발자국 더 나아갔다는 거다.

"힘의 크기가 다른 거야, 그냥. 네가 나랑 같은 시대에 지구에서 피어났음에도 건강한 이유는 단순히 운이 좋아서가 아니라는 거지."

한마디로 강하게 태어났다, 정도로 나인은 받아들였다. 유별나게 강한 힘을 가지고 태어난 누브.

"그거 지모도 알아?"

승택이 고개를 끄덕였다. 지모가 안다. 나인이 씨앗일 때부터 느졌다고 했다. 그래서 이곳에 와 땅을 갈고 정착해 나인을 키웠다. 나인은 지모가 그 사실을 알고 있었다는 것에 적잖은 충격을 받았지만, 그 충격의 이유는 지모가 무언가를 이렇게까지 철두철미하게 숨길 수 있다는 데에 있었다. 승택에게 모든 것을 털어놓고 나인이 자신의 힘을 전부 쓸 수 있도록 방법까지 알려 주었다는 것에 더 기함했다. 즉 궁지로 몰아넣어 힘을 토해 낼 수 있게 만들라고 지시한 이가 지모라는 말인데, 나인은 전말을 듣는 순간 골이 당겼다. 미리 가르쳐 주고 타협과 소통으로 힘을 끌어낼 방법은 정녕 없었던 것인가? 뭔 방식이 이렇게 거칠단 말인가.

그토록 꽁꽁 감추었던 진실을 지모가 밝히기로 마음먹은 이유는 나인이 지모가 정한 '진실을 알아야 할 나이'에 이르렀기 때문이다. 본디 타고난 성질이란 숨긴다고 숨겨지는 것이 아니기에. 원래는 궁지로 몰아넣는 역할을 지모 자신이 하려고 했지만 우연히도 시기적절하게 승택이 나타나 떠넘긴 것뿐이라고 했다.

"내 생각도 그래. 너는 못 숨겼을 거야. 너를 처음 만났을 때부터 나도 느꼈으니까. 근데 나는 자신이 없었거든. 잘못하다가 너한테 맞으면 무진장 아플 테니까……. 그런데 어제 너한테 그 말 들으니까 해야겠더라고. 네가 정말 네 힘을 다 쓴다면 들을 수 있어."

"뭘?"

"산이 해 주는 이야기를."

여전히 안 들린다고 하자 이제부터 더 노력해야 한다는 승택의 골 때리는 답변이 돌아왔다.

……노력형 능력이라는 말인 거지?

밤새 산에서 달리고 구른 대가는 참담했다. 목구멍에서 피 맛이 느껴질 때까지 달리고, 눈밭에서 구르듯이 풀에 몸을 부대끼기도 했지만 소리가 들리기는커녕 벌레한테 잔뜩 물리기만 했더랬다. 참다못해 흙바닥과 나무에 입도 맞춰 봤는데 별 소용 없었다. 승택을 들들 볶아도 방책이 나오지 않았다. 나인은 더 못 하겠다며 하산했다가 마지못해 돌아왔다. 불만이 가득한 얼굴로 군말 없이 드러누웠다. 손가락에 잡히는 풀잎들을 어루만지며, 다 들어 줄 테니 아무 말이라도 좀 걸어 달라고 빌어 봤지만 들리는 건 저들끼리 속삭이는 지저귐뿐이었다. 나인은 그 소리를 망연하게 듣다가 흐르는 콧물을 들이켰다. 하필 이럴 때 환절기에도 안 걸리는 감기에 걸린 것이다. 새벽에 땀이 흘렀다 식기를 반복했으니 당연한 결과이기는 했다. 낮이었으면 안 걸렸으려나. 나인은 손등으로 코를 훑으며 생각했다. 뭐, 해가 떠 있을 때 할 수 있는 상황은 아니니 미련은 갖지 않았다.

밤사이 말도 안 되게 자라 버린 식물을 연구하기 위해 사람들이 몰린 건 충분히 예상 가능한 결과였다. 학교를 마치고 선연산으로 가던 나인은 외곽 도로가 그토록 많은 차로 붐비는 광경을 처음 보았다. 행사라도 열리나 싶어 대수롭지 않게 여겼다가 그 행렬의 종착지가 선연산 입구인 걸 알고 저도 모르게 소리 질렀다. 전국 곳곳의 학자와 연구원들이 이 신비로운 산을 탐구하기 위해 몰려들었으며 등산복을 입은 동호회 사람들도 그 수가 못지않았다. 그렇게 몰려든 사람들은 한동안 제멋대로 산을 휘젓고 다녔으나 정확히 두 시간 뒤 찾아온 구청 직원들과 경찰들에 의해 쫓겨나듯 하산했다. 사람들은 항의했지만 구청 직원은 요지부동이었다. 시에서 방문객을 막으라는 공문이 내려왔다는 말만 반복했다. 시에 속한 산이라고 사람들의 출입을 막아도 되는지, 정말로 그런 공문이 구청에서 몇 시간 만에 내려올 수 있는지 시끄러웠으나 경찰 인력까지 동원되자 결국 다들 발걸음을 돌렸다. 경찰들은 한동안 산 입구를 배회하며 멋대로 출입하는 사람들이 있는지 살피다 해가 완전히 진 뒤에는 그마저도 하지 않았다. 그저 멀리서 산을 지켜보며 손전등 불빛 따위가 눈에 띄는지 살폈다. 그 탓에 나인은 자정이 넘은 시각에야 산을 오를 수 있었다.

그렇게 해 뜰 때까지 뒹굴며 갖은 애를 썼는데도 안 되었으면 승택이 잘못 알거나 거짓말한 거 아닌가. 이 정도로 노력하면 승택도 할 수 있는 거 아닌가. 그러니까 나인은 본인이 이렇게까지 해야 하나 싶었다.

미래나 현재도 인간이 아닐 가능성은 없는 걸까. 미래가 우주에서 왔다면 미래의 행성은 필시 모든 것이 투명하고 차분한 얼음 행성일 것이다. 불에 녹지 않는 얼음이 있는 곳. 그러니까 불을 품을 수 있는 얼음이 존재하는 그런 행성. 현재의 행성은 사람보다 동물이 훨씬 많으리라. 그리고 누구나 문을 잠그지 않고도 살아갈 수 있는 행성일 것이다. 타인의 아픔을 위로하고 공감할 줄 아는 종족이 살지 않을까. 어쩌면 현재의 눈물에는 치유 능력이 있을지도 모른다. 그러다 궁금해졌다. 그럼 인간들의 능력은 뭘까. 나인의 종족만이 타고난 힘이 있듯 인간에게도 인간만이 타고난 힘이 있지 않을까. 나인은 자신이 던진 질문의 답을 찾지 않고 자리에서 일어나 대 걸레를 쥐었다. 생각이 꼬리에 꼬리를 물고 늘어지기 전에 잘라 내야 했다.

하원 차가 지하 주차장으로 들어오는 소리가 들렸다. 석구가 돌아오길 기다리던 나인은 재빠르게 대걸레질을 마무리하고 도장으로 들어오는 석구의 앞을 가로막았다. 피곤함이 잔뜩 배어 쌍꺼풀이 짙어진 석구가 나인을 부리부리한 눈으로 바라봤다.

"효정 언니랑 말해 봤어?"

의아했던 표정이 물러가며 석구가 아, 하고 짧은 소리를 냈다. 그러곤 고개를 저었다. 나인은 울화가 치밀었다. 벌써 며칠이 지났는데. 더군다나 오늘 하루만 해도 둘이 말할 기회가 얼마나 많았는지 알고 있는 나인으로서 석구의 태도가 미련해 보이기 그지없었다.

"언제 말하게?"

"말 안 할 건데?"

이건 또 뭐야. 나인이 방금 석구가 내뱉은 말을 이해하기도 전에 석구는 하품과 함께 기지개를 늘어지게 켜며 덧붙였다.

"내가 말을 얹을 수 있는 부분이 아니니까."

어기적거리며 들어온 석구는 창문을 닫으며 도장을 정리했다. 박원우와 권도현의 이야기를 캐내기 위해 효정의 비밀을 꺼내긴 했지만, 나인은 석구가 효정을 붙잡아 줄 거라 믿었다. 자신이 하는 말은 효정에게 위력이 없지만 석구라면 달랐다. 석구는 누구보다 효정을 옆에서 오랫동안 지켜본 사람이자 든든한 동료였으니까. 훈계하듯 다그치지 않고 효정을 이해하고 북돋아 주길 원했다. 그런데 그럴 권한이 석구에게조차 없다니.

"뭐라고 하라는 게 아니잖아. 누가 옆에서 설득하고 잡아 주는 것만으로도 마음이 돌아설 수 있으니까. 그걸 원할지도 몰라. 효정 언니 부모님은 운동하는 거 원래 반대했다며. 혼자 싸우고 있으니까 편이 있다는 걸 알면 그만두지 않을 수도 있잖아."

나인은 답답한 마음에 따지듯이 말했다.

"내가 보기에는 누나가 결정한 거 같던데."

나인은 이해할 수가 없었다. 효정은 경기에서 지면 울었다. 마음처럼 몸이 따라 주지 않을 때도 울었고, 어쩌다 감기에 걸려 훈련을 할 수 없을 때도 울었다. 우는 것만큼 정확한 마음의 표현이 있던가? 무엇을 위해, 누군가를 위해 운다는 건 그만큼 마음의 큰 부분을 내어 주었다는 뜻과 같다. 그리고 그 눈물은 나인보다 석구가 훨씬 더 많이 보았다. 효정의 등을 훨씬 더 많이 다독여 줬고, 효정에게 휴지를 훨씬 더 많이 내밀었다. 그런 석구가 이런 반응일 거라고는 미처 생각하지 못했다.

"배신당한 표정이다?"

나인의 표정을 보며 석구가 은은히 웃었다.

"웃지 마. 나 심각해."

"나는 슬퍼."

"뭐가 슬픈데?"

"누나 그만둬서."

사람 놀리는 건가. 감정이 울컥 솟아올랐다.

"그런 사람이 그렇게 나 몰라라 해? 가서 설득하고 말려 주지도 않으면서 무슨 슬프단 소리야."

"포기도 존중해 줘야 할 때가 있다, 인마."

나인이 쉽게 물러날 듯 보이지 않는지 석구가 덧붙였다.

"너는 그 결정이 하루아침에 그래, 그만두자! 하고 나왔을 거 같냐? 누나 성격에 대번에 그런 결정 할 리도 없고 못해도 반년은 넘게 했을 텐데, 그런 사람한테 미래 책임져 줄 것도 아니면서 뭐라고 말해. 그 결정에 무슨 토를 다냐고. 설득은 어떻게 시키고. 포기는…… 야, 포기는 진짜 어려운 거야."

석구가 한숨을 뱉었다.

"그리고 여기는 가끔 그래. 아무리 실력이 좋아도 넘을 수 없는 벽이 있다고. 그거 오르려다가 완전히 엎어져서 못 일어나는 사람 많아. 그러니까 누나는 현명한 거지."

"그게 어떻게 현명한 게 될 수 있어? 언니 실력으로는 국가 대표도 거뜬하다며."

"아마 안 될 거야."

"언니만큼 잘하는 사람이 어디 있다고?"

나인의 목소리가 커졌다. 효정이 올림픽에 나가기만 하면 세계 챔피언 바로 먹을 거라고 말하던 사람이 석구였다. 한 입으로 두말하는 데에도 정도가 있지.

"네가 아직 뭘 모른다. 잘한다고 다 나갈 수 있는 그런 세상이 아니야."

"그럼 잘 못하는 사람이 나가? 말이 되는 소리를 해."

"적당히 잘하고, 적당히 밀어줄 사람이 있는 사람이 간다, 왜. 교회에서 후원하는 애가 나가겠지. 무슨 이유에선지 재작년부터 갑자기 후원 자청하더니 개인 코치 붙여 주고 그러더라. 덕분에 실력이 늘기는 늘었는데 내가 보기엔 효정 누나가 더 잘하거든? 근데 시에서 한 명 추천이면 당연히 김민호 아니겠냐. 걔 뒤에 붙은 돈이 얼마인데."

"김민호가 누구…….”

권도현의 친구가 떠올랐다. 이름이 김민호였던 것 같은데.

"교회 후원이면 권도현네 아빠 말하는 거야?"

석구가 고개를 끄덕였다. 아, 또 그 집이다.

"이번에 김민호 제친다고 해도 여자 선수 중에 다른 시에서 돈 달고 올라오는 애들 있을 텐데. 그러니까 너도 괜히 누나 마음 들쑤시지 마. 관장님도 누나 결정 때문에 속상해하시면서도 자기가 해 줄 수 있는 일이 별로 없으니까 입 꾹 다물고 있다."

나인은 석구의 말을 듣는 둥 마는 둥 했다. 이미 모든 생각이 ‘그 집’으로 쏠렸다. 표면적으로는 아무 문제가 없지만 자세히 뜯어보면 무언가 이상하다. 혼자서 등산을 다니는 원장과 이 년 전부터 김민호를 후원하기 시작한 권 목사. 박원우와 제일 친했던 권도현. 권도현의 친구 김민호.

창밖 네온사인이 얼비치는 커튼을 나인은 멍하니 응시했다. 정말 그 산에 묻힌 시신이 박원우가 맞는다면, 정말 어떤 이유로든 박원우를 죽인 사람이 권도현과 그 두 친구라면, 그리고 그 사실을 권도현의 부모가 알고 있다면…….

"돈이면 다 되나?"

나인이 커튼을 응시하며 물었다. 혼잣말처럼 들리기도 했다.

"응, 다 되더라. 문제 불거져도 잠깐이고. 같이 목소리 낸 사람들 관심 꺼지면 바람이 반대로 불어. 역풍 맞는 거지. 누나도 더러운 꼴 더 보기 전에 일찍이 포기하는 거야. 이번 한 번 양보한다고 해서 다음에 나갈 수 있다고 확신할 수 있는 것도 아니고."

나인은 정말로 해결할 수 있는 사건이 맞기는 한 건지, 지금이라도 모르는 척 도망치는 게 현명한 게 아닐지 고민했다.

아주 잠시.

18

"도망가는 거 완전 안 어울리는 거 알지?"

어둠 속으로 다급히 몸을 숨겼던 미래가 어색하게 웃으며 현재를 마주 봤다. 이제 와서 못 봤다는 변명은 씨알도 먹히지 않으리라. 이 넓은 시내 바닥에서 마주칠 건 뭐람. 그리고,

"학원에 있을 시간 아냐?"

미래가 너스레를 떨며 물었다.

"나 학원 그만뒀어. 이제 안 다녀."

"옮겨?"

현재가 고개를 저었다.

영화를 본 뒤로 미래와 현재도 이렇다 할 대화를 나누지 않았다. 예상하지 못했지만 피치 못할 상황이기도 했다. 애초에 두 사람은 나인을 윤활제 삼아 자신들의 껄끄러워진 관계를 매끄럽게 만들 생각이었다. 나인은 모르는 사실이었지만 계획은 그랬다. 그런데 나인이 쏙 빠져 버렸다. 돌발, 불발, 그리하여 현상 유지. 미래와 현

재는 그날 이후로 계속 껄끄러운 상태였다. 마음의 요철은 생각보다 마모되는 속도가 느렸다. 두 사람 중 누구의 마음이 더 요란스러운지 묻는다면 현재였다. 미래도 그걸 알아서 불편하거나 어색한 티를 내기가 쉽지 않았다.

엄마 심부름 중이었다고 말하고 자리를 피할까 고민하는 미래에게 현재가 먼저 제안을 해 왔다.

"유나인한테 같이 가자."

"……걔한테는 왜?"

"이제 걔한테 놀러 가는 데 이유도 필요해?"

전에는 필요 없었지만 지금은 필요해졌지. 하지만 필요하다고 말할 수가 없다. 그랬다가는 정말로 마음에 질 것 같았다. 미래가 입을 다물자, 현재는 시간을 확인하며 더 늦기 전에 서두르자고 보챘다. 마지못한 척 현재를 따라가며 미래가 그래도 갑자기 이렇게 가는 이유는 좀 듣자고 물었다. 놀러 가는 이유를 묻지는 못하더라도 이 시간에 불쑥 나타나 대뜸 나인에게 가자고 하는 이유는 물어도 될 것 같았다. 현재는 대답을 끌었다. 꽤 긴 침묵을 유지하다가 시내 중심가의 불빛에서 멀어졌을 때쯤 입을 열었다.

"유나인 좀 이상해."

현재의 대답을 듣고 미래는 곧바로 인정했다. 걔가 근래에 좀 많이 이상하기는 했지. 미래는 현재가 갑작스럽게 찾아가는 이유를 수긍했다. 본디 무언가를 알아내기 위해서는 현장을 급습해야 한다. 은밀하게.

미래와 현재는 말 못 할 고민이 있겠거니 추측했다. 정말 딱 그 정도만. 나인이 입을 열지 않으면 더 끈질기게 캐물으면 되겠지, 하는 계획을 세울 정도로만. 그러니까 나인의 집에 찾아갔다가 아무도 없는 것을 확인하고 브로멜리아드로 목적지를 바꿨지만, 그곳도 닫혀 있는 데다 심지어 나인이 전화도 받지 않았을 때까지도 짐작보다 더 큰일일지 모르겠다고만 생각했을 뿐이다. 일이 이렇게 되니 위험할지도 모르는 나인을 두고 이대로는 갈 수 없어 엄마한테 전화할까, 주변을 더 찾아볼까 고민하는 사이에 선연산 부근에서 외마디 비명이 들렸다. 그 목소리의 주인이 나인임을 단박에 알아차렸을 때는 놀라기도 했지만 일단 찾았으니 다행이라는 마음도 함께였다. 혼자 산을 타다가 다쳤나, 누구랑 싸우고 있나, 아니면 더 큰일이 생겼나. 미래와 현재는 다급하게 비명의 진원지로 달려가며 도움이 필요하면 누구한테 가장 먼저 전화해야 할까 고민했다. 순식간에 파란빛이 산 전체를 휘감으며 눈앞에서 식물들이 자라는 모습을 보게 되리라고는, 그리고 그 중심에 나인이 있으리라고는 정말이지 상상치 못한 채로.

19

종렬이 원래 저렇게 뺀질거리는 타입은 아니었다고, 경혜는 신고자를 앞에 두고 하품을 쩍쩍 해대는 종렬을 복도 창문으로 지켜보며 생각했다. 물론 신고자의 뒷모습만 슬쩍 보아도 연락 끊긴 애인을 찾으려는 속셈이라는 게 뻔히 보였고, 그러면 거주하는 곳을 알아내 용서를 구하거나 협박을 하려는 것일 테니 종렬의 태도가 저렇게 심드렁한 것이 이해는 되지만 예전의 종렬이라면 달랐으리라. 경혜가 기억하는 십여 년 전 종렬이었다면 애인을 찾겠다는 신고자에게 되레 윽박질렀을 터였다. 상대방이 원치 않는 만남을 억지로 가지려 한다면 처벌받을 수도 있다며, 조금은 지나치다 싶게 호통쳐 신고자가 도망가게 만든 전적이 있었다. 그런 열정. 아주 작은 불씨가 어떻게 번질지를 미리 감지하는 본능적인 감각. 종렬은 그런 감을 무시하지 못하는 성격이었다. 한때는. 지금은 아니다. 아닌 지 꽤 오래되었다. 당시 선배들도 종렬을 보며 초장에 저렇게 무리하면 금방 식는다고, 그런 애 많이 봤다는 식으로 말해 두었으니 경혜도 언젠가 종렬의 그런 열정이 식을 거라 예상은 했으나, 의외였던 점 하나는 생각보다 열정이 오래 불탔다는 것이고 두 번째는 그 기간이 지나자 열정이 식은 게 아니라 아예 꺼졌다는 점이다. 온 기조차 없이.

종렬은 무미건조한 목소리로 신고자의 말을 받아 적었다. 추후 담당 형사가 배정되면 연락해 주겠다고 하겠지만 아마 하지 않을 것이다. 경혜는 신고자가 자리를 뜬 뒤에야 열려 있는 문을 두드리며 안으로 들어갔다. 종렬은 옆에 있던 효자손으로 등을 벅벅 긁으며 왔느냐는 말을 하품과 뒤섞어 알아들을 수 없게 내뱉었다. 경혜가 겨드랑이에 껴 놨던 서류 파일을 종렬의 책상 위에 올렸다. 종렬은 눈으로 파일을 훑고는 여전히 심드렁한 표정으로 경혜를 올려다봤다.

"자료가 좀 빠진 것 같은데 확인 좀 해 보지?"

종렬은 그제야 효자손으로 파일을 들췄다. 종이 끝부분을 효자손으로 대충 밀며 확인하는 종렬의 행동을 보며 경혜는 숨을 천천히 내뱉어 화를 억눌렀다.

"뭐가 없는지 모르겠어?"

"사건을 어떻게 다 일일이 기억하니."

"다 기억하지는 못해도 본인이 접수한 사건은 기억하셔야죠. 일을 그렇게 많이 하는 것도 아니면서. 더군다나 매일같이 저렇게 박카스 받아 처마시면 기억은 하고 있어야 하는 거 아니니?"

의자에 눕듯 기대어 앉아 있던 종렬은 박카스라는 단어에 허리를 곧추세웠다.

"진술 조서 없던데."

"진술 조서?"

되묻는 종렬의 얼굴이 한순간 납빛으로 변했다. 찰나였지만 경혜는 경련을 일으키듯 떨리던 종렬의 입꼬리를, 효자손을 책상에 올려놓는 어색한 손짓을, 종이를 들춰 보지만 연신 머리를 굴리고 있는 것처럼 배회하는 눈동자를 보았다. 그런 무의식적 신호를 보며 경혜는 종렬의 말을 곧이곧대로 믿지 않으리라 다짐했다.

"사건 자료 문서도 저장 안 해 놨더라. 딸랑 이 종이 쪼가리밖에 없네. 이거는 징계 없나?"

사람은 무언가를 감춰야 할 때 말도 안 되는 억지를 부린다. 대표적인 예로 여자 화장실에 몰래 들어갔다가 적발된 남자들이 화장실을 착각했다는 식의 억지를 부리는 것이 있다. 비리를 저지른 국회의원이 이렇게 될 줄 몰랐다고 말한다든가 살인을 저지르고 사랑해서 그랬다는 말을 내뱉는 것도 다 비슷한 기조다. 고로 지금 종렬이 내뱉고 있는 말도 같은 맥락이다.

"이, 이거 별로 중요하지 않아서 깜빡했다. 그 진술 조서도 별로 안 중요해서…… 잃어버렸나?"

경혜는 종렬의 말을 대략 쓰레기 같은 헛소리나 자다가 봉창 두들기는 소리쯤으로 받아들였다. 사기 칠 생각 없었는데 저 사람이 걸려든 거라던 사기꾼의 말이 좀 더 그럴듯하게 느껴졌다. 종렬은 경혜의 표정을 보고는 다급하게 별거 아니었다고 둘러댔다.

"애 아빠가 하도 난리를 치고 마지막에 친구 누구 보러 갔다고 하니까 형식상 했던 거지. 죽은 것도 아닌데 뭘 조사하겠어. 그때 진술 받은 것도 괜히 방정 떤 거지."

"심종렬아."

"어엉?"

"아무리 남 일이라지만 진짜 남 일같이 말한다. 누가 보면 뉴스 듣고 떠드는 동네 아저씨인 줄 알겠어, 담당 형사가 아니라."

같은 사무실에 있던 형사들이 힐끔힐끔 경혜와 종렬을 번갈아 바라봤다. 경혜의 말이 틀린 말이 아닌 줄 알면서도 한편으로는 심하다고 생각함에도 이의를 제기하는 형사는 한 명도 없었다. 경혜를 건드려 봤자 좋은 꼴 못 보니 다들 종렬을 안쓰럽게 여길 뿐이었다.

"여기 떡하니 쓰여 있네. 그 애 아빠가 아니고 박원승. 네가 직접 적었잖아, 이름 듣고. 어차피 지나간 사건이니 그러는 거 알겠는데 말할 때는 예의 좀 갖춰서 하면 안 되니? 너 같은 애들 때문에 기자 앞에서 습관적으로 그렇게 말하고 다 같이 욕먹는 거잖아."

"알겠어, 그만해……."

종렬이 말끝을 흐렸다. 경혜가 책상에 놓았던 서류 파일을 도로 챙겼다.

"여기서 말할래 아니면 한잔하면서 말할래?"

질문이었지만 답은 정해져 있는 경혜의 말에 종렬은 순순히 자리에서 일어났다.

경혜와 종렬은 경찰서 쉼터에 있는 자판기에서 밀크 커피를 뽑았다. 종렬은 뜨거운 커피를 훅훅 불었다. 그 정도로 뜨겁지 않다는 건 자판기 커피의 단골손님으로서 잘 알고 있음에도 경혜가 화두를 던질 때까지 딴청을 피우겠다는 암묵적인 신호였다. 경혜의 겨드랑이에는 서류 파일이 끼어 있었다. 경혜는 종이컵을 든 채로 입을 열었다.

"어디에다가 숨겼어?"

하필 그 순간 한 모금 마시려고 입술을 댔던 종렬은 경혜의 단도직입적인 질문에 그만 혀를 뎄다. 아뜨뜨, 하고 혀를 식히며 종렬이 경혜를 원망스럽다는 듯 쳐다봤다.

"숨기긴 뭘 숨겨. 말 되게 이상하게 한다."

"그럼 없앴니? 그게 더 큰 문제 같은데."

"없애기는. 그냥 잠깐 다른 직원이 가지고 갔어."

"다른 직원 누구? 누구길래 진술 조서만 쏙 빼 가?"

물음에 다 대답했다가는 끝도 없이 질문할 것 같았는지 종렬은 경혜에게 역으로 물었다.

"나야말로 좀 물어보자. 갑자기 그건 왜 들고 와서 묻는 건데?"

"그때 실종 학생이랑 마지막으로 만났다던 학생 세 명 데리고 네가 진술 받았던 것 같은데. 마지막 접촉자면 꽤 중요한데 그걸 사본도 아니고 원본을 어떤 직원이 가지고 가게 내버려 둔다고?"

"너 왜 내 질문에는 대답 안 하냐?"

"네 질문에 대답하면 내 질문에 대답해 줄 건가 보지? 좋아. 주변에서 박원우를 갑자기 좀 찾더라고. 그래서 박원우가 그때 어떻게 접수됐는지 좀 보려고 찾아봤는데 진술 조서만 쏙 빠져 있지 뭐야."

경혜는 종렬이 끼어들 틈을 주지 않고 말을 이었다.

"그런데 곰곰이 곱씹으니까 더 이상한 거야. 애당초 열일곱 살 남자애가 집을 나갔다는데 거기에 애들까지 소환해서 진술을 받는 다? 파릇파릇했던 심종렬이면 몰라도 지금의 심종렬이 그런 짓을 할 인간이 아닌데. 안 되겠다 싶어서 직접 물어보려고 왔어.”

종렬은 벤치에 앉아 밀크 커피를 다 마실 때까지 입을 떼지 않았 다. 경혜는 차분하게 기다렸다. 침묵이 쌓일수록 종렬이 감추고 있 는 것이 절대 가볍지 않음을 깨달았다. 종렬도 침묵이 길어질수록 불리하다는 걸 알고 있으리라. 그런데도 침묵을 유지하고 있다. 종 이 쪼가리에 불과했던 사건이 경혜의 안에서 점점 부풀었다.

“지 아빠, 아니 박원승 씨 카드를 가지고 나갔어. 그러니까 가출 일 확률이 높지.”

“여기 적힌 카드 조회해 보니까 이 년 동안 사용 내역이 없던데.”

해 줄 말 없다고 그냥 가면 그만이겠지만 상대가 경혜라면 말이 달라진다. 여기서 자신이 돌아선다면 경혜는 본격적으로 제 사건 인 양 단단하게 덮은 땅을 삽으로 파헤치고 다닐 거였다. 한마디로 진퇴양난. 어쩌면 이럴 때는 대놓고 배 째라고 구는 게 이득일지도 모른다고, 종렬은 순간 판단했다. 종렬이 앙탈을 부리며 목소리를 높였다.

“아우, 너는 진짜 갑자기 왜 그걸 조회하고 있어. 벌써 이 년 전이 야. 그렇게 집 나간 애들 일일이 언제 다 찾아 줘. 진짜 나 어제도 업 무 보고서 쓴다구 잠도 못 자구…….”

“교복 입고 있던데.”

경혜가 종렬의 말을 잘랐다.

“가출하려는 애가 특정 되기 제일 쉬운 교복을 입고 가니?”

툭툭 끊기는 말이 경혜의 분노가 터지기 직전이라는 것을 알렸다.

"한 푼도 안 쓸 아빠 카드는 왜 가지고 나가니?"

"경혜야. 지금 와서 그거 따지고 들어 봤자 그 당시에 문제없이 넘어갔으니 어쩔 수 없는 거 알잖아. 그때는 카드를 가지고 나갔다는 거 자체에 집중했지. 그렇잖아. 이 년이 지났으니 카드 내역이니 뭐니 말하지 그때는 나간 지 며칠 안 지났으니 카드를 아직 안 썼겠다 한 거지."

경혜가 서류 파일을 열었다. 종이 몇 장을 넘겼다. 경혜가 펼친 페이지에는 CCTV 화면을 캡처해 인쇄한 흑백 사진이 있었다.

"21시 55분 편의점 인출기에 서 있다가 가는 거 편의점 CCTV에 찍혔다고 네가 여기에 적어 놨잖아. 4분 30초 동안 인출기 앞에 서 있다가 아무것도 안 뽑고 돌아갔는데 너는 그게 가출로 해석이 돼?"

종렬은 파일에 눈길 한번 주지 않고 경혜만 바라봤다. 보지 않아도 익히 아는 장면이었다. 종렬도 몇 시간씩 그 장면만 들여다봤던 때가 있었다.

"안 되겠지. 아무리 귀찮아서 일 어영부영하는 심종렬이라고 해도 아무렴 심 형사인데. 그게 가출하려는 애의 모습으로 보였을 리가 없지. 친구들한테 돈 뜯기러 가는 애면 모를까."

말을 쏟아내던 경혜는 그제야 숨을 크게 내쉬었다. 경혜는 확신했다. 자신의 눈에도 보이는 모습을 종렬이 보지 못했을 리 없다고. 종렬이 매만지고 있던 종이컵 끝부분이 너덜너덜해졌다.

"종렬아."

"응."

"너도 자식 있잖아. 적어도 자식 있는 부모가 이러면 안 되는 거 아니야?"

안 되지. 그럼 절대 안 되지. 종렬은 턱밑까지 올라온 말을 속으로만 되풀이했다.

"박카스 실컷 얻어 마셨으면 그 값만이라도 하자."

경혜가 서류 파일을 들고 종렬의 옆에 던지듯 내려놨다.

"누가 가져갔니, 그 진술 조서."

권도현, 송우준, 김민호. 그 세 명의 진술 조서가 중요해졌다. 진술 내용이 아니라 그 진술 조서가 어디로 갔는지가.

종렬은 종이컵을 구기며 입술을 들썩거렸다. 한숨 섞인 한탄을 몇 번이나 내뱉었다. 경혜는 혹시 돈을 받은 것이냐고, 어디서 부정 청탁이라도 받은 거냐고 묻고 싶은 걸 꾹 참았다. 아까처럼 종렬의 눈빛이 찰나에 흔들리는 걸 목격한다면 그 자리에서 종렬의 콧등에 주먹을 내리꽂지 않으리라 장담할 수 없었기 때문이다. 경혜가 그렇게 말을 억누르는 동안 종렬은 반대로 도저히 삼킬 수 없는 숨을 푹푹 내뱉으며 손으로 얼굴을 연거푸 쓸어내렸다. 저러다 얼굴 가죽 벗겨지겠네. 경혜는 종렬을 보며 생각했다.

미래가 먼저 말을 꺼내지 않았더라면 경혜가 사건 파일을 들춰 보는 일 따위도 일어나지 않았을 거였다. 그리고 전남편과의 통화에서, 요한과의 대화에서 미래의 이름을 듣지 않았다면 역시 여기까지 오지 않았으리라. 그렇지만 전남편에게서 미래가 고민이 많아 보인다는 말을, 요한에게서 미래와 대화하는 시간을 가져 보라는 말을 들은 마당이었다. 살갑게 다가가 이것저것 물어보는 엄마의 역할을 경혜도 못 했고, 먼저 다가와 미주알고주알 말하는 딸의 역할을 미래도 못 했기에 경혜는 며칠 머리를 굴리며 미래에게 자연스럽게 말을 걸 상황을 만드느라 바빴는데, 미래가 먼저 말을 걸었다. 박원우에 대해. 아무래도 미래가 제 친구들과 함께 무슨 짓을 벌이고 있는 듯한데, 경혜는 경찰서를 찾아왔던 나인과 권도현을 연달아 떠올리며 그 사건이 어떻게 됐는지를 찾아보려 했다. 그리고 부차적인 설명을 조금 더 붙이자면 이참에 엄마로서 미래에게 점수도 좀 딸까 싶어서. 이렇게 엄마 노릇한다는 게 좀 웃기지만 그래도 이렇게나마 해 주고 싶었다.

"팀장님."

종렬이 툭 내던졌다.

"우리 팀 팀장님이 가지고 갔어. 한참 됐어. 그거 진술하고 거의 직후에 가져갔으니까."

"너희 팀장이 그걸 왜 가지고 가?"

그것까지는 종렬도 알지 못했다. 종렬 역시 마지막 CCTV에 찍힌 박원우의 행동에서 수상함을 느껴 박원승이 말했던 마지막 접촉자 아이들을 불렀을 뿐이고, 아이들이 진술을 마쳤을 때 팀장이 대뜸 찾아와 자신이 맡아서 할 테니 종렬에게 이 사건은 신경 쓰지 말라고 했다고 덧붙였다. 종렬도 때아니게 등장해 고등학생 남자애가 실종된 사건을 자신이 맡겠다는 팀장이 이상하기는 했단다. 그래도 거기까지였다. 말 그대로 고등학생 남자애가 사라진 사건이었으니까.

경혜가 종렬을 데리고 쉼터 구석으로 향했다.

"너 진술 기억나? 걔네 의심했다면서 왜 풀어 줬어?"

"박원우 만난 건 맞는데 그냥 얼굴만 보고 헤어졌대. 돈 빌려 달라고 했는데 안 빌려줬다고. 그래서 그냥 가라고 하고 자기들끼리 그 근처에서 술 마셨다는데 그 말이 맞더라고. 술 마셨다는 장소 가 보니까 술병들 나뒹굴고 있었어. 그래서 그때 그 녀석들이랑 헤어 지고 집에 돌아가는 길에 막 갑자기 화가 나고 서글퍼져서 홧김에 다른 곳으로 갔나 싶었지."

열일곱 남자아이의 가출로 사건을 일단락했다면 충분히 넘어갈 수 있는 지점들이다. 그 아이들의 진술이 맞는지를 더 따질 필요도 없이. 어쩌면 종렬은 자신이 할 수 있는 최선으로, 혹은 더 넘치게 사건을 파헤쳤던 것일지도 모른다.

종렬은 정말 팀장이 진술 조서를 왜 가져갔는지 모른다고 강조 했다. 경혜는 그쯤에서 종렬의 어깨를 때리듯 세게 두드렸다. 먼저 들어가 보겠다고 걸음을 옮기던 경혜는 문득 뒤돌아 종렬에게 물 었다.

"심종렬. 하나만 묻자."

종렬이 쭈뼛거리며 고개를 돌렸다.

"너 이 애 살아 있을 것 같니?"

종렬은 아무 대답도 하지 못했다.

"그래, 네 답 알겠다."

"야아."

"그리고 너 다음에 그 애 아버지 오면 두 손으로 박카스 받아라. 되도록 네가 뭘 사 드리고. 그만 얻어 마셔."

"……."

"알겠냐고."

"알겠어."

어쩌면 그 순간 경혜는 팀장이 끼어 있으므로 자신이 손댈 수 없는 일이라고 생각했을 수도 있다. 그렇게 사건 파일을 열람한 적 없다는 듯 넣어 놨어도 충분했다. 경혜는 그렇게 하려는 마음도 어느 정도 가지고 있었다. 일부러 일을 골치 아프게 만들고 싶지 않아서였다.

하지만 경혜는 쉼터에서 빠져나와 건물 입구로 향하던 도중에 경찰서 후문을 서성이는 그 애를 보았다. 교복을 입고 입술을 깨물며 같은 자리를 빙빙 돌다가 제 머리를 주먹으로 내리치고는 결국 걸음을 돌리는 권도현. 경혜는 멀어지는 권도현의 뒷모습을 끝까지 주시했다. 동시에 경혜는 궁금해졌다. 나인이 그날 무엇을 말하려 종렬을 찾아온 건지.

20

도현은 문지방에 서서 멀거니 방을 바라보았다. 손바닥에 땀이 찼다. 도현이 바지에 손바닥을 문지르고 있을 때, 주방으로 향하던 원장이 도현을 불렀다.

"너 왜 그러고 있어? 아버지 오시기 전에 얼른 씻고 방에 들어가."

마주쳐서 좋을 게 없는 부자지간이었다. 얼굴을 맞대면 도현의 인사가 불성실하다는 둥 아버지를 보고 표정이 왜 그러느냐는 둥 갖은 트집을 잡을 것이다. 도현이 어떤 식으로 대답하든 목사는 반항 섞인 어투로 들을 거고, 도현에게 못난 새끼라든지 징그러운 새끼라는 식의 폭언으로 마무리 지으리라. 그러니 애당초 두 사람이 얼굴 볼 일 없게 만드는 게 현명했다. 화해 따위는 바라지도 않았다. 원장은 도현이 스무 살이 되자마자 집을 따로 마련해 줄 생각이었다. 그러니 그 전까지만이라도 두 사람이 서로 얼굴 볼 일이 없었으면 했다.

원장의 마음을 도현이 모를 리 없었다. 그래서 소파에 늘어져 있고 싶은 날에도, 유독 방이 답답해 거실에서 공부하고 싶은 날에도, 새벽마다 숨이 갑갑해지고 벽에 머리를 부딪치며 생각을 지워야 하는 날에도 방에서 나가지 않았다. 사육장. 아니, 사육장이 더 나았다. 사육장은 창문이라도 있지. 누군가가 주기적으로 들어오기라도 하지.

그런데도 도현은 망설였다. 원장의 말대로 가방을 정리하고, 교복을 벗고, 씻고 방으로 들어가야 했음에도 발이 움직이지 않았다. 원장은 주방으로 향하던 걸음을 돌려 도현에게 다가갔다. 등을 툭, 치며 왜 그러느냐고 물었다. 그 손길에 도현은 소스라치게 놀라며 원장을 바라봤다. 분명 도현의 얼굴에 깃든 두려움을 보았을 텐데 원장은 필사적으로 모르는 체했다. 그저 또 이런다는 표정. 지겨움, 환멸, 그 속에 섞인 약간의 공포심, 두려움. 점점 미쳐 가는 도현을 보고도 외면하고 말겠다는 단호함이 깃든 얼굴이었다. 원장이 손을 뻗어 방 불을 켰다. 빛이 사방으로 퍼지며 방이 환해졌다. 얼른 들어가라는 무언의 압박. 도현은 한 발 내디뎠다. 원장은 정말 안 보이는 걸까. 방에 가득 찬 이 나뭇가지가. 나뭇가지에 얽혀 있는 저 뼛조각이. 도현은 나뭇가지인지 뿌리인지 구분되지 않는 줄기를 밟으며 방으로 들어갔다. 원장이 문을 닫고 갔다.

의자에 앉았다. 가방을 책상에 올려놓고 문제집을 꺼내려는데 천장에서 붉은 액체가 투둑 떨어졌다. 고개를 들자, 지난여름 교실 천장에서 물이 샜던 것처럼 무겁게 물을 머금은 벽지에서 어떤 액체가 한 방울씩 떨어지고 있었다. 물인가, 피인가. 그냥 빨간 물이겠지. 그리고 이것도 그냥 나만 보이는 거겠지. 도현은 그렇게 생각하며 문제집을 마저 꺼냈다. 어차피 오래가지 않을 터였다. 목사의 말처럼 시간이 다 알아서 없던 일로, 별거 아닌 일로, 그럴 수 있는 일로, 지겨운 일로 만들 테니까.

하지만 마음이 이상하다. 얼른 빨리 흘러가 버렸으면 좋겠다는 생각을 할 때마다 그 너머에 거대한 무언가가 기다리고 있을 것 같은 막연한 두려움을 함께 느꼈다. 도대체 그게 뭘까. 도현은 아무리 생각해도 마음에 자리 잡은 이 불안함과 두려움의 정체를 알 수 없었다. 목사 말대로 빨리 흘러가기를 바라야 하는 상황인데도.

그날 목사는 자정을 넘긴 시각에 귀가했다. 거칠어진 숨과 유달리 격한 걸음걸이로 도현은 목사가 술에 잔뜩 취했음을 알았다. 도현은 이어폰을 끼려고 했지만 도현의 행동보다 방문을 비집고 들어오는 목사의 한탄이 더 빨랐다.

"저 썩을 새끼만 아니었어도 내가 이 고생은 안 하는데."

원장은 목사에게 헛소리 작작 하고 들어가 씻고 자라고 일렀지만 목사는 그에 질세라 목소리를 더 높였다.

"저 새끼는 애초에 싹수가 없어. 정신 상태가 글러 먹었다고. 지아비가 왔는데 얼굴도 안 내비치는 새끼 뭐가 예쁘다고 신경을 써. 지 형의 반의반이라도 닮아야 사람 구실을 하지. 저딴 놈은 감방에 처넣어야 하는데."

그 말에 원장이 역정을 낸다. 고함에 가깝다. 한 번만 더 그딴 소리 내뱉으면 가만두지 않을 거라고 소리 질렀다. 술만 취하면 그 소리 내뱉다가 나중에 어디서 술 처먹고 말실수할까 봐 무섭단다. 이

어폰을 꽂았지만 완벽한 차단이란 있을 수 없다. 소리는 사방으로 궤적을 그리며 퍼졌다. 귀가 너무 아팠다. 천장에서는 여전히 붉은 액체가 뚝뚝 떨어지고, 도현은 그걸 닦아야겠다고 생각했다. 손등으로 문제집에 묻은 액체를 문질렀다. 축축하고 뜨거웠다. 그때 손바닥에 느껴졌던 감촉도 이랬는데. 물보다는 점성이 강하고, 끈적하지는 않지만 흘러내리지 않으면서 손을 감싸는 듯한. 너무 세게 문지른 탓에 종이가 찢어졌다. 그런데도 도현은 멈추지 않았다. 다음 페이지를 찢고, 찢고, 또 찢었다. 어쩌겠는가. 밖에서 싸우는 소리를 듣지 않으려면 이것을 닦아 내는 일에 열중하는 수밖에 없는 걸. 시끄럽다. 시끄러워서 차라리 귀를 뜯어내고 싶었다. 할 수 있지 않을까. 도려내면 도려지기도 할 텐데. 그럼 들리지 않으려나? 이렇게 문제집을 계속 찢었다가는 또 정신 나갔다며 한 소리 들을 테니까 차라리 귀를 뜯어내는 게 나을지도 모른다. 눈도 같이 뽑아내도 좋을 터였다. 그럼 보이지도 않고 들리지도 않으니 얼마나 편하겠는가. 도현은 문제집을 닦아 내던 손을 멈췄다. 손에 묻은 붉은 액체를 옷에 문질렀지만 그것은 마치 자국처럼, 문신처럼, 낙인처럼 지워지지 않았다. 도현이 다급하게 물티슈를 찾았다. 책상에 있어야 할 물티슈가 보이지 않았다. 도현의 입에서 욕이 새어 나왔다. 다급하게 벌레가 뒤덮인 책상을 훑었다. 그냥 여기에도 불을 질러야겠다. 방을 뒤덮은 식물도, 벌레도 싹 다 사라지게.

　　—안 들리게 막아 줄까?

　　도현이 동작을 멈췄다. 익숙한 목소리였다.

　　—내가 옆에서 계속 뭐라고 속삭여 줄게.

어느새 또 방구석에 나타난 그 애가 웅크려 앉은 채로 도현을 보고 있었다. 그 애의 입은 움직이지 않는데 목소리가 들렸다. 그저 쳐다보고 있을 뿐인데. 아무것도 하지 않고…… 그때도 그랬던 것 같다고 도현은 생각했다.

— 너도 그때 나 도와준다고 했잖아.

그 애 말투는 이렇지 않은데. 어딘가 이상했다. 들은 지 꽤 됐다지만 도현이 그 애의 말투를 잊을 리 없었다.

— 정신 차리게 한 대 때려 줄까? 또 알아? 머리 한번 충격받으면 정신 돌아올지 아느냐고. 내가 해 준다니까…… 네가 이렇게 말했잖아. 그렇지? 나도 너 도와줄게. 저 소리 안 들리게.

도현은 살점이 뜯어져 피가 날 정도로 귓바퀴를 긁었다.

다음 날 민호와 우준은 도현에게 넋이 빠져 있다고 말했다. 어제 뭐 보고 잤느냐며 자기들끼리 키득거리며 웃다가 정신 좀 차리라며 도현의 등을 자꾸만 툭툭 쳤다. 도현은 그게 무척 거슬렸다. 피곤해 죽겠는데 얘네는 왜 자꾸 옆에서 웃고 난리일까? 좀 조용히 있으면 안 되나? 피곤해 보이면 말이나 걸지 말지. 열 받게. 도현은 입 안쪽 살을 깨물며 화를 참았다. 피 맛이 입에 돌았지만 개의치 않았다. 저 새끼들이 언제부터 저렇게 말을 편하게 걸었더라. 좀 맞춰서 놀아 주니까 눈에 뵈는 게 없나 보네, 새끼들이. 도현은 몇 걸음 앞서 걸어가는 두 녀석의 뒷모습을 보며 주먹을 쥐었다. 하지만 그리 오래가지 않아 손에 힘을 풀었다. 싸워 봤자 도현에게 득이 될 게 하나도 없었다.

도현도 이제 그 정도 계산은 할 줄 알았다. 저 두 녀석을 건드려서는 안 됐다. 목사도 그랬다. 저 애들 입은 자신이 잘 막아 볼 테니까 너는 쟤들 비위나 잘 맞춰 주라고. 유치하게 대장 노릇 하겠다고 부려 먹지 말고, 평화롭게 지내라고. 그게 정말 평화로운 걸까. 그냥 유리한 쪽으로 관계가 전복된 거 아닌가. 도현은 목사의 말을 따랐다. 억울하고 짜증 나지만 저 둘이 말을 맞추면 도현은 끝이었다. 자신들은 말리려고 간 거라고 한다면, 그 애를 도와주려 했다고 한다면, 그래서 자신들의 입을 다물게 하려고 도현의 아버지가 그렇게 지원해 준 거라고 한다면. 도현은 빠져나갈 구멍이 없게 된다. 그럼 억울하겠지. 혼자 다 뒤집어쓴 거니까. 하지만 도현이 느끼는 감정은 그 억울함과 조금 다르다. 상황이 자신에게 불리하게 된 것에 대한 분노일까.

도현이 떠드는 두 사람을 물끄러미 바라보다 입을 열었다.

"너희는 뭐 안 들리냐?"

쟤네는 귓바퀴가 깨끗하길래.

"뭐가?"

둘은 도현의 말을 이해하지 못하는 기색이었다. 도현은 아니라며 말을 물렸다.

나인은 그날 이후로 도현을 다시 찾아오지 않았지만 도현에게 나인의 존재감은 그대로였다. 비슷한 체격만 봐도 얼굴을 확인했다. 그러다 문득 도현은 자신이 나인을 왜 이렇게 찾고 있는지 의아했다. 처음에는 나인이 뭔가를 알고 있는 것 같으니까 그 입을 열지 못하게 하려고 찾는다고 생각했다. 하지만 정말 그런 이유라면, 나인이 그 일에 대해 알고 있는 거라면 다시 나타날 때까지 기다리지 않고 직접 찾아갔을 거라고, 하교하는 아이들 틈에서 나인을 찾고 있는 자신을 보고 문득 깨달았다. 왜 나인이 다시 찾아오기를 기다리는 것일까. 찾아오지 않는 게 자신에게 더 좋은 걸 아는데도. 아주 조금 다행이라 생각해서 그런가.

그 애가 또 말을 걸었다. 어디에 있는지 보이지도 않는데 목소리만 들렸다. 두 손으로 귀를 막았지만 그 애의 목소리만은 막지 못했다. 목소리는 제 안에서 들려오는 듯했다.

—너는 아직도 이게 현실이 아니라고 생각하잖아. 이 년을 두 시간처럼 느끼잖아. 너무 무의미해서 네 하루를 매일 삭제하며 살아가잖아.

아무래도 병원에 가야 할 것 같았다. 병원이면 뭐든 고쳐 주지 않나. 정 안 되면 최면이라도 걸어 주지 않으려나. 도현은 촛불처럼 정신을 끄고 싶었다. 잠시 눈을 감았다가 뜨면 오 년이 지나 있었으면 했다. 그 정도 흐르면 정말 아무 일도 아니게 되지 않을까. 어쨌거나 도현은 병원에 가야 했다. 그 생각뿐이었다. 그런데 자꾸 경찰서로 갔다. 누군가가 이끄는 것처럼. 병원이 아니라 이곳으로 가야 한다고 알려 주는 것처럼 정신을 차리면 경찰서 앞이었다. 처음에는 소스라치게 놀랐지만 몇 번 반복되니 그다지 놀라지 않았다. 도현은 경찰서를 응시하며 생각했다.

만약 들어간다면 어느 부서로 가야 하나. 영화에서 보았던 강력계 형사한테 찾아가야 하나, 아니면 그때 조사했던 그 남자 형사한테 가면 되나. 그랬다가는 아버지가 난리가 나겠지. 나를 죽이려고 할지도 몰라. 그냥 죽여 줬으면 좋겠는데 아버지는 아프게 죽일 것 같아.

하지만 도현은 그런데도 들어가고 싶었다. 들어가서 딱 한 마디만 하고 싶었고, 딱 하나만 묻고 싶었다.

겁주려고 밀친 거예요.

그때 바로 구급차를 불렀으면 살 수 있었을까요?

답을 듣고 싶기도 하고, 듣고 싶지 않기도 한 질문이었다. 답을 들으면 아주 느리게 흘러가던 도현의 시간이 원래의 속도를 찾을 것 같았다. 그럼 밀려 있는 어떤 감정들이 몰려오리라. 도현을 물어 뜯고 할퀴다가, 어느 날 문득 도현의 발 앞에 절벽을 가져다 놓을 거였다. 그리고 속삭이겠지. 뛰어내려. 뛰어내리면 하나도 안 아파.

도현은 끝내 한 발자국도 그 안으로 내딛지 못하고 등을 돌렸다. 이도 저도 못 하고 있는 상황이 길어질수록 숨통이 조여 왔다. 처음에는 무서웠고, 두려웠고, 혼란스러웠다. 그러다 어느 순간 괜찮을 거라 자신을 다독였다. 아주 잠시 평온한 상태가 유지되기도 했다. 하지만 그 평온은 그 애의 생일이 다가왔을 때 흔들렸고, 나인이 찾아오자 완전히 무너졌다. 도현은 자신의 마음에 지반이 없다는 것을 몰랐다. 그래도 아버지는 어른이니까, 심지어 목사니까 그의 말이 답일 거라고 믿었다. 필사적으로.

슈퍼에서 술을 마시기는 했다. 그리고 박원우도 만났다. 그러니까 인과를 설명하자면 술을 마시다가 애들이랑 장난 겸 박원우에게 전화를 걸었고, 술 살 돈이 부족하니까 돈 좀 가지고 오라고 말했다. 박원우는 머뭇거리다가 알겠다고 대답했다. 슈퍼로 오라고 했다가 산으로 불렀다. 박원우를 또 놀리고 싶어졌기 때문이다. 이상하리만치 원장은 박원우와 노는 걸 싫어했다. 어렸을 때부터. 처음 만났을 때는 안 그랬다. 박원우를 집으로 처음 초대했던 날, 출근 준비를 하던 원장은 도현에게 돈을 쥐여 주며 둘이 맛있는 걸 사 먹으라고까지 했다. 이름이 박원우냐고, 똘똘하게 생겼다는 칭찬도 했다. 그리고 그날 저녁이었던가, 다음 날 아침이었던가. 원장은 뒤늦게 박원우에 대해 더 물었다. 도현은 박원우가 얼마나 재미있는 애인지, 공부를 얼마나 잘하는지, 어디에 사는지를 낱낱이 말했다. 원장도 좋아했으면 해서. 하지만 원장은 그렇지 않았다.

원장에게는 선연시를 다섯 등급으로 나누는 기준이 있었는데, 1등급은 최근에 지어진 파크빌 단지였고, 2등급은 그 근처에 있는 아파트였으며, 3등급은 시내 근처에 있는 빌라와 오피스텔이었고, 4등급은 도심을 벗어나 고속 도로 근처에 있는 주택, 마지막 5등급은 미개발 지역에 있는 오래된 집들이었다. 원장에게 박원우는 공부를 잘하거나 미스터리한 일을 많이 알고 있다거나 모험심이 강한 애가 아니라 5등급에 사는 애였다. 그뿐이었다. 그래서 원장은 도현이 박원우와 어울리는 것을 좋아하지 않았다. 도현은 일정 나이 동안 박원우에 대한 원장의 호오는 자신과 무관하다고 생각했다. 그래서 꾸준히 박원우와 놀았다. 태권도도 같이 다녔고, 박원우가 외계인을 봤다던 산에도 함께 갔다. 도현이 박원우와 함께하는 동안 한쪽에서는 박원우에 관한 안 좋은 이야기들이 포자처럼 사람들의 입바람을 따라 퍼졌다. 포자의 발생지는 교회였다. 아들의 제일 친한 친구가 5등급에 사는, 그것도 외계인을 믿고 다니는 애라는 것이 원장은 미치도록 신경 쓰였으리라. 너무 거슬려 어느 날에는 그 애가 사라졌으면 좋겠다는 소원도 빌었으리라. 도현이 철이 들면 그런 애와 멀어질 거라는 신도들의 말을 들으며 자신을 달랬다가도 그 애와 어울리다 도현이 외계인을 찾겠다고 집을 나가는 상상까지 하는 날에는 주방에서 냉수를 벌컥벌컥 들이켜기도 했다.

그런 줄도 모르고 도현은 고등학교 입학을 앞두고도 박원우와 놀았다. 다른 친구를 끼는 것도 좋았지만 도현은 박원우와 둘이 노는 게 좋았다. 부쩍 늘어난 학원 수업에 만날 시간은 적어졌지만, 체리 몰딩에 은행에서 받은 벽걸이 달력이 걸려 있는 그 집이, 도현이 오면 같이 먹으라며 아저씨 입맛에 맞춘 과자로 잔뜩 채워 놓은 간식 상자가, 냉장고에 늘 들어 있는 알로에 주스와 십 년째 함께하는 그 이불이 도현은 전부 좋았다. 마음이 편안해져서 박원우의 집에만 가면 그렇게 잠을 잤다. 그러면 될 줄 알았는데. 지나가던 애들이 박원우를 두고 쑥덕거리는 소리가 도현에게는 아무런 타격도 없을 줄 알았는데. 학원을 다니지 않던 박원우가 언제나 자유로워서 좋았는데 어느 순간 그 모습이 너무 안일하고, 뒤처지는 것 같고, 갑갑해지기 시작했다. 학원 좀 다니라고, 너 성적 점점 떨어진다고 말해도 귓등으로도 듣지 않는 박원우가 진짜 모자라 보였고, 학원 갈 돈이 없다는 이야기를 했을 때는 정말 구질구질해 보였다. 아늑했던 집은 어느 순간 벌레들의 서식지처럼 느껴졌고, 아저씨는 노력할 마음이 없는 무책임한 어른 같았다. 문득, 전부 다 떨쳐 버리고 싶었다.

한순간에 갈라서면 오히려 깔끔했을 텐데. 박원우가 왜 갑자기 모르는 체하느냐고 화라도 냈으면 어떤 우월감에 도취해 조금 더 쉽게 멀어졌을 텐데. 그러지를 못했다. 박원우는 학교에서 도현이 인사를 하든 말든 신경 쓰지 않았고, 도현은 그것을 박원우에 대한 서운함이 아닌 박원우에게 무시당하는 것으로 받아들였다. 어느 정도까지 무시할 수 있는지 보고 싶어서 그랬다. 박원우는 그래도 친구라며 다 받아 주려고 했다. 도현은 그런 박원우를 보며 정말 모자란 애라고 단정 지었다.

여기서 외계인을 봤다며. 한번 불러 봐. 오면 믿어 줄 테니까. 한번 불러 봐. 그런 말을 했다. 너 제정신 아니니까 내가 한 대 쳐 줄까? 돈 가져오란다고 진짜 오냐, 돈도 없으면서. 이런 말도 했다. 술을 마신 뒤라 평소보다 조금 더 말이 튀어나갔다. 잘 참던 박원우가 참지 못할 만큼. 왜 그렇게 보느냐고, 뭐가 그렇게 고깝냐고도 했던가. 기억이 잘 안 난다. 긴가민가하다. 어쨌든 그런 말을 하며 박원우를 밀쳤다. 정말 겁주려고 밀쳤다.

그랬던 것뿐인데.

목사에게 뺨을 맞은 뒤에야 초점이 또렷해졌다. 목사는 아비 인생 망치려고 작정했느냐고 고함쳤다. 사람을 죽인 자식을 둔 목사라는 건 세상에 있을 수 없는 일이라고 했다. 그럼 목사를 그만두면 되었을 텐데 목사는 죽은 자를 없애자고 했다. 이미 죽었는데 또 어떻게 없애지. 도현은 그런 생각을 하며 목사가 시키는 대로 했다. 술을 안 마셨다면 안 그랬을까. 제정신이었다면 목사가 아니라 구급차를 불렀을까. 그럼 살았을까. 살았으면…….

도현은 그다음 날도 하교하는 아이들 사이에서 나인을 찾았다.

무엇을 아느냐고 묻고 싶었다.

도현은 경계에 서 있다. 붉은 선의 경계. 넘으면 돌아갈 수 없다. 그 경계를 넘으면 아무것도 느끼지 못할 것이다. 무언가 들려도 신경 쓰이지 않을 것이고, 보여도 대수롭지 않게 생각할 것이다. 경계 너머는 현실과 비현실이 혼잡하게 섞인 세계. 피는 꽃처럼 터지고, 길고양이는 솜 인형처럼 느껴지는 부드럽고 잔혹한 세계.

도현이 그 경계의 선을 밟기 전에 누군가가 다시 이곳으로 끌고 와야 한다. 비린 냄새와 어두운 산이 존재하는, 고통이 잇따르는 잔혹하기만 한 세상으로.

그렇지만 내일이 있는 세상으로.

3부

파도가 치는 숲

21

이건 땅의 기억이다. 땅에 뿌리내린 모든 것의 기억이기도 하다. 선명하지는 않았다. 그것은 장면이나 선으로 그려진 그림이 아니었다. 아주 작은 입자가 3차원 지평 위에서 홀로그램처럼 불완전하게 형체를 만들고 있었다. 그것이 땅이 전달하는 기억의 형태라는 걸 알아차리는 데는 시간이 필요했다.

수만 개의 기억이 한데 뒤섞여 형태가 온전한 것이 없었다. 사람인지, 바위인지, 동물인지 혹은 다른 형태의 괴물인지 모를 형태들이 뒤섞여 있었다. 입자들은 소리가 들릴 때마다 소리의 파동을 따라 흩어졌다가 뭉치기를 반복했다. 그중 뭉치지 않고 물처럼 흘러가는 것은 바람 소리이고, 미러볼처럼 동그랗게 반짝이며 자유자재로 날아다니는 것은 새라는 걸 깨달았다. 식물이 바라보는 세상은 이렇게 해 질 녘 해변의 모래사장처럼 빛났고 강에 뜬 윤슬처럼 잔잔하게 흘러갔다. 하지만 그것이 아름다웠느냐고 묻는다면 나인은 그렇다고 대답할 수 없다. 어지럽게 얽힌 장면들은 땅과 하늘을 구분할 수 없게 했다. 나인은 한 걸음 내딛자마자 균형을 잃고 쓰러졌다. 자신을 부르는 소리가 들렸지만 그것이 현실에서 부르는 것인지, 땅이 기억하고 있던 장면 중 하나인지도 헷갈렸다. 어지러웠고 속이 메슥거렸다. 바닥을 잃지 않기 위해 손에 잡히는 풀을 꽉 쥐었다. 풀은 이끼나 포자처럼 작은 입자로 나인의 손등을 감쌌다. 수많은 장면이 중첩되었다. 나인은 그만하라고 소리치고 싶었다.

총소리가 옆을 스쳤다. 나인이 화들짝 놀라 고개를 들었다. 실처럼 길고 가는 입자가 허공에 잔상처럼 남았다. 연달아 몇 발이 더 스쳐 지나갔다. 총알은 멀리 가지 않아 앞에 있던 커다란 형상에 꽂혔다. 파편처럼 사방으로 퍼졌다가 다시 뭉치는 입자들. 옥아, 옥아, 하고 부르는 목소리가 들렸다. 그것이 식물들이 나인에게 말해주고 싶었던 첫 번째 기억이었다.

바위처럼 뭉쳐 있던 입자들이 어느새 나인의 눈앞으로 옮겨 왔다. 나인은 손을 뻗어 입자를 어루만졌다. 만져지는 것은 아무것도 없었지만 오르락내리락하는 입자를 보고 나인은 그것이 금옥의 마지막임을 깨달았다. 입자들이 순식간에 바닥으로 스며들었다. 바람이 세게 부는 듯 입자들이 빠르게 옆을 스쳤다가 갑자기 한 올 한 올 먼지처럼 떨어지기 시작했다. 눈인가. 나인이 손바닥으로 떨어지는 입자를 잡았지만 어떤 온도도 느껴지지 않았다. 주변이 한순간 적막해지고 눈 밟는 소리만이 들려왔다. 이미 흙이 되어 사라진 금옥의 옆에 누군가가 섰고, 나뭇가지에 무언가를 묶은 뒤 바닥에 챙겨 온 것을 내려놓았다.

내 너무 늦은 거 아이니. 외로워 어찌 있었니. 미안하고로.

말은 사방으로 퍼지다 눈과 섞여 바닥으로 떨어졌다.

땅이 다시 한번 뒤틀렸다. 앞이 뿌옇게 변했다. 안개가 낀 줄 알았으나 입자들이 틈 없이 공간을 메운 거였다. 소리들이 서로 뒤섞여 알아들을 수 있는 말이 없었다. 몸이 옆으로 기울었다. 머리에 나뭇가지가 자란 사람, 얼굴이 두 개 달린 호랑이, 팔이 달린 새, 곰처럼 커다란 사슴벌레 같은 형상이 지나갔다. 아이 울음소리와 포클레인 소리, 자동차 경적, 헬리콥터 소리를 비롯하여 빗소리, 천둥소리도 서로 뒤섞였다. 아우성이었다. 긴 시간 동안 한곳에 머물며 듣고 보았던 것을 외치는 중이었다. 또다시 속이 메슥거렸다. 구토가 나올 것 같아 두 손으로 입을 틀어막았다. 가만 누워 있을 뿐인데 땅이 제멋대로 움직여 몸이 이리저리 구르는 느낌이었다. 금옥과 대화를 나눴던 것과 전혀 다른 방식이었다. 그만 듣고 싶었다. 꿈이라면 깨고 싶었고 무언가에 홀린 거라면 뺨이라도 내리치고 싶었다. 하지만 그럴 수 없었다. 어떻게 성공한 건데, 얼마나 뒹굴어서 성공한 건데, 또 언제 성공할 줄 알고.

나인이 손에 잡히는 잎사귀를 꽉 쥐었다. 몸이 절벽으로 떨어지듯 밑에서 잡아당기는 것 같았다. 나인은 마지막 힘을 짜내 부탁했다. 식물들의 아우성을 나인이 전부 듣고 있는 것처럼 식물들도 나인의 생각을 전해 들을 수 있기를 간절하게 빌며. 나인이 듣고 싶은 이야기는 그날의 일이다. 이 년 전 7월 9일. 그날 이곳에서 어떤 일이 있었는지를.

주변이 한순간 적막해졌다. 모두가 아우성을 멈췄다고 생각했지만 그게 아니었다. 미세한 소음조차 들리지 않는 완벽한 차단. 그렇게 모든 소리가 사라지자 그 틈에 희미하게 이명이 들려왔다. 결국 이렇게 끝난 건가. 아무것도 알아내지 못한 채 두 번 다시 도전하고 싶지 않을 정도로 끔찍한 멀미만 느끼고. 젠장. 짜증과 억울함이 울컥 올라오는 걸 애써 억누르고 있던 찰나, 어디선가 선명하고 또렷한 목소리가 들렸다.

왜 이렇게 늦었어. 엄청 기다렸네.

나인이 고개를 들었다. 중첩된 부분 하나 없이, 마치 선처럼 촘촘하게 이어진 입자들이 나무와 바위와 꽃과 풀잎을 만들었다. 나인은 그것들을 온전하게 알아볼 수 있었다. 바위에 세 명의 형상이 있었다. 권도현, 송우준, 김민호일 것이다. 그리고 그들 앞에 걸어와 멈춰 선 사람은 박원우겠지. 나인은 재현된 장면인 걸 알고 있음에도 불구하고 숨소리를 죽였다.

새끼, 삼십 분이나 늦었어. 미안하다는 말도 안 하냐? 우리 추워 뒤지는 줄 알았어.

여름에 뭐가 춥다고 난리야, 등신아. 추우면 모닥불이라도 피우든가.

박원우를 앞에 세워 두고 송우준과 김민호가 떠들었다. 그들의 웃음소리와 욕설이 박원우에게 날아들어 몸에 맞은 뒤 바닥으로 떨어졌다.

돈은 가져왔어?

박원우는 아무런 대답도 하지 않았다. 하지만 김민호는 그 침묵에서 답을 들었는지 곧장 입을 열었다.

새끼야. 우리가 돈 좀 빌려 달라고 부른 거잖아. 설마 너랑 같이 놀자고 불렀겠어? 어? 이 새끼 진짜 웃긴 새끼네.

김민호의 말에는 조소가 섞여 있었다. 김민호가 박원우의 머리를 툭툭 쳤다. 그때마다 내리치는 소리가 핏방울처럼 사방으로 퍼졌다. 이번에는 송우준이 입을 열었다.

뭐 하다 왔냐? 또 외계인 이딴 거 찾아보다가 왔냐? 이번에는 연락이 좀 왔어? 만나재?

오, 나도 외계인 좀 만나 보고 싶다. 야 치사하게 너 혼자 만나지 말고 우리도 좀 같이 만나. 나도 어디 가서 자랑 좀 해 보자.

송우준의 말에 김민호가 맞장구치며 낄낄거렸다. 박원우는 별 대꾸 하지 않았고, 그때까지 한마디도 얹지 않던 권도현이 송우준과 김민호에게 먼저 내려가 있으라고 말했다.

왜 둘이 또 우리 빼고 무슨 얘기를 하게. 새끼들 둘이 절친이라 뭐 이거야? 우리도 원우랑 친해지자 좀.

빨리 말하고 갈 테니까 너희 먼저 가 있으라고.

권도현의 말에 송우준이 한마디 더 붙이려고 했지만 김민호가 그런 송우준의 팔을 잡아당겨 자리를 피했다. 그곳에는 권도현과 박원우 둘만 남았다. 박원우는 마치 그곳에 뿌리내린 식물처럼 서 있었다. 표정은 볼 수 없으나 몸이 움츠러들거나 손가락을 움직이는 식의 미동도 없었다. 정말 나무처럼. 어쩌면 이런 상황이 낯설지 않아서 그런 것일지도 모른다.

박원우는 권도현과 둘이 남은 뒤에야 입을 열었다.

왜 불렀어?

왜 부르기는 얼굴 보자고 불렀지. 내가 너한테 뭐 돈을 뜯겠다고 부르겠냐. 너희 집 사정 빤히 아는데. 너 요즘 학교에서도 책상에 얼굴 처박고 있잖아. 요즘 뭐 학원이라도 다니냐?

박원우가 대답하지 않자, 권도현이 헛웃음을 터뜨렸다.

대답 좀 해, 새끼야. 사람이 말하면 반응 좀 하라고.

말끝에 힘이 붙었다. 화가 났다는 표현이다.

너 사람 개무시하는 게 점점 는다?

…….

대답을 하라고, 새끼야.

불협화음. 둘의 대화가 자꾸 엇나가는 것이 보였다. 화음을 찾으려는 노력. 그렇지만 서로 궤도를 너무 이탈했다. 맞추기에 너무 멀어진 것이다.

아직도 헛소리 지껄이고 다니니까 저 새끼들이 너 무시하지. 그냥 평범하게 굴어. 이상한 소리만 내뱉지 말라고. 너만 보면 내가 답답해서 그래.

벽을 향해 고함을 지르는 듯한 답답함과 짜증. 어설픈 연민과 실낱같은 추억. 그런 것들이 권도현에게 가득 차 있는 걸까. 박원우는 여전히 나무 같아 권도현이 혼잣말을 하고 있는 것 같다. 권도현이 자리에서 일어나 박원우의 어깨를 밀쳤다.

대답해.

박원우가 바람에 꺾이는 소나무처럼 흔들렸다.

말 좀 하라고, 새끼야!

권도현이 내지른 목소리는 산 구석구석으로 퍼졌다. 주변에 있는 식물들이 두 사람에게 집중하고 있다는 느낌을 받았다. 바람이 불지 않는데 파르르 떨리는 나뭇잎. 난데없이 두 사람을 향해 부는 바람. 불행을 암시하는 모든 요소들은 우연처럼 일어나는 것이 아니라 목격자들의 경고였다. 그만하라고. 그쯤에서 멈추라고.

너 진짜 머리 다쳤냐? 나 몰래 하수구 같은 곳에 머리 처박은 적 있어? 한 대 쳐 줘? 내가 머리 한 대 쳐 주면 좀 고쳐지냐?

아주머니가 장학금 준대. 나한테.

권도현은 아는 게 없었는지 반응이 더뎠다.

그럼 좋은 거잖아. 준다는데도 왜 그렇게 불만이 많아.

불쌍해서. 정신 나가서. 안쓰러워서. 너희 학원에 오는 아줌마 아저씨들이랑 교회 사람들한테 다 그렇게 말하고 다니더라. 그 애 진짜 불쌍하다고. 엄마 없이 아빠랑만 자라서 애가 저렇다고. 저런 애 그냥 내버려 두면 나중에 사고 치고 학급 분위기만 흐리니까 다 어머님들 자식 잘되라고 자기가 후원하는 거라고. 길고양이 밥 주는 마음이래. 사람들이 아주머니 엄청 칭찬하더라. 혜안이 있다고. 나는 달라고도 안 했는데.

박원우는 담담하게 말했다. 화를 내거나 억울해하거나 어처구니 없어 했다면 차라리 속이 시원했을 텐데, 굴곡 없는 목소리에 나인의 속이 답답해졌다.

너도 그렇게 생각하나? 내가 미친놈처럼 굴어서 나중에 피해 주고 다닐 거라고? 하긴 그렇겠지. 그렇게 생각하니까 네가 이러는 거겠지.

지쳤다. 박원우는 자신을 둘러싼 말들에, 시선에, 원한 적 없던 선심에 지쳐 있었다. 오히려 화가 난 사람은 권도현이었다.

그딴 말은 또 어디서 주워듣고 갑자기 나한테 지랄이야. 그냥 애들이 한 소리겠지. 아니면 엄마가 너만 챙겨 주니까 머쓱해서 한 소리에…….

아빠가 들었어.

권도현의 말꼬리를 자르며 박원우가 말했다.

아빠 정비소에 찾아온 손님들이 아빠가 내 아빠인 줄 모르고 그 앞에서 그렇게 떠들었대. 엄마 일찍 죽어서 불쌍한 애 챙겨 준다고 아줌마 칭찬하는 소리를. 그거 장 씨 아저씨가 알려 주더라. 알지? 우리 아빠랑 같이 일하시는. 예전에 우리한테 햄버거 사 주셨던 아저씨. 아빠가 열 받아도 나 생각하면 고맙다고 인사해야 되는 거라고 그랬대.

고마워해야지. 어쨌거나 너 장학금 준다는 거잖아. 열 받으면 나중에 따지든가. 쥐뿔도 없는 새끼가 왜 그런 거에 빡이 치는데. 아저씨가 고맙다고 하면 너야말로 정신 차려야 되는 거 아냐? 유치원 때 했던 이야기를 지금도 하는 새끼가.

권도현도 알 것이다. 원장이 한 말이 잔인하다는 것을. 해서는 안 되는 말이었다는 것을. 아저씨가 고마워해야 하는 게 아니라 원장이 아저씨에게 사과해야 한다는 것을. 그렇지만 인정하고 싶지 않다. 권도현은 박원우의 어깨를 밀치며 지나갔다.

뭐가 다른데? 너희 가족이랑.

뭐?

권도현이 뒤돌았다.

너희 가족도 본 적 없는 하느님 믿잖아. 근데 나는 봤어. 본 걸 믿는 게 도대체 뭐가 그렇게 문제냐. 너희 아버지는 사람들한테 존경받고 돈도 많이 버는데 왜 나는 미친놈이 되냐. 믿으라고 한 적도 없는데. 나만 다시 보겠다는데. 할 말이 있어서 그 말만 좀 하겠다는데.

나인은 그때까지 권도현이 왜 박원우를 죽였는지 생각해 본 적이 없었다. 박원우는 죽었으니까. 이유를 안다 한들 달라지는 건 아무것도 없으니까. 죽어서 저 안에 묻혀 있으니까. 단지 묻힌 백골이 정말 박원우가 맞는지 확인이 필요했을 뿐이다. 그리고 박원우가 맞는다면 나인은 살인마를 찾아야 했다. 찾아서 벌을 받게 해야 했다. 단지 그뿐이었다. 바뀔 수 있는 건 아무것도 없으니까. 하지만 나인은 저 두 사람을 보며, 사람이라 할 수 없는 입자의 집합을 보며 처음으로 바꾸고 싶다고 느꼈다. 식물이 전달하는 기억일 뿐인데도 나인은 저 둘 사이로 끼어들고 싶었다. 사고를 막을 수 있으면 얼마나 좋을까? 의도하지 않았던 비극이 찾아오기 전에.

내가 진짜 미쳐서 너희 교회에 불이라도 지를 것 같냐?

이 새끼가 진짜······!

권도현이 박원우를 붙잡아 밀쳤다. 박원우가 권도현의 팔을 잡으려 했지만 끝내 어떤 것도 움켜쥐지 못했고, 발을 헛디뎌 뒤로 넘어졌다. 박원우를 이루고 있던 입자들이 사방으로 흩어지며 반딧불처럼 퍼졌다. 곧이어 모든 사물의 형태가 무너지며 또 한번 세상이 뒤집혔으나 이번에는 멀미를 느끼지 않았다. 나인은 박원우가 떨어진 지점을 응시했다. 거기에는 뾰족한 돌이 있었을까. 두개골을 망가뜨릴 만큼 뾰족한. 그런 게 있어야 사람이 죽으니까. 운 없게. 재수 없게. 정말 불쌍하게.

장면이 뒤엉켰다. 산 입구로 달려온 목사와 뺨을 맞는 권도현이, 송우준과 김민호 앞에서 무릎 꿇은 원장이, 삽으로 땅을 파다 바위에 이마를 찧기 시작하는 권도현이 겹쳤다. 그래서 꼭 송우준이 권도현의 뺨을 때리는 것 같았고, 원장이 땅을 파는 것 같았고, 목사가 바위에 이마를 찧는 것 같았다. 사실 누가 누구인지 구분할 수도 없었으므로 어쩌면 후자가 맞을지도 모른다. 나인은 소용돌이처럼 지나가는 장면을 가만히 보았다. 그러다 비가 내렸다. 앞이 보이지 않을 만큼, 입자로 가득 찰 만큼 세차게. 세상은 또 한번 적막에 휩싸였고, 눈앞에는 나무 한 그루가 있었다. 잎사귀 하나 나 있지 않고, 나뭇가지가 전부 꺾인 죽은 나무.

엄마가 이 나무는 엄마라고 그랬는데 죽었어요.

어디선가 목소리가 들렸다. 아주 어린 목소리였다. 나인이 목소리를 따라 고개를 돌렸다. 반대편에 쭈그려 앉은 두 사람의 등이 보였다. 죽은 나무를 보고 있는 두 사람의 모습이 나뉘어져 나타났다.

아줌마, 땅 파랗게 할 수 있어요?

응? 파랗게?

나인은 곧장 그 두 사람이 누구인지를 알아차렸다.

땅을 파랗게 하면 식물이 다시 살아나던데.

그건 어떻게 알아?

예전에 봤어요.

어디서?

음, 그건 잘 모르겠어요. 그런데 봤어요. 그랬더니 식물이 막 살아났어요. 아빠한테도 말했는데 아빠도 안 믿었어요. 그래도 상관 없어요. 저는 믿으니까요. 그러니까 한 번만 해 줬으면 좋겠다. 엄마 보고 싶으면 이 나무 보러 왔는데.

으음. 그럼 아줌마가 그거 해 줄 테니까 우리 약속 하나만 할까? 무슨 약속이요? 저 약속 완전 잘 지켜요.

지모가 새끼손가락을 내밀자 어린 박원우가 자신의 새끼손가락을 걸었다.

이 나무는 절대 죽지 않을 테니까 시간이 많이 흐른 뒤에도 매일 찾아와야 돼. 알겠니? 그래야 외롭지 않을 테니까.

버티고 있던 정신이 그 순간 흐려지며 나인은 까무룩 잠에 들었다. 누군가에게 업혀 있다는 사실도 눈치채지 못했다. 현재가 자신을 업고 산을 달렸다는 것을, 그 옆에 미래와 승택이 함께 있었다는 것을 아직 인식하지 못했을 테고, 병원에 가야 한다는 미래와 그냥 브로멜리아드에 가서 좀 쉬게 하면 된다고 하는 승택의 싸움도 눈을 뜬 뒤에 듣게 될 거였다. 자신이 미루고 미뤄 왔던 진실을 미래와 현재에게 말해야 할 때가 왔다는 것도 아직은 모를 것이며, 자신이 일으킨 두 번째 폭발로 지구를 떠나야 하는 운명이 당겨졌다는 것도 예측하지 못할 거였다.

나인은 그저 잠든 채 현재에게 업혀 있었고, 소리 없이 눈물 몇 방울을 흘릴 뿐이었다. 박원우를 생각하며.

작은 꽃이 말해 주는, 끔찍한 속삭임을 되새기며.

22

소나기를 피하려고 달려간 버스 정류장에는 한 남자가 앉아 있었다. 머리카락과 옷에 묻은 물기를 털며, 지모는 넋이 나간 듯 의자에 앉아 있는 남자를 살폈다. 건조된 계수나무 껍질처럼 오그라든 흑적색의 손등과 그 야윈 손이 꼭 쥐고 있는 전단지를 발견하고 지모는 그가 누구인지 짐작했다. 지모는 시선을 거둬 시멘트 벽에 머리를 기댔다. 모르는 체를 하고 싶었다. 안면을 튼 사이도, 인사를 나누지도 않았지만 지모는 남자가 가진 슬픔과 불행의 기운을 애써 외면하고 싶었다. 그것을 헤아리고 가늠해 볼 기력이 없었다.

소나기가 예고 없이 몇 차례 쏟아붓다가 어느새 여름의 한가운데에 서 있을 것이고, 무덥고 습한 장마와 새벽 창문을 시끄럽게 두드리는 태풍을 겪고 나면 금세 공기가 시원해지리라. 당연한 순리가 주는 위로. 결국 모든 건 흘러간다는 사실과 세상은 정해진 대로 반복된다는 모순이 주는 안정감. 세상을 집어삼킬 듯 쏟아지는 소나기도 결국 땅에 스몄다가 낮은 곳으로 흘러 강이 되고, 호수가 되고, 다시 비가 되는. 모든 행성을 망라하여 반복되는 우주의 순환. 파도가 치면 치는 대로, 해일이 몰려오면 몰려오는 대로 휩쓸리면 그만인 것을. 그것을 거스르려 발버둥 치는 순간부터 평생토록 허공을 휘저으며 살아야 한다는 진리. 그렇게 표류하다 도착한 해안가에서 살아가면 되는 단순한 삶. 그들은 그걸 하지 못했다. 종족을 유지해야 한다는 사명감 탓에 많은 누브를 죽이는 과오를 저지를 정도로.

머리가 지끈거렸다. 나인을 만나러 가겠다는 가한을 말리는 데 온 힘을 쏟은 탓이었다. 가한은 승택의 아버지이자 누브의 우두머리로서 그 지휘권은 선대로부터 물려받은 거였다. 누브족을 책임지고 지구로 데리고 왔던 선조의 역할에 이어, 가한은 지구를 두고 다시 새 터전으로 떠날 계획을 오래전부터 세워 두고 있었다. 하지만 계획은 진척이 없었다. 거주 가능한 행성을 찾는다 할지라도 그곳에 가기 위한 막대한 시간이 필요했고, 무엇보다 생명체가 살 수 있는 행성으로 만들기 위해서는 현존하는 누브족의 힘을 다 합쳐도 무리였다. 그러던 차에 나인이 등장했다.

숨긴다고 숨겼는데 그 아이는 결국 자신의 힘을 토해 냈다. 언젠가는 가진 힘을 전부 쓰게 될 거라고 예측했지만 생각보다 그 시기가 훨씬 빨리 왔다. 승택이 말했던 그 일 때문이겠지. 자세히 말해 주지는 않았다. 그저 나인은 용감하고, 선하며, 산 사람과 죽은 사람을 구하려 한다는 말만 했을 뿐이다.

그런 마음은 가지고 태어나는 건가 봐요. 누구나 쉽게 가질 수 없는 것 같아요. 가끔 생명을 죽이는 일에 아무런 죄책감도 느끼지 못하는 인간들이 있잖아요. 그런 것처럼 나인도 그런 애 같아요. 사람을 살리는 일에 이유를 두지 않는. 요즘 그 애는 그런 일을 하고 있어요. 죽은 사람과 산 사람을 함께 구하려고.

강한 힘을 가지면 그런 선함도 함께 깃드는 걸까. 아니면 그런 용기를 가지고 있기에 강한 힘이 자리를 잡을 수 있는 걸까. 인과를 확실히 알 수 없지만 지모는 후자이기를 바랐다. 강한 힘을 가진다고 해서 선함이 무조건 깃드는 건 아닐 수도 있으니까. 올바르게 쓰일 줄 모르는 힘은 재앙과 다르지 않았다.

나인의 힘이 남다르다는 걸 지모가 처음 인식한 건 나인이 다섯 살이 되던 해였다. 자주 찾던 놀이터에 토끼 농장이 있었는데, 아이들을 위한 생태 학습 놀이터라는 명목하에 조그맣게 지어진 농장이었다. 말이 농장이지 토끼 입장에서는 감옥과 다르지 않았으리라. 1평도 채 되지 않는 공간에서 여섯 마리의 토끼가 똥과 사료와 뒤섞인 채 갇혀 있었으니. 그래도 아이들에게는 꽤 인기가 좋았고, 몇몇 짓궂은 아이들이 철장 안으로 쓰레기를 던졌던 것 외에는 별다른 문제가 없어 삼 년 넘게 유지되고 있었다. 토끼 농장 안에는 꽃과 허브, 바질도 심겨 있었다. 좁은 농장의 조경을 위해 심은 것이었고, 관리가 엉망이라 해마다 새것으로 교체하곤 했다.

나인은 토끼 농장을 좋아했다. 브로멜리아드 영업이 끝난 다음에야 나인을 데리고 놀이터를 찾았기에 그 시간에는 놀이터에 아무도 없었다. 그래서 나인은 혼자 그네를 타고 미끄럼틀을 타다가 토끼를 구경했다. 검은 털, 흰 털, 점박이 털, 갈색 털이 뒤섞인 토끼들에게 이름을 하나씩 붙여 주면서 주인이라도 되는 양 매일 상태를 체크했다. 눈을 못 떼는 나인을 보며 우리도 토끼 한 마리 키울까? 하고 물었지만 그럴 때마다 나인은 곧바로 고개를 저었다. 토끼는 토끼와 살아야 한다. 지모가 나인과 살듯 토끼도 토끼의 가족들과.

재들 서로 가족 아닐걸?

언제나 나인의 말에 토 달기를 즐겨 하는 지모가 대꾸했다. 나인을 울릴 셈으로 한 말이었는데, 나인은 걸려들지 않았다.

가족이라 생각하면 가족이지. 토끼는 가족이래.

토끼가 그래?

응!

오히려 지모가 한 방 얻어맞고 끝났다.

나인이 그렇게 아꼈던 토끼 가족은 어느 날 언질도 없이 사라졌다. 태풍이 휩쓸고 간 여름이었다. 처음에는 태풍 때문에 토끼를 안전한 곳으로 옮겨 놓은 줄 알았다. 그렇지만 며칠이 지나도록 복구되지 않는 토끼 농장을 보며 지모는 어설픈 생태 학습이 끝났음을 알아차렸다. 긴 장마와 태풍으로 인해 죽은 식물만 남은 그 농장 앞에 앉아 있는 나인을 끌어안으며 지모는 토끼들이 이사를 갔다고 달랬다. 땅속에 숨겨 뒀던 가방을 주섬주섬 꺼내서 그 안에 바질을 잔뜩 넣고 저 산으로 줄지어 갔을 거라고. 나인은 말없이 고개를 끄덕이다가 다 죽은 식물을 어루만졌다. 지모는 식물을 살려 주고 싶었지만 끝내 그러지 않았다. 나인이 자연스럽게 자신의 힘을 알게될 때까지 알려 주지 않겠다는 스스로의 다짐을 지키기 위해.

그런데 그 식물이 살았다. 하루아침에. 단지 사는 것에서 그치지 않고 철장을 타고 넘어갈 정도로 자랐다. 지모는 그 사실을 브로멜리아드에 찾아온 손님들에게 들었다. 파크뷰 아파트 단지에 있는 토끼 농장에 어제까지 죽어 있던 식물이 하루아침에 장대만큼 컸다면서. 집에서 아무리 금이야 옥이야 키워도 역시 식물은 바깥바람을 맞아야 잘 자란다고. 지모는 영업이 끝난 뒤 놀이터를 찾았다. 철장을 넘을 정도로 자란 식물을 구경하려고 동네 노인들이 몰려 있었고, 지모는 그 식물을 보며 나인의 영향임을 확신했다. 자연이 범접할 수 없는 영역의 힘. 그날 밤, 나인에게 어제 식물을 만지며 무슨 생각을 했느냐고 물었다.

토끼 가족이 다시 와서 살았으면 좋겠다고 생각했어. 저기 산보다 여기 식물들이 더 커지면 여기가 더 좋아서 돌아올 거 아니야.

그래서 이 아이가 오래도록 누브족과 얽히지 않았으면 했다. 힘을 가진 누브가 태어나면 다른 종족을 위해 가둬 둔 채 땅을 일구고 풍요를 누렸다는 역사를 알고 있으므로. 거주할 수 있는 마땅한 행성이 없던 차에 나인의 힘이 알려지면 필시 새로운 행성을 거주지로 삼기 위해 나인의 힘을 필요로 할 터였다. 지모는 그들이 나인을 그렇게 이용하도록 내버려 둘 마음이 없었다.

소나기는 그칠 줄 몰랐다. 지모가 욱신거리며 뜨거운 손바닥을 내밀었다. 차가운 빗방울이 손바닥에 기분 좋게 닿았다. 아문 상처에서는 더 이상 피가 나지 않았다.

밤사이 선연산의 식물 일부가 말도 안 되게 자랐다는 뉴스를 가한도 보았을 것이다. 그리하여 가한이 식구들을 데리고 나인을 찾아오기 전에 지모가 먼저 그곳을 방문했다. 가한은 마침 찾아가려던 참이라고 웃으며 말하면서도 입술에 힘이 들어간 상태였다. 꽤 화가 난 듯한 표정이었는데 가한의 기분까지 고려해 줄 마음이 없었으므로 지모는 자신이 찾아간 목적부터 실행했다. 한마디로 깽판을 선수 치는 것. 도자기까지 집어 던질 생각은 없었는데 말끝마다 "종족을 위해"라고 하는 것에 부아가 치밀어 던졌다. 당신들 살길은 당신들이 알아서 찾고, 자신과 나인은 이곳에서 살 거라고 단단히 일러두었다. 끝으로 나인을 건드리면 사람들 불러 모아 쇼를 보여 줄 거라는 겁박도 남겼다.

손바닥의 상처는 도자기를 던질 때 생겼다. 하필이면 이미 깨져 금이 간 도자기였을 줄이야. 재수도 더럽게 없지.

노랫소리가 들렸다. 가사를 알아들을 순 없지만 끊길 듯 끊기지 않고 이어지는 곡조였다. 고개를 돌려 남자를 보았다. 넋을 놓고 앉은 그 자세로, 그는 아무 표정 없이 세차게 내리는 비를 방음벽 삼아 작곡가를 알 수 없는 노래를 불렀다. 꼭 쥔 전단지가 다시 눈에 들어왔다. 이번에는 시선이 그 전단지에 붙들렸다. 전단지를 붙잡고 있는 저 손도 욱신거릴까. 칼에 베인 것처럼. 더할지도 모르겠다. 쉬지 않고 타들어 가고 있을지도.

긴 호흡과 함께 이어지던 노래가 멈췄다. 지모는 순간적으로 박수를 칠 뻔했다. 빗소리와 잘 어울리는 목소리여서 심란했던 마음을 진정시켜 줬으니.

"노래 잘하시네요."

지모는 박수 대신 말을 건넸다. 남자는 쏟아지는 비를 바라보며 혼잣말하듯 대답했다.

"나이 들어 부르는 게 다 비슷허지. 가사도 맞는지 모르겄고. 그래도 조깐 흥얼거리믄 금방 또 마음이 달래지고 하니깨."

"솜씨가 좋으신걸요. 노래 실력이 탁월하시니 음반 내시면 되겠네요."

"이제 와서 욕심 부리믄 뭐에 쓰겄소. 가끔 뭐가 생각나면 부르고 마는 거제."

남자는 여전히 앞만 응시했다. 자신과 대화를 나누는 사람이 누구인지에는 아무런 관심도 없어 보였다. 설령 말을 붙이는 상대가 귀신이라 하더라도 신경 쓰지 않을 것 같았다.

"저는 노래를 못해서요. 나중에라도 잘했으면 좋겠어요."

그 말에 남자가 손을 허공에 휘휘 저었다.

"그라지 마소. 노래 것 좀 못헌다고 암도 뭐라 안 하니깨. 한이라 하지 않소. 노래가 다 한잉깨. 한 많아서 뭣 하겄소. 노래 좀 못허고 말제."

남자에게 아들에 대해 묻지 말아야겠다고 생각했지만 어쩌면 그건 어려운 대화를 피하고 싶다는 얄팍한 마음 때문일지 모른다. 지모는 과연 몇이나 남자에게 아들에 대해 물었을지 가늠해 보았다. 많지 않았으리라. 인간들은 거대한 슬픔 앞에 언제나 한발 물러났다. 물어야 할 말도, 해 줘야 할 위로도 삼키면서. 어쩌면 남자는 누군가가 먼저 말해 주기를 원하지 않았을까. 누군가가 물어봤더라면 말을 했을 것이고 말을 했다면 그 말이 한으로, 그렇게 노래로 바뀌지 않았을 것이다.

"전단지 저희 가게에 놓으신 거 손님들이 다 가져가셨어요. 그거

주시면 또 손님들께 드릴게요."

남자는 그제야 고개를 돌려 지모를 보았다. 얼굴을 찌푸리며 지모의 얼굴을 살폈다. 긴가민가한 표정이었다.

"저쪽에서 식물 팔아요."

지모가 턱으로 브로멜리아드가 있는 방향을 가리켰다. 남자는 느긋한 몸짓으로 지모가 가리킨 방향을 돌아보았다가 고개를 끄덕였다.

"그 야, 엄마여?"

"이모예요."

남자는 또 한번 고개를 끄덕였다. 그게 다였다.

"그때 참 고마웠수. 여따 붙이고 있응께 그 애가 먼저 손님한티 준다고 하지 뭐요. 칭찬 좀 막 해 주구려."

"네, 칭찬 엄청 해 줄게요."

"근데 이거 인제 고만 붙일까 혀."

남자가 전단지를 손바닥으로 쓸며 말했다. 그러곤 아들의 사진을 보며 희미하게 웃었다. 지모는 머뭇거리다가 물었다.

"왜요?"

"증맬로 갔으면 간 놈이 알아서 오겠제. 어느 자식새끼가 나이든 애비가 찾아댕기게 혀. 무릎도 아프고 하도 붙였다 떼서 손가락 관절도 난리여."

쌓아 두었던 억울함을 토하듯 말하던 남자는 잠시 숨을 골랐다. 그러다 파, 하고 숨을 토했다. 또다시 쏟아지는 비를 응시했다. 쪼글쪼글해진 입술이 말을 머금고 있는 것처럼 움직였다.

"그라고 죽었으믄 죽은 대로 붙여 봤자니깨."

내리치던 비가 한순간 멎었다. 소나기구름이 지나간 모양이었다. 시멘트 천장에 고여 있다 물웅덩이로 떨어지는 물방울 소리가 들릴 정도의 정적이 찾아왔다.

"이놈이 유별나긴 혔어도 참 착허고, 속도 깊고. 제 엄마 일찍 죽고 을매나 외로웠으면 만날 하늘만 쳐다보고 있었겠소. 그래서 외계인도 좋아허고."

"그래요?"

"잉. 참 순딩혔지."

"그러네요. 요즘 애들 같지 않게."

"암. 순박허고 속도 깊고. 애가 혼자 있는 시간이 많아서 그랬던 것 같기도 혀."

"그렇지 않을 거예요."

하지만 남자는 단호하게 고개를 저었다.

"돈 벌겠다고 그 어린놈 집에 혼자 두고 일하러 간 애비가 못났제. 그래도 갸 먹여 살리겠다고 빼 빠지게 일혔는디."

남자는 손바닥으로 얼굴을 쓸었다.

"동생 놈이 저번에 그라더라고. 행님, 죽었다 생각하쇼. 그러다 행님이 죽겠소. 갸가 제 엄마 보고 싶어서 먼저 갔다고. 내가 그랬제. 성격이 그리 급헌 애가 아닌디. 그랬더니 갸가 걸음을 빨리 뗐잖소, 하는 겨."

지모는 가만히 들었다. 남자는 그동안 아무에게도 하지 못했던 말을 토해 내는 중이었다. 지금 실컷 토하면 내일은 속이 덜 무겁지

274

않을까.

그런 마음에.

"참 나, 웃긴 말도 다 있응깨. 근데 또 그 말을 곰곰이 생각해 보니, 야가 성격은 느긋했어도 다 빨랐제. 걷는 것두, 먹는 것두, 말두 죄 다 빨랐어."

살아 있을 거라는, 기다리면 반드시 다시 볼 수 있을 거라는 말이 지금 이 남자에게 필요할까. 그 희망이 아직 유효한 상태일까.

"그래도 마음이란 게 그렇잖소."

"……."

"이놈아, 갈 땐 가더라두 애비는 보고 가야제."

시멘트에서 떨어진 물방울이 계속 물웅덩이에 빠졌다. 소나기가 되어 내린 이 빗물은 다시 저렇게 물웅덩이가 되고, 흙에 스며들었다가 내일쯤이면 잎사귀에 맺힌 이슬이 되어 도로 하늘로 올라갈 것이다. 반복해서 돌고 돌며 이 지구를 떠나지 못하겠지.

떠난 사람의 영혼도 그럴까. 정말 영혼의 안식처가 있어, 죽은 사람은 그곳에 머물다 때가 되면 다시 이승으로 돌아올까. 만일 그렇다면 남자의 아들이 꼭 다시 아버지를 찾아갔으면 좋겠다고 지모는 생각했다. 어떤 형태로든.

"뼛가루라도 만졌으면 좋겠고 그렇소. 이게 내 욕심인 것 같제?"

"아뇨."

지모가 고개를 저었다.

"돌아올 거예요. 아버님 품으로."

남자가 웃었다.

"그렇게 말해 주이 고맙소."

지모는 그만 버스 정류장을 벗어났다. 뒤돌아 남자에게 다시 인사를 하고 싶었지만 용기가 나지 않았다. 슬픔을 등 뒤에 두고 열심히 걸었다. 손바닥은 여전히 욱신거렸다.

지모는 몰랐다. 그 아이가 자라 박원우가 되었다는 것을. 나인이 힘을 쓴 것도 박원우를 아버지에게 안겨 주기 위해서였음을. 하지만 앞으로도 모를 것이다. 지모에게는 더 큰 문제가 직면해 있었고, 나인이 그 일을 해결했을 때 지모는 떠나고 없을 테니까.

뒤에서 노랫소리가 다시금 들려왔다. 아까 들었던 노래와 비슷한 듯 다른 곡조였다. 지모는 간절히 바랐다. 남자의 아들이 외계인을 만나 다른 행성으로 갔기를. 긴 여행을 마치고 너무 늦지 않게 다시 제 아버지를 보러 오기를.

23

"사실대로 말해. 진짜로 119 부르기 전에."

정신이 돌아오며 가장 먼저 들린 건 미래의 목소리였다.

"일단 유나인 깰 때까지 기다려 보자."

이건 현재고.

"야, 쟤가 왜 쓰러졌는지도 모르는데 일어날 때까지 기다리자고?"

다시 미래.

"그래도 섣부르게 가면 안 될 것 같은데. 얘 말처럼."

"너, 친척이라고 그랬지? 확실해? 유나인 친척 없는 걸로 아는데."

"친구라고 해도 서로 다 아는 건 아니잖아. 그리고 나인도 몰랐을걸. 좀 먼 친척이라."

그리고 이 목소리는 승택인데, 도대체 왜 승택이 저 둘과 대화를…….

나인이 눈을 떴다. 화원이었고 은색 돗자리 위에 누워 누군가가 벗어 준 외투를 덮고 있었다. 나인과 거리를 두고 서 있는 세 사람은 나인이 일어난 걸 아직 몰랐다. 나인은 실랑이 중인 세 사람을 보며 고민했다. 왜 셋이 함께 있는 것인가. 아니, 정확히 말하자면 분명 승택과 있었는데 갑자기 미래와 현재는 언제 나타났는가. 어쨌거나 나인은 자신이 일어났다는 티를 내야 했는데 분위기가 썩 좋지 않아 마땅한 타이밍을 잡지 못했다. 그렇지만 더 살벌해지기 전에 분위기를 전환해야 했다.

나인이 상체를 일으키며 어색하게 헛기침을 뱉었다. 셋의 시선이 동시에 쏠렸다. 이제 괜찮다고 해야 할지, 아니면 시치미 떼고 본인이 더 놀란 척해야 할지 고민했다.

"어쩐 일이야?"

끝내 고민이 무색할 정도로 이상한 말을 내뱉었지만.

현재가 말했던 그때다. 모든 걸 말해 주어야 할 때. 미래에게는 물론이고 현재에게도. 말하지 않아도 될 거라고 생각했다. 별 상관 없을 거라고. 일종의 자기 합리화였다. 용기도 나지 않았고 아이들과 더 멀어질 것 같았다. 식물이 떠드는 소리가 들린다는 말은 아무래도 쉽게 내뱉을 수 없으니까. 그 증거로 땅과 에너지를 교환하는 걸 보여 준다면 믿을 수밖에 없겠지만 그걸 보고도 자신과 친구로 남아 줄지 확신이 안 섰다. 그래서 잘 숨기기만 하면 된다고 생각했는데, 나인이 말하기를 기다리고 있는 미래와 현재를 보고 있으려니 자신의 생각이 틀렸다는 것이 어렴풋이 느껴졌다. 무언가를 감추려고 한 순간부터 이미 멀어진 거구나. 미래와 현재에게 말할 수 없어 머뭇거린 순간부터 결국 친구들의 마음을 와해한 것과 다르지 않았다. 믿지 않을 거라는, 이상하게 생각할 거라는, 더는 예전처럼 지낼 수 없을 거라는. 미래와 현재가 안다면 서운해할 터였다.

하지만 말을 꺼내는 건 아직도 이렇게 어려웠다. 한발 물러나 있는 승택과 눈이 마주쳤다. 승택은 자신들의 정체를 말하려는 나인을 말리지 않았다. 미래와 현재가 파랗게 빛나던 땅을 목격했으므로 진실을 말하는 것 외에 그 일을 둘러댈 만한 뾰족한 방법이 생각나지 않아 그랬던 것뿐인데, 나인은 승택의 침묵을 관문처럼 느꼈다. 비밀을 발설한 대가로 영원히 한 세계에서 퇴출당하게 될지도 모른다는 일종의 시험이자 관문. 하지만 그것은 아무려나, 괜찮게 느껴졌다. 애초에 나인은 그 세계에 들어간 적이 없었다. 나인은 줄곧 지구에서, 지구인으로서, 그리고 미래와 현재의 친구로서 살아왔다. 경중을 따지자면 단연 이곳이 중요했다. 지금 눈앞에 있는 미래와 현재가.

나인은 승택에게서 시선을 거두어 다시 미래와 현재를 마주 봤다. 박원우가 외계인을 믿는다는 이유로 함부로 떠들었다던 사람들을 떠올렸다. 얼굴도 모르는 사람들이라 스쳐 지났던 얼굴이 대역이 되어야 했지만 이질감은 없었다. 누구나 어떤 이유로든 타인의 이야기를 멋대로 떠들고 다니니까. 외계인을 믿는다는 이유로 박원우는 왜 이 세계에서 미치광이가 되어야 했을까. 외계인이 아닌 다른 걸 믿었다면 달라졌을까. 영웅이나 늑대인간이나 뱀파이어 같은 것들. 이런 존재들은 외계인처럼 유치하고 허무맹랑하지 않고 어쩐지 좀 멋있고, 특별한 것 같고, 신비롭고, 로맨틱하니까.

뱀파이어를 만난 적 있다고 말했다면 부러워했을지도 모르겠다. 다른 사람들도 만나고 싶어서 어두운 밤에 선연산 인근을 배회했을지도. 하필이면 외계인이라서.

믿는다는 것도 아니고 자신 스스로가 외계인이라 말하는 나인을, 미래와 현재가 어떻게 받아들일지 짐작되지 않았다. 나인의 망설임을 봤는지 어느새 마주 보고 앉은 미래가 입을 열었다.

"그냥 말해."

미래의 표정과 말투는 평소와 다를 거 없이 단호했다. 겁을 먹지도, 이 상황을 황당하다 느끼지도, 비웃지도, 지루해하지도 않았다.

"네가 하는 말 다 믿어."

그러니 이 말은 사실일 것이다. 미래는 마치 오래전부터 이 순간을 기다려 온 사람처럼 보였다. 옆에 앉아 있던 현재도 미세하게 고개를 끄덕였다.

그렇지만 믿는다니. 무슨 이야기를 할 줄 알고. 너무 기가 막혀서 듣자마자 헛웃음이 터지는 말일 텐데. 가장 먼저 장난을 치는 거라고 생각할 테고, 그러다 진심으로 하는 말인가 싶을 테고, 끝내 정말 이상한 애라고 생각할 텐데. 아직 아무것도 듣지 못했으면서 다 믿는다는 말이 나오나. 나인은 미래와 현재가 정말 이상하다고 생각했다. 믿는 건 쉬운 게 아닌데.

망설이는 것이 표정으로 드러났는지 미래가 나인의 어깨를 감싸잡았다. 그러곤 나인과 눈을 똑바로 마주치며 말했다.

"무슨 말이든 그냥 무조건 믿을게. 말하기만 해 줘."

그렇다면 어떤 말을 먼저 꺼내야 할까. 며칠 전 손에서 새싹이 자랐다고 해야 할까. 식물들이 떠드는 소리를 들을 수 있다고 해야 할까. 그게 아니라면 누브라고, 저 먼 우주 어딘가에서 온 존재라고 해야 할까. 나인이 입술을 들썩였다.

"……나 박원우가 죽었던 순간을 봤어."

아무래도 가장 급한 것부터 말해야 될 것 같았다. 미래와 현재가 잠시 서로 눈을 맞췄다가 다시 나인을 바라봤다. 생각지도 못한 이름에 당황한 기색이 역력했으나 이 정도 크기의 비밀은 각오하고 있었다는 눈빛이었다. 나인은 계속 말을 이었다.

"권도현이랑 그 친구들이 박원우를 산으로 부른 거야. 술값 좀 달라고. 그러다가 친구들은 내려가고 권도현이랑 박원우 둘만 남았어. 말다툼을 하다가 권도현이 박원우를 밀쳤는데, 박원우가 균형을 잃으면서 넘어졌어. 나도 그 뒤는 자세히 못 봤는데 아마 바위에 머리가 찍혔나 봐."

"너는 그걸 언제 봤다는 거야? 너 그날 우리랑 같이 있었어. 그 시간에."

미래가 물었다. 나인이 고개를 끄덕였다.

"맞아. 그날 너희랑 같이 있었어."

"그럼 못 봤다는 거잖아."

"방금 봤어. 저 산에서."

"산……."

현재가 혼잣말로 중얼거렸다.

"더 정확하게 말하자면 산에 있는 식물들이 말해 준 거야."

미래와 현재는 마땅한 대답을 찾지 못한 것처럼 입을 꾹 다물었다.

"내가 물어봐서 그곳에 있던 식물이 알려 줬어. 그곳의 식물들은 아주 오래전부터 있었으니까 모든 걸 봤던 거야. 그걸 전부 기억하고 있었어."

잠시 침묵이 깔렸다. 뒤에 서 있던 승택은 속을 읽을 수 없는 표정이었다. 가장 먼저 입을 연 것은 미래였다. 미래는 숨을 크게 내뱉고 나서 말했다.

"알겠어. 계속 말해 봐."

"누군가가 뺨을 때리고, 누군가가 울고, 누군가가 땅을 팠어. 뭐가 뭔지 정확하게 구분되지 않았지만 박원우는 거기에 묻혀 있어. 그 산에. 실종된 게 아니라 이 년 전에 죽은 거야."

미래가 이맛살을 찌푸렸고 현재는 손바닥으로 입을 가렸다. 나인은 곧바로 말을 이었다. 그래야만 했다. 마지막 말을 내뱉자 숨이 막혀 오는 듯해 계속해서 말을 하는 수밖에 없었다.

"박원우는 어렸을 때부터 외계인을 믿었대. 찾으러 다니고 그랬나 봐. 권도현이랑 박원우는 같이 학원을 다닐 정도로 친했는데 어느 순간부터 권도현은 그런 박원우가 싫었던 거야. 주변 사람들이 이상하게 보니까. 권도현 엄마도 박원우를 싫어했대. 정신이 이상하다고. 남들 다 이상하게 보니까 권도현도 박원우랑 조금씩 멀어진 거지. 사람들이 이상하다고 하니까."

"나도 들은 적 있어. 우리 엄마도 거기 교회 나가니까. 엄마가 가끔 그런 이야기 했어."

현재가 말했다.

"애 하나를 이상하게 만들려고 어른들이 작정한 거구나."

미래의 말이 맞았다. 이건 아이인 적 없다는 듯이 구는 어른들이, 단 한 번도 동화를 믿어 본 적 없다고 착각하는 어른들이, 환상을 꿈꿔 본 적 없다고 믿는 우매한 어른들이 만든 끔찍한 이야기다.

"박원우는 외계인을 정말 만난 적이 있다고 말하고 다녔어. 외계인이 돌아가신 엄마와의 추억이 깃든 나무를 되살려 줬거든. 박원우는 거짓말한 적 없어. 어렸을 때 한 번 외계인을 우연히 보았고, 커서 또 한 번 외계인과 대화를 나눴으니까."

소나기가 내렸다. 갑자기 내리치는 빗줄기가 시끄럽게 지붕을 때렸다.

"그 외계인이 지모야."

그리고,

"나는 지모의 손끝에서 피어난 새싹 중 하나야. 나는 땅에서 피어났어."

그래서,

"얘들아, 그러니까 나는, 인간이 아니야."

나인은 자신이 '인간이 아니래.'라고 말하지 않고 '인간이 아니야.'라고 말했다는 걸 깨달았고, 그 순간 스스로가 정체를 온전하게 받아들였음을 느꼈다. 지구에서 태어났지만 다른 존재. 그렇지만 십칠 년을 살아오며 단 한 번도 자신이 다르다고 느껴 본 적 없는 존재. 인간처럼 살았지만 인간은 아니고, 그렇다고 완벽하게 구별이 될 만큼 다르지도 않은. 나인은 그 괴리감을 마음에 은은하게 품고 있었지만 이제는 아니었다.

자신은 인간이 아니다.

그래서 그게 뭐 어쨌다는 거야.

나인과 눈이 마주친 승택은 괜찮다는 듯, 잘했다는 듯, 그리고 부럽다는 듯 웃었다. 미래와 현재는 서로 마주 보지도 않은 채 각자의 생각에 한참 동안 빠져 있었다. 그러다 미래가 먼저 입을 열었다.

"그게 끝이야? 더 숨기는 건 없고?"

나인이 고개를 끄덕였다. 지구를 떠날지도 모른다느니 하는 건 지금 할 말이 아닌 듯했다.

"너, 지난번에 나한테 네가 식물이면 어떨 거 같으냐고 물었지?"

그랬던가. 나인은 기억이 가물가물했다. 정체를 안 뒤에는 모든 게 정신없었다.

"내가 그때 뭐라 그랬는지 기억나?"

질문한 것도 기억나지 않았으므로 미래가 뭐라 대답했는지 기억날 리 없었다.

"아니."

"나무냐고, 꽃이냐고."

아. 나인은 그제야 어렴풋이 기억났다. 책상에 종일 엎어져 있는 나인에게 다가와 아프냐고 미래가 물었던 날.

"나 그때 진지하게 물어본 거였어."

미래는 눈을 마주치며 또박또박 말했다.

"나는 그냥 네 말이면 무조건 믿기로 했어. 그러니까 지금도 의심 안 해. 아까 네가 땅을 파랗게 만들었던 걸 안 봤어도 네 말을 믿었을 거야."

그게 가능할까. 누군가의 말을 무조건 믿는다는 거. 나인은 자신이 미래나 현재의 말을 무조건 믿었던 때가 있었는지 되짚어 보았지만, 미래와 현재는 이런 식으로 허무맹랑한 이야기를 한 적이 없었으므로 비교할 수 없었다. 코가 매웠다. 나인은 손등으로 코를 벅벅 문질렀다. 매워지지 말라고. 좀만 더 참아 보라고. 꼴사납고 부끄럽게 굴지 말라고.

"너는 왜 말이 없어?"

미래가 현재의 팔을 툭, 치며 물었다.

"네가 지금까지 계속 말해 놓고 뭘. 그리고 네가 그렇게 말했는데 내가 뭐라고 하겠어. 그렇구나, 해야지."

현재가 고개를 돌려 승택을 바라보았다.

"그럼 쟤도?"

승택이 고개를 끄덕였다. 현재는 그제야 모든 걸 수긍했다. 갑자기 등장한 나인의 사촌을 더 못 믿었던 모양이다.

"그래서 네가 쟤랑 우리 학원 찾아왔던 거구나. 박원우 때문에. 권도현한테 멱살 잡혔던 것도 그런 이유야?"

나인이 고개를 끄덕였다.

"경찰서에 간 이유도 그거겠네."

"응. 박원우가 거기 묻혀 있다는 걸 알자마자 갔는데 도저히 말이 안 나왔어. 말해도 믿어 주지 않을 것 같았어."

"이 년 만에 갑자기 웬 학생이 찾아와서 산에 그 학생이 묻혀 있다고 하면 믿지 않을 만하지. 잘했어. 가서 말했다가 나중에 진짜 시체 발견되면 네가 유력 용의자였다."

엄마가 형사여서 그런지 미래의 말이 신뢰감 있게 다가왔다. 미래가 자리에서 일어났다.

"지금은 늦었으니까 내일 다시 이야기하자."

"무슨 이야기?"

서 있는 미래를 올려다보며 나인이 물었다.

"뭐긴. 박원우 이야기지. 권도현이 죽었다는 걸 지금 아무도 모르는 거잖아. 아니, 아는데 묻어 두고 있다는 거잖아."

"듣고 보니 그러네. 살인을 저지른 사람이 처벌받지 않는 건 말이 안 되지."

미래의 말에 현재가 맞장구쳤다. 나인이 당황스러워 미래와 현재를 번갈아 쳐다보다 이 둘을 말려 달라는 사인을 승택에게 보냈지만 승택은 어깨를 으쓱할 뿐이었다. 난들 어쩌겠느냐는.

"너, 왜 당황스러운 표정이야?"

미래가 물었다. 웃기다는 듯이.

"무슨 일이든 먼저 뛰어들어서 우리까지 휘말리게 한 일만 적어도 책 한 권은 나오겠다. 이번에는 너 혼자 다 알아서 하려고 했어? 그건 치사해서 안 되지. 그리고 3의 법칙이 있다고 했어. 세 명이서 보고 말하면 거짓도 진실이 된다고."

더욱이 이 사건은 거짓을 진실로 만드는 것도 아니고 은폐된 진실을 수면 위로 끌어올려야 하는 일이므로, 세 사람의 힘을 합쳐야 된다는 말이었다.

"물에 젖은 건 더 무겁잖아. 혼자서는 절대 못 꺼내."

조심히 들어가라고 손을 흔들고 난 뒤 나인은 갈라지는 길목에서 몸을 돌렸다. 소나기가 한차례 퍼붓고 간 아스팔트에는 가로등 불빛이 별처럼 어른거렸다. 나인은 물기 어린 땅을 바라보며 걸음을 옮겼다. 그때 뒤에서 미래가 불렀다.

"야, 유나인."

나인이 몸을 돌렸다. 미래가 현재를 자리에 두고 나인이 있는 곳까지 저 혼자 달려와 앞에 섰다.

"말해 줘서 고마워. 끝까지 말 안 했으면 몰랐겠지만, 어쨌거나 알게 됐으니 다행이야. 그러니까 봐준다. 너도 나 봐주고. 네가 감추고 있던 거니까."

나인은 미래가 갑자기 무슨 이야기를 하는 건가 싶었다가 곧장 깨닫고 크게 고개를 끄덕였다.

집으로 돌아온 나인은 씻고 지모의 방으로 들어갔다. 며칠 동안 얼굴을 제대로 보지 못한 사람은 여기에도 있었다. 지모에게 오늘 일어났던 일을 말해 줘야 한다는 부채감과 당장 자고 싶다는 피곤함이 교차했다. 나인은 지모의 침대로 올라가 옆자리에 파고들었다. 옅은 잠을 자고 있었는지 지모는 나인의 기척에 왔느냐며 눈도 뜨지 않은 채 잠긴 목소리로 말했다. 나인이 지모의 품으로 파고들자, 지모가 두 팔로 나인을 끌어안았다. 익숙한 품에 안기자 며칠 동안 고생하며 몸에 축적해 왔던 피곤함이 한꺼번에 방출되는 기분이었다. 열이 나는 것 같기도 했다. 졸렸지만 쉬이 잠에 들지도 않는 괴로운 상태로 얼마간 누워만 있었다.

"잠이 안 오니?"

다시 잠들지 않았는지 지모가 물었다. 나인이 고개를 끄덕이자,

지모가 느리게 등을 쓰다듬었다.

"지모, 아무 이야기나 해 줘."

"어떤 아무 이야기?"

"안 외로워지는 이야기."

그 장면을 본 뒤로 드라이아이스를 붙여 놓은 것처럼 마음이 시려 왔다.

"나는 새싹이 아홉 개밖에 나지 않았어."

지모의 말에 나인이 품에 묻고 있던 고개를 슬쩍 들었다. 지모는 여전히 눈을 감은 상태였다.

"그중 다섯 개는 새싹을 뽑자마자 죽어 버렸고, 나머지 네 개만 땅에 묻을 수 있었어."

나인은 지모가 왜 갑자기 그런 이야기를 하는지 알 수 없었지만 묵묵히 들었다. 지모의 목소리와 말을 할 때마다 떨림이 전해지는 몸이 좋아서였다.

"사실 나는 별 욕심이 없었거든. 한 생명을 책임질 용기도 없었고. 그래서 죽으면 어쩔 수 없다는 마음으로 내버려 뒀어. 남들처럼 지극정성으로 보살피지도 않았고, 네가 빨리 피어나기를 기다리지도 않았어. 나는 그때 그저…… 떠나고 싶었거든."

떠나고 싶었다니. 지모는 어디를 가고 싶었던 걸까.

"그렇게 땅에 심었던 것들은 꽃을 피우기도 전에 죽었어. 세 개가. 당연한 결과여서 별 감흥이 없었어. 딱 하나 남은 저 애도 곧 죽겠거니, 그래도 의리가 있으니 쟤가 죽으면 여기를 떠나야지 하고 기다렸어. 그런데 죽지 않고 버티더니, 그 악조건 속에서도 꿋꿋하게 자라더니, 그 무관심에도 아랑곳하지 않고 꽃을 피우더라고."

그게 나구나. 나인이 속으로 생각했다.

"그래서 네 이름이 나인이야. 내게서 난 싹 아홉 개 중 가장 마지막에 핀 아홉 번째. 제일 강했어, 네가. 나는 엄마가 되는 게 두려워서 이모가 되었고, 언제나 거리를 두고 너와 함께 공간을 나눴어. 나는 여전히 내가 엄마라고 생각하지 않아. 하지만 너를 진심으로 사랑한다는 건 알아. 네가 미래와 현재를 사랑하듯, 그리고 그 아이들이 너를 사랑하듯 나도 너를 진심으로 사랑해."

나인이 지모를 끌어안았다. 지모가 엄마이든 이모이든 언니이든 상관없이 자신도 지모를 진심으로 사랑한다는 말을 하지 않아도 전해질 수 있도록.

"그러니 오래 이곳에 있어. 네가 만난 이 세상을 다 누리고, 세상이 변하는 걸 목격하고, 기쁨과 슬픔을 전부 겪고 나서 이 세상에 미련이 없어질 때."

지모는 알까. 몇 년 전 당신이 한 아이를 위해 베풀었던 친절이 절망의 씨앗이 되었다는 걸. 하지만 나인은 그걸 절망으로 생각하지 않으려고 애썼다. 친절은 절망이 될 수 없다. 그리고 어쩌면 지모는 이미 그때 박원우를 한 번 살렸던 것일지도 모른다. 그리고 그 이후로도 수없이 살렸을지도 모르고. 박원우가 힘들 때마다 도망쳐 올 곳을 만들어 줬다. 세상에서 도망치고 싶을 때, 무너지고 싶을 때, 사라지고 싶을 때마다 박원우는 그 나무를 찾아 마음을 다잡지 않았을까.

"그때 시들었으면 좋겠어."

나인은 계속 박원우를 생각했고, 지모는 오늘 만난 남자를 떠올렸다.

"그렇게 다시 피어나 만났으면 좋겠어, 다음에도."

24

박원우가 죽었다는 걸 알고 있는 사람은 한 명, 혹은 세 명, 어쩌면 다섯 명, 최악의 경우 이보다 많을 수도 있다. 한 사람의 죽음을 개인의 이기나 명예를 위해, 혹은 이해할 수 없는 세상의 함구된 법칙 때문에 없던 일로 만들었다. 그래서 그 한 사람은 삶의 방점을 찍지 못하고 누군가의 간절함에 붙잡혀 세상 어딘가를 떠돌게 됐다. 그날 이후로 오늘을 맞은 적 없는 한 사람은 누군가의 상상 속에서 오늘도 눈을 뜨고, 밥을 먹고, 누군가와 대화를 나눈다. 모종의 이유로 한 사람이 떠났다고 믿는 누군가에 의해. 나인은 그 한 사람이 아닌 남은 누군가를 위해 어쩌면 세상에서 가장 잔인할지도 모르는 짓을 벌이기로 결심했다. 한 사람의 인생에 방점을 찍는 것. 남은 누군가의 간절함을 절망으로 바꾸는 것. 방점을 찍는 건 괴롭지만, 그렇게 해야만 다음 문장으로 넘어갈 수 있다. 그다음 문장이 '그래서'일지 '그럼에도 불구하고'일지는 아직 알지 못하지만.

나인은 등굣길에 보았던 너덜너덜해진 전단지를 떠올렸다. 자전거 보관대의 전단지는 며칠째 새것으로 교체되지 않았는데, 지난 밤 소나기까지 내리는 바람에 글씨조차 제대로 알아보기 힘든 상태였다. 전단지를 붙여 봤자 박원우를 봤다고 할 사람은 등장하지 않을 터였다. 나인은 앞으로 전단지에 발이 묶이지 않겠다고 다짐하며 보관소를 지나쳤지만 결국 되돌아와 구겨진 전단지를 손바닥으로 다림질한 뒤에야 정문을 통과했다. 그리고 운동장을 가로지르며 생각했다. 몇 명이 그 죽음을 짓밟고 있든 상관없다고. 땅을 파헤치기 위해서는 그 위에 서 있는 딱 한 사람만 쓰러뜨리면 된다고. 그게 누구일지 아직 모르지만.

행정실 직원은 승택을 보고 긴가민가한 표정을 지었다가 곧 자신이 이 학교 학생의 얼굴을 다 알 리 없다는 걸 깨달았는지 서랍에서 옥상 열쇠를 꺼내 자리에서 일어났다. 현재의 체육복이 승택에게 딱 맞아 다행이었다.

옥상은 한갓졌다. 네 사람은 둘러앉아 매점에서 사 온 빵을 먹으며 오늘 나눠야 할 이야기의 주제를, 어제 밝혔던 진실을 말없이 복기했다. 나인은 오늘따라 유독 퍽퍽한 빵을 억지로 씹어 삼키며 현재를 곁눈질했다. 현재는 영어 단어장을 다리에 펼쳐 두고 읽으면서 빵을 먹었다. 원래도 공부를 열심히 하기는 했으나 이 정도였나. 이 상황을 필사적으로 외면하기 위해 이러는 건가 싶었다.

교실에서 미래는 어제의 일 따위는 다 까먹은 사람처럼 내색하지 않았다. 그게 오히려 더 불편했지만 곧 적응했다. 미래가 그래준 덕분에 나인은 어제의 일이, 그리고 자신의 일이 별것 아닌 듯이 느껴졌다. 불안했던 마음 한구석도 편안해졌다. 엄청난 진실을 마주

했을 때 느꼈던 그 불안. 평온이 휩쓸려 사라지고 지축이 흔들리면서 이전의 세상과 완전히 달라져 돌아갈 수 없을 거라 생각했다. 그런데 달라지는 건 아무것도 없다고 미래가 말해 주고 있었다. 예전과 다를 것 없는 눈빛으로, 말투로, 행동으로. 미래가 이렇다면 현재도 다르지 않으리라 생각했다. 그리고 나인의 생각처럼 현재는, 영어 단어를 갑자기 저렇게 열심히 공부하는 것 외에 달라진 게 없었다.

반쯤 먹은 빵을 내려놓으며 미래가 먼저 입을 열었다. 어떻게 대화의 물꼬를 터야 할지 몰라 눈치만 보고 있던 나인에게는 감격스러운 일이었다.

"권도현이 범인이라는 점에는 이견이 없는 거지?"

미래는 곧바로 자신의 말을 정정했다.

"아니, 이견이 있어서는 안 돼. 무조건이어야 해. 안 그럼 우리 다 큰일 날 수도 있어. 엄한 사람 살인자로 몰아가는 거니까."

정말 확실한가. 나인은 스스로에게 되물었다. 그 목소리는 권도현의 것이 확실했다. 도중에 소리가 겹치긴 했지만 권도현을 부르는 이름도 분명 들었다. 그리고 무엇보다 권도현은 박원우가 죽었다는 걸 알고 있었다. 나인이 권도현을 찾아가 박원우에 대한 이야기를 꺼냈던 그날, 나인의 멱살을 잡던 권도현의 떨리는 손과 분노에 찬 눈빛은 그 사실을 뒷받침했다. 죽은 박원우가 연락을 해 왔다니. 그것도 처음 보는 애에게서 그런 말을 듣는다는 게 권도현에게는 공포였으리라. 나인이 고개를 끄덕였다.

"확실해. 어쨌거나 권도현도 알아. 박원우가 죽었다는 거."

"박원우가 죽었다는 것보다 박원우를 죽였다는 게 확실해야 할 거 같은데."

영어 단어장을 덮으며 현재가 조심스럽게 입을 열었다. 미래가 다시 나인에게 물었다.

"들은 거 확실해?"

"분명히 들었어. 박원우를 밀친 건 권도현이 맞아."

"하, 미치겠다. 그걸 너만 들었다는 게."

미래가 손바닥으로 이마를 짚었다. 이렇게까지 함께 힘써 주는 게 고마움과 동시에, 미래의 말처럼 자신만 들었기에 신빙성이 없다는 게 미안했다. 나인이 미안하다고 작게 읊조리자 미래가 황급히 말을 정정했다.

"너를 못 믿겠다는 게 아니라 그게 증거가 될 수 없어서 그래."

"일단 시체가 있는 위치를 너희 엄마한테 말하면 조사가 들어가지 않을까? 시체에서 어떤 흔적이 나올 수도 있잖아. 시체가 어디 있는지 정확히 알아?"

"확실하지는 않지만 걸리는 장소는 있어. 계속 신경 쓰이는 곳이 있거든."

현재의 말을 곰곰이 곱씹던 미래는 끝내 고개를 저었다.

"힘들 거야. 무모하기도 하고. 영화나 드라마에서나 그렇지 실제로 흔적이 나오기도 쉽지 않고, 흔적이 나와도 오염 물질이라 증거로 채택되기 힘들다고 그랬어. 마찬가지로 권도현 흔적이 있어도 박원우를 죽였다는 증거가 되는 것도 아니고."

미래의 말은 수사 과정을 전혀 모르는 나인이 듣기에도 일리 있었다. 현재도 그렇게 느꼈는지 고개만 끄덕였다.

"그리고 나도 봤어, 그날. 박원우."

"뭐? 네가? 언제?"

미래는 이해할 수 없던 말을 내뱉던 박원우를 떠올렸다. 누군가가 세상을 찢고 나간 틈으로 보이는 또 다른 세상. 미래는 이제야 그 말뜻을 알겠다. 세상을 찢고 나간 건 박원우의 엄마다. 그 세상 틈을 볼 수 있도록 해 준 건 박원우에게 힘을 보여 준 나인의 이모 겠지. 박원우는 남들이 못 보는 다른 세상을 보았던 것이다. 엄마가 찢고 간 그 틈으로.

"박원우가 실종됐던 그날이 우리가 같이 브로벨리아드 화원에서 술 마셨던 날이잖아. 너희랑 만나기 전에 잠깐 마주쳤어. 박원우가 그때 손수건 빌려줬거든. 그러니까 박원우를 발견하면 손수건이 있을 거고 그 손수건에 내 흔적이 남아 있을 거야."

나인과 현재에게는 미래 자신도 용의자 선상에 올라갈지도 모른다는 말처럼 들렸다. 그것만은 절대로 피해야 했다. 만일 권도현의 짓을 감추려고 그 집에서 손을 쓴 거라면 두 번째 용의자가 나타났을 때 옳다구나 미래를 범인으로 만들기 위해 무슨 짓을 할지 모른다. 미래의 엄마가 아무리 형사라지만 이미 그 집에서 경찰을 제 편으로 만들었다는 확률도 배제할 수 없었다.

옆에서 한발 물러나 남의 일처럼 지켜보던 승택이 입을 열었다.

"너희 셋이 증인으로 나서는 건?"

"우리 셋?"

"응. 너희 그날 같이 있었다며. 셋이 같이 봤다고 하는 건 어때?

한 명도 아니고 목격자가 세 명이면 효력이 발생하기는 할 텐데."

승택의 말은 꽤 그럴듯하게 들렸다.

"너희가 그날 같이 있었다는 걸 다른 사람이 알아?"

"응, 우리 셋 집에서는 다 알걸."

나인이 곧바로 대답했다.

"그럼 되겠네. 너희 그날 술 마셨다고 했지? 술 마시고 들킬까 봐 산책을 했던 거야, 선연산으로. 평소에도 유나인이 자주 가던 산이라서 지리를 꿰고 있었다고. 그러다가 본 거지. 권도현이랑 그 친구들이 박원우를 불렀고, 어떤 대화를 나눴는지까지 세세하게 말하면 되지 않을까?"

"그럼 그때 바로 신고하지 않은 게 이상하잖아. 벌써 이 년이나 지났는데."

"살인 사건을 목격한 사람이 경찰서에 찾아가서 증언하는 게 쉬운 건 아닐걸. 무섭잖아. 그랬다가 범인이 증거 불충분의 이유로 풀려나면 어쩌려고?"

"괜찮은 것 같은데."

현재가 대답했다. 나인도 꽤 괜찮은 방법이라 생각했지만 미래는 아무런 반응 없이 줄곧 생각에 잠겨 있었다.

"혹시나 너희한테 피해가 끼칠까 봐 무서워서 입 다물고 있었다가 이건 아닌 것 같았다고 하면 되지. 권도현이나 그 친구들도 실수였어. 작정하고 일으킨 범죄가 아니니까 분명 너희들이 목격자로 나타나면 당황해서 들키고 말 거야."

"당황해서 들키는 건 우리도 마찬가지일 거야."

한참 동안 생각에 잠겨 있던 미래가 반박했다. 미래가 나인과 현재를 바라봤다. 그 눈빛이 매서웠다. 나인은 미래가 괜히 형사의 딸이 아니라고 생각했다.

"그쪽에서 시치미를 떼면 일이 복잡해서. 친구를 죽여 놓고 아닌 척 웃으며 학교에 다닐 정도면 보통이 아닐지도 몰라. 걔 부모도 그렇고. 한마디로 권도현이 죽이지 않았다고 잡아떼면 박원우의 시체가 나와도 어떻게 할 방법이 없을 거야. 아까 말했던 것처럼 박원우 시체는 이미 이 년 동안 땅속에 묻혀 있어서 뭐가 나온다고 한들 증거로 효력이 발생하기 힘들 거고. 증거와 살인의 인과를 정확하게 설명할 수도 없으니까. 그런데 그런 상황에서 우리가 이 년 전 사건의 목격자라고 셋이 나선다고 뭐가 달라질까? 권도현이 아니라고 한 순간부터 일이 아주 복잡해져. 왜냐하면 우리가 그걸 봤다고 말한다는 건, 그러니까…… 실종이 아니라 살인이라고 말하는 거야. 그리고 살인이면 사건을 대하는 태도부터가 달라진다고 했거든."

"그렇지. 그럼 아저씨도 알게 되는 거구나, 죽었다는 거."

희망을 자를 거라면 그에 상응하는 대응이 필요했다. 실종이 아니라 죽은 거라면, 고의이든 실수이든 누군가에 의해 죽었고 이 년 동안 홀로 방치되어 있던 거라면 법으로 그 죄를 물어야 했다. 그 죗값은 유가족에게 보상이 될 수 없지만 그래도 죄를 지으면 그에 응당한 벌을 주는 세상임을 증명해야 했다. 그것이 이 세상이 보여 줘야 하는 보편적인 불변의 법칙이다.

"압박할 거야. 이 년 동안 꽁꽁 묻었던 걸 갑자기 들췄으니까. 시체가 발견되면 다시 묻을 수도 없어서 어떻게든 화살을 돌릴 거야. 말했듯이 우리도 그 압박감을 견디지 못할 게 분명해. 1초 단위로 기억을 끄집어내야 할 거고 엄밀히 말하자면 우리의 기억은 우리가 만든 거기 때문에 흠이 없을 수 없어. 들키겠지. 들키면 우리만 큰일 나는 거고. 한마디로 짜고 치는 판에 멋모르고 들어갔다가 우리만 뒤집어쓸 수도 있다는 말이야."

이미 겁을 먹을 대로 먹어 미래의 말에 반박할 수 없는 나인과 현재였음에도 미래는 한마디 더 덧붙였다.

"그리고 만약 거짓 증언인 게 밝혀지면 우리도 벌 받아."

"그럼 우리가 할 수 있는 방법이 없는 건가. 이걸 알고도……."

현재가 중얼거렸다.

"가장 위험하지만 확실한 방법 하나가 생각나기는 해."

"뭔데?"

"권도현이 자백하는 거."

나인의 말에 아무도 입을 열지 못했다. 그것은 불가능에 가까웠기 때문이다.

네 사람은 자리에서 일어났다. 방금까지 나눈 대화를 미루어 내린 결론은 꽤 참담했다. 박원우의 시체를 발견한다 하더라도 권도현이 가해자라는 걸 밝혀낼 뾰족한 수가 없다. 억지로 욱여넣었던 빵이 전부 얹힌 듯 나인은 가슴이 답답해졌다. 자신이 들었고, 그곳에 있던 모든 식물이 봤다. 잊지 않고 간직해 두었다가 나인에게 쏟아냈다. 기다리고 있었다는 듯 다급하게 외쳤던 그 모든 순간을 나인은 똑똑하게 기억했다. 하물며 식물도 잊지 않고 있는데…….

승택은 학교가 끝나면 다시 오겠다는 약속을 하고 1층으로 내려갔다. 손에 영어 단어장을 든 현재 역시 학원을 그만둬서 시간이 많다는 말을 남기고 제 반으로 향했다.

미래와 함께 교실을 향해 걸으며, 나인은 이전에는 느끼지 못했던 어색함을 눈치챘다. 그런데 이 어색함이 어디에서 오는지 당최 알 수 없어서 그저 어제 일어났던 일의 여파쯤으로 받아들였다.

"나, 네 손가락 보고 싶어."

미래가 걸음을 멈추고 대뜸 말했다.

"손가락?"

"손가락 끝."

아, 그 말이구나.

아직 5분 남짓 여유가 있었다. 복도 식수대 앞에 서서 미래가 나인의 손가락 끝을 어루만졌다. 구멍이 뚫려 있지도, 흉터가 남아 있지도 않은 손가락 끝을 매만지는 미래가 도통 무슨 생각을 하고 있는 건지 짐작되지 않았다.

"안 믿기네. 다를 게 없는데."

"집에 새싹 있어. 보여 줄까?"

"좀 다르게 생겼니?"

"음. 내가 보기에는 똑같던데."

미래가 옅은 웃음을 터뜨렸다. 그러곤 나인의 손가락을 놓지 않은 채 물었다.

"그게 언제 난 거야? 갑자기 솟아났어?"

"아니, 아침에 눈 뜨니까 있었어."

"으. 꿈인 줄 알았겠다."

"욕했지. 미친,이라고."

"기분은 어땠어?"

"기분?"

미래가 고개를 끄덕였다. 기분이야…… 놀랐지. 황당했고. 어이없었고. 혼란스럽고. 제일 먼저 떠오른 것들이었지만 나인은 그게 정답이 아닌 것 같은 기분이 들었다. 자신의 손가락을 매만지고 있는 미래의 손을 보았다. 흰 부분 없게 바짝 깎은 미래의 손톱을 응시하며 그날 아침의 자신을 다시 떠올렸다. 하지만 곧 그때의 기분을 설명하려면 그때만 떠올려서는 안 된다는 걸 깨달았다. 환청이 들려왔던 때로, 그렇게 좋아했던 태권도가 적성이 아니라는 걸 느꼈던 때로, 지모를 지키려면 강해져야 하니 태권도를 배워야겠다고 마음먹었던 때로, 브로멜리아드에 방문하는 사람들이 이모와 둘이 사는 나인을 딱하게 보던 때로, 친구들에게 이모와 둘이 산다는 이야기를 해야 했던 때로, 그리고 기억 속 아득한 곳에 자리 잡은 장면으로까지 거슬러 올라가야 했다. 그 기억이란 지모가 오기를 기다리며 방에서 홀로 TV를 보던 시간. 만화 주인공의 특별한 능력을 보며 바깥에서 기척이 들릴 때마다 뒤돌아보았던 순간까지. 자신에겐 특별했지만 사람들은 시시하고 측은하게 보았던 그 세월을 돌이켜보니, 나인은 그날 아침 자신이 느꼈던 감정의 씨앗이 무엇인지 알 수 있었다. 황당하고, 혼란스럽고, 무섭고, 어이없었던 그 감정 가장 끄트머리에 희미하게 있던.

"조금 설렜어."

"설렜다고?"

나인이 고개를 끄덕였다. 이유에 대해 말해 주고 싶었지만 모든 걸 다 말해 주기에 시간이 너무 짧았다. 미래는 어이없게 웃었다.

"진짜 너답다."

수업 시작종이 울리자, 미래가 손가락을 잡고 있던 손으로 나인의 손을 잡고 교실로 향했다. 미래에게 현재와 무슨 일이 있는 건지 물을 수 있는 기회였는데. 나인은 아쉬움에 입맛을 다셨다. 그렇지만 이제 이건 그렇게 급하지 않았다. 자신의 비밀을 이야기하고도 옆에 남아 준 친구들처럼 현재와 미래가 어떤 걸 감췄든 나인은 그 둘 옆에 있을 생각이었으므로.

운동장이 아니라 건물 뒤편으로 나온 건 순전히 길을 몰라서였는데 의도치 않게 미래와 나인의 대화하는 모습을 목격한 승택은 그 두 사람이 떠날 때까지 거기에 서 있었다. 목소리가 들리지 않아 어떤 대화를 나누는지 알 수는 없었지만 서로 손을 꼭 붙잡고 이야기하는 걸 보고 있으니 싸우고 있는 상황이라고 쳐도 부러웠다. 승택은 몸을 휘감는 감정에 매이지 않기 위해 서둘러 걸음을 옮겼다. 외계인이라는 터무니없는 말을 듣고도 비웃지 않던 미래와 현재를, 옥상에 둘러앉아 자칫 본인들이 위험해질 수 있는 일인 걸 알면서도 누구 하나 겁내지 않고 서로 함께하겠다던 그들의 굳건한 믿음을 생각하지 않으려고 애썼다. 그건 이 행성을 떠날 승택에게 쓸쓸함만 남길 감정이었다.

승택은 모퉁이에서 걸음을 멈췄다. 낮은 목소리가 들렸다.

"아니야. 아니라고."

한 발자국 더 내디뎠다. 길이 꺾어진 곳에 분리수거장이 있었다. 거기에 교복을 입은 한 학생이 서 있었다.

"아니라고. 아니라니까. 아냐, 아냐, 아냐."

그 학생은 아니라고 외칠 때마다 자신의 머리를 벽에 부딪쳤다. 제법 세게 부딪친 탓에 벽이 울릴 정도였다. 불안한 음성. 적어도 온전한 정신 상태는 아님이 확실했다. 학생은 잠시 말과 행동을 멈췄다. 이번에는 벽에 이마를 붙이고 중얼거렸다. 한 번만, 한 번만 봐주세요.

"잘못했어요."

반대편에서 다른 학생이 소리쳤다.

"권도현! 수업 종 쳤어, 새끼야!"

학생은 소리가 난 곳으로 고개를 돌렸다. 숨을 길게 내뱉고 손바닥으로 이마를 벅벅 문질렀다. 그러고는 곧 아무 일도 없었다는 듯이 자리를 떴다.

승택은 권도현이 시야에서 완전히 사라진 뒤에야 권도현이 서 있던 자리로 향했다. 벽에는 검붉은 핏자국이 얼비쳤다. 승택은 벽을 바라보며, 어쩌면 가장 위험한 방법이 가장 효과적일 수도 있겠다는 생각을 했다.

25

일주일 전, 승택에게 비밀 친구를 제안하며 지모가 초대한 곳은 비밀 서고였다.

브로멜리아드 창고 책상 밑에 지하로 통하는 문이 있었다. 자주 여닫지는 않은 모양인지 지모가 먼지를 털어 낼 때마다 뿌연 먼지가 모래 폭풍처럼 일었다. 승택은 다급히 손으로 코와 입을 막았지만 기침이 터졌다. 출구가 악어처럼 입을 벌렸다. 컴컴한 계단에서 승택이 쉽사리 발을 내딛지 못하자 지모가 손을 뻗어 전구 스위치를 눌렀다. 호롱불 같은 전구가 듬성듬성 켜졌다. 승택이 한 칸을 내려갔다. 지모가 천장이 낮으니 머리 조심하라 일렀지만 승택은 이미 이마를 부딪친 뒤였다. 얼마만큼 내려가야 하는지, 끝이 있기는 한 건지 알 수 없었다. 밝기가 세지 않은 전구는 바로 앞에 계단이 있다는 정도만 비춰 줄 뿐이었다. 내려오고 난 뒤에야 그다지 깊지 않다는 걸 알 수 있었다. 뒤따라 내려온 지모가 어둠 속에서 스위치를 찾아 눌렀다. 백열전구의 주홍색 빛이 주변을 밝혔다. 10제

곱미터 정도 되는 크기의 공간에는 책과 벨벳 소재의 1인용 소파가 놓여 있었다. 지모는 승택을 소파에 앉히며, 이곳에 원래 공장이 있었는데 그 공장이 폐기물을 쌓아 두기 위해 만든 지하실이라고 말했다. 그리고 바로 이 지하실이 마음에 들어 다 죽어 가는 땅을 샀다고 덧붙였다.

책에 쌓인 먼지를 떨어내며 지모는 이 비밀 서고는 나인도 모른다고 말했다. 영원한 비밀은 아니고 때가 되면 보여 주려고 했는데 나인보다 먼저 올 손님이 있을 줄은 상상도 못 했다며 웃었다. 그 웃음이 가시기도 전에 지모는 한마디로 비밀 서고는 나인에게 비밀이며, 허락 없이 나인에게 함부로 발설했다가는 책과 함께 너도 이곳에 갇힐 거라고 섬뜩하게 말했다.

"누브어로 쓰인 거야, 전부."

지모가 책 한 권을 내밀며 소개했다. 승택이 책을 넘겨받았다. 그 책은 유달리 종이의 질감이 특이했다. 얇은 막처럼 나풀거렸고, 잎사귀의 잎맥 같은 섬유질이 서로 얽혀 있었으나 얇은 것에 비해 비침이 전혀 없었으며, 아무리 당겨도 늘어나기만 할 뿐 찢어지지 않았다.

"신기하지? 이 종이는 지구에 없는 식물로 만든 거야. 거기서는 풀로 종이를 만들었대."

비밀 서고에는 총 53권의 책이 피신 중이었다. 책의 3분의 1은 불에 그슬렸고, 3분의 1은 물에 젖었으며, 나머지는 반쯤 토막 난 상태였다.

"꼭 누군가가 없애려고 한 것 같아요, 이 책들."

승택의 말에 지모는 싱긋 웃었다. 침묵은 긍정이었다.

"책을 왜 없애요?"

"왜겠어? 여기에 다시 떠올리고 싶지 않은 아픈 과거가 있거나 알려지게 되면 본인들에게 불리해지니까 없애려고 했겠지."

불리해지는 과거랄 게 뭐가 있느냐고 묻고 싶었지만 승택은 망설였다. 형체 없는 무언가가 승택을 뜯어말렸다. 옷깃을 붙잡고 입을 틀어막으며 묻지 말라고, 알아 봤자 아무런 도움이 되지 못할뿐더러 기분만 상할 거라고 경고했다. 그것은 아마도 승택의 본능, 불안을 감지하는 센서 같은 것이었으리라.

"불리해진다는 건 어떤 경우인가요?"

하지만 승택은 자신을 붙든 손아귀를 떼어 내며 물었다. 불안을 감지하는 센서보다 알아야만 한다는 의무가 더 세게 작동한 탓이다. 그렇지만 이것 역시 다른 종류의 본능, 이곳에 와야만 했던 사명 같은 것이었다.

지모는 대답 대신 책 한 권을 건넸다. 승택은 벨벳 소재의 소파에 앉아 지모가 건넨 책을 펼쳤다. 7세의 한국어 수준과 엇비슷한 누브어 실력이어서 읽을 수 있을지 걱정했으나 다행히 알아볼 수 있는 단어와 세세하게 그려진 그림으로 책 한 권의 내용을 모두 추론할 수 있었다. 차라리 아예 누브어를 할 줄 몰랐으면 더 나았을까. 눈앞에 놓인 진실을 보고도 알아보지 못했다면 이전과 같은 삶을 살아갈 수 있었을 텐데. 그 책은 사십칠 일 동안 붉게 물들었던 리겔리를 묘사하고 있었다. 리겔리. 고향 행성의 명칭이었다. 승택이 침대에 누워 하늘만 바라보고 있던 어린 시절에 아버지는 선조들의 이야기를 해 주며 그들의 결단과 그에 따른 고통, 슬펐지만 아름다웠던 이별 따위를 말해 주었다. 그렇지만 이 책에 적힌 내용은 승택이 알고 있는 역사, 그러니까 아버지가 들려준 이야기와 달랐다. 승택이 책을 덮자, 지모가 입을 열었다.

"더 나은 곳을 위해 떠나는 것도 아니고 행성이 죽어서 떠나야 하는 건데, 거기에 남겠다고 몇이나 그랬겠니?"

모두가 떠나고 싶어 했다. 풀 한 포기 자랄 수 없는 행성에서 죽음을 기다리고 싶어 하는 이는 극히 드물었다.

"행성은 예정보다 빠르게 죽어 버렸어. 하루에도 몇 만 명씩 뇌우에 불타 죽고, 해일에 휩쓸려 죽고, 먹을 게 없어 죽고, 전염병에 걸려 죽고, 식량을 지키려다 살해당했던 그 행성에 누가 남고 싶어 했겠느냐고. 안 그러니?"

예정했던 우주선은 총 다섯 대였다. 리겔리 원주민을 모두 태워 이주할 계획이었으나 행성의 멸망이 더 빨랐던 탓에 준비된 우주선은 두 대뿐이었다. 다섯 대 중에 고작 두 대. 승택은 붉게 물든 리겔리 삽화를 다시 응시했다. 지구가 푸르듯 리겔리가 붉은 것이 아니라, 피로 물든 것이었다.

"네가 타지 않아야 내가 탈 수 있는 상황. 당장 떠나도 모자랄 판에 누가 타고 누가 타지 않고를 언제 다 정하고 앉아 있니?"

"그래서 죽였다는 건가요, 사십칠 일 동안?"

지모는 웃기만 했다. 두 번째 긍정.

"전부 다요?"

"탑승할 수 있는 인원만 빼고, 전부 다."

그렇게 출발한 두 대의 우주선 중 한 대만이 지구에 도착했다. 나머지 한 대는 소행성과 충돌해 폭발한 것으로 알려져 있지만 이 역시 사실이 아니며, 식량이 부족해지자 그 우주선을 침략해 모두 죽이고 식량을 약탈했다고, 이 책의 저자는 그 모든 일들을 기관실에 숨어 기록했다. 반드시 전해야 한다는 일념으로. 책의 저자는 그들이 우주선에서 누브가 피어날 때마다 그 아이의 힘을 확인하기 위해 온갖 잔혹한 행위를 서슴지 않았으며, 그 과정에서 죽은 아이도 있다고 적었다. 언젠가 또다시 강한 힘을 가진 아이가 태어난다면 그 아이는 꼼짝없이 그들을 위해 자신의 삶을 소진할 거라는 염려까지도. 지모가 필사적으로 나인을 감추려 했던 이유를 승택은 그제야 알았다. 지모는 일찍 알았던 거다. 이 아이가 특별하다는 걸.

그렇지만 아버지는 분명 그런 존재는 동화에나 등장하는 것이라고 했는데. 그런 아이가 피어난다는 걸 아버지가 모를 리가 없었다.

승택이 손으로 바지를 움켜쥐었다. 불현듯 불안함이 스쳤다. 아버지는 과거에 함몰되면 앞으로 나아갈 수 없다고 말했다. 지구에 머물고 있는 종족을 지키기 위해서라면 무엇이든 했다. 세계라는 가없이 넓은 바다를 표류하고 있는 종족은 가라앉지 않기 위해, 적응하기 위해, 익숙해지기 위해, 살아남기 위해 존재했던 모든 것을 꾸준히 거짓으로 만들었다. 지키기 위해 버려야 했던 것들. 태평하게 책을 고르고 있는 지모를 향해 입술을 몇 번이나 달싹였다. 지모가 자세를 굽혀 아래에 깔려 있는 책 하나를 꺼냈다. 그러곤 쌓인 먼지를 툭툭 털었다.

"혹시 그런 짓을 벌인 게 저희 아버지인가요?"

그래도 승택은 아버지가 옳았다고 믿었고, 거슬러 올라가 고향 행성을 떠나야 했던 때에 떠나지 않겠다는 이들을 억지로 이주시키지 않은 자신의 선조도 옳았다고 생각했다. 적재량을 초과한 배는 가라앉기 마련이고, 우주를 가로지른다는 건 예측하지 못한 변수를 수없이 맞이해야 한다는 뜻이었으므로, 누군가는 평온하게 여생을 집에서 맞이하고 싶었을 거였다. 떠나는 이들을 위한 노래와 남은 자들의 평온을 위한 기도가 울려 퍼졌다는 말을 믿었다.

지모가 승택과 눈높이를 맞춰 앉았다. 그러곤 승택의 손을 잡고 손등을 매만지며 입을 열었다.

"아버지를 사랑하니?"

갈피를 잡을 수 없는 질문이었다. 지모의 눈은 본질을 꿰뚫는 형사의 눈처럼 매서움과 동시에 깊이를 가늠할 수 없는 해수면처럼 잠잠했다. 지모가 매만지고 있는 손에 땀이 찼다. 혼란스러웠다.

"잘 모르겠어요."

단 한 번도 아버지를 사랑하는지 생각해 본 적 없었다. 마음을 비교할 대상이 없던 걸지도 모른다. 다른 누군가를 옆에 두었다면 확실히 알았을 텐데, 승택은 태어난 이래 나인을 만나기 전까지 담장을 넘어간 적이 없었다. 승택의 세상에는 아버지가 전부였다. 사랑과 우정의 다름을, 공포와 존경의 차이를 몰랐다.

"내가 너희 집에 찾아갈 때마다 문틈으로 지켜보고 있는 네 눈을 봤거든. 너는 꼭 문에 결계라도 쳐 있는 것처럼 나오지를 않더라고. 나올 수 있는데도 단 한 번도 그러지를 않았어. 네가 정말 네 아버지를 사랑한다면 너는 네 아버지가 만든 결계를 언제든 깰 수 있는 아이가 되었어야 해. 그러면 아버지가 만든 결계를 하나씩 깨며 세상 밖으로 나아갔겠지. 너는 아버지가 무서웠던 거야. 말 잘 듣는 착한 아이는 더 크게 자랄 수 없거든."

지모는 낱낱이, 승택의 허락도 구하지 않은 채 승택을 적출하고, 헐뜯고, 정의 내렸지만 왜인지 승택은 하나도 불쾌하지 않았다. 지모가 매만지던 손을 놓았다.

"말이 길어졌는데 너희 아버지일 리 없지 않을까? 그게 족히 몇백 년 전인데."

그렇다. 아버지일 리는 없었다. 아버지 역시 지구에서 피어나 자란 세대였다. 일순 마음에 안도감이 깃들었지만 지긋이 바라보는 지모의 눈을 보고 있노라니 그런 감정이 차츰 물러났다. 아버지는 아니라는 말이구나. 아버지는 아니지만 아버지의 아버지, 그 아버지의 아버지는 맞으며, 그때와 같은 상황이 온다면 아버지도 선조의 행태를 그대로 답습할 거라는 말이구나. 또 다르게 표현하자면 나의 유전자에 학살의 기억이 상존하고 있다는 것이구나. 승택의 안색이 파리해졌다.

"네 조상들이 그런 짓을 했다는 게 끔찍하니?"

승택은 옹송그린 채 고개를 끄덕였다.

"생각보다 반응이 더 선량하네. 다행이다. 끔찍한 걸 끔찍하다고 느껴서."

지모는 불에 그슬린 책 한 권을 꺼내 책장을 넘겼다.

"각자의 마음에는 점이 지대가 있어."

"점이 지대요?"

"성질이 다른 두 원의 경계야. 마음에 두 원이 있거든. 간단하게 청과 적이라고 하자. 태곳적에는 모두 청에 머물러 있었지만 살아가면서 누군가는 이 경계를 넘어 적으로 가기도 해. 한번 넘어가면 다시는 청으로 돌아올 수 없는 경계를 넘는 거지. 그 영역의 경계가 점이 지대야. 나는 이 점이 지대를 넘으면 아무것도 바꿀 수 없다고 생각해."

"그 경계를 넘는 건 누구인가요?"

"죄 지은 사람들이지. 점이 지대는 죗값을 무를 수 있는 유효 기간 같은 거야. 다른 말로 하자면 죄책감의 유효 기간. 그 기간이 지나면 어떻게 될 것 같니?"

"죄책감을 느끼지 못하게 되나요?"

"응, 죄책감이 유효한 마지막 기간이거든. 그 영역을 넘어가면 벌을 받아도 그걸 벌이라고 생각하지 않아. 그래서 잘못을 깨달을 수 있는 마지막 기간이기도 하고. 그건 죄를 지울 수 있다거나 회개를 할 수 있다는 말이 아니야. 자신이 저지른 일이 죄인 걸 깨닫고, 그 죄를 평생토록 어깨에 짊어지고 고통스럽게 살아가는 거지. 매 순간 후회하고, 매 순간 죄스럽고, 매 순간 시간을 돌리고 싶어 하며, 매 순간 스스로를 괴물처럼 여기면서."

"그럼 안 좋은 거 아닌가요? 고통스럽다는 건······."

"고통스럽다는 건 살아 있다는 증거 아니겠니?"

지모가 승택의 머리칼을 쓰다듬었다.

"점이 지대를 넘어가면 고통스럽지 않아. 평온해지고 행복해지지. 그리고 언젠가 같은 짓을 반복하겠지. 고통스럽지 않으니까. 바로 앞에 있는 걸 보지 못하고 탁해진 눈동자로 저 멀리 손에 닿지 않는 것만 바라보겠지. 자신이 밟고 있는 붉은 땅이 피로 물든 줄도 모르면서."

승택은 아버지의 눈을 떠올렸다. 아버지의 눈은 어디를 보고 있던가. 나아가기 위해 무언가를 버려야 한다고 말하던 그 순간에.

"그렇게 악마가 되어 가는 거란다."

"나인도 이 사실을 알아요?"

"걔는 네가 원래 알고 있던 것처럼 아름답게 포장된 이야기로만 알아. 어느 사람은 남고, 누구는 떠났다는. 이제 막 자기 정체를 알게 된 애한테 이런 일까지 알게 하는 건 걔의 세상을 너무 뒤흔드는 일인 것 같아서. 좀 더 평안하기를 바라거든. 내가 좀 이기적이지?"

"그럼 갑자기 저한테 이 이야기를 해 주시는 이유가 뭐예요?"

"누군가는 기억하고 있어야 하니까. 누구든 그다음 세대에게 진실을 알려 줘야 하니까. 비록 지금은 수면 위로 드러나지 못하는 진실이라고 해도 누군가는 반드시 기억하고 있어야 돼. 모두가 야만성에 잠식되지 않게, 그것이 윤리적으로 잘못된 짓이라는 걸 알려야지. 한마디로 네가 이 비밀 서고의 열한 번째 주인이라는 거야. 나인은 영 믿음직스럽지 못해서."

"그래도 돼요?"

"뭐가?"

"집안 대대로 내려오는 가업인데."

지모가 웃음을 터뜨렸다.

"가업 아니야. 나한테 이 서고 떠넘긴 사람은 엄마가 아니거든."

"그럼 누구예요?"

지모는 웃음을 머금은 채로 입을 다물었다. 일자 형태로 다물린 입술, 푹 내쉬던 한숨, 승택이 아닌 허공을 향한 시선. 승택은 알지 못하는 누군가를 떠올리는 얼굴이었다.

"있어, 지긋지긋한 애증의 인물."

승택은 그가 누구인지 더 묻지 않았다.

"하지만 그 일가의 후손인데……."

"뭐, 네가 갑자기 이 책들을 다 불태우고 없던 일로 만들겠다고 다짐하면 거기서 완전히 끝나는 거지. 어쩌겠니."

없애면 사라지는 역사. 승택은 그 말을 구슬처럼 계속 굴리며 생각했다. 사라지면 아무도 기억하지 못하겠지. 기억하지 못하면 그런 대로 편할지도 모른다. 그런 끔찍한 일 따위는 아무래도 모르는 편이 나으니까. 승택은 확답하지 못했다. 지모는 충분히 생각하라고, 그렇지만 시간은 많이 못 준다고 말했다.

브로멜리아드를 빠져나와 걷던 승택은 뒤돌아 지모에게 물었다. 지모는 계속 출입문에 서 있었다.

"그런데 왜 당신이 더 하지 않고요?"

"승택아."

"예."

"비밀이야."

"뭐가요?"

"유나인한테."

"그러니까 뭐가……."

지모가 승택의 말허리를 자르며 대답했다.

"나 사고 치고 사라질 거거든. 나 사라지면 유나인한테 나 찾지 말라고 해. 알겠니?"

승택은 차마 그러겠노라고 대답하지 못했다. 지모가 미련 없이 문을 닫았다. 그 뒤로 며칠 동안 승택은 지모를 찾아가지 않았다. 승택은 모든 것이 혼란스러웠으나 나인을 업고 뛰는 현재와 그 옆에서 당장이라도 울 듯한 표정으로 달리는 미래를 보며 한 가지는 확실히 깨달았다. 사랑이 무엇인지를.

점이 지대. 승택은 며칠 전 지모에게 들었던 단어를 떠올렸다. 그날 지모와 나누었던 대화는 여전히 소화되지 않은 상태로, 어떤 것도 결정하지 못한 채로 승택의 속에 얹혀 있었다. 하지만 지금은 지모와 나누었던 대화를 곱씹기 위해 그때의 기억을 떠올린 것이 아니다. 아파트와 나란히 선 전나무 끝에 올라앉은 승택은 몇 시간 전부터 방 한구석을 향해 무릎 꿇고 앉아 머리를 조아린 권도현을 보았다. 권도현은 이마를 방바닥에 박으며 빌다가 그 상태로 몸을 웅크려 바람에 나부끼는 이파리처럼 떨다가 어느 순간 돌변한 표정으로 고개를 들었다. 그리고 아무것도 없는 자신의 방 벽지를 옷소매로 닦고 또 닦았다. 전나무 잎사귀들이 재잘재잘 승택에게 끊임없이 말을 걸었다.

"오늘만 저러는 거야?"

잎사귀들의 재잘거림이 더 커졌다.

"매일 저런다는 거야?"

잎사귀들이 동시에 말을 멈췄다. 침묵은 긍정.

"그렇다는 거구나. 고마워."

권도현은 그 경계에 있었다. 청과 적이 뒤섞인 세계에.

26

원장의 뒤를 밟을 계획은 없었지만, 아파트 단지 횡단보도에 멈춰 선 검은색 SUV 차량에 지난번에 보았던 연보라색 정장의 깔끔한 차림이 아닌, 마치 눈에 띄지 않기 위해 고른 것 같은 검은색 운동복에 모자까지 눌러쓴 행색의 원장이 탄 것을 확인했을 때, 승택은 쫓아가야 한다는 생각이 본능적으로 들었다. 차는 시내 방향이 아닌 외곽으로 향했다.

승택은 뒤를 쫓아 달리며 이따금 놓칠 때마다 길가에 핀 들꽃과 가로수에게 말을 걸어 차의 행방을 물었다. 승택이 가리킨 방향이 맞으면 소리 내지 않고, 틀리면 소리를 내 달라는 단순한 규칙을 따른 식물들의 대답을 따라서 달려 온 승택은 선연산 어귀에 주차되어 있는 원장의 차를 발견했다. 고속 도로로 진입하기 직전에 빠질 수 있는 갓길을 통해서만 올 수 있는 장소였다. 갓길은 길을 잘못 들어 고속 도로를 타기 전에 마지막으로 진로를 바꿀 수 있는 구간이었다. 비포장도로를 따라 차를 몰면 근교의 작은 비닐 화원 농가를 둘러 다시 선연시로 진입할 수 있었다. 하지만 원장의 차는 고속 도로 진입 직전 갓길로 차를 뺀 뒤 비닐 화원 농가가 아닌 발길이 닿지 않는 선연산 뒤쪽으로 갔다. 도로가 아닌 길을 개척해 차를 몬 것이다.

이 부근엔 식물도 제법 무성했다. 나인의 힘이 어렴풋하게나마 닿은 모양이었다. 서로 뒤엉킨 나뭇잎들로 달빛이 들지 않아 산은 마치 커다란 동굴 같았다. 등산로가 아니었기에 길조차 나 있지 않 았다. 짧은 간격으로 휘파람을 부는 듯한 호랑지빠귀의 울음소리 가 저 멀리서부터 산을 타고 내려왔다. 그 소리는 마치 승택에게 이 곳에 네가 찾고 있는 원장이 있다고 알려 주는 듯했다. 승택은 소리 가 들려오는 부근을 가만히 응시하다 컴컴한 어둠 속에서 도깨비 불처럼 빛나는 플래시를 발견했다.

식물이 팔과 다리에 마구잡이로 뒤엉켰다. 가지가 서로 얽혀 그 물처럼 엮인 곳도 있었다. 승택은 몸에 붙은 가지를 억지로 부러뜨 려 떼어 내며 미안하다고 계속 중얼거렸다. 불빛이 가까워졌을 때 승택은 기척이 나지 않도록 몸을 더욱 조심스럽게 움직였다. 푹, 하 고 찔러 넣고 팍팍, 발로 밟는 소리. 힘겨운 신음과 함께 간간이 뒤 섞인 욕설. 몸을 앞으로 숙일 때마다 땅바닥에 놓아 둔 휴대 전화의 플래시 불빛이 서슬 퍼런 귀신처럼 원장의 얼굴을 비췄다. 원장은 삽으로 땅을 파고 있었다. 며칠 사이 크고 단단하게 자란 식물 뿌리 탓에 땅 파는 게 수월하지 않을 터였다. 승택은 다행히 무성하게 자 란 식물들 덕에 몸을 숨기기 편했지만.

땅을 판다는 건 둘 중 하나다. 무언가를 심거나 꺼내거나. 아파트 화단도 아니고 이정표도 없는 이 산 중턱에 무언가를 심을 리는 없으므로 꺼내려는 쪽에 가까웠다. 낮도 아닌 이 오밤중에 혼자서 무언가를 꺼낸다는 건 남들이 알아서는 안 되는 것일 테지. 귀중품일 수도 있으나 요즘 시대에 현금 다발이나 보석을 산에 묻어 두는 사람은 없을 거고, 설령 희박한 확률로 귀중품에 버금가는 소중한 무언가를 땅에 묻었다고 한들 저렇게 묻은 위치를 까먹은 것처럼 자리를 바꿔 가며 삽질을 하지는 않으리라. 원장의 휴대 전화가 울렸다. 원장이 삽을 던지듯 내팽개치고 전화를 받았다. 불빛이 사라져 원장의 모습은 실루엣으로만 확인할 수 있었다.

호통치는 상대방의 목소리가 들려왔다. 발음이 뭉개져 내용까지는 제대로 들리지 않았다. 원장이 파르르 떨리는 숨을 내뱉었다. 원장은 상대방의 말이 다 끝난 뒤에야 이성을 놓지 않으려는 것처럼 차분하게 입을 열었다. 지나치게 상냥해서 오히려 소름이 끼치는 목소리였다.

"제가 알아서 해요. 안 들키게 잘 왔으니까 걱정 말고."

하지만 상대방은 원장의 말을 끊으며 쏘아댔다. 원장은 또다시 상대방의 말이 멈추기를 기다렸다가 말을 이었다. 조금 더 격앙된 목소리였다.

"여기 조사한답시고 전국 각지에서 인간들 몰려와서 산 헤집고 있는데 그럼 보고만 있어요? 잘 좀 막지 그랬어요. 아예 출입 안 된다고 금지를 때렸어야지. 왜, 그쪽에서 그 정도는 힘들다고 해요? 명분이 없다고 해요?"

상대방이 대답하려 했으나 이번에는 틈을 주지 않았다.

"그러다가 뼈라도 튀어나오려면 어쩌려고!"

원장이 소리쳤다. 귀가 아플 정도로 찢어질 듯한 고함이었다. 원장은 흥분한 상태로 계속 말을 이었다.

"당신이 묻었어야지! 왜 그걸 애한테 시켰어. 지금 애가 어디에 묻었는지 위치도 기억을 못 하잖아. 개발한다고 산 들쑤시는 거 그렇게 막아 놨더니 갑자기 이게 무슨 날벼락이야. 나 못 가. 오늘 개시체 찾을 때까지 절대 못 내려가."

승택은 자신의 심장 박동 소리가 원장에게 들릴까 봐 조마조마했다. 주변에 있던 식물들도 전부 수다를 멈췄다. 원장은 모르겠지만, 모두가 원장의 대화를 집중해 듣는 중이었다.

"아무도 모른다고?"

원장이 헛웃음을 토했다.

"왜 아무도 몰라. 어떻게 아무도 몰라! 당신이 떠벌렸잖아. 당신이 지레 겁먹고 경정한테 돈 먹였잖아! 근데 어떻게 아무도 몰라, 어? 닥치고 가만히만 있었어도 애 하나 사라진 거 아무도 신경 안 썼을 거라고. 조사하지 말라고 돈 들고 찾아간 게 당신이잖아. 당신이 그때 가만히만 있었어도!"

악쓰며 소리 지르던 원장이 잠시 말을 멈추고 숨을 골랐다. 원장은 상대방을 향해 경고하듯 말 한마디 한마디에 힘을 주었다.

"정말 아무도 몰랐던 거지? 이제 와서 시체가 튀어나와도 못 잡을 거라고. 그러니까 나한테 명령하지 마. 내가 알아서 해."

통화를 마친 원장은 다시 삽을 들었다. 승택은 작은 기척에도 원장에게 들킬 것 같아 밤이 늦도록, 원장이 끝내 그날도 시체를 묻은 곳을 찾지 못해 빈손으로 하산할 때까지 움직이지 않고 버텼다. 여름이었지만 밤은 추웠고 호랑지빠귀의 울음소리는 원통했다.

27

학원 앞에 익숙한 차가 서 있었다. 아이를 태우러 온 부모의 차와 학원 차량이 규칙 없이 늘어선 와중에 그 차가 가장 먼저 눈에 들어온 이유는 단순히 같은 차종이어서가 아니라 지난해 범인을 쫓다가 보호 난간을 박아 깨진 앞 범퍼를 수리하지 않은 채 내버려 둔 엄마의 차와 똑같아서였다. 미래는 엄마가 조수석 창문을 열고 말을 걸 때까지 어안이 막힌 채 멀뚱히 서 있었다.

"안 타고 뭐 해?"

미래는 타도 되는 것이냐고 물을 뻔했다. 엄마 차에 타는 것이 무슨 문제가 있겠느냐마는 살면서 한 번도 학교 앞을 어슬렁거린 적 없던 엄마인지라 미래는 꼭 연행되는 느낌이었다. 하필 찔릴 것도 많은 참이라.

"어디로 가?"

"어디로 가긴, 집으로 가지. 밥은 먹었어?"

"어어……. 대충."

차는 익숙한 방향으로 향했다. 미래는 하염없이 창밖만 내다보았다. 엄마에게 일이 끝나서 온 거냐는 질문도 던지지 못했다. 손이 또다시 잡아 뜯을 거스러미를 찾았다. 창문 유리에 운전하는 엄마의 모습이 얼비쳤다. 엄마가 그냥 왔을 리 없다는 것 정도는 형사의 딸로서 충분히 추리할 수 있었다.

"엄마가 뭐 하나만 물어봐도 될까?"

정지 신호를 받고 차가 멈춰 섰을 때 엄마가 입을 열었다. 미래가 고개를 돌렸다. 오른팔을 콘솔 박스 위에 올려 몸을 기울인 엄마와 눈이 마주쳤다.

"그때 박원우는 왜 물어본 거야, 갑자기?"

"그냥 궁금해졌다고 그랬잖아. 그때 그렇게 대답했는데."

태연하게 대답한다고 했지만 끝음절 처리가 지나치게 어색했다. 어차피 이런 식으로 버텨 봤자 엄마와의 눈치 싸움에서는 지고 말 텐데 왜 이렇게 고생하며 연기하고 있나 싶은 생각이 스쳤다. 주행 신호로 바뀌었다. 엄마가 다시 운전대를 잡았다.

"엄마 생각은 다른데. 다른 사람이면 몰라도 내 딸이 갑자기 그게 궁금해졌다고 엄마한테 물어볼 것 같지는 않은데. 엄마가 딸을 잘못 알고 있는 건가?"

우회전 커브 길에서 꺾이는 차의 관성에 따라 창문에 살포시 고개를 박으며, 미래는 엄마가 딸을 정확히 알고 있다고 속으로 대답했다. 엄마도 자신이 잘못 알고 있다고는 생각하지 않을 터였다. 그러니 마지막 질문은 답을 유도하기 위한 미끼일 뿐이고, 그렇게 미끼를 물면 엄마에게 박원우에 대해 물었던 이유를 진술해야 할 거였다. 며칠만 더 일찍 물었더라면 미래는 대수롭지 않게 나인이 박원우 일에 관심을 가진다는 정도로 둘러댔을 텐데, 선천적으로 거짓말을 못하는 것인지 아니면 거짓말을 했다가 죄다 걸렸던 아빠를 보고 자란 탓인지 미래는 거짓말을 내뱉을 성격이 되지 못했으므로 이제는 그 정도로 둘러댈 수 없었다. 적어도 박원우가 실종된 게 아니라 죽었다는 진실은 숨기지 못하리라.

박원우가 죽었다. 이 년 전 사라진 박원우는 실종된 것이 아니라 그날 죽은 것이다. 박원우의 시체는 선연산에 그대로 묻혀 있다. 이 년이 지난 지금까지도. 이 사실을 엄마에게 말한다는 것은 경찰서에 신고를 하는 것이나 마찬가지다. 차가 아파트 지하 주차장으로 들어섰다. 엄마는 10분 넘도록 아무런 대답도 하지 않는 미래를 보채지 않았다. 대답할 의사가 없다면 굳이 더 캐묻지 않겠다는 듯 엄마는 차를 세우고 시동을 껐다. 그리고 손을 뻗어 뒷좌석에 놓아 두었던 가방을 챙기고는 차 문을 열었다.

"엄마."

미래가 결의에 찬 목소리로 입을 열었다.

"그날 우리 셋이 같이 있었잖아, 유나인이랑 강현재랑. 그때 같이 봤어."

엄마가 차 문을 도로 닫았다.

"뭐를 봤는데?"

"권도현이랑 박원우가 다투는 거."

거스러미를 찾던 손을 무르고 미래가 옷자락을 꽉 움켜쥐었다. 던졌다. 예정보다 빠르긴 했지만.

"박원우 묻혀 있는 곳 알고 있어."

"묻혀…… 있다고?"

"우리가 목격했거든."

나인과 똑같은 거짓말을 내뱉었다.

이십사 시간 전 학원 앞에는 나인과 현재가 있었다. 나인의 집으로 가자는 말을 하고 나서 둘은 중대한 얼굴로 묵묵히 앞장 서 걸을 뿐이었다. 미래가 도대체 무슨 일이냐고 물은 건 외곽 버스 정류장을 지나칠 때였다. 심각한 일인 건 너희들 표정만 봐도 이미 알겠으니, 어떤 종류의 일인지 언질이라도 좀 듣자고. 미래가 답답해하며 묻자 나인은 한숨을 푹 내뱉었고 현재는 미래와 눈을 맞춘 뒤 입을 열었다. 그러니까 현재의 말에 따르면 박원우가 죽었다는 것을 경찰이 이미 알고 있으며, 추측건대 권도현의 아빠인 권 목사가 돈을 주고 이 일을 묻은 것 같다는 것이다. 현재는 미래가 다시 물을 수도 없도록, 잘못 들었다는 의심조차 할 수 없도록 간결하게 전했다. 그 말을 듣는 순간 들었던 감정이란 좌절감이나 허탈함이 아니라 두려움이었다. 미래는 현재를 붙잡고 물었다. 누구한테 들었어? 경찰서 사람들 다 아는 거래? 돈을 다 받았대?

경찰서 직원이 전부 돈을 먹은 건 아니었다. 미래는 다행이라 생각했지만, 이 일에 '다행'이라는 단어를 붙이는 자신이 미워졌다. 권 목사가 돈을 먹인 사람은 경정뿐이었다. 아이들은 경찰서에서 경정이 어느 위치이고 얼마나 영향력 있는 사람인 줄 잘 몰랐다. 그걸 제대로 알지 못하는 건 미래도 매한가지였으나 그래도 경정이 수사 과장이나 형사 과장 정도 되는 간부라는 건 알고 있었다. 언젠가 엄마와 통화하는 상대방이 엄마에게 "경혜야, 경정까지는 달아야지."라고 했던 기억도 그때 떠올랐다.

경정이 돈을 먹었다고 해서 직원 전부가 다 아는 것은 아닐 터였다. 경찰이 돈을 받는다는 건 파면당할 정도의 중징계 처분 대상 중 하나였기에 함부로 떠벌리지 않고 그저 수사를 제지했을 가능성이 높았다. 미래의 말을 들은 나인은 좀 의외였다. 어째서 경찰서장 정도가 아니고 경정 정도에서 모든 게 함구될 수 있었는지 이해할 수 없었다.

엄마가 그러더라. 고등학생 남자애 사라진 걸로는 실종 신고 자체가 안 된다고. 애초에 수사할 건도 아니니까 경정이 대충 하고 넘기라는 말에 다들 그러려니 하고 대충 한 거겠지.

미래가 말했다.

어제 그 아줌마도 그랬어. 그냥 내버려 뒀으면 지나갔을 일에 권 목사가 지레 겁먹고 돈을 줘서 약점 잡힌 거라는 식으로. 말 안 했으면 아무도 몰랐을 거라고…….

승택이 말하고,

그러니까 한마디로 우리는 아무것도 못 한다는 거네.

현재의 말이 방점이라도 된 것처럼 넷은 입을 다물었다. 한참 뒤 현재는 시체라도 우연히 발견한 척 꺼내야 되지 않겠느냐고 말했다. 기다리는 사람이 있으니까. 정 안 되면 그렇게라도 하자고. 미래는 동의했지만 나인은 끝내 고개를 저었다. 박원우를 죽인 사람이 있고, 그 죽음을 방조한 사람들이 있고, 그 죽음을 없던 것으로 만든 사람들이 있는데 어떻게 박원우만 꺼내 돌려줄 수 있느냐고.

아저씨는 그럼 어떻게 살아. 아들이 왜 그 시간에 산에 갔는지, 왜 죽었는지, 왜 이 년 동안 산에 묻혀 있었는지도 모르는 상태로 평생 살아야 되는 거잖아. 아저씨 그거 궁금해서 어떻게 살아. 너희 는 자신 있어? 평생 이 진실을 밝히지 못했다는 걸 참아 내며 살 수 있어? 나는, 나는 자신이 없어, 얘들아.

나인의 말이 맞다.

"권도현 아빠가 경정한테 돈을 줬대. 박원우 사라진 거 수사하지 말아 달라고."

"너, 너 그걸 도대체 어떻게……."

"엄마가 우리 좀 도와줘."

"미래야."

"다 보고 있었대."

"도대체 누가!"

엄마가 다그치는 것을 미래는 이해했다. 이 년 전 사라진 아이가 실은 그때 죽었고, 그 죽음을 자신의 딸이 보았고, 딸은 경찰이 저 지른 비리까지 고발했다. 아주 작은 어그러짐으로도 판이 뒤집힐 수 있고 억울한 누명을 쓸 수도 있었다. 하지만 그럼에도 미래는 엄 마가 그냥 믿어 줬으면 했다. 그래서 이기적인 걸 알고도 말을 멈출 수 없었다.

"엄마 나, 엄마가 아빠랑 헤어진다고 했을 때 정말 궁금한 게 많 았는데 하나도 물어보지 않았거든. 그래도 나를 사랑한다고, 엄마 랑 아빠가 헤어지는 건 서로가 미워서가 아니고 각자 원하는 삶을 살기 위해서라고 했던 거, 나 하나도 이해하지 못했는데 그냥 믿었거든. 그러니까 엄마도 그냥 우리 말 좀 믿어 줘."

"……그래, 알았어. 알았으니까 일단 그걸 누가 봤다는 건지 좀 알려 줘."

"산."

"뭐?"

미래는 자신이 뱉은 말이 무슨 말인지 스스로도 이해할 수 없었다. 그렇지만 어젯밤 승택이 그러지 않았는가. 학교와 박원우의 집, 외곽 도로, 버스 정류장, 선연산, 그곳들에 피어 있는 들꽃과 들풀과 나무들이 기다리고 있었다고. 박원우를 꺼내 줄 누군가를. 엄마에게는 통하지 않을 목격자지만.

미래는 아이들과 짰던 계획을 복기했다. 지휘를 맡은 사람은 나인이었다. 경찰서 직원 모두가 이 사실을 은폐시키는 게 아니라면, 그리고 경정이 경찰서에서 제일 높은 직급이 아니라면 더 잘 된 일이라고. 경정을 자를 수 있는 사람인 경찰서장이 위에 있다는 뜻이니까. 그렇다면 오히려 더 잘된 일일지도 모른다고 했다.

그냥 매장한 게 아니잖아. 경찰서 직원 중 한 명이 엮여 있는 거잖아. 이게 더 확실한 증거일지도 몰라. 권 목사가 왜 이유도 없이 경정한테 돈을 주겠어? 그리고 하필 그 권 목사의 아들인 권도현이 그날 박원우를 만났고, 박원우는 그날 죽어서 누군가가 산에 묻었다는 이 우연이 남들한테는 안 이상할까? 미래야, 너는 아주머니한테 이 사실을 말해. 아주머니가 경정이 돈을 받았다는 걸 수사해 주실지도 몰라. 어쨌거나 경정이 돈을 받았다는 건 우리가 알아낼 수 있는 일이 아니잖아. 그리고 나는 권도현을 다시 만날 거야. 권도현한테 보여 줄 거야. 박원우는 단 한 번도 거짓말하지 않았다는 걸.

미래가 엄마의 눈을 똑바로 마주 보며 말했다. 이건 미래의 일이다. 나인은 나인의 일을 할 테니, 미래는 자신의 일을 해야 했다.

"선연산에 있어, 박원우."

28

마주치고 싶지 않아 다급하게 몸을 틀었지만 어둠 속에서도 석
구는 도현을 알아봤다. 귀에 익은 목소리가 도현을 불렀다. 마지막
으로 들었던 게 일 년 전이었던가. 가물가물하게 떠오르는 장면은
석구 앞에서 울고 있는 자신이었다. 도현은 회상하지 않기 위해 애
썼다. 그날 이후 도현은 석구와 연을 끊은 것처럼 지냈다. 도현의
지난 생일에 석구가 좋은 하루 보내라는 말과 함께 생일 축하 이모
티콘을 보내긴 했지만 도현이 그 연락마저 무시하며 사이가 완전
히 끝난 줄 알았다. 적어도 도현은 그렇게 생각했다. 마주치면 눈길
한번으로 끝나는 사이쯤으로, 누군가가 그 애와 친하지 않느냐고
물으면 친했었지만 이제는 연락하지 않아 뭘 하고 사는지도 모른
다고 대답하는 사이로. 그렇지만 그런 마음은 도현만 품고 있었다
는 듯, 석구는 아주 오랜만에 본 절친한 사이처럼 도현을 향해 웃으
며 손을 흔들었다. 도현은 마음 어느 한구석에 자리 잡은 가시넝쿨
을 느꼈다. 꿈틀거린다. 도현은 앞으로 찾아오지 말라고, 모르는 사

이 하자고 으름장을 놓고 자리를 피하고 싶었다. 마음처럼 몸이 움직이지 않는 건 아마도 가시넝쿨 때문일지도 몰랐다.

석구는 근래에 네 생각이 자주 났다고 말했다. 그 말에 숨은 말은 박원우다. 석구는 언제나 두 사람을 세트처럼 묶어서 생각했으므로 도현만 생각이 났다는 건 거짓말이었다. 도현은 묵묵히 석구의 말을 들었다. 연락하고 올까 했지만 연락 받지 않을 거 같아서 그냥 찾아왔다는 말을, 얼굴 한번 보러 온 거니까 그만 가 보겠다는 말을, 정승처럼 서서 아무런 미동도 없이 듣기만 했다. 석구가 느릿하게 걸음을 뗐다. 도현은 등 뒤에서 들려오는 석구의 발소리가 희미해지기를 기다렸다. 하지만 석구는 몇 걸음 가지 않아 걸음을 멈췄다.

"도현아."

도현은 뒤돌아보지 않았다.

"근데 너한테도 원우 아무 연락도 없냐?"

"어."

"원우랑 마지막에 만났을 때도 너한테 별말 안 했어?"

"……어. 안 했는데."

그렇구나, 하고, 너한테도 별말 안 했구나, 하고 석구는 혼잣말처럼 중얼거렸다. 새끼, 도대체 어디서 뭘 하는 거냐고 뒷말을 덧붙였지만 도현은 조심히 가라고 상투적인 인사를 남기고 아파트 정문으로 들어갔다.

기억은 건수를 잡으면 마구잡이로 날뛴다. 실오라기 하나만으로도 실타래를 전부 풀고, 한 줌의 모래만 보고도 성을 만든다. 석구를 본 도현의 기억은 쌀통에 섞인 서리태를 솎아 내듯 석구와 관련된 모든 기억을 꺼내 놓기 시작했다. 도현의 기억 속 석구와의 모든 순간에는 박원우가 있었다. 석구와 둘이 태권도 건물 앞에 앉아 있었던 순간조차도 박원우를 기다리던 때였다. 불행이 꽉 막아 놓았던 틈을 비집고 기어코 기억이 행복했던 순간들을 꺼내려고 하자, 도현의 모든 감각에 비상이 걸린다. 무감각하게 죽어 가던 감정들이 깨어나려 꿈틀거리고, 도현을 지켜야겠다는 이기적인 생존 본능이 모든 것을 멈추기 위해 필사적으로 몸을 재우려 하지만 쉽지 않다. 어느새 벽을 비집고 나온 가지에서는 잎사귀가 무성하게 피어 방 전체를 뒤덮었다. 도현의 방은 하나의 작은 숲이 되었다. 눅눅하고 습한, 꼭 그때의 그 산을 닮은.

도현은 서랍에 있던 수면제를 꺼내 입에 털어 넣었다. 복용량이 정해져 있지만 감정을 잠재우기 위해서는 더 많은 양이 필요할 것 같았다. 도현은 침대에 누워 이불을 머리끝까지 뒤집어썼다. 두려움에 몸이 떨렸다. 도대체 무엇이 두려운가. 이제 와서 들킬까 봐? 고작 여자애 하나가 다 안다는 듯이 굴어서? 죗값을 치르게 될까 봐? 하지만 그럴 가능성은 매우 희박하다. 도현을 감싸고 있는 보호막은 성벽처럼 단단했다. 설령 정의로운 화살 하나가 성벽의 틈을 비집고 들어올지라도 철갑 옷을 두른 도현에게는 어떤 상해도 입히지 못하리라. 살아가는 데 아무런 걸림돌도 되지 못할 것이고, 도현은 화살이 꽂혔다는 사실도 모를 터였다. 이런 건 두려운 게 아니다. 조금 성가시고, 짜증 나고, 귀찮은 것 정도다.

새벽 내내 꿈을 꾸었다. 달아나는 꿈이었는데 무엇에 쫓겼는지는 기억나지 않았다. 단지 어디를 가든 박원우가 있었다. 열 살의,

열두 살의, 열네 살의, 열여섯 살의, 그리고 열일곱 살의 박원우가 계속 도현을 지켜봤다. 아침에 눈을 뜨자마자 화장실로 달려가 속을 게워 냈다. 누런 액만 줄줄 흘렀다. 입안이 텁텁하고 까슬까슬했지만 물을 삼킬 수 없었다. 목 안이 나무껍질처럼 느껴졌다. 그 건조한 감각은 시간이 지날수록 입 밖으로 튀어나왔고, 곧 입술과 볼에, 목과 팔에도 전해졌다. 몸이 가려웠다.

온종일 손등과 팔, 목을 긁었다. 도현은 나무껍질이 떨어지듯 몸에서 각질이 우수수 떨어지는 느낌이었다.

"뭐 해, 새끼야."

우준이 도현의 손을 내리친 건 급식실로 향하던 복도에서였다. 제법 세게 내리친 탓에 살과 살이 맞부딪치는 날카로운 마찰음이 복도에 울려 퍼졌다. 지나가던 아이들의 시선이 쏠렸으나 오래 머물지 않고 떠났다. 살벌한 분위기에 짓눌린 아이들이 잰걸음으로 급식실로 향했다. 도현은 우준에게 맞은 손을 보았다. 손등이 금세 발갛게 부어올랐지만 그것보다 붉은 손톱이 더 눈에 거슬렸다. 도현은 그제야 긁고 있던 손과 팔이 피로 범벅된 것을 확인했다. 살갗을 긁어 샌 피는 물때처럼 떨어진 피부와 함께 뒤엉켰다. 하지만 도현은 놀란 기색 없이 손을 치웠다. 정작 궁금한 것은 우준에게 있는 듯했다.

"왜 치냐."

"네가 종일 팔만 긁으니까 쳐 준 거잖아. 새끼, 정신 차리라고 알려 줬더니 시비네. 웃긴 새끼네, 안 그러냐?"

우준이 민호를 향해 웃으며 말했다. 민호는 심각해지려는 분위기를 풀기 위해 우준의 말에 맞장구치며, 네가 예민한 거라고, 네 손 좀 보라고 말을 거들었지만 도현은 우준에게서 시선을 떼지 않은 채 다시 물었다.

"근데 왜 치냐고."

"말했잖아, 정신 차리라고 그랬다고. 너 그러는 거 병이야, 새끼야."

우준의 말이 끝나자마자 도현이 우준의 머리를 내리쳤다. 뻑, 하는 둔탁한 소리가 복도에 퍼졌다. 아이들이 걸음을 멈추고 셋을 바라봤다. 고개가 돌아간 채로 우준이 허, 하고 웃었다가 욕을 읊조렸다.

"너도 정신 차리라고."

"……."

"너도 정신 나간 것 같아서."

조용했던 복도가 싸움터가 될 때까지, 한 아이가 교무실로 달려가 선생을 부를 때까지, 도현이 우준의 코뼈를 부러뜨릴 때까지, 5분도 걸리지 않았다.

도현은 오늘따라 왜 이렇게 골 때리는 인간이 많은 건지 고민했다. 정신 차리라고 이러는 건가. 근데 맞으면 정신이 차려지나? 안 차려지던데. 정신 좀 차리고 싶어서 스스로 아무리 뺨과 머리를 때려도, 벽에 이마를 계속 박아도 정신 안 차려지던데. 남들이 때리면 좀 다른가. 딱히 그런 것 같지도 않고 기분만 개 같아지는데. 권 목사가 분을 못 이겨 또다시 손을 들었을 때, 도현은 그냥 확 권 목사를 밀치고 싶었다. 아주 세게. 재수가 없으면 그냥 밀치는 거에도 머리가 깨져서 사람이 죽으니까. 그렇지만 도현은 손가락 하나 까딱하지 않고 뺨을 맞았다. 턱뼈가 나갈 정도로 셌다.

코뼈 치료비를 대 주는 건 권 목사에게 문제도 아니었지만, 우준이 느꼈을 충격과 정서적 안정을 위해 추가로 요구한 금액은 치료비를 훨씬 웃돌았고, 그 금액에는 얼마를 요구하든 권 목사가 들어줄 수밖에 없다는 확신이 깔려 있었다. 권 목사는 6인실로 배정받았던 우준을 1인실로 옮겨 주고, 요즘 애들이 좋아한다는 도넛도 사 갔다. 부모님이 아시니?라고 묻는 권 목사에게 우준은 침대에 누워 뭘요? 하고 시치미 떼며 물었다. 권 목사는 그 와중에 차마 제 아들이 사람을 죽였다는 말을 입에 담을 수가 없어 머뭇거렸고, 우준은 아아, 그거요? 모르죠, 말 안 했어요, 하고 넉살을 떨며 대답했다. 그런 우준에게 고맙다고 말하며 고개를 숙여야 했던 모멸감을, 저 애새끼가 요구하는 말도 안 되는 금액을 언제까지 입금해 주겠다는 말만 내뱉어야 했던 분노를 권 목사는 도현에게 풀었다. 원인을 제공한 사람은 도현이었으므로 응당 도현이 감내해야 할 감정이었다.

원장이 권 목사와 도현의 사이를 가로막으며 한 손으로는 권 목사의 팔을 붙잡고 다른 한 손으로는 도현의 가슴팍을 밀치면서 두 사람을 갈라 놓으려고 애썼으나, 아빠한테 죄송하다고 말하고 방으로 들어가라는 원장의 말에도 도현은 또다시 정승처럼 서 있을 뿐이었다.

"뭘 잘했다고 그렇게 서 있어. 빨리 아버지한테 죄송하다고 말하고 들어가라니까, 쪼옴."

도현은 또 속이 울렁거렸다. 정말 맞아서 괜찮아지는 거라면 차라리 권 목사에게 한 대 더 맞고 싶다는 생각도 했다. 똑같이 머리가 깨졌으면 했다. 그래서 생각 없이 숨만 쉬는 게 더 나은 삶 같았다. 그렇게 사는 게 죽는 거랑 뭐가 다른가 싶다가도 권 목사와 원장의 얼굴을 보고 있으면 언제나 그게 더 낫겠다는 결심으로 굳어졌다. 눈은 많은 걸 표현할 수 있다. 차라리 쟤가 없어졌으면 좋겠다는 속마음도 보이고, 불쌍한 새끼라고 여기는 측은함도 보이고, 잡아 달라는 간절함도 보였다. 그리고 눈빛은 웬만한 말보다도 잊히지 않았다. 묻고 싶다. 도대체 당신들은 나를 왜 그렇게 보느냐고.

그날 권 목사는 전화한 지 10분 만에 선연산에 도착했다. 비가 추적추적 내리기 시작한 자정이었다. 분명 친구 둘과 함께 있다고 했지만 현장에는 도현뿐이었다. 권 목사는 나머지 둘이 어디 있느냐고 물었다. 설마 제 아들에게 모든 걸 뒤집어씌우려는 속셈인가 싶었는데, 도현은 울면서 그 애들은 갔다고, 그 애들은 계속 밑에 있었다고, 박원우를 밀친 것은 자기라고 말했다. 그 애들은 잘못이 없고 자기가 박원우를 죽였다고, 아무리 불러도 일어나지도 않고 숨도 안 쉰다고 울며 말하는 도현의 뺨을 때린 뒤 얼굴을 붙잡고 권 목사가 소리쳤다.

인마, 너 잘못 없어. 실수잖아. 실수야. 정신 차려. 그만 좀 울라고!

도현은 그다음 순서를 가물가물하게 기억했다. 권 목사는 집에서 가져온 삽을 트렁크에서 꺼내 도현에게 쥐여 주었다. 그리고 뭐라고 했더라. 사람 죽인 자식새끼 둔 목사한테 누가 예배 드리러 오겠느냐고 했던가, 네가 저지른 일 네가 치우고 오라고 했던가, 어디 가서 입도 뻥긋하지 말라고 했던가. 어디까지가 상상이고 실제인지 구분되지 않았다. 전부 권 목사가 했던 말 같기도 했고, 전부 상상 같기도 했다. 어쨌거나 그 한마디는 선명하게 기억했다.

도현이 입을 열었다.

"잘못 없다며."

"뭐?"

원장이 되물었다.

"아빠가 나 잘못 없다며."

"저, 저 새끼가……!"

순식간에 혈압이 오른 듯 권 목사의 얼굴이 검붉게 변했다.

"잘못한 거 없으니까 입 다물고 있으라며. 입도 뻥긋하지 말라며. 형사가 물어보면 아무것도 모른다고만 하라며. 나 잘못한 거 없는데 두 사람 왜 그래? 송우준 그 새끼가 먼저 가만있는 사람을 쳐서 나도 똑같이 쳐 준 건데 왜 나한테 그래?"

"야, 이 새끼야!"

"아우, 그만해. 당신 소리 좀 지르지 마. 사람들 다 듣겠어! 너도 헛소리 작작 하고 그냥 방으로 들어가. 빨리 들어가, 제발 좀. 엄마 머리 아파서 쓰러지겠어!"

권 목사의 목소리보다 원장의 목소리가 더 컸지만, 도현은 두 사람의 목소리만 들어도 이제 귀가 아팠다.

"나 잘못한 거 없는 거 맞지? 엄마도 그랬잖아. 걔 정말 이상한 애라고. 아줌마들한테 그렇게 말하고 다녔잖아. 같은 반이면 애들이 피곤하겠다고. 괜히 물들 것 같다고. 나보고 그런 헛소리나 지껄이는 정신 나간 애랑 그만 놀라며. 나도 그래서 그랬어. 아니, 그 새끼가 그날도 정신 나간 소리를 하잖아. 내가 그래서 정신 좀 차리라고, 나 그래도 개랑 친했으니까 개한테 네가 자꾸 이러니까 너랑 놀기만 해도 이상한 소리를 듣는다고 화를 냈지. 아빠도 그랬잖아. 그 경찰이랑 어차피 다들 관심 없다고. 아무도 관심 없는 새끼 죽였는데 내가 뭘 잘못했어. 아, 근데 나 그거는 궁금하더라. 돈을 줄 거면 그냥 그 새끼 아빠한테 돈을 주지 왜 경찰한테 줬어? 돈으로 다 용서받았다면서. 돈은 그 아저씨가 더 필요할 텐데."

"도현아, 그만해."

원장이 애원하듯 불렀다.

"원래 그런 새끼는 사회에 도움 안 되니까 없는 게 나은 거잖아. 그러니까 엄마랑 아빠 더 이상 나한테 뭐라고 하지 마."

도현은 방으로 향했다. 등 뒤에서 미친 새끼라고 중얼거리는 권 목사의 목소리가 들렸다. 방문을 닫고 미쳤다는 말을 곱씹었다. 틀린 말 같지 않았다. 그럼 박원우랑 다를 거 없는 거 아닌가? 박원우는 미친 애여서 죽어도 싼 애가 됐는데, 그럼 나도 그런 거 아닌가? 도현은 다시 문을 열고 닫고 싶었다. 도현이 문손잡이를 잡았다. 손에 따뜻하고 진득한 액체가 묻었다. 또 피다. 도현의 피가 아니다. 하얀 벽지를 뚫고 순식간에 자라는 나뭇가지와 잎사귀, 방바닥에 가득 깔리는 따뜻하고 검붉은 피, 허락한 적 없는데 방 한구석에 자리 잡고 앉은 박원우.

순간 도현은 끝내야겠다고 생각했다. 이 모든 상황을 이제 끝내야겠다고, 언제까지 이렇게 지긋지긋하게 있을 수는 없다고.

도현이 박원우 앞에 웅크려 앉았다.

처음에는 네가 우리 집에 왜 있나 했어. 내가 너희 집 놀러 가기는 많이 갔어도 네가 우리 집 온 적은 거의 없잖아. 엄마가 알면 싫어할 텐데 왜 집에 안 가고 계속 내 방에 있나 싶었지. 처음에는 그게 좀 의문이었는데 내가 중요한 걸 잊고 있었지 뭐야. 너 죽었지. 너 그날 산에서 굴렀잖아. 그런데 애들이 너 사라진 거에 별 관심 없더라. 아, 네 책상에 메모 붙여 놓고 그러던데 그런 거 다 쇼잖아. 원래 사람들 누구 죽은 뒤에야 관심 갖잖아. 아아, 너 죽은 게 아니라 사라졌다고 알고 있지. 있을 때는 없는 척 잘만 하더니 너 사라지니까 찾는 거 웃기지 않냐? 사실 별로 걱정도 안 하면서. 너 미쳤다고 잘만 지껄이고, 믿었으면서. 나 그게 너무 웃기더라. 근데 그게 맞지 않냐? 너 그 나이 먹도록 외계인이나 믿는 천치같이 굴었잖아. 그러니까 내 잘못 아니잖아. 그럴 만했잖아. 네가 빌미를 만들었잖아.

"그러니까 제발 좀 그만 빌붙고 가. 꺼지라고."

박원우는 도현을 지긋이 쳐다볼 뿐이었고, 도현은 심장을 휘감고 있던 가시넝쿨이 사라진 듯한 느낌을 받았다. 도현은 천천히 숨을 내뱉다 허탈하게 웃었다.

별것도 아닌 게.

별것도 아닌 일로.

그날 밤에 소나기가 내렸다. 하늘이 뚫린 것처럼 비가 쏟아졌다. 도현은 창문을 활짝 열고 방에 들이치는 비를 방바닥에 앉아 지켜

봤다. 아무리 뜯어내도 방을 감싼 식물이 죽을 생각을 하지 않아
서. 어디선가 어떤 식물은 물을 많이 주면 죽는다기에. 이불이 젖
고, 바닥에 빗물이 흥건하게 고였다. 창밖으로 보이는 하늘은 온통
시꺼멨다. 먹구름조차 보이지 않아, 비는 마치 허공에서 쏟아지는
듯했다. 그날도 이렇게 비가 왔었다. 손에 묻은 것이 박원우의 피
인 걸 확인하던 순간에 손바닥으로 한두 방울씩 빗방울이 떨어졌
다. 119에 전화했어야 했는데 그 순간에는 119라는 숫자조차 생각
나지 않았다. 휴대 전화가 미끄러지고, 비밀번호를 몇 번씩 틀려 홧
김에 던졌다가 다시 찾아 주워 가까스로 전화를 건 게 통화 목록에
있던 권 목사였다. 도와 달라고. 땅에 묻게 도와 달라는 게 아니라
살릴 수 있게 도와 달라고. 도현은 자신이 말을 잘못했었나, 고민했
다. 도와 달라고 말하기는 했는데 그걸 묻어 달라고 했었나. 어쨌거
나 지금은 상관없는 이야기다. 아무도 궁금해하지 않는 비하인드
다. 꺼낼 필요 없는 버려진 말이다.

이틀 뒤 우준의 병문안을 갔을 때 우준은 이참에 코를 세울 거
라고 떠들었다. 도현은 무표정으로 우준을 쳐다보다가 돌연 웃으
며, 잘 어울리겠다고 대꾸했다. 도현은 원장이 챙겨 준 병문안 선
물을 우준에게 내밀고 병원을 빠져나왔다. 버스 정류장으로 향하
던 도현은 정류장에 가득 모여 있는 사람들을 보고 걸음을 돌렸다.
그 틈에 끼고 싶지 않았다. 보는 것만으로도 숨이 막혔다. 한적한
골목을 찾아 들어갔다. 주머니에서 담배를 꺼내 한 개비를 무는데,
골목에 있던 상가 2층에서 뉴스 진행자의 목소리가 들려왔다. 선
연산 연구를 위해 찾아온 연구자들의 인터뷰 내용도 들렸다. 선연

산을 보존해야 한다는 말과 연구 차원의 대대적 조사가 필요하다는 말이 뒤섞였다.

"거기 뒤지면 박원우 나오는데."

자전거 한 대가 골목 안으로 들어왔다. 자전거는 도현의 앞을 지나치다 멈춰 섰다.

"산 파헤치면 박원우 나오잖아요."

도현이 고개를 돌렸다.

"할 말 있으니까 선연산에서 봐요. 내일 밤 11시에."

걔다. 박원우한테 연락이 왔다던 미친 소리를 지껄였던 애.

"확인시켜 줄 게 있으니까."

산에 박원우가 묻혀 있다는 걸 알고 있다. 한마디로 저 애는 무언가를 알고 있다는 뜻이다. 그런데 이상하리만치 불안하지 않았다. 어차피 저 애한테도 권 목사가 돈을 줄 테니까.

하지만 도현은 권 목사에게 이야기하지 않고 다음 날 홀로 산으로 향했다. 이 년 전 박원우가 권도현을 만나기 위해 산으로 갔던 것처럼.

29

달려오는 종렬을 발견하고 경혜가 벤치에서 일어났다. 은행나무에 붙은 매미는 오전부터 시끄럽게 울었고, 덕분에 담배를 뻑뻑 피우며 뒷마당에 눌어붙어 있던 형사들이 시끄럽다며 일찍이 자리를 떴다. 형사들이 자리를 뜨지 않았다면 옥상이나 경찰서 건너편에 있는 카페로 장소를 옮기면 됐겠지만, 해가 점점 뜨거워지는 이 날씨에 나무 한 그루 없이 녹색 페인트를 칠해 놓은 옥상에서 이야기를 나누자니 생각만 해도 끔찍했고, 그렇다고 카페로 가자니 커피까지 시켜 놓고 길게 앉아 나눌 만한 대화는 아닌 듯해 어정쩡한 상태였다. 그러니 고마운 일이었다. 매해 매미 숫자가 줄어드는 모양인지 예전만큼 매미 울음소리로 고통받지 않는다는데 오늘따라 은행나무에 철썩 붙어 우렁차게 울었다. 그런데 더 신기한 것은 종렬이 달려오자 바람 한 점 불지 않는데도 은행나무 잎사귀가 파르르 떨렸고 붙어 있던 매미가 날아가는 것이 보였다. 종렬이 경혜 앞에 도착했을 때는 사방이 조용했다.

뛰어 봤자 별관에서 뒷마당 오는 정도였을 텐데 날씨 탓인지 종
렬의 이마와 목덜미에는 땀이 송골송골했다. 경혜는 어떻게 됐느
냐고 물었다. 경혜가 부탁해서 한 일인데 수고했다는 한마디도 없
는 것이 퍽 섭섭했는지 종렬은 묻지도 않은 감상을 덧붙였다.

"나 진짜 간 떨어지는 줄 알았어. 경찰 시험 합격 조회할 때보다
더 무서웠다. 나 그때 한 번만 더 떨어지면 집이랑 연 끊어야 했었
단 말이야. 근데 이번에 그때보다 더 쫄렸다."

"그래서 뭐라셔?"

"기억 안 나는 척하셔서 사건 자료 분실하신 거냐, 아니면 은폐
하신 거냐 하고 따지니까 아니라고 화내시다가 자기한테 없다고
하던데."

"그럼 누구한테 있는데?"

종렬이 손가락으로 하늘을 콕콕 찔렀다. 그 동작에 내포된 의미
를 곧바로 알아들었으나 경혜는 정확한 정보가 필요했다.

"그래서 누구?"

"과장님."

과장님이라는 단어를 들은 순간 정말로 대한민국 하늘이 뒤집히
는 꼴과 같을 정도의 직급이 아니어서 다행이라는 마음과 그래도
골치 좀 아프겠다는 짜증이 밀려왔다. 시작점이 과장이기를 바랐
다. 더 위로 올라간다면 경혜가 손도 쓰지 못할 가능성이 높았다.

"팀장님이 그래?"

"감사 나온다는데 이거 누구한테 책임 물어야 되느냐고 엄청 난
감한 척 연기하니까 팀장님이 은근슬쩍 말해 주더라. 팀장님 지 불

리할 때 내빼는 거 일등이잖아. 본인은 진짜 가져오래서 가져간 거지 그 이후로는 아예 모른다데."

그쪽 팀장을 잘 아는 건 아니었지만 어쨌거나 그런 성격이어서 다행이었다. 과장을 감싸다가 나가리 되는 건 팀장일 터였다. 이곳의 생태라는 게 그랬다.

미래는 누군가가 전부 숨기고 있다고 말했다. 이 년 전 실종된 박원우가 죽었다는 사실을.

열일곱 살 남자아이의 실종을 집중 수사할 경찰 인력이 아닐 테지만 살해된 걸 알고 은폐하기 위해 사건을 쉬쉬했다면 말이 달라진다. 진술 조서가 사라진 보고서에 따르면 실종 접수가 된 당일, 배정받은 담당 형사인 종렬이 박원우의 마지막 접촉자인 고등학생 세 명을 불러 진술을 받아냈다. 생각해 보면 이상하리만치 빠른 초기 대응이었다.

"너 이 년 전에 박원우 실종 배정받고 곧바로 수사 시작한 것도 팀장님 지시였니?"

종렬이 고개를 끄덕였다.

"그럼 수사 종결시킨 건?"

종렬은 아무 말도 하지 않았다.

"진술 조서는 하루 만에 받아 내더니 삼 일 만에 '단순 가출로 의심됨'이라고 쓰고 보고서 마무리 지은 거, 네 의지냐고."

"그것도 팀장님이 시켰어."

그게 퍽 창피한 일인 건 안다는 듯 종렬이 한숨과 함께 말을 토해 냈다. 아마 종렬도 진술 조서까지 받아 내는 게 유난스럽다고 생각했을 거고, 그러니 일언반구 없이 수사에 힘 쏟지 말라는 팀장의 말에도 별 의심 없이 따랐을 거였다. 이제 와서 종렬의 탓을 할 일은 아닌 것 같고. 그렇지만 제 딴에 부끄러운 짓인 건 알고 있으니 경혜는 종렬을 좀 부려야겠다 싶었다.

"종렬아, 너 나랑 같이 선연교회 좀 털자."

"뭐야. 무슨 노선을 깜빡이도 안 켜고 바꿔?"

과장이 아무 이유 없이 그 사건에 손을 대지는 않았을 것이다. 일 년에 접수되는 실종 신고만 해도 몇 천 건인데 그중에서 박원우의 실종 신고만 그토록 빠르게 처리했다는 것은 누군가가 은닉을 청탁했을 가능성이 높고, 그런 간촉을 할 만한 제일 유력한 용의자는 그 학생들의 부모일 것이다. 특히나 나머지 두 명은 먼저 자리를 비키고 마지막까지 박원우와 이야기를 나눴던 권도현.

"너 그 진술 조서가 선연교회 권 목사 아들 진술 조서인 거 알지?"

"아……. 어어, 알아."

"나는 여기서 돈 냄새가 나. 아무래도 저쪽에서 이쪽으로 뭘 주지 않았겠니? 네 생각은 어때?"

경혜가 '저쪽'을 말할 때는 선연교회가 있는 쪽을, '이쪽'을 말할 때는 과장이 있는 사무실을 엄지로 가리켰다. 종렬이 느리게 고개를 끄덕였다.

"돈 냄새는 기가 막히게 맡는 너한테 내가 무슨 반기를 들겠니. 네 코가 다 맞는갑다, 하는 거지. 근데 설령 그랬다 치더라도 이 년 전에 주고받은 돈을 무슨 수로. 계좌 이체는 당연히 안 했을 거고 교회 헌금에서 빼낸 거면 제대로 소득이 잡히지도 않았을 텐데."

"그러니까 권 목사를 먼저 털자는 거지. 교회 돈이 어디로 새고 있는지부터 차근차근. 목적지가 같으면 어느 차선으로 가든 같은 곳에 도착하지 않겠니?"

미래는 기다려 달라고 했다. 그러니까 자기들이 더 확실한 증거를 가져올 참인데, 혹시나 그 확실한 증거가 사라지거나 끝까지 묵비권을 행사할 경우를 대비해 경혜에게 미리 말해 두는 것이라고. 그런 사태가 올 경우, 자신들을 재판정에 세워도 좋으니 산에 묻혀 있는 그 선배를 꺼내 아버지에게 돌려 달라고 부탁했다. 경혜는 그게 무슨 겁 없는 소리냐며, 도대체 언제 어디서 목격했으며 그걸 왜 이제 말하느냐고 묻고 싶었지만 끝내 아무런 질문도 던지지 못하고 고개를 끄덕였다. 범인은 잡지 못하더라도 시체만은 그 선배 아버지에게 돌려 달라는 부탁을 거절할 이유가 없어서였다.

세상의 모든 일에는 중요도가 있다. 누구든 소중하지만 어떤 죽음은 그다지 중요하지 않고, 그다지 중요하지 않은 죽음은 살인자의 한 끼보다도 보잘것없다. 그렇게 어떤 일은, 죽음은, 억울함은, 호소는 한없이 뒤로 밀리고 밀려 세상 밖으로 떨어지게 된다는 걸, 그렇게 사라지지도 분해되지도 해결되지도 않은 상태로 우주를 떠돌게 된다는 걸 미래는 아직 모른다. 영원히 몰랐으면 좋겠지만 조금씩 알게 되겠지. 그걸 알아 가는 게 살아가는 것이고, 나이를 먹는 거겠지. 그렇다면 이것도 알게 됐으면 한다. 세상 밖으로 밀려나는 건 온몸으로 막을 수 있다는 것, 그리고 한 명이 막는 것보단 여러 명이 막는 게 더 좋다는 것, 무른 흙도 밀리고 밀리다 보면 어느 순간 아주 단단해진다는 것.

뒷마당 쪽으로 향해 오는 직원들 발소리가 들렸다. 경혜가 사무실로 돌아가기 위해 걸음을 옮기자 종렬도 경혜를 뒤쫓아 걸었다.

"근데 그게 누구야? 이 사건에 관심 가지고 있는 사람 있다며. 너 그 사람 때문에 이러는 거잖아. 누가 갑자기 이걸 들쑤시고 다니는 거야?"

"애들."

"애들?"

"열일곱 살짜리 애들 네 명."

"열일곱? 걔네가 뭘 안다고?"

"그러게. 담당 형사도 모르는 걸 애들이 다 안다."

"야, 무슨 말을 그렇게……"

"담당 형사는 까먹고 있던 걸 애들은 이 년 동안 까먹지도 않고."

종렬은 꿀 먹은 것처럼 입을 꾹 다물었다. 부끄러움에 괜히 목덜미를 긁적이면서.

30

지모의 방은 오늘도 비어 있다. 이틀 전부터 어디를 간 것인지 화원도 열지 않고 집에도 없다. 그동안 지모에게서 온 연락이라고는 고작 이틀 전에 어디 좀 다녀오겠다는 문자가 전부였다. 문자도 몇 차례 했고 전화도 걸었지만 답이 없다. 지모가 며칠씩 연락도 없이 사라졌다 아무렇지 않게 돌아오는 일이야 종종 있어 왔으므로 큰 걱정은 하지 않았지만 요즘처럼 마음이 심란할 때는 지모가 옆에 있어 줬으면 하는 아쉬움이 들었다. 지모에게 전부 털어놓을 수는 없더라도 말이다. 옆에 있어 주는 것만으로도 힘이 되는 존재가 있기 마련이니까. 나인은 사람이 없어 한기가 느껴지는 방을 둘러보고 문을 닫았다.

마당 텃밭을 가꾸던 집주인 할머니가 아가, 하고 나인을 불렀다. 그러곤 나인에게 자두를 내밀었다. 방금 막 씻어 이슬이 맺힌 검붉은 자두였다.

"달다. 좀 먹고 가."

나인은 시간을 확인하고 마당 평상에 엉덩이를 붙였다. 10분 정도 여유가 있으니 네 알은 먹고 갈 수 있을 것 같았다. 바구니에서 잘 익은 자두를 꺼내 물었다. 할머니가 옆에 앉아 물티슈 한 장을 뽑아 건넸다. 흐르는 과즙을 닦으라는 의미였다. 나인은 쉬지 않고 자두를 베어 물고, 입에 넣고, 굵은 씨를 뱉었다. 그러면서 좀 있으면 만날 권도현에게 어떤 말부터 꺼내야 할지, 정말 권도현에게 힘을 보여 줘도 되는지, 그리고 승택의 말처럼 권도현의 마음을 돌릴 수 있을지에 대해 고민했다. 승택은 권도현이 자백의 여지가 있는 상태라고 말했다.

괴로워하고 있던걸. 후회하고 괴로워하고 절망해야 할 시간을 빼앗겨서 그럴지도 몰라. 죄책감을 느껴야 하는데 그걸 막은 거잖아. 네 잘못 아니라고 하고, 없던 걸로 하자고 하니까. 내 말은, 그러니까 그 사람은 미치기 직전 같았어. 더 늦기 전에 죄를 인정하게 해야 돼.

그 말을 옆에서 듣고 있던 미래가 말했다. 그게 이제 와서 정말 가능하겠느냐고. 미래의 말처럼 권도현은 이 년이나 이 일을 침묵했다. 자그마치 이 년. 친구가 죽었다는 것을 모르는 척, 다물었던 입술이 열릴 것 같지 않았다. 오히려 더 뻔뻔하게 나올지도 모른다. 누명을 씌우려고 했다고 고소할지도 모르고. 권 목사가 돈을 먹인 것이 사실이라면 또 그 돈으로 어떤 짓이든 할 거라고, 미래는 걱정스럽게 말했다. 승택은 고개를 저으며 단호하게 말했다.

내가 감정 없는 사람의 눈을 봐서 알아. 그러니까 그 사람은 늦지 않았어. 그리고 어쩔 수 없지 않아, 너희? 그 사람이 자백해야 제일 좋은 거잖아. 아니, 그 방법밖에 없잖아.

할머니가 나인이 뱉은 씨를 물에 적신 휴지 위에 놓았다.

"그거 왜 모아요?"

"다시 심으려고."

"그럼 다시 자라요?"

"이 녀석들 중 약한 놈들은 죽어 거름이 되겠고 단단한 녀석은 자라 또다시 열매가 되겠지."

그렇게 말하고 할머니는 뒤돌아 자신이 가꾼 텃밭을 보았다. 상추고, 고추고, 토마토고, 꽃이고, 심었다 하면 뭐든지 잘 자라는 이유는 지모가 그 땅에 힘을 나누어 주었기 때문이겠지만 그래도 매일같이 텃밭을 들여다보았던 할머니의 정성도 컸으리라. 아무리 땅의 기운이 좋다고 할지라도 텃밭을 공격하는 벌레와 비, 바람, 가뭄까지 땅이 전부 막을 순 없으므로.

"얼마나 기특한지 몰라. 흙을 뚫고 올라와 전부 견디며 버티는 거잖아. 저렇게 강한 생명이 어디 있어. 나는 말이야, 사람보다 저 조용히 자라는 식물들이 더 강하다고 생각해."

"할머니."

"응?"

할머니가 고개를 돌려 나인을 봤다.

"쟤네도 할머니가 좋은가 봐요."

시끄럽게 떠든다. 할머니가 말을 할 때마다 맞장구를 치듯이.

"식물도 주인을 좋아해요."

할머니가 나인을 뚫어지게 바라보다 살포시 웃음을 터뜨렸다.

"너는 정말 네 이모랑 똑같다. 피는 못 속이나 봐."

"갑자기 우리 이모가 왜 나와요?"

"언제더라, 예전에 네 이모도 나한테 그런 이야기를 똑같이 했어. 쟤네가 다 듣고 있다고. 그러니까 누구한테 넋두리하고 싶을 때 식물한테 하라고. 그건 혼잣말이 아니니까. 내가 있지, 그 말 듣고 나서부터 자주 말하거든. 근데 신기한 게 꼭 친구한테 털어놓은 것처럼 속이 시원하더라니까."

자두 다섯 알을 먹은 나인이 손에 묻은 과즙을 물티슈로 닦아 냈다. 그러곤 마당에 세워져 있던 자전거를 끌었다. 대문 앞까지 마중 나온 할머니가 입고 있던 여름 조끼 주머니에 손을 넣으며 물었다.

"그런데 너희 이모는 요즘 또 안 보인다."

"금방 오실 거예요. 걱정 마세요."

안장에 앉아 페달에 발을 올리던 나인이 문득 할머니를 돌아봤다.

"꼭 해야만 한다고 믿는 일을 하고 있을 거예요. 이모도 저를 닮았다면요."

나인은 아이들과 만나기로 한 선연산 초입으로 자전거 페달을 밟으며 할머니가 했던 말을 곱씹었다. 버티고 사는 건 전부 강한 것이다. 권 목사가 제아무리 돈으로 모든 걸 해결하려 한다고 해도 끝까지 버티면 이길 수 있으리라.

시간이 다가올수록 초조해졌다. 나인만 그런 게 아닌지 현재도 부쩍 자주 시간을 확인했다. 오지 않을지도 모른다. 아니, 정확하게 말하자면 오지 않을 확률이 높다. 친구가 죽은 그 장소로 다시 오라는 말을 들을 사람은 없을 거다. 만일 그런 사람이 존재한다면 경우는 딱 하나다. 다시 이곳에 오고 싶은 사람. 용기가 없어 오지 못했던 사람. 누군가의 힘을 빌려서라도, 어떤 빌미를 가져서라도 이곳에 오고 싶은 사람. 그러니 권도현은 올 것이다.

"안 나오면 어쩌지?"

현재가 물었다. 약속 시간 5분 전이었다. 하지만 어디에서도 누군가가 다가오는 기척이 들려오지 않았다.

"나는 나올 거라고 봐."

미래가 말했다.

"느낌이 그래."

나인의 느낌도 그랬다. 권도현은 나올 것이다. 궁금해서라도.

"근데 정말 우리 떨어져 있어도 돼? 위험하지 않겠어?"

"응, 둘이 있는 게 말하기 더 좋아."

권도현과 둘이 대화하기 위해 친구들에게 잠시 떨어져 있어 달라고 부탁했다. 미래와 현재가 함께 목격했다는 것은 변하지 않았지만, 나인은 권도현에게 하고픈 말이 있었다.

30분이 지나도 권도현은 나타나지 않았다. 하지만 그 누구도 권도현이 오지 않을 모양이라고, 그만 가자고 말을 꺼내지 않았다.

정확히 47분이 지났을 때, 현재가 먼저 아닌 것 같다고 입을 열던 그 순간, 무성하게 자란 풀숲이 흔들리며 누군가가 다가왔다. 나인이 어두운 풀숲을 응시했다. 가까이 온다. 거의 다 왔고, 마침내 풀숲을 파헤치며 권도현이 모습을 드러냈다. 학교가 끝난 뒤 집에 가지 않고 계속 주변을 서성였던 탓에 권도현은 가방과 교복이 하교 때의 모습 그대로였지만 나인이 그런 사실까지 눈치챘을 리는 없었고, 그저 일단 왔으니 됐다는 마음뿐이었다. 아이들이 걱정했던 것처럼 대화는 순조롭지 않았다. 몇 발자국 떨어진 곳에서 미래와 현재, 그리고 승택은 권도현과 독대 중인 나인을 바라보며 각자 초조한 마음을 달랬고, 나인은 그런 친구들의 걱정은 뒤로한 채 네가 뭘 봤다고 그러느냐는 권도현을, 그러다 이내 네가 봤든 말든 무슨 상관이며 어차피 네가 하는 말은 아무도 믿어 주지 않을 거라고 떠들어대는 권도현을 보며 화가 치밀어 오르는 중이었다.

여기까지 찾아온 수고가 아깝지도 않은지 권도현의 태도는 비협조적이었으며, 끝내 가방까지 풀숲에 던지고는 싸울 기세로 나인의 어깨를 밀쳤다. 그 모습을 본 순간 승택이 놀라 자리에서 벌떡 일어났고, 달려가려는 승택을 미래가 붙잡았다. 저러다 한 대 맞을 것 같은데. 그 걱정이 끝나기도 전에 아니나 다를까 퍽, 하고 사람이 맞는 둔탁한 소리가 들렸다. 그렇지만 승택의 걱정과 달리 맞은 사람은 나인이 아니었다. 꼭 쥔 주먹을 올곧게 뻗은 나인과 허리가 굽은 권도현이 보였다.

일순간 주변이 조용해졌다. 식물들의 재잘거림도, 바람 소리도 들리지 않자 그 적막을 뚫고 나인의 목소리가 희미하게 닿았다.

"살아 있었어요. 그때 119에 바로 전화했으면 살았어요."

나인은 박원우가 살아 있었다고, 권도현에게 말하고 있었다.

31

내 말은, 그러니까 그 사람은 미치기 직전 같았어.

승택의 말이 맞았다. 풀숲을 파헤치고 온 권도현은 지난번과 달
랐다. 벼락을 맞아 타 버린 나무처럼, 가뭄에 비틀어진 가지처럼 권
도현은 죽어 가는 나무 같았다. 먹잇감을 앞에 두고도 손 하나 움직
일 여력조차 남지 않았을 정도로 앙상한 짐승. 그렇지만 제가 죽기
를 기다리는 독수리를 물어뜯을 마지막 힘은 남겨 둔 상태 혹은 그
런 몰골이었다. 어느 모로 보나 사람 같지는 않았다는 뜻이다. 권도
현은 나인을 바라보다 주변을 살폈다. 다른 사람이 있는지 확인하
려는 것이겠지만 높게 자란 풀들이 성벽처럼 두 사람을 에워쌌다.
성벽은 나인이 빠져나갈 수 없도록 세워진 철창 같기도 했고, 반대
로 권도현이 걸려든 함정 같기도 했다.

권도현은 말이 없었다. 왜 불렀느냐는 질문조차 하지 않고 나인
이 먼저 말하기를 기다렸다. 어젯밤 내내 머릿속으로 어떤 말을 할
지 고민하고, 순서를 정하고, 혼자 시뮬레이션도 몇 번씩이나 돌렸

는데 막상 권도현과 마주 보고 있으니 하려던 말이 뭐였는지 기억 나지 않았고 순서도 뒤죽박죽이었다. 그렇지만 준비했던 말과 순 서가 이제 와서 무슨 소용이 있겠는가. 수단과 방법을 가리지 않고 권도현이 밟고 서 있는 점이 지대에서 뒷걸음질 치도록 만들면 되 는 것을.

"기회 주려고 부른 거예요."

그 말을 듣자마자 권도현이 웃음을 터뜨렸다.

"무슨 기회?"

"선배가 한 짓을 인정하고 직접 용서를 구할 기회요. 이 년 전 여 기서 벌어졌던 일. 선배랑 선배 친구들이 벌인 일요."

"말을 똑바로 해. 내가 무슨 짓을 했는데? 나는 잘 모르겠거든."

"이 년 전 그날, 박원우를 여기로 불러냈잖아요."

비아냥스레 말을 받아치던 권도현이 입을 다물었다. 응시하는 눈빛이 매서워졌다. 권도현이 이성을 잃을까 봐 두려웠다. 그래서 끝내 해야 할 말을 전부 하지 못할까 봐 걱정되었다.

"송우준, 김민호랑 같이. 박원우한테 돈을 가지고 오라고 했는데 박원우가 그냥 왔잖아요. 7월 9일 밤 11시 넘어서."

권도현이 이맛살을 찌푸렸다.

"빙빙 돌려 말하지 말고 똑바로 말해."

"저 알아요. 선배가 이 년 전에 여기서 실수로 박원우 밀쳐서 죽 인 거. 그리고 묻었잖아요. 이곳에."

일그러진다. 권도현의 얼굴이. 불쾌하거나 화가 나서가 아니라 역한 음식을 삼킬 때 지어지는 표정 같았다. 삼키고 싶지 않은 그런 진실을. 하지만 권도현은 표정을 애써 감췄다. 그리고 웃었다.

"그 일을 이제야 이야기한다? 이 년 동안 입 꾹 다물고 있다가? 그 이유가 좀 궁금하네. 심경의 변화가 생긴 이유가."

그런 이유가 있을 리 없었다. 나인이 그 일을 알게 된 건 고작 몇 주 전이었다. 예상치 못한 질문에 막혔던 말문이 다시 트인 건 미세하게 올라간 권도현의 입술 끝을 봤을 때였다. 권도현의 질문에 일일이 대답해 줄 필요가 없다는 걸 잊고 있었다.

"지금이라도 밝히면 안 되나요?"

"아, 이 년 전에 있었던 일을 지금 말한다고? 이 새끼 웃긴 새끼네. 너 그거 아냐? 네 상상이 도가 지나치다는 거. 그리고 그 일 다 끝났다는 거. 박원우 여기서 만났다, 그래. 근데 뭐? 우리는 그러고 걔랑 헤어졌어. 그거 형사한테 다 말했고, 우리는 혐의 없어서 풀려났는데? 네가 그걸 봤다고 해 봤자 믿을 사람도 없어. 형사도 그렇게 봤다고. 근데 네가 뭘 안다고 가서 지껄여."

"선배가 가서 말 안 하면 제가 가서 말할 거예요."

"그니까 네 말을 누가 믿느냐고."

"안 믿어도 말할 거예요. 박원우 묻혀 있는 위치도 다 말해서 시체 찾을 거고, 믿어 줄 때까지 말할 거예요."

권도현은 또다시 웃음을 흘렸지만 시선은 갈피를 잡지 못했다. 당황하고 있었다. 권도현의 심장은 아주 세차게 뛰고 있으리라. 이 년 동안 없던 일이 된 줄 알았던 그 사건을 누군가가 뭍으로 끌고 올라왔으므로. 없던 것을 다시 있게 했으므로.

"아무도 안 믿을걸."

아무렇지 않아 보이기 위해 억지로 누른 목소리. 너무 오래 내버려 뒤서 굳었을까 봐, 그래서 내리쳐도 미동조차 하지 않을까 싶었던 걱정이 사라졌다. 권도현의 수면은 조금씩 요동쳤다.

"왜요? 선배 아빠가 경찰한테 돈 먹여서요?"

나인은 조금 더 세게 나가 보기로 마음먹었다. 자칫 권도현의 심기를 강하게 건드려 주먹이 날아올 수도 있었지만 어쩌겠는가. 못 피하면 맞는 거고, 맞는 게 유난인 상황도 아니었으며, 나인은 권도현의 근본 없는 주먹이 두렵지 않았다.

"경찰한테 돈 주고 조용히 해 달라고, 아들이 한 짓 좀 묻어 달라고, 그 애 사라진 거 그냥 흐지부지 넘어가 달라고 말한 거, 맞죠? 그래서 그렇게나 빨리 정리된 거잖아요."

표정을 보아하니 권도현이 모르고 있었던 것 같지는 않았다. 다행이었다. 제 아빠의 추악한 짓을 모르고 있었다면 그건 또 그 나름대로 최악이니까. 그리고 나인은 느꼈다. 권도현이 발끈한다면 딱 지금일 것이라고.

"너 뭔데, 새끼야."

예상이 맞았다. 목청을 높이는 대신 이를 악물었지만.

"어디서 주워듣고 와서 지금 이러는 거냐?"

"주워들은 거 아니에요. 다 알아요. 아무도 모를 거라고 생각했어요?"

"그러니까 대체 네가 뭘 아느냐고."

권도현은 어금니를 더 세게 물었다. 당장이라도 달려들 것 같은 눈빛이었다.

"다시 처음부터 말해 드려요? 이 년 전 7월 9일에 선배가 친구들이랑 이 근처에서 술 마시다가 술이 떨어져서 박원우한테 돈 가져오라고 불렀잖아요. 그런데 박원우가 그냥 왔잖아요. 선배 친구들이 그런 박원우한테 뭐라고 했죠? 30분이나 늦었다고. 돈은 왜 안 가져왔느냐고. 또 외계인이나 찾아보다가 왔느냐고."

나인이 그때 보았던 장면을 되살리려 했지만 그럴 필요가 없어졌다. 주변에 있던 식물들이 또다시 나인에게 그때의 모습을, 형체를 알아볼 수 없는 입자로 만들어 보여 주었기 때문이다. 권도현에겐 보이지 않겠지만 나인의 눈에는 그날의 상황이 권도현을 둘러싸고 다시 펼쳐졌다. 송우준과 김민호의 목소리가 들렸다.

새끼, 30분이나 늦었어. 미안하다는 말도 안 하냐? 우리 추워 뒤지는 줄 알았어. 여름에 뭐가 춥다고 난리야, 등신아. 추우면 모닥불이라도 피우든가. 돈은 가져왔어? 새끼야, 우리가 돈 좀 빌려 달라고 부른 거잖아. 설마 너랑 같이 놀자고 불렀겠어? 어? 이 새끼 진짜 웃긴 새끼네. 뭐 하다 왔냐? 또 외계인 이딴 거 찾아보다가 왔냐? 이번에는 연락이 좀 왔어? 만나재? 오, 나도 외계인 좀 만나 보고 싶다.

나인이 들리는 목소리를 따라 읊었다.

"먼저 내려가 있어."

이건 그때 권도현이 송우준과 김민호에게 뱉은 말이다.

"왜 둘이 또 우리 빼고 무슨 얘기를 하게. 새끼들, 둘이 절친이라 뭐 이거야? 우리도 원우랑 친해지자 좀."

이건 송우준이 권도현에게 한 대답이었고. 그런 나인을 보던 권도현의 미간이 구겨졌다. 그때 나누었던 대화를 어느 정도까지 기억하고 있는지 모르겠지만, 어쨌거나 나인이 뱉은 말이 그날의 대화가 맞는다는 건 눈치챈 모양이었다.

"빨리 말하고 갈 테니까 너희 먼저 가 있으라고. 말귀 못 알아먹냐?"

이건 그날 권도현이 다시 두 사람에게 내뱉은 말이다.

"닥쳐. 그만해라."

"왜 부르기는 얼굴 보자고 불렀지."

"그만하라고."

권도현은 마지막 경고처럼 읊조렸다. 하지만 나인은 멈추지 않았다. 권도현은 지금 화만 날까, 아니면 무섭기도 할까. 갑자기 나타나서 이 년 전 대화를 똑같이 따라 하고 있는 눈앞의 애가. 나인은 권도현이 무서웠으면 했다. 이 년 전에 그래야 했고, 이 년 동안 그래야 했으니까.

"내가 너한테 뭔 돈을 뜯겠다고 부르겠냐. 너희 집 사정 빤히 아는데."

"야!"

권도현이 가방을 던졌다. 하지만 나인은 때를 놓치지 않기 위해 권도현을 똑바로 바라보며 말했다. 속이 울렁거렸다. 말이 뭉개질까 봐 한 어절씩 또박또박 발음했다.

"대답 좀 해, 새끼야. 사람이 말하면 반응 좀 하라고. 너 사람 개무시하는 게 점점 는다. 평범하게 굴어. 이상한 소리만 내뱉지 말라고. 너만 보면 내가 답답해서 그래."

"닥치라고, 새끼야!"

권도현이 나인의 어깨를 밀쳤다. 몸이 휘청거렸지만 다행히 넘어지지 않았다.

"이제 다 기억하는 거죠? 그러니까 모르는 척하지 마요."

바늘에 찔린 것처럼 따끔했을까. 아니면 대못을 박은 것처럼 숨이 막혔을까. 둘 중 무엇인지 알 수 없지만 확실한 건 단단했던 권도현의 틈을 비집고 무언가가 파고들었다는 사실이다. 박원우의 세상에 구멍을 내고 간 박원우의 엄마처럼, 박원우도 권도현의 세상에 구멍을 냈을 테니까. 판단력을 잃었거나 혹은 감추고 있던 본성을 드러낸 듯이 권도현은 주먹을 쥐고 달려들었다. 나인은 순간 그냥 주먹만 피할까 생각했지만 아무래도 그렇게 피하는 것만으로는 흥분한 권도현을 멈출 수 없을 것 같았다. 무릎을 살짝 굽혀 하체 중심을 바로잡고 주먹을 꼭 쥐었다. 머리 높이로 권도현이 주먹을 날릴 때 하체를 더 굽혀 높이를 낮추고는 옆구리 옆에 두었던 주먹을 일직선으로 뻗으며 권도현의 가슴뼈 아래를 가격했다.

권도현이 복부를 팔로 감싸며 허리를 숙였다. 급소를 정확하게 때렸으니 숨이 넘어가는 고통을 느꼈을 거였다. 태권도 배운 걸로 사람 때리지 말라 그랬는데.

"다음에는 더 세게 때릴 거예요. 기절할 만큼."

그래도 이 정도면 정당방위로 쳐 주지 않을까. 피하지 못했으면 어금니 하나는 나갔을 것이고, 피하기만 했으면 계속 달려들어 기어코 맞았을 건데.

"기억난 것 같으니까 말할게요."

권도현은 배를 끌어안고 거칠게 숨만 몰아쉬었다. 나인이 주먹을 다시 꽉 쥐었다. 권도현을 때리기 위해서는 아니었다. 이 말을 꺼내기에 용기가 필요해서였다.

"살아 있었어요."

권도현이 권 목사에게 전화하며 산을 뛰어 내려가던 그 순간에.

"그때 119에 바로 전화했으면 살았어요."

박원우는 살아 있었다. 박원우의 옅은 숨을 입가에 피어 있던 꽃이 느끼고 있었다. 오르락내리락하던 권도현의 등이 잠잠해졌다. 숨소리도 들리지 않았다. 그리고 한참 뒤에야 숙였던 허리를 들었다. 권도현의 표정을 뭐라고 설명해야 좋을까. 아무리 고민해 봐도 떠오르지 않았다.

"장난질도 작작 해라."

믿으려는 일말의 기미도 보이지 않는 건 강한 부정이다. 나인이 새싹이 자란 손톱을 보고서도 자신의 존재를 의심조차 하지 않으려고 했던 것처럼. 믿으면 뒤집히니까. 그 이전의 삶으로는 절대 돌아갈 수 없다는 걸 본능적으로 아는 것이다.

"선배도 살리고 싶었잖아요. 죽이려고 한 거 아니었잖아요. 그래서 아빠한테 전화 걸었던 거잖아요. 도와 달라고 그런 거잖아요. 그럼 그때 못 한 거 지금이라도 해요. 더 늦게 전에 박원우 여기에 있다고. 그래야 박원우가 가족한테 돌아가죠. 언제까지 여기 내버려 둘 거예요? 더 후회하기 전에 그만 모든 걸 돌려 놔요."

권도현의 시선은 허공에 닿아 있었다. 나인의 어깨 근처 어딘가에.

"후회?"

권도현이 조소했다.

"그딴 걸 내가 왜 해."

나인과 눈이 마주쳤다.

"너 아까 박원우 살아 있었다고 했지? 그럼 네가 지켜보고 있다가 박원우 확인한 거 아니야? 근데 너는 왜 그때 신고 안 했냐? 너도 그냥 보고 도망친 거잖아. 너도 그때 사람 죽어 가는데 도망쳐 놓고 죄책감 느껴서 이제 와서 정의로운 척 이러고 있는 거 아니냐고. 네 마음 편하겠다고 이러지 마."

"제가 본 거 아니에요. 산이 알려 줬어요."

그러니까 본론은 지금부터다. 나인이 권도현을 이곳으로 부른 이유였고 권도현을 무너뜨릴 수 있는 마지막 한 방이었다. 권도현에게 박원우의 말이 거짓이 아니었음을 알려 주는 것. 박원우가 거짓말을 하지 않았다고 해서 억울한 죽음이 된다거나 그 말이 거짓이어서 죽음이 정당해진다는 건 아니다. 하지만 다른 사람은 몰라도 권도현은 알아야 했다.

나는 권도현을 다시 만날 거야. 권도현한테 보여 줄 거야. 박원우는 단 한 번도 거짓말하지 않았다는 걸, 권도현만큼은 그걸 알아야 해. 미움이 정당하지 않다는 걸 권도현이 깨달아야, 박원우가 덜 억울하지 않을까? 두 사람이 정말 친했다면, 권도현이 박원우를 살리려고 했고 그래서 지금도 괴로워하고 있는 거라면 권도현은 모든 걸 다 알고 박원우에게 진심으로 사죄해야 돼. 평생. 똑같이 괴로울 거라면 진실 속에서 고통스러워해야 돼.

"이 산에 있는 식물들이 다 지켜보고 있었고 그걸 저한테 알려 줬어요. 선배가 그날 친구들이랑 박원우를 불렀다는 것도, 선배네 엄마가 밤마다 산을 파헤치며 박원우의 시체를 찾고 있다는 것도요."

물론 권도현이 이 말을 단박에 믿을 거라고는 애초에 기대하지 않았다.

"너랑 박원우는 뭐 외계인 동아리에서 만났냐? 아, 진짜 웃기네. 그럼 너도 잘 알겠다. 걔 원래 이상했다는 거. 너도 같이 이상한 애라 이상한 거 모를 수도 있겠구나."

"그게 박원우가 죽어도 되는 이유가 돼요?"

"어, 걔 그래서 죽었어."

권도현이 순식간에 표정을 굳혔다.

"걔가 맨날 이상한 소리 하고 다니니까 사람들이 다 싫어했잖아. 반 분위기 흐린다고 싫어하고, 이상한 짓 할까 봐 무서워하고. 내가 몇 번이나 그딴 소리 좀 지껄이지 말라고 말해 줬는데도 이미 제정신이 아니라서 말을 못 알아 처먹더라."

"만약 그 말이 사실이라면, 그럼 박원우는 죽을 이유가 없던 거네요."

"그게 사실일 리가……."

"있어요."

나인이 신발과 양말을 벗어 맨발로 땅에 섰다. 축축한 흙이 느껴졌다. 조용했던 식물들이 떠들기 시작했고, 어디선가 정해진 것처럼 바람이 불어왔다. 온몸의 기운이 발바닥으로 쏠렸다. 따뜻하고 따갑다. 저릿하고 아리다.

어떤 일은 기다렸다는 듯이 일어나지. 세상에 영원한 비밀은 없다는 듯이. 조금만 더 빨리 박원우를 만났으면 좋았으련만. 나를 기다렸을 서글픔을 위해.

"외계인 같은 거 세상에 정말 있다고요."

나인이 권도현의 눈을 주시하며 말했다.

"그게 나니까."

물줄기가 뻗어 나가듯 나인의 발끝에서부터 파란빛이 사방으로 퍼졌다. 닿을 수 있는 곳까지 멀리 퍼져 흘러 어둠이 내려앉은 산에 빛을 밝혔다. 풀잎과 잎사귀에, 얇은 가지에도 푸른 혈관이 생기고 입을 오므렸던 꽃잎이 활짝 피었다.

파랗게 빛나는 땅을, 권도현이 바라본다.

"박원우가 어렸을 때 이 산에서 외계인을 만났어요. 엄마라고 생각했던 나무가 죽어서 슬퍼하고 있는데 그때 외계인이 나타나서 그 나무를 죽지 않는 나무로 살려 줬어요. 그리고 그 외계인이 박원우한테 당부했어요. 이 나무를 잊으면 안 돼. 매일 찾아와야 해, 외로우니까."

권도현은 나인의 발만 응시했다. 에너지가 뿜어져 나오는 단단한 발을.

"박원우는 선배한테 거짓말한 적 없어요."

"무슨……."

"박원우를 이상한 사람으로 만들었던 건 선배예요."

권도현은 천천히 고개를 들어 나인과 눈을 맞췄다. 권도현의 눈가가 빨갛다. 불그스름하거나 붉은 기가 있는 것이 아니라 당장이라도 피를 쏟아낼 것처럼 새빨갰다.

이제 권도현에게도 누군가에게 말하지 못할, 말해도 믿어 주지 않을 비밀이 생겼다. 하지만 그것으로 끝나지 않겠지. 가장 소중했던, 한때 권도현의 숨통이 되었던 친구를 외롭게 하고, 힘들게 하고, 끝내 죽게 만든 그 죄가 나뭇가지에 새겨진 푸른 혈관처럼 권도현 몸 구석구석에 새겨지겠지. 버티지 못하고 몸이 으스러질지도 모른다. 하지만 그걸 버텨 내는 것도 재량일 테다. 그건 나인이 생각해 줄 일이 아니다. 나인은 손을 뻗어 어딘가를 가리켰다. 처음 보자마자 알아차렸던, 아무것도 자라지 않는 땅.

"저기 맞죠?"

"……아."

권도현의 시선이 사람 하나가 웅크려 누울 수 있을 정도로 좁은 면적에 떨어진다. 쓸쓸한 땅.

"박원우를 묻었던 자리. 저기만 식물이 자라지 않아요."

빨갛게 변한 눈에서는 역시나, 언제나 그렇듯, 늘 그래 왔듯 투명한 눈물이 흘렀다. 넋이 나간 표정으로 박원우가 묻힌 자리를, 이 년 전 자신이 박원우를 묻은 자리를 가만히 바라보던 권도현은 점이 지대에서 한 발자국씩 뒤로 물러나 죄책감이 있는 세계로, 괴로움이 가득한 현실로, 거대한 슬픔과 잔인한 현실이 있는 곳으로 돌아왔다. 다행히 악마가 되지 않았고. 불행하게도 인간으로 돌아왔다. 천천히 무너진 권도현은 바닥에 엎드려 소리 질렀다.

시간이 지날수록 점점 더 실감하게 되겠지. 자신이 친구를 죽였

다는 것을. 아무리 사과해도 그 친구가 듣지 못한다는 것을. 용서를
받을 수도 없는 세상에서 평생 살게 될 것을.

권도현이 울었다. 악을 쓰며.

그렇게 지옥으로 돌아왔다.

32

"그건 뭐야?"

"배양토인데 베란다에 있어서 조금 퍼 왔어. 좀 더 잘 자라지 않을까 싶어서."

군이 그런 흙이 아니어도 이 식물은 영원히 시들지 않을 거라고 말하려다가 집에서부터 무겁게 들고 왔을 현재가 상상돼 나인은 말을 삼키고 웃었다.

"신미래는?"

"이번에도 학원 빠지면 나중에 보충하기 힘든가 봐."

현재가 이해한다는 듯 고개를 끄덕였다. 폴리스 라인이 마름모꼴의 형태로 현장을 둘렀으나 나인은 거리낌 없이 경계를 넘어 안으로 들어갔다. 뒤에서 안절부절못하는 현재에게 괜찮다고 말하며 헤집어진 흙에서 싹을 틔운 어린 식물 앞에 앉았다.

일주일이 지났다. 권도현은 제 발로 직접 경찰서를 찾아가 모든 사실을 말했다. 하지만 그건 자백이라 할 수 없을 정도로 뭉개진 언어였다. 훗날 미래를 통해 들은 바로 권도현은 똑같은 말만, 계속해서 했던 말만 반복했다고 했다.

죄송합니다. 정말 죄송합니다. 죄송해요, 진짜 죄송해요. 제가……. 미안해. 내가 미안해. 미안해, 정말. 내가 진짜 미안해. 잘못했어.

울음에 뒤섞여 제대로 들리지 않았지만 무릎 꿇고 중얼거리던 권도현의 몸이 어느 누구에게도 향해 있지 않았기에 권도현이 마치 자신만 보이는 어떤 누군가에게 사과를 하는 것 같더라고.

김민호와 송우준도 소환되었고 그 소문은 빠르게 학교와 학원에, 그리고 이 선연시에 퍼졌다. 권도현의 자백이 있었기에 시체는 그로부터 세 시간 만에 발견됐다. 이 년 동안 아무도 찾아 주지 않던 박원우를 그렇게 쉽게 세 시간 만에. 김민호와 송우준은 직접적으로 박원우에게 물리적 가해를 하지 않았고 시체를 유기했을 때에도 함께하지 않았으나 모든 걸 알고도 방조한 것이 죄목이었고, 그로 인해 김민호는 태권도 선수 자격이 박탈되었으며 송우준과 함께 퇴학당했다. 권도현 역시 살해의 물적 증거가 충분하지는 않았지만 자백으로 살해의 증거가 명징했고, 앞으로 몇 번의 재판을 통해 박원우를 살해했던 것에 의도가 있었는지, 계획성이 존재했는지, 시체를 유기하고 은폐한 이유는 무엇인지를 따져 물을 것이라고 했다. 하지만 그 전에 권도현에게 보이는 정신 분열증을 먼저 치료할 것이라고 담당 형사는 말했다. 권도현은 꽤 긴 시간이 걸리겠지만 정신과 치료 뒤에도 수사에 성실히 임할 것과 어떤 형이든 받아들일 것을 약속했다.

권도현은 경찰서에서 구치소로 가던 길에 자신을 보러 온 박원우의 아빠를 만났고, 아저씨를 보자마자 또 한번 울음을 터뜨리며 바닥에 무릎 꿇고 죄송하다고 빌었다. 죽일 놈이라고, 내 아들에게 왜 그랬느냐고 소리치고 신발을 던져도 모자랄 판에, 아저씨는 그래도 제 아들과 가장 친한 친구였던 걸 잊지 않고서 이제라도 말해 줘서 고맙다고 했다. 벌 다 받고, 죄 지은 거 다 뉘우치면 나중에 아저씨한테 찾아와서 밥 한 끼 먹자고. 권도현은 그 말에 더 크게 통곡했다. 아이처럼 악을 쓰며 우는 소리가 오랫동안 경찰서 주차장에 울려 퍼졌다.

이 년 만에 뼛가루로 아버지에게 돌아간 박원우는 아버지의 품에 아주 짧게 안겼다가 엄마가 있는 납골당으로 들어갔다. 기자들이 한차례 몰려들었지만 아저씨는 화 한번 내지 않고, 돌아와서 다행이라는 말만 남기고 뒷짐을 진 채 평소와 다를 것 없는 발걸음으로 돌아갔다. 느리고, 느리게. 경혜는 권 목사의 뒤를 캐내다 이상할 정도의 고액 헌금을 발견했고, 그 돈의 출처를 알아내다 학원에서 몇몇 아이에게 학교 선생을 붙여 고액 과외를 하는 부정 입시의 과외비인 것을 밝혀냈다. 원장이 돈이 잡히지 않게 하기 위해 학부모에게 헌금으로 과외비를 납부하게 한 것이다. 이로 인해 학원은 문을 닫고 교회는 대대적인 수사가 들어갔다. 그리고 수사 도중 권 목사가 경정에게 돈을 주고 박원우의 사건을 묻었다는 것 역시 밝혀져 이 부분도 수사에 들어갔다는 이야기를, 나인은 미래를 통해 그리고 뉴스를 통해 들었다.

모든 일이 끝난 지 일주일이 지났다. 선연산에는 산신이 산다는 소문이 생겼다. 산신은 도깨비나 귀신이나 악마나 용이나 숨어 사는 호랑이나 사슴 따위로 바뀌기도 했는데, 어쨌거나 산에 깃든 영물이 은폐된 사건에 분노하여 이를 알리기 위해 산의 식물들을 자라게 하는 요술을 부렸다는 식이었다. 나인은 그럴듯한 풍문이라 생각했다. 자신은 그런 귀신이나 짐승이 아니라 사람이고 산에 깃들어 있지도 않지만, 분노하여 식물을 자라게 했다는 건 어느 정도 맞으니까. 찾아오는 사람이 늘 줄 알았는데, 아무래도 신비로운 이미지보다는 사람이 묻혀 있었다는 이미지가 더 강했는지 찾는 이가 늘어나지는 않았다.

어린 식물의 뿌리는 다행히 살아 있었다. 땅을 파헤치며 뿌리가 잘리거나 식물이 죽으면 어떡하지, 하던 걱정을 한시름 놓았다.

"어때? 괜찮아?"

"응, 아직 살아 있어."

나인이 어린 식물을 들었다. 가지고 온 조그만 화분에 현재가 챙겨 온 배양토를 채워 넣고 식물을 심었다. 죽은 땅에서 식물이 다시 뿌리내리려면 시간이 꽤 필요하다고, 언젠가 지모가 그랬다. 브로멜리아드가 있는 땅이 그랬듯이. 박원우가 묻혀 있던 그 땅에도 박원우 몸이 부패하며 내뿜은 각종 가스로 인해 한동안 식물이 자랄 수 없었을 것이라고, 나인은 추측했다. 하지만 이 어린 식물을 발견했다. 분명 없었는데 권도현을 만나기 전에 확인했던 땅에서 줄기 하나가 땅을 뚫고 올라온 것이다. 금옥처럼 몸을 뚫고 자란 것이 아니기에 박원우의 영혼이 그 식물에 깃든 것은 아니겠지만 나인은 이 식물을 아저씨에게 선물할 생각이었다.

화분에 담긴 흙이 단단해지도록 두드린 뒤 나인이 손을 올렸다. 손바닥으로 기운이 몰리는 것을 느끼며, 죽지 마, 시들지 마, 너는 건강하게 아저씨보다 오래 살아,라고 되뇌었다. 옆에서 그 모습을 지켜보던 현재도 기도하듯 손을 맞잡았다. 둘은 한동안 그곳에서 각자의 믿음을 향해 간절히 빌었다.

아저씨는 비타민 음료 두 개를 내밀었다. 인터뷰 좀 하자고 무작정 들이닥치는 기자들이 한 박스씩 가지고 온 덕에 음료가 이웃 사람한테 다 나눠 줘도 남을 정도로 차고 넘친다고 말했다. 아저씨는 이전과 크게 다른 게 없어 보였다. 식물을 들고 방문한 나인과 현재를 반기면서도 아저씨는 가게 문을 열기 위해 분주히 점심상을 치우는 중이었다. 아저씨의 무언가가 바뀌었을 거라고, 그러니까 좋은 쪽으로든 나쁜 쪽으로든 이전과 달라졌을 거라고 지레 걱정했던 생각이 우스워졌다. 아저씨는 박원우가 돌아오지 않았던 이 년 전 7월 10일부터 현재까지, 삶을 잃지 않기 위해 견디며 사는 법을 숙달한 상태였다. 아저씨는 권도현과 달랐다. 아저씨의 삶은 그 이전까지 지옥이었겠으나, 이제는 단단해진 땅을 내디디며 천천히 지상으로 올라올 거였다.

"이거 선물이에요."

나인이 품에 안고 있던 조그만 화분을 내밀었다. 아저씨는 어딘가 탐탁지 않은 표정으로 식물을 받았다. 그러곤 걱정스럽게 물었다.

"으응, 근디 내가 요 식물을 키워 본 적이 읎응깨 괜히 죽을까 봐……."

"특별히 신경 쓰지 않으셔도 되고 얘가 더 자라면 나중에 큰 화분으로만 옮겨 주세요. 그럼 알아서 잘 자랄 거예요."

"그려? 그려도 갑자기 뭔 식물을 다."

"그냥요. 잘 자랄 테니까 걱정하지 마세요. 식물도 동물이랑 똑같아서 사람한테 정을 주거든요. 아저씨가 하는 말 얘가 다 들어요."

아저씨는 웃으면서 손에 든 식물을 쳐다봤다. 그리고 한참 뒤에야 그려, 그려, 하고 나지막이 대꾸했다.

"고마워잉. 적적혔는디 자식새끼처럼 키워 봐야겠고만."

아저씨가 창가에 화분을 놓았다. 이름도 지어 주라고 말하려다가 굳이 말하지 않아도 조만간 이름이 생길 것 같아 말았다. 아저씨는 나인과 현재를 따라 밖으로 나왔다.

"조심허고. 그라고 그……."

아마도 자주 놀러 오라는 말을 하고 싶었으나 젊은 애들한테 그런 말을 하는 게 퍽 민폐처럼 느껴졌을 것이고, 이 착한 아이들에게 부담을 주는 건 아닐까 싶어 고민이 길어졌으리라. 열일곱 살의 아들과 닮은 아이들이 찾아와 이렇게 챙겨 주는 게 고마워서, 교복을 입고 지나가는 아이들만 봐도 아들이 떠올라 고개를 떨구게 될 줄 알았는데 이제 더는 괴롭지 않게 되었음에, 아들처럼 선하고 착한 또 다른 얼굴을 떠올릴 수 있게 해 준 게 너무 고마워서 뭐라도 더 해 주고 싶었던 아저씨는 요즘 애들이 좋아하는 걸 고민하다, 아들이 축하할 일만 생기면 치킨을 사 달라고 했던 것을 떠올렸다.

"치킨 먹고 싶으면 여 와. 시켜 줄 텡께."

나인과 현재는 머뭇거리지 않고 곧장 고개를 끄덕이며 그러겠노라고 대답했다. 현재는 한동안 이곳을 찾지 못할 테지만.

건널목 신호등에 파란불이 들어왔음에도 나인은 움직이지 않고 현재만 멀뚱히 보았다. 깜빡이던 파란불이 다시 빨간불로 바뀌었고, 나인은 그제야 입을 뗐다.

"왜 그걸 이제 말해?"

"한동안 정신없었잖아, 네가."

이마에서 땀이 흘러내렸다. 흙도 털어 내지 못한 손이 찝찝했고, 시원했던 비타민 음료는 어느새 계절의 온도와 체온에 미지근해졌다. 얼른 집에 가서 씻고 싶다는 생각으로 꽉 차 있던 머릿속은 현재가 무심히 던진 말에 썰물이 지나간 듯 텅 비어 버렸다. 그리고 그 자리에 유학이라는 커다란 바위가 자리 잡았다. 미술을 전공하는 셋째 누나가 올여름 미국에 교환 학생으로 가는데, 엄마가 현재를 동반자로 탑승시킨다는 것이다. 현재가 그곳에서 다닐 학교도 이미 다 알아 놨고, 남매 둘이서 살 수 있는 집까지 구해 놓은 상태라고. 현재는 비행기 표도 끊어 놓고 한 달 뒤 떠날 날을 기다리며 짐만 챙기면 끝이었다.

정신없어 보여서 말하지 못했다는 현재의 말을 나인은 어느 정도 이해하는 바였으나, 그래도 올해 초에 결정이 난 일을 이제야 이야기했다는 게 서운하기 그지없었다. 한 달, 삼십 일이 그렇게 긴 시간이었던가? 아니다. 방학이 언제나 짧게 느껴지는 걸 보면, 분명 현재와의 이별도 눈 깜짝할 새에 코앞에 다가올 거였다. 그러니 지금 현재에게 왜 이렇게 늦게 말했느냐고, 그래도 미리 말해 주면 좋지 않았느냐고 섭섭함을 토해 내는 것은 현재와 함께 할 수 있는 시간을 아깝게 소비하는 것과 다르지 않다.

영원히 헤어지는 것이 아니라는 걸로는, 고작 이 년 반 정도 떨어져 있는 것이며 겨울 즈음에는 현재가 한국에 놀러 올 것이라는 걸로는 위로할 수 없는 슬픔이었다. 다시 만날 수 있다는 것과 대조되는 것은 영원히 만날 수 없다는 것이므로 지금 나인의 슬픔은 '모든 걸 함께할 수 없음'에 있다. 슬픈 일이 있을 때 몰래 술을 마시던 것도, 늦은 밤 야식을 시켜 먹던 것도, 시험지 채점을 하며 한숨을 푹푹 내쉬던 것도, 대학을 고민하다가 벌러덩 누워 대학교에 가지 않고 잘 살 수 있는 방법을 궁리하던 것도 앞으로 함께 할 수 없음이 슬펐다.

코끝이 매워졌다.

"미래한테는 말했어?"

현재가 고개를 끄덕였다. 그러자 또 섭섭해졌다. 미래한테는 말하고 자신한테는 말하지 않고 있었다니.

"신미래한테는 훨씬 전에 말했어. 걔는 그냥 가서 잘 배우고 오라던데. 한국 들어올 때마다 선물 사 오라고 하고."

하긴 미래라면 그럴 만했다. 미래가 그랬는데 여기서 자신이 울면 정말 창피할 것 같아서 나인은 콧구멍과 눈에 힘을 주었다. 현재는 연락 자주 할 거라고 말했지만 나인은 무섭다. 떨어져 있는 시간 동안 서로 다른 기억이 쌓여서 다시 만났을 때 도저히 넘나들 수 없을 높은 장벽이 생긴다면. 그것을 부술 생각도 하지 못하고, 어른이 됐다는 이유로 서로의 다름으로 인정하고는 그렇게 벽 너머에 있게 된다면. 하지만 그건 함께 있어도 생기는 자연스러운 장벽이라는 걸 나인은 아직 몰랐고, 장벽이 있다 하더라도 함께 같은 길을 가는 것은 변함없다는 것 역시 몰랐으므로 이 모든 고민은 한때 머물다 또 쓸려 갈 거였다.

건널목 신호등이 다시 파란불로 바뀌었다. 현재는 다음에 보자며 나인에게 손을 흔들었다. 나인은 다급하게 현재를 붙잡았다.

"나 아직 몰라."

"뭐를?"

"너랑 미래 싸운 이유. 너희 싸운 거 맞지? 사이 어색했잖아. 서로 말도 잘 안 하고."

"아, 그거⋯⋯."

현재가 난감한 듯 입을 열었다. 신호등에 45초 숫자가 카운트되기 시작했다.

"별거는 아니고, 내가 신미래한테 먼저 유학 간다고 말했던 날인데 그날 차였거든."

"차여?"

"응, 좋아한다고 말했다가."

"누가? 걔가?"

"내가."

"제대로 말해 봐. 네가 신미래한테 고백을 했다고? 그런데 차였다고?"

현재가 고개를 끄덕였다. 신호등의 남은 시간이 20초대로 줄어들었다. 현재가 자신을 붙잡고 있는 나인의 손을 떼어 내며 말을 이었다.

"그래서 좀 어색했던 거야. 너한테 말하기에도 애매하고. 뭐, 나도 가기 전에 고백은 해 보고 싶어서 말했던 거라 며칠 힘들어하고 말았어."

나인은 입술만 들썩였다. 도통 뭐라고 대꾸해야 할지 떠오르지 않았다.

"아무튼 그랬어. 걔 좋아하는 사람 있다고 그러더라. 그러니까 괜히 신미래한테 물어보지 마."

현재는 나인이 다시 물을 틈도 주지 않고 10초 남짓 남은 건널목을 뛰었다. 현재가 건널목 반대편에 서서 손을 흔들었다. 고백했다가 차였다고 말하는 친구를 어떻게 대해야 하는지 아직 몰랐기에 나인은 차라리 현재가 저렇게 도망치듯 가 준 게 고마웠다. 손 흔드는 현재를 보고 있으니 또 코가 매워졌다. 정작 현재는 저렇게 웃고 있는데. 쟤가 또 금세 키가 컸나. 어쩐지 더 커 보이는데. 언제 저렇게 컸더라. 현재는, 이제 울지 않는구나.

집으로 돌아가는 길에 나인은 둘이 어색했던 이유를 납득하면서 미래가 좋아하는 사람이 누구일지, 깊은 고민에 빠졌다. 천하의 신미래가 좋아하는 사람이라니. 잘은 몰라도 평범한 인간은 아닐 거라는 확신이 들었다.

그리고 브로멜리아드는 일주일째 문이 닫혀 있었다.

죽지 않을 걸 알면서도 나인은 저녁마다 화원에 들러 식물을 돌봤다. 한동안 문을 닫는다는 SNS 공지를 확인하지 못한 손님들이 이따금씩 들르기도 했는데, 나인은 기척이 들릴 때마다 혹시나 지모일까 싶어 헐레벌떡 입구로 달려가고는 했다. 언질 없이 돌아올 지모가 아닌 걸 아는데도.

나인이 권도현을 만나러 갔던 그날, 지모는 떠났다. 지모의 방에서 느껴지던 헛헛함은 주인을 잃은 방이 내쉬는 한숨이었다. 처음에는 곧 돌아오겠지, 싶은 마음으로 기다렸지만 삼 일째가 되던 날, 나인은 무슨 일이 생겼을지도 모른다는 불안감에 실종 신고를 알아보았다. 그때 나인의 인내심을 잘 알고 있다는 듯 지모가 때맞춰 문자를 보내 왔다.

찾지 말고 잘 지내고 있어.

기다리지 말고. 돌아갈 테니까.

문자를 보자마자 전화를 걸었지만 휴대 전화는 그새 꺼져 있었다. 지모가 기다리라 했으니 꼼짝없이 기다리는 수밖에 없었다. 예전에도 지모가 이런 식으로 며칠씩 집을 비우기도 했으므로 걱정하는 것은 제 명을 깎아 먹는 일밖에 되지 않는다는 걸 알면서도 이번만큼은 다르게 느껴졌다. 어쩌면 돌아오지 않을 수도 있다는 생각이 든다. 이유는 모르겠지만. 지모를 옭아매고 있던 자신의 넝쿨이 끊어진 느낌이랄까.

컴컴한 화원에서 홀로, 나인은 자신의 꽃이라던 흰색 꽃 앞에 웅크려 앉았다. 너는 지모가 어디 갔는지 알아? 지모가 너한테는 말하고 떠났지? 하고 말을 걸었지만 꽃은 묵묵부답이었다. 치사하게. 의리 지킨다는 건가. 나인이 손을 뻗어 꽃잎을 어루만졌다. 세게 쥐면 꽃잎이 떨어질 것 같았지만 그 떨어진 자리에 다시 새 꽃잎이 자라리라.

이 꽃이 처음 싹을 틔웠을 때는 이 세상이 지구였는지도 몰랐을 거야. 자신이 어디에 있는지도 모르는 채 일단 있는 힘껏 세상 밖으로 나와 봤겠지. 물을 머금지 못하는 흙과 자신의 존재를 부정하는 시선과 앞으로 겪어야 할 많은 시련이 있다는 걸 알았더라면 다른 씨앗들처럼 일찍이 삶을 포기했을 텐데, 땅에 있을 때부터 나인은 앞으로 달려 나가는 것밖에 하지 못해 기어코 세상에 나왔다. 그렇지만 나인은 후회하지 않는다. 이 행성이 자신의 행성이 아니라는 걸 알아도 외롭지 않다. 후회한다고 해서 다시 땅속으로 기어 들어갈 수도 없는 노릇이니.

손가락으로 꽃잎을 툭툭, 두드리고 있을 때 잠가 두었던 입구를 누군가가 열쇠로 여는 소리가 들렸다. 나인은 지모임을 확신했다. 웃으며 몸을 일으켰다. 하지만 그 문을 열고 들어온 사람은 다름 아닌 승택이었다. 아무도 없을 거라 생각했는지 나인을 바라보는 승택의 표정도 나인만큼이나 얼떨떨했다.

"네가 가게 열쇠를 왜 가지고 있어?"

그 열쇠를 가지고 있는 사람은 지모와 나인뿐인데. 나인이 초등학교에 입학했을 때 가방과 함께 복사한 열쇠 하나를 건네주며 지모는 앞으로 이 화원은 지모와 나인의 것이라고 했다. 지모가 없을 때 언제든지 와도 된다고 하면서.

"너희 이모가 줬어."

그걸 지모가 승택에게 줬다니.

"왜?"

"나한테 물려줬으니까?"

"여기를?"

나인이 소리치듯 물었다. 승택이 손바닥으로 귀를 살포시 감싸며 고개를 끄덕였다. 나인은 자신이 있는데 승택에게 화원을 물려줬다는 사실을 도무지 인정할 수 없어 계속 따졌고, 승택은 묵묵히 귀만 막고 있다가 나인의 분노가 한풀 꺾였을 때야 말을 꺼냈다.

"네가 화내면 이렇게 말하라던데."

"뭐라고?"

"'너 어차피 여기 관리 안 할 거잖아.'라고."

나인은 반박할 수 없었다.

승택도 지모가 어디로 갔는지 알지 못한다고 했다. 그저 승택에게 열쇠를 꼭 쥐여 주며, 여기에 있는 모든 것들을 네가 잘 지켜 달라는 부탁을 했다고만 했다. 승택은 계속 식물을 팔 거란다. 학교를 다니는 것도 아니고, 식물을 살리는 일은 지모만큼이나 잘 할 수 있으므로.

"근데 떠난다고 하지 않았어? 여기."

"보류."

"보류?"

"응, 일단은 보류."

승택은 청소할 거니 도와주지 않을 거면 이만 나가라고 했고, 나인은 망설이지 않고 자리에서 일어나 다음에 보자며 화원을 빠져나왔다. 승택이 물려받는다고 해서 나인이 들어가지 못할 것도 아니었고, 지모의 말처럼 나인이 잘 관리할 수 있는 것도 아니었는데 서운한 마음이 드는 건 어쩔 수 없었다. 나인은 몇 걸음 가다 말다를 반복하며 화원을 쳐다보았다. 나인을 키우기 위해 지모는 죽은 땅에 자리를 잡았다. 나인이 뿌리내리고 살 수 있는 터를 만들기 위해. 나인은 그 사실을 곱씹으며, 지모가 돌아왔을 때 이 사실을 알려 주어야겠다고 생각했다. 자신의 뿌리가 아주 단단하게 뻗어 가고 있다는 것을.

미래는 이튿날 나인을 찾아왔다. 밤부터 비가 내릴 거라 하더니 오후 8시가 되자 굵은 빗방울이 창문에 닿았다. 떨어지는 빗방울 소리를 가만히 듣던 나인은 문득 방 창문이 열려 있다는 것을 알아차리고 방으로 달려갔다가, 열린 창을 통해 익숙한 우산을 보았다.

"미래야."

나인이 외치자 대문 앞에 서 있던 미래가 고개를 들었다.

"나 보러 온 거야?"

미래가 고개를 끄덕였다.

엄마는 그 사건 탓에 며칠째 집에 들어오지도 못하는 상황이라며 미래는 잠옷까지 바리바리 들고 왔다. 미래는 아빠를 만나고 왔다고 했다. 그 말을 듣자마자 나인은 미래가 자신의 집을 찾아온 이유를 어렴풋이 알 것 같았다. 그런 미래를 위해 라면 두 봉지를 끓였고, 후식으로 수박도 대령했다. 뭐 먹을 생각 없다더니 미래는 라면과 수박을 깨끗이 비우고 소파에 드러누웠다. 설거지를 마치고 나인이 소파 앞에 쭈뼛쭈뼛 앉았다. 미래는 눈을 감은 채 부른 배를 쓰다듬었다. 나인은 미래의 우울한 기분을 좀 풀어 주고 싶었다. 영화라도 보자고 할까, 하고 머리를 굴리고 있으려니 미래가 나인의 속마음을 다 간파한 것처럼 입을 열었다.

"나 괜찮으니까 머리 안 굴려도 돼. 이모님도 어디 놀러 갔다니까 온 거지 우울해서 온 거 아니니까."

미래는 여전히 눈을 감고 있었다.

"곧 잘 거니까 나 신경 쓰지 마. 진짜 완전 괜찮으니까."

"아빠 보는 거 이제 괜찮아?"

아빠가 외로워 보인다고 했다. 나약해 보여서 금방이라도 죽을 것 같다고. 그런 아빠가 미래는 힘들었다.

"어쩌겠어."

그리고 이어서 말했다.

"뭐든 오늘보다는 내일이 낫겠지. 그렇게 생각하고 있어. 가끔 내가 아빠를 너무 약하게 본 것 같기도 하다가 아빠가 여전히 제 외로움도 제대로 챙기지 못하는 나약한 인간처럼 느껴지기도 해. 그래서 늘 불안하지만, 정말 어쩌겠어. 그래도 내일은 나을 거라고 믿어야지 뭐. 만일 불행한 일이 생기더라도 잘 버티면 되겠지."

언제나 어른처럼 느껴졌던 미래는 사실 누구보다도 내일의 불행을 두려워하는 아이였고, 그럼에도 그 불안을 꿋꿋이 참아 냈다. 미래가 손을 나인의 정수리에 올렸다.

"야, 외계인."

"맞는 말인데 기분이 이상하네."

"신기하다. 내 친구가 외계인이라니. 유나인은 그냥 불의를 보면 참지 못하는 바보인데. 근데 생각해 보니까 원래 영웅은 바보더라."

토닥토닥, 미래의 손바닥이 나인의 정수를 느리게 두드렸다.

"잘했어. 네가 권도현 배에 주먹 날렸을 때 진짜 멋졌어."

목덜미가 뜨거웠다. 나인은 미래를 흘겨보았다. 미래는 여전히 눈을 감은 채였다. 다행이었다. 거울을 보지는 않았지만 나인의 귓바퀴는 분명 빨갰을 거다. 나인은 문득 묻고 싶었다. 그러기 위해 현재 이야기부터 꺼내야겠지. 현재가 유학을 간다는 사실도, 현재가 너한테 고백을 했다가 차였다는 말도 다 말한 뒤에야 물어야 할 터였다. 네가 좋아하는 사람이 누구인지. 그렇지만 나인은 묻지 않고 고개를 돌렸다. 나인이 묻지 않아도 분명 미래가 말해 줄 거였으므로. 그게 언제가 되든.

"미래야."

정수리를 토닥거리던 미래의 손이 멈췄다. 숨이 옅어진 걸 보니 잠이 든 모양이었다. 그래도 할 말은 해야지.

"무조건 믿어 준다고 해서 고마워."

누군가의 말 한마디가 한 사람의 인생을 존재하게 한다.

젖은 풀잎에 어깨 옷자락이 축축하게 젖었다. 우비를 챙겼어야 했다. 커져 버린 나뭇잎에는 그만큼 큰 이슬이 맺혀 있었다. 밤새 내린 비로 이른 아침 산에는 안개가 자욱했다. 재잘재잘 떠드는 식물들의 인사를 들으며, 나인은 금옥을 찾았다. 나인은 금옥에게 그간 있었던 일을 들려주었다. 금옥은 다 지켜보고 있었다고 했다. 너를 응원했다고. 주변에 있던 모든 식물들이 네가 권도현에게 지지 않기를, 네가 더 강한 힘을 낼 수 있기를, 네 외침이 통하기를 간절히 기도했다고. 나인은 한 가지 소식을 더 전했다. 이건 금옥이 가지고 있지 않은 기억 같아서. 네가 아직 나무에 영혼이 완전히 깃들지 않았을 때, 그때 네 어머니가 찾아와서 너무 늦게 와 미안하다고 말했다고, 이곳에 있던 식물들이 너에게 말해 주라고 자신에게 제일 먼저 알려 줬다고. 그 말을 들은 이후로 금옥은 한참 동안 대꾸하지 않았다. 그러다 선선히 불어오던 바람이 안개를 조금씩 거둬 갈 때, 바람에 잎사귀 스치는 소리가 오르골 소리처럼 들려올 때 금옥이 좋다,라고 말했다. 금 같고 옥 같은 딸이라서 금옥이라는 이름을 지어 주셨다고 했다. 잘 어울리는 이름이었다.

"금옥아, 나는 나인이야. 아홉 개의 새싹 중에 가장 늦게 핀 마지막 싹이라 나인이 됐어. 더는 생명이 태어날 수 없는 척박한 땅에서 나는 가장 마지막에 눈을 떴어."

그러니까 나인은, 기적이라는 뜻이야.

에
필
로
그

언뜻 봐도 자살은 아니었다. 얇은 끈으로 목이 눌린 자국이 선명
했으니까. 고작 승택의 눈으로 보아도 아버지는 살려고 발버둥 쳤
지만 속절없이 죽은 거였다. 그렇지만 타살이라고 해서 달라지는
건 없었다. 형사는 범인을 잡기 위해 아버지의 삶을 슑을 것이고,
정확한 죽음의 원인을 알기 위해 부검을 요구할지도 모른다. 그 모
든 과정이 이방인에게는 여리박빙과 다름없으므로 아무것도 원치
않았다. 그렇다고 가만있진 않을 터였다. 아버지는 행성 이주 계획
을 주도했고, 이는 지구에 머물고 있는 누브족의 원수 중 한 명이
범인이라는 뜻이었다. 모두가 이주를 원했던 것은 아니었기에 이
주를 반대하는 일원이 계획을 중지하라는 경고의 의미로 벌인 일
일 수도, 아니면 사적인 원한을 가진 누군가의 소행일 수도, 혹은
누브족이 아닌 인간에 의한 범행일 수도 있었다. 수사해야 할 범위
가 너무 넓었고, 그만한 전문 인력이 누브족에는 갖추어지지 않았
다. 설상가상 그다음 차례는 자신이 될지도 모른다는 두려움에 아

382

버지와 함께했던 원수들은 죄다 몸을 숨긴 상태였다.

숙부는 승택을 위로했지만 승택은 죽은 아버지를 보면서도 영 현실감이 들지 않았고, 그 탓인지 별로 슬프지 않았다. 그저 누브족이 죽으면 고목처럼 검게 말라비틀어져 미라 같다는 사실을 알게 됐을 뿐이다. 숙부는 일단 쉬쉬하자고 했다. 알려져 봤자 불안감만 심어 줄 거라고 말했지만 다른 누브족이 진실을 아는 게 두려웠기 때문이리라. 화원의 비밀 서고에서 밤새 책을 읽고 난 다음 날, 승택은 아버지에게 물었다. 떠난다면 정말 모두가 함께 갈 수 있나요? 지구에 있는 누브족을 전부 다 데리고 가실 생각이죠? 그럴 만한 우주선은 준비되어 있나요? 쏟아지는 승택의 질문에 아버지는 단 한 가지도 제대로 대답하지 못했다. 모두 함께 갈 수 없으며, 누군가는 억지로 버릴 것이고, 애초에 다 태울 생각이 없었으니 커다란 우주선은 준비조차 하지 않았을 거라고, 승택은 침묵하는 아버지를 보며 생각했다. 그저 그 아이만 데려가려 했겠지. 척박한 행성에서 꽃을 피울 수 있는 열일곱 살 아이만을. 그 열일곱 살 애는 죽어 버린 사람조차도 구원하기 위해 자신의 한계치를 넘어서고 있는데 아버지는 함께 살아가는 종족을 버리려 하고, 누군가를 이용하려 했다. 그래서였을까. 아버지의 죽음을 보고도 마음이 동요치 않았던 것은. 당신의 이기가 되돌아왔을 뿐이라는 생각이 들었다.

승택은 숙부의 말에 동의했다. 말하지 마요, 누구한테도.

지모가 준 열쇠로 화원을 찾아가자, 그곳에 나인이 있었다. 나인은 자신이 지모가 아님에 퍽 실망한 표정이었고, 화원을 자신에게 넘겼다는 사실에 서운한 기색이었다. 그래도 지모가 언질해 준 말을 하니 지모의 말처럼 금방 수긍했다.

나인이 뭐라고 하면 전해. 너 어차피 여기 관리 안 할 거잖아, 라고. 그리고 나인한테는 되도록 숨겨. 어쩐지 걔는 그걸 보면 나보다 더 날뛸 것 같으니까. 위험한 건 내가 하는 게 나아.

나인이 물었다.

"근데 떠난다고 하지 않았어? 여기."

"보류."

"보류?"

"응, 일단은 보류."

때마침 누군가가 살해당했고, 누군가가 사라졌다. 기가 막힌 우연이라 생각했다.

몇 년간 도장에서 사부로 일했던 석구가 사물함에 넣어 놨던 물건을 쫓겨나는 회사원처럼 박스에 가득 실었다. 효정이 문 앞에서 팔짱을 낀 채 석구를 마지막으로 붙잡았다.

"나한테 가지 말라고 울고불고 난리를 다 치더니 치사하게 네가 가냐."

그러자 석구가 볼멘소리로 말했다.

"나는 그만두는 게 아니고 도장을 옮기는 거지."

권도현에 관한 기사가 지역 뉴스를 통해 한창 송출되고 있을 때, 석구는 도장 구석에서 울고 있었다. 미안한데 누구한테 미안한지 모르겠다고. 이 년 동안 묻혀 있었던 박원우에게 미안한 것인지, 콘크리트 바닥에 이마를 찧어 가며 울면서 사과하던 권도현에게 그

간 자신이 너무 무관심했던 것에 미안한 것인지. 아마 둘 다였을 거다. 나인은 해 줄 수 있는 게 없어 석구의 등을 토닥였다. 그래도 김민호를 밀어주던 권 목사의 뇌물 혐의가 알려지자 국가 대표 선발전의 공정성이 다시 수면 위로 드러났고, 오로지 실력으로만 선수를 선발하겠다는 태권도 협회의 공식 입장이 발표되며 그만두려했던 효정이 다시 한번 도복을 입었다. 그것이 석구에게도 위안이됐으리라.

석구는 그 둘과 오랜 시간을 함께했던 이 도장을 떠나야겠다고했다. 나인은 그것까지 말리지 못했다. 언제나 모든 사람이 괴로움을 이길 필요는 없으니까. 때로는 괴롭게 하는 것으로부터 멀리 가는 것도 방법인 것 같았다. 석구는 짐을 들고 도장을 빠져나가다 나인을 불렀다. 나인이 자신을 찾아와 그 둘에 대해 물었던 이유부터 궁금한 것이 많을 텐데도, 더는 그 일에 관여하고 싶지 않다는 듯 그와 관련된 질문은 하나도 하지 않고 그저 고맙다고 말할 뿐이었다. 석구가 도장 문을 열자 바깥의 찬 공기가 안으로 훅 끼쳤다. 분명 언제든 만날 수 있고 또 만날 사이인데, 어쩐지 석구와는 자주 만나지 못할 것이고 그러다 영영 소식도 주고받지 못할 사이가 되리라는 예감이 들었다. 석구는 자신을 괴롭히는 것으로부터 끊임없이 도망치려 할 테니까. 그리고 그중 하나가 나인일 테니까.

도장을 정리하고 밖으로 나오자 밤이 깊었고 눈이 내렸다. 눈송이가 굵은 것이 제법 쌓일 듯한 눈이었다. 눈길에 자전거를 탈 수없어 나인은 자전거를 손으로 끌며 집으로 향했다.

미래, 현재와 같이 있는 단체 메신저 방은 예전보다 더 활발해졌

다. 특히 밤에 더 활발했다. 시차가 달라서 한국의 낮 시간 동안에
는 현재가 자고 있기 때문이다. 어느새 그곳에서 새로운 친구를 사
권 현재는 친구들과 찍은 사진을 보내 주기도 했고, 애인처럼 보이
는 친구의 사진을 보낼 때도 있었다. 물론 현재는 끝까지 애인이 아
니라고 했지만 사진에서 보이는 두 사람의 분위기가 여느 친구 관
계에서 느껴지는 분위기와는 달랐다. 가끔 현재가 보내 온 사진들
을 보다 보면 마음이 헛헛해지고는 했는데, 그건 미래도 마찬가지
였다. 한마디로 현재가 지구 반대편에서 새로운 친구를 사귀며 잘
지내고 있다는 게 질투가 났다. 기 죽어 있을 줄 알았더니 그런 것
도 없고, 참 내, 얼굴이 폈네, 폈어. 미래가 그런 식으로 말할 때마다
나인도 고개를 끄덕이며 말을 보탰다. 체육 시간 많다더니 키가 더
큰 것 같지 않아? 어깨도 넓어졌어. 이러다가 키가 2미터 되겠다.
그렇게 현재 없는 곳에서 현재 이야기를 줄곧 해대면 어느 순간 그
리움이 밀려들었다. 그럼 현재에게 한국에 언제 놀러 오느냐며 재
촉하는 메시지를 보냈다.

   한 손으로 자전거를 끌고 다른 한 손으로 휴대 전화를 쥔 채 웃으
며 대문을 넘던 나인은, 마당에 소복하게 쌓인 눈과 발자국을 보았
다. 발자국은 1층 현관으로 향하지 않고 계단을 올라 2층으로 이어
져 있었다. 나인은 자전거를 내팽개치고 계단을 뛰어 올라갔다. 지
모다. 분명 지모일 것이라고 생각했다.

   현관 앞에 있는 사람은 보라색 목도리를 한 쇼트커트 머리였다.
묘하게 성별이 구분되지 않는, 오묘한 사람이었다. 그가 웃으며 물
었다.

"네가 유나인이지?"

나인은 대답 않고 고개만 끄덕였다.

"너를 만나려고 왔어. 네 이모가 부탁했거든."

"누구신데요?"

"나도 너랑 비슷해. 지구에서 태어났는데 저 바깥에서 왔어."

"누브족⋯⋯."

그가 고개를 저었다.

"아니, 땅에서 자라진 않았고 나는 알에서 태어났는데."

나인은 여전히 경계 어린 눈빛으로 그를 바라보며 알에서 태어났다는 그의 말을 곱씹었다. 신기했지만 놀랍지는 않았다.

"네 이모 친구야. 라현이라고 해. 심라현. 네 이모가 겨울 즈음에도 자기가 집으로 돌아가지 않으면 너를 좀 봐달라고 했거든. 우리 같은 처지의 동지들이 많은데, 거기로 가자."

"거기서 뭘 하는데요?"

"그냥 놀고 떠들어."

인간들은 모를 것이다. 이 행성에는 외계에서 온 수많은 방문객이 있다는 걸.

"가끔 무언가를 위해 싸우고."

"싸워요?"

"응. 그냥 이거저거랑. 같이 가 볼래?"

라현이 손을 내밀었다. 거기로 가면 지모가 있느냐고 묻고 싶었지만 어쩐지 너무 애타게 찾는 느낌이 들어 묻지 않았다. 지모와의 싸움에서 지고 싶지 않았다. 나인이 멋대로 만든 싸움이다. 지모를 지나치게 그리워하는 모습을 보이지 말 것. 멋대로 떠나 버린 지모가 아쉬워하게. 나인은 속는 셈 치고 라현의 손을 맞잡았다. 라현은 길을 걸으며 화원에 대해 물었다. 오는 길에 봤는데 식물들이 무척 특이하더라고. 나인이 웃으며 말했다.

"재미있는 거 알려 줄까요? 그곳은 원래 죽은 땅이었어요."

뒤틀린 어른이 뒤틀린 아이를 만들고, 그 아이가 자라 뒤틀린 어른이 되어 다시 뒤틀린 아이를 만드는 세상처럼 느껴질 때가 있다. 그렇게 온전한 어른이 사라진 세상이 되기 전에, 상처와 슬픔이 무기가 되어 또 다른 출혈을 일으키는 세상으로 향하지 않도록. 그런 마음으로 썼다.

타인을 이해하지 못할 때, 타인에게 이해받지 못할 때 우리가 종족이 다른 외계인이라고 생각하면 언제나 마음이 편안해졌다. 그래서 나는 지하철에서 스마트폰을 보지 않고 사람을 유심히 관찰하는 누군가를 보면 외계인일지도 모른다고 생각한다. 신호등 초록불이 삼 초 정도 남았는데 뛰지 않고 걸음을 멈추는 사람을 볼 때도, 길가에 핀 꽃을 찍기 위해 기꺼이 땅에 누워 버리는 사람을 볼 때도, 아이와 강아지에게 친절한 사람을 볼 때도. 너무도 당연했던 선의를 잃은 인간들 속에서 그 원초적인 힘을 유지하고 있는 사람들을 마주칠 때마다 외계인일지도 모른다는 생각이 든다.

팔 년 전 한적한 공원 벤치에 앉아 목 놓아 울다 문득 나무와 들풀이 듣고 있을지도 모른다고 생각했다. 이 나무는 얼마나 많은 사람들의 울음을 들었을까 고민도 했다. 이 이야기는 아마도 그날로부터 시작되었을 것이다.

소설을 쓸 때 보아의 「아틀란티스 소녀」, 소녀시대의 「다시 만난 세계」, 유아의 「숲의 아이」, 아이유의 「이름에게」, 김세정의 「SKYLINE」을 들었다. 나는 나인의 목소리가, 꼭 그들 같았으면 좋겠다고 생각했던 것 같다.

연재부터 출간까지 도와주신 많은 분들에게 감사드린다. 무엇보다 원고의 고통과 즐거움을 함께 나누는 동료들, 커다란 버팀목이 되어 주는 가족과 출간의 기쁨을 나누고 싶다.

2021.11.

선란

창비청소년문학 107

나인

초판 1쇄 발행 | 2021년 11월 5일
초판 3쇄 발행 | 2022년 1월 5일

지은이 | 천선란
펴낸이 | 강일우
책임편집 | 구본슬 김필균
조판 | 황숙화
펴낸곳 | (주)창비
등록 | 1986년 8월 5일 제85호
주소 | 10881 경기도 파주시 회동길 184
전화 | 031-955-3333
팩시밀리 | 영업 031-955-3399 편집 031-955-3400
홈페이지 | www.changbi.com
전자우편 | ya@changbi.com